文豪の名句名[illegible]典

身につけたい教[illegible]極み

【監[illegible]】[illegible]化大学教授
[illegible]口謠司

【編】
平山健

さくら舎

監修者のことば

本書には、明治～昭和初期に活躍した文豪の名句名言がずらりと並ぶ。文豪が使った語彙や言葉の意味を調べるには、奈良平安から昭和に至る膨大な用例が載っている、小学館『日本国語大事典』（略称『日国』）がある。ただ『日国』は、あくまでも辞書、工具書だ。ところが、本書は「事典」でありながら「読んで」楽しい！　嬉しくなる！

それは、本当に文学が好きな編者が、文豪の言葉を長年掛けて書き抜き、そこから意味を汲み取っているからである。日本語研究の視点から文学作品を扱って来た私とはまったく違う、「文豪の言葉」への愛が、本書には満ちている。文豪の言葉は、彼らが生きるために必要な「心の言葉」だった。そのひとつひとつが、愛しい想いと共に収められている。

本書によって、読者は、言葉こそが、あらゆる意味において、世界を創るものだということを知るであろう。いや、本当におもしろい！

二〇二一年一月一日　菫雨白水堂にて　山口謠司

編者のことば

数十年の昔に、私が小学生の頃、その題名につられて、たまたま手にとった小説が夏目漱石の『吾輩は猫である』でした。読みはじめていきなり遭遇《そうぐう》した語句が「獰悪《どうあく》」でした。その解釈《いみ》を母にたずねました。そのときの母の助言がきっかけになりまして、私の特色ある「語彙帳」つくりが始まりました。

辞書で調べること。語彙帳をつくって意味、解釈を書き写すこと。語句の使われている文を抜き書きしておくこと。これらのことを母に指導されました。

以来、中学からいまに至るまで、語句・成句を約六十年間書きためてきましたが、今回はその中でも日本の名著、約二百五十作品から、心にふれた語句・成句の千二百余を選び出しました。その語句・成句のすべてについて、それらが使われている文を引用例示しています。

従って、本書にとりあげた語句・成句は、例えば、中学生の「寒村《かんそん》」(二十四の瞳)や「白状《はくじょう》」(一房の葡萄《ぶどう》)から「怯懦《きょうだ》」(思ひ出)まで、難易混淆《こんこう》の様を呈しています。

今回、本書を編纂《へんさん》しまして、若い時分におぼえた語句等のうちに、その知識がすでに不正確、曖昧《あいまい》になっているものの多くあることに気がつきました。

編者としては、本書を「読む国語辞典」としてご活用いただければと考えます。

知識の整理、確認に加えまして、中高齢の方には、昔読まれました文章のなつかしい花片にふれることもありましょう。若い方でしたら、文豪の遺した文章のうちに、美しい日本の言葉との出あいを経験することができるものと思います。

本書をまとめる過程で、多くの人々、とくに故人となられました方々への思いが、たえず心をよぎりました。たくさんの方々の思いにささえられて、本書をまとめあげることができました。お力添えをいただきました方々に心より感謝いたします。

本書を活用されまして、語彙力を高め、さらに豊かな国語生活を楽しんでいただけますことを切に希念いたします。

「文章の中にある言葉は辞書の中にある時よりも美しさを加えていなければならぬ。」

（芥川龍之介『侏儒の言葉』）

二〇二一（令和三）年一月一日

平山　健

五十音目次

文豪の名句名言事典

――身につけたい教養の極み

凡例

一、語句・成句の意義については、下記の辞典等を参照しました。
・広辞苑（岩波書店）
・名鏡国語辞典（大修館書店）
・国語大辞典（小学館）
・新漢語林（大修館書店）
・漢和中辞典（角川書店）

二、引用文について
・仮名遣いについて、原典にのっとっての表記としてあります。
・漢字表記について、原典で旧字体が使用されているものは、基本的に現在の標準的な字体に変更しました。
・フリガナについて、原典を参考に、読みづらいと思われるものに付しました。なお、原典において歴史的仮名遣いで表記されているものを一部現代仮名遣いに変更しました。
・引用時に段落をまたぐ文について、段落をなくし表記しました。
・詩歌の書式について、何行かに分かち書きされた詩歌は、改行個所を斜線（／）で示しました。
※＊印は用例です。

あ

哀歓【あいかん】 悲しみと喜び。

▽時は過ぎた。さうして温かい苅麦《かりむぎ》のほめきに、赤い首の蛍に、或は青いとんぼの眼に、黒猫の美くしい毛色に、謂《いわ》れなき不可思議の愛着を寄せた私の幼年時代も何時の間にか慕はしい「思ひ出」の哀歓となつてゆく。 ❖北原白秋（思ひ出）

▽わが心は玉の如し、時に曇り、折にふれて虔《つつ》ましき悲韻《ひいん》を成す。哀歓とどめがたし、ただ常《じょう》住《じゅう》のいのちに縋《すが》る。真実はわが所念《しょねん》、真珠は海の秘宝、音に秘めて涙ながせよ。 ❖北原白秋（真珠抄）

哀愁【あいしゅう】 もの悲しいこと。

▽本をよんだり物を考へたりしたあと、よく自分で自分が作つた甘美な哀愁にひたりながら、雪あかりのする窓際で「子供らしくない」事を考へてゐた。 ❖室生犀星（抒情小曲集）

▽私は其時又蟬の声を聞いた。（中略）私の哀愁はいつも此虫の烈しい音と共に、心の底に沁み込むやうに感ぜられた。 ❖夏目漱石（こゝろ）

▽もういゝ……誤解されたまゝで、女王は今死んで行く……さう思ふとさすがに一抹の哀愁がしみ〴〵と胸をこそいで通つた。葉子は涙を感じた。 ❖有島武郎（或る女）

哀傷【あいしょう】 悲しみに心が痛むこと。

▽不思議なお札と、熱狂する「えゝぢやないか」と。（中略）それは一切の過去の哀傷を葬り去らうとするやうな大きな騒動にまで各地に拡がつた。 ❖島崎藤村（夜明け前）

▽歓楽でも哀傷でもしつくりと実生活の中に織り込まれてゐるやうな生活がそこにはあるに違ひない。（中略）葉子はそんな事を空想するとむず〳〵する程快活になつた。 ❖有島武郎（或る女）

▽歓喜《よろこび》と哀傷《かなしみ》とが一緒になつて小さな胸の中を往来するといふことは、其白い、優しい手の慄《ふる》へるのを見ても知れた。　❖島崎藤村（破戒）

愛惜【あいせき】　親しみ愛するがゆえに惜《お》しむこと。愛し惜しむこと。名残惜しいこと。

▽古今集の昔から、何百首何千首となくある桜の花に関する歌、――古人の多くが花の開くのを待ちこがれ、花の散るのを愛惜して、繰り返しく〵一つことを詠《よ》んでゐる数々の歌、――少女の時分にはそれらの歌を、何と云ふ月並なと思ひながら無感動に読み過して来た彼女であるが、（後略）。　❖谷崎潤一郎（細雪）

▽日頃愛惜シタ樹木ヤ草花ナドガ、イツトハナク落葉シテシマツテキル。秋ハ人ノ心ニ色々ナ事ヲ思ハセマス。　❖有島武郎（生れ出づる悩み）

▽さすがに斯《こ》の大きな都会ももう見られないかと思ふと深い愛惜の心が湧いた。彼はサン・ミッシェルの並木街を旅館まで歩いた。　❖島崎藤村（新生）

哀訴【あいそ】　同情を求めて嘆き訴えること。哀願。嘆き悲しんで訴えること。

▽「どうか私からその不安を取り除くやうに、何とかお許らひ下さいませんでせうか」だんだん哀訴するやうな調子になつて来てゐた。　❖堀辰雄（ほととぎす）

▽愛子はそこにある書物を一と抱へに胸に抱いて、俯向《うつむ》くと愛らしく二重になる頤《あご》で押さへて座を立つて行つた。それが如何にもしをく〵と、細かい挙動の一つく〵で岡に哀訴するやうに見れば見なされた。　❖有島武郎（或る女）

▽（前略）その意気は壮者を凌ぐほどで、しきりに長州行を主張した。その時の兵部の言葉に、（中略）今更《いまさら》加州藩に歎願哀訴するごときことはいかにも残念である、むしろ潔《いさぎよ》く決戦したいとの意見を述べたとか。　❖島崎藤村（夜明け前）

愛着【あいちゃく】　人や物への思いを断ち切れないこと。恋々として忘れられないこと。

▽池の汀《みぎわ》、橋の袂《たもと》、路の曲り角、廻廊の軒先、

等にある殆《ほとん》ど一つ〳〵の桜樹の前に立ち止つて歎息し、限りなき愛着の情を遣《や》るのである。❖谷崎潤一郎（細雪）

▽求めても〳〵得られない愛着の切なさは、自分のものでありながら自分のもので無いと思ふ節子を奈何《どう》することも出来なかつた。❖島崎藤村（新生）

▽その影の薄い私等が、自己の存在に絶大なる充実と愛着とを感じ得るのはたゞ恋あるがためである。私等には何もできない。けれどもたゞ一つ恋ができるのだ。❖倉田百三（愛と認識との出発）

愛撫【あいぶ】 なでさすっていつくしむこと。

▽その何気なしにしてゐる、それでゐていかにも自然に若い女らしい手つきは、それがまるで私を愛撫でもし出したかのやうな、呼吸《いき》づまるほどセンシュアルな魅力を私に感じさせた。

❖堀辰雄（風立ちぬ）

▽終《つい》に伯牙《はくが》という琴の名人が現われた。じゃじゃ馬を馴らそうとする人のように、彼はやさしく琴を愛撫し、柔らかく絃に触れた。❖岡倉天心（茶の本）

哀憐・愛憐【あいれん】 かなしみあわれむこと。

▽私と同じい少年時代の悩ましい人懐《ひとなつ》こい苛苛《いらいら》しい情念や、美しい希望や、つみなき悪事や、限りない嘆賞や哀憐やの諸諸《もろもろ》について、よく考へたり解つてもらひたいやうな気がする。❖室生犀星（抒情小曲集）

▽縦令《たとひ》道徳がそれを自己耽溺《たんでき》と罵《のゝし》らば罵れ、私は自己に対するこの哀憐の情を失ふに忍びない。孤独な者は自分の掌《てのひら》を見つめることにすら、熱い涙をさそはれるのではないか。❖有島武郎（惜みなく愛は奪ふ）

▽生みの母を求める心は、早くから半蔵を憂欝にした。その心は友達を慕《した》はせ、師とする人を慕はせ、親のない村の子供にまで深い哀憐《あわれみ》を寄せさせた。❖島崎藤村（夜明け前）

灰汁【あく】 人の性質・文章に見えるしぶとさ、しつこさ。／灰を水につけて得る上澄みの液。／植物に含まれる渋みのある成分。

▽斯《こ》う云ふ兄と差し向ひで話をしてゐると、刺激の乏しい代りには、灰汁がなくつて、気楽で好い。　❖夏目漱石（それから）
▽空は灰汁桶を掻《か》き交ぜた様な色をして低く塔の上に垂れ懸つて居る。壁土を溶《とか》し込んだ様に見ゆるテームスの流れは波も立てず音もせず無理矢理に動いて居るかと思はるゝ。　❖夏目漱石（倫敦塔）
▽時節柄の新茶は香は高くとも、年老いた人のためには灰汁が強過ぎる。彼女はそれに古茶をすこし混ぜて入れて来たと言つて見せるほど、注意深くもあつた。　❖島崎藤村（夜明け前）

胡坐【あぐら】 胡座。両脚を前に組んで座ること。
▽「何をされる方ですね」　医者は次の間へ来て胡坐をかき、其所《そこ》に置いてあつた既に冷えた茶を一口飲んで、お由に訊《き》いた。　❖志賀直哉（暗夜行路）
▽伊庭は、机から外国煙草を出して一服つけながら、胡座を組んだ。河内山《こうちやま》と云った、卑しい胡座の組みかたで。　❖林芙美子（浮雲）

浅黄・浅葱【あさぎ】 緑を帯びた薄い藍《あい》色。
▽彼は床の間の上にある別の本箱の中から、美濃紙版の浅黄の表紙をした古い本を一二冊取り出した。　❖夏目漱石（道草）
▽初夏《はつなつ》の夕べの空の水浅黄われ一人ゐて電燈つけぬ　❖窪田空穂（青朽葉）
▽二本《ふたもと》の柿の木《こ》の間の夕空の浅黄に暮れて水星は見ゆ　❖佐佐木信綱（椎の木）

有り体【ありてい】 ありのまま。あるがまま。
▽余は今も尚ほ彼の女を熱愛すと雖《いへど》も、有体に言へば余は彼の女の夢想を捉へ得るも、実慾を満足せしむる能《あた》はざる夫《それ》なり。　❖国木田独歩（欺かざるの記）
▽有体に言へば、住職の説教はもう旧《ふる》い、旧い遣方《やりかた》で、明治生れの人間の耳には寧《いつ》そ異様に響くのである。　❖島崎藤村（破戒）

安逸【あんいつ】 のんびり楽しむこと。／何もしないで遊び暮らすこと。
▽謙作夫婦の衣笠村の生活は至極なだらかに、

そして平和に、楽しく過ぎた。が、平和に楽しくと云ふ意味が時に安逸に堕《お》ちる時に謙作は変な淋しさに襲はれた。❖志賀直哉（暗夜行路）

▽世の中には、（中略）毎日毎日安逸な生を食傷する程貪《むさぼ》つて一生夢のやうに送つてゐる人もある。❖有島武郎（生れ出づる悩み）

安閑【あんかん】 安らかで静かなこと。／何もしないでのんきにしているさま。

▽木瓜《ぼけ》は面白い花である。枝は頑固で、かつて曲つた事がない。（中略）そこへ、紅《べに》だか白だか要領を得ぬ花が安閑と咲く。❖夏目漱石（草枕）

▽堀田君一人辞職させて、私が安閑として、留まつて居られると思つて入らつしやるかも知れないが、私にはそんな不人情な事は出来ません。❖夏目漱石（坊つちやん）

行脚【あんぎゃ】 徒歩で諸所を旅すること。／僧が諸国をめぐり歩いて修行すること。

▽総体に北国を行脚する人々は、冬のまだ深くならぬうちに、何とかして身を容れるだけの隠れがを見付けて、そこに平穏に一季を送らうとした。❖柳田国男（雪国の春）

▽六年の長い月日を行脚の旅に送り、更に京都本山まで出掛けて行つて来た人とは見えなかつた。❖島崎藤村（夜明け前）

▽爰《こゝ》に至りて疑なき千歳《せんざい》の記念《かたみ》、今眼前に古人の心を閲《けみ》す。行脚の一徳《いっとく》、存命《ぞんめい》の悦《よろこ》び、羇旅《きりょ》の労をわすれて泪《なみだ》も落るばかり也。❖松尾芭蕉（おくのほそ道）

暗合【あんごう】 思いがけなく互いに一致すること。偶然の一致。

▽「僕のも去年の暮の事だ」「みんな去年の暮は暗合で妙ですな」と寒月が笑ふ。欠けた前歯のふちに空也餅《くうやもち》が着いて居る。❖夏目漱石（吾輩は猫である）

▽不思議なことには、彼はこれと同じやうに、全く同じやうに月の差込んで居る縁側をちやうど今のさつき夢に見て、目がさめたところであつた。何といふ妙な暗合であらう。❖佐藤春

夫（田園の憂鬱）

▽夜中に鉄砲の音を聞いた人は十人をこしていた。その時間は丁度、かの女が先生の姿を見た時と暗合していた。二三日たっても師は帰って来られなかった。　❖武者小路実篤（幸福者）

暗愁【あんしゅう】心が暗くなるような、悲しいもの思い。人知れぬ愁《うれ》い。

▽云ひ解きがたい暗愁——それは若い人が恋人を思ふ時に、その恋が幸福であるにもかゝはらず、胸の奥に感ぜられるやうな——が不思議に君を涙ぐましくした。　❖有島武郎（生れ出づる悩み）

▽平常《いつも》のやうに平気の顔で五六人の教師の上に立ち数百の児童を導びいて居たが、暗愁の影は何処となく彼に伴うて居る。　❖国木田独歩（富岡先生）

▽先程のおつかぶさるやうな暗愁は、いつの間にか果敢《はか》ない出来心の仕業《しわざ》としか考へられなかつた。　❖有島武郎（或る女）

晏如【あんじょ】心安らかに落ち着いたさま。晏然。突然。

▽あるものは空を見て歩いている。あるものは俯向《うつむ》いて歩いている。服装《なり》は必ず穢《きた》ない。生計《くらし》はきっと貧乏である。そうして晏如としている。　❖夏目漱石（三四郎）

▽彼に若《も》し、その愛によつて衆生《しゅじょう》を摂取《せっしゅ》し尽したといふ意識がなかつたなら、どうしてあの目前の生活の破壊にのみ囲まれて晏如たることが出来よう。而《しか》して彼は「汝等も亦《また》我にならへ」といつてゐる。　❖有島武郎（惜みなく愛は奪ふ）

安心決定【あんじんけつじょう】信念を得て、心を動かさないこと。信心決定。

▽或時《あるとき》私が何か漢書《かんしょ》を読む中《うち》に、喜怒色《きどいろ》に顕《あらわ》さずと云ふ一句を読んで、其時にハツト思ふて大《おおい》に自分で安心決定したことがある。　❖福沢諭吉（福翁自伝）

安心立命【あんしんりつめい】心の平安を得て、何事にも心を動揺させないこと。人力を尽くし天命にまかせること。あんじんりゅうめい。

▽科学と哲学と宗教とはこれを研究し闡明《せんめい》し、そして安心立命の地を其上に置かうと悶《もが》いて居る、（後略）。 ❖国木田独歩（牛肉と馬鈴薯）

▽聖人や、真の宗教家の安心立命されるのは、当然のことである。我々も彼等の如き心をもつ時、死を思わない。ただ涙ぐむ。 ❖武者小路実篤（幸福者）

暗然・黯然【あんぜん】 悲しくて暗い気持ちになるさま。心のふさぐさま。

▽「其上僕は自分の胃の腑《ふ》が忌々《いま〱》しくつて堪まらなかつた。それで酒の力で一つ圧倒して遣らうと試みたのだ。あの女もことによると、左右《そう》かも知れない」三沢は斯う云つて暗然としてゐた。 ❖夏目漱石（行人）

▽復古が復古であるといふのは、それの達成せられないところにあると言つたあの暮田正香の言葉なぞを思ひ出して彼は暗然とした。 ❖島崎藤村（夜明け前）

▽祖父の墓は足利にある。祖母の墓は熊谷にある。かうして、ところどころに墓を残して行く一家族の漂泊的生活をかれは考へて黯然とした。一人他郷に残される弟はさびしからうなどとも思つた。 ❖田山花袋（田舎教師）

暗澹【あんたん】 暗くて不気味なさま。／将来への希望などなく暗い気分でいるさま。

▽連山の頂《いただき》は白銀の鎖の様な雪が次第に遠く北に走て、終は暗澹たる雲のうちに没してしまう。 ❖国木田独歩（武蔵野）

▽霙《みぞれ》が落ちて来た。空はいよ〳〵暗澹として、一面の灰紫色に掩《おお》はれて了《しま》つた。 ❖島崎藤村（破戒）

▽近くの乗客達も、もう少年工の事には触れなかつた。どうする事も出来ないと思ふのだらう。（中略）暗澹たる気持のまま渋谷駅で電車を降りた。 ❖志賀直哉（灰色の月）

塩梅【あんばい】 物事の状態。身体の具合。

▽児玉先生と此の話をした時、私は恥かしさで真つ赤になつたが、よい塩梅に児玉さんは私たちの夫婦関係の真相を知らない。 ❖谷崎潤一郎（鍵）

▽夫は尚更落ち着かん塩梅で、（中略）ときぐ薄眼エ開きながらそうツと此方見守つて寝息うかゞうてるのんが、真つ暗い中でも分るのんです。　❖谷崎潤一郎（卍）

い

遺愛【いあい】故人が、生前大切に愛用していたもの。

▽世田ケ谷の家には十年程前まで、八十歳で世を去つた熈《あきら》の父玄斎が隠居してゐた。（中略）今日庭内に繁茂してゐる草木は皆玄斎が遺愛の形見である。　❖永井荷風（つゆのあとさき）

▽伏見屋の二階は（中略）二間つゞきの広い部屋で、中央の唐紙なぞも取りはづしてあり、一方の壁の上には故人が遺愛の軸なぞも掛けてあつた。　❖島崎藤村（夜明け前）

▽調度はそれが亡き父親の遺愛の品々であるだけに、東京の場末のこんな所へ持つて来られて置いてあるのがいかにも奇妙で、（後略）。❖谷崎潤一郎（細雪）

唯唯【いい】「はいはい」と答える声。他人の言うままに従うさま。＊唯唯諾諾

▽何時《いつ》もは、お弓の云う事を、唯々として聴く市九郎ではあったが、今彼の心は烈《はげ》しい動乱の中にあって、（後略）。❖菊池寛（恩讐の彼方に）

▽「それぢや御一所に参りませうか」「えゝ」余は再び唯々として、木瓜《ぼけ》の中に退いて、帽子を被《かぶ》り、絵の道具を纏《まと》めて、那美さんと一所にあるき出す。　❖夏目漱石（草枕）

▽葉子には眼もくれずに激しく岡を引つ立てるやうにして散歩に連れ出してしまつた。岡は唯々としてその後に随《したが》つた。　❖有島武郎（或る女）

家居【いえい】家を造って住むこと。住居。かきょ。

▽春琴の家の隣近所に家居する者はうらゝかな春の日に盲目の女師匠が物干台に立ち出《い》でゝ

雲雀《ひばり》を空に揚げてゐるのを見かけることが珍しくなかつた。　❖谷崎潤一郎（春琴抄）

▽山原《やまはら》に人家居《いえい》して子をなして老いゆくみればいのちいとほし　❖前田夕暮（原生林）

威嚇【いかく】　武力や威力、口吻《こうふん》でおどすこと。

▽「はい！」と威嚇する声に縮み上つて盲人は返事をした――「私は盲目で御座います！――何誰《どなた》がお呼びになるのか解りません！」　❖小泉八雲（怪談）

▽どうで口先で「死ぬ、死ぬ」云うたぐらゐでは威嚇《おど》し利《き》けへんさかい、いつそ早よ埒明《らちあ》くやうに、（中略）何処ぞ近いとこい逃げたらどやろ。　❖谷崎潤一郎（卍）

居食い【いぐい】　座食。働かずに手持ちの財産を処分しながら暮らすこと。徒食。

▽女から貰つた手切の三千円はとうに米屋町で大半《あらかた》なくしてしまひ、残の金は一年近くの居食にもう数へるほどしかなかつた。　❖永井荷風（雪解）

▽馬がないので馬車追ひにもなれず、彼は居食ひをして雪が少し硬くなるまでぼんやりと過ごしてゐた。　❖有島武郎（カインの末裔）

畏敬【いけい】　崇高・偉大なもの、あるいは人をおそれ敬うこと。

▽彼の行為動作は悉《ことごと》くこの精進の一語で形容されるやうに、私には見えたのです。私は心のうちで常にKを畏敬してゐました。　❖夏目漱石（こゝろ）

▽我が国古代の優《すぐ》れた大建造物は、（中略）数世紀の間悲惨な大火災を免れて来た僅かな建造物は、今も尚その壮大さと装飾の華麗さによって人に畏敬の念を起こさせる力をもっている。❖岡倉天心（茶の本）

▽洞仙院がいかに我が儘でも、此の夫に対してはさすがに畏敬の念があつたので、それだけ夫婦仲も思つたよりは円満に行つた。　❖谷崎潤一郎（乱菊物語）

異見【いけん】　他人とは違った見解。異議。／人を諫《いさ》める見解。忠告。

▽代助は今迄嫂《あによめ》が是程適切な異見を自分に向

つて加へ得やうとは思はなかつた。　❖夏目漱石（それから）

▽徳川家も滅亡か、との松平春嶽等の異見を待つまでもなく、天下公論の向ふところによつては少しの未練なく将軍職を擲出《なげだ》さうとは、就職当時からの慶喜が公武一和の本領でゝもあつたのだ。　❖島崎藤村（夜明け前）

頤使・頤指【いし】　あごで指図して人を使うこと。見下した態度で人を使うこと。

▽いくじなしのぼんやりな年弱《としよわ》に対してとかく女王のようにふるまう気味があったが、私は満足してあらたに君臨したこの女王の頤使に身をまかせようと思った。　❖中勘助（銀の匙）

▽その年の春は、殊に参覲《さんきん》交代制度を復活した幕府方によつて待たれた。幕府は、（中略）三百の諸侯を頤使した旧時のごとくに大に幕威を一振《いっしん》しようと試みてゐた。　❖島崎藤村（夜明け前）

慰藉【いしゃ】　慰めいたわること。慰謝。

▽上総介《かづさのすけ》の身辺は、大名とはいひながら非常に孤独で、何事も思ふまゝにならない所から、ひとしほ優しい女性の慰藉を求める心が強くもあり、また実際にそれが必要でもあつた。　❖谷崎潤一郎（乱菊物語）

▽三四郎は馬鹿々々しいと思った。けれども馬鹿々々しいうちに大いなる慰藉を見出した。母は本当に親切なものであると、つくづく感心した。　❖夏目漱石（三四郎）

▽彼には、菜穂子のいまゐる山の療養所がなんだか世の果てのやうなところのやうに思へてゐた。自然の慰藉と云ふものを全然理解すべくもなかつた（後略）。　❖堀辰雄（菜穂子）

意趣【いしゅ】　心の向かうところ。考え。／恨みを含むこと。遺恨。／意味、理由、ゆきがかり。

▽李徴《りちょう》の声は叢《くさむら》の中から朗々と響いた。長短凡《およ》そ三十篇。格調高雅、意趣卓逸《たくいつ》、一読して作者の才の非凡を思はせるものばかりである。　❖中島敦（山月記）

▽もう堪忍《かんにん》の緒《お》も断《き》れたり、卑劣《きたな》い返報《かえし》はすまいなれど源太が烈しい意趣返報《がえし》は、する時なさ

で置くべき歟《か》、（後略）。　❖幸田露伴（五重塔）

▽ゑゝ憎くらしい長吉め、三ちやんを何故ぶつ、あれ又引たほした、意趣があらば私をお撃《ぶ》ち、相手には私がなる、（後略）。　❖樋口一葉（たけくらべ）

異数【いすう】 他に例のないこと。異例。

▽更に同じ技巧を仮りて自身の内に在るものを、彩《いろ》どり形づくり説き現すことを得たのは、当代に於てもなほ異数と称すべき慧敏《けいびん》である。　❖柳田国男（雪国の春）

▽要するに彼は此吝嗇《りんしょく》な島田夫婦に、余所《よそ》から貰《もら》ひ受けた一人つ子として、異数の取扱ひを受けてゐたのである。　❖夏目漱石（道草）

居丈高・威丈高【いたけだか】 人を威圧する態度をとること。いきりたっていること。

▽「何と云うどじをやる泥棒だろう。何とか、云って御覧！」と、お弓は、威丈高になって、市九郎に喰ってかかって来た。　❖菊池寛（恩讐の彼方に）

▽春琴は却《かえ》つて粛然《しゅくぜん》と襟《えり》を正して、あんた等《ら》知つたこツちやない放ツといてと威丈高になつて云つた。　❖谷崎潤一郎（春琴抄）

▽「ゆすりだ。」と夫は、威たけ高に言ふのですが、その声は震へてゐました。「恐喝だ。帰れ！　文句があるなら、あした聞く。」　❖太宰治（ヴィヨンの妻）

一期【いちご】 一生。一生涯。／臨終。

▽今かかる孝子《こうし》のお手にかかり、半死の身を終る事、了海《りょうかい》が一期の願じや。　❖菊池寛（恩讐の彼方に）

▽これやこの一期のいのち炎立《ほむらだ》ちせよと迫りし吾妹《わぎも》よ吾妹　❖吉野秀雄（寒蟬集）

一縷【いちる】 一本の細い糸すじ。／わずかにつながっているさま。

▽お雪の性質の如何に係らず、窓の外の人通りと、窓の内のお雪との間には、互に融和すべき一縷の糸の繋《つな》がれてゐる。　❖永井荷風（濹東綺譚）

▽「御苦労様」と主人は冷淡に答へたが、（中

略）蒸し熱い夏の夜に一縷の冷風が袖口《そでぐち》を潜《くゞ》つた様な気分になる。　❖夏目漱石（吾輩は猫である）

▽妙子もそれが狙ひであり、それに一縷の望みをつないで東京行きを思ひ立つたのに違ひない。　❖谷崎潤一郎（細雪）

一掬の涙【いっきくのなみだ】 両手ですくうほどの涙。少しの涙の意にも。

▽雪江さんは言茲《げんこゝ》に至つて感に堪へざるものゝ如く、潸然《さんぜん》として一掬の涙を紫の袴《はかま》の上に落した。　❖夏目漱石（吾輩は猫である）

一興【いっきょう】 一つの楽しみ。ちょっとしたおもしろいこと。

▽それにちやうどその日は十五夜にあたつてゐたのでかへりに淀川べりの月を見るのも一興である。　❖谷崎潤一郎（蘆刈）

▽仲間のものが集まつて、一興を催すことにしたのもその時だ。そのアトリ三十羽に、茶漬《ちゃづけ》三杯食へば、褒美として別に三十羽貰へる。（中略）といふ約束だ。　❖島崎藤村（夜明け前）

一顧【いっこ】 ちょっと振り返って見ること。ちょっと注意を払うこと。

▽「何故そんな詰らない事を聞くのよ」と云つた彼女は、殆《ほと》んど一顧に価しない風をした。❖夏目漱石（行人）

▽この青く清らにて物問ひたげに愁《うれい》を含める目《まみ》の、半ば露を宿せる長き睫毛《まつげ》に掩《おお》はれたるは、何故《なにゆえ》に一顧したるのみにて、用心深き我心の底までは徹《とお》したるか。　❖森鷗外（舞姫）

一朝【いっちょう】 ひとたび。一旦。／わずかの間。＊一朝一夕《いっせき》

▽少将は心弱き者、一朝事あらん時、妻子の愛に惹《ひ》かされて未練の最後に一門の恥を暴《さら》さんも測られず、時頼、たのむは其方《そち》一人。　❖高山樗牛（滝口入道）

▽えゝ中々込み入つてますからね。一朝一夕にや到底分りません。然し段々分ります。僕が話さないでも自然と分つて来るです。　❖夏目漱石（坊つちゃん）

▽こういうことは、複雑だし、一生の問題です

から、考えて損と云うことは決してない。一朝一夕にはきまらんものです。　❖宮本百合子（伸子）

なかば。

一半【いっぱん】 二分したものの一方。半分。

▽我我は一体何の為に幼い子供を愛するのか？その理由の一半は少くとも幼い子供にだけは欺かれる心配のない為である。　❖芥川龍之介（侏儒の言葉）

▽「美佐子さん自身はどう思つてゐるだらう？」「自分はたしかに悪くなつた、昔のやうに純粋でなくなつたと云つてゐる。――それはさうに違ひないんだが、一半の責任は僕にあるんだ」　❖谷崎潤一郎（蓼喰ふ虫）

逸聞【いつぶん】 世間に知られていない珍しい話。逸話。

▽伝右衛門は、かう云ふ前置きをして、それから、内蔵助が濫行《らんぎょう》を尽した一年前の逸聞を、長々としやべり出した。　❖芥川龍之介（或日の大石内蔵助）

▽井侯（註・井上馨侯爵）の薨去《こうきょ》当時、井侯の逸聞が伝へられるに方つて、文壇の或る新人は井侯が團十郎を愛して常にお伴につれて歩いたといふを慊《あきた》らず思ひ、團十郎が（中略）侯伯のお伴を栄としない見識があつて欲しかつたと云つた。　❖内田魯庵（四十年前）

逸民【いつみん】 俗世間を離れて隠れ住んでいる人。気ままな生活をしている人。佚民《いつみん》。

▽要するに主人も寒月も迷亭も太平の逸民で、彼等は糸瓜《へちま》の如く風に吹かれて超然と澄《すま》し切つて居る様なものゝ、其実は矢張り娑婆気《しゃばけ》もあり慾気もある。　❖夏目漱石（吾輩は猫である）

▽そして東京に用のない逸民は一日も早く地方へ立退けとの訓示が町の角々、電車の中などに貼り出された。　❖永井荷風（問はずがたり）

逸楽・佚楽【いつらく】 気ままに遊び楽しむこと。

▽花やかなけしきを眺めるよりも淋しい風物に接する方が慰められ、現実の逸楽をむさぼるかはりに過去の逸楽の思ひ出にふけるのがちやう

ど相応するやうになるのではありますまいか、（中略）老人にとつてはそれ以外に現在を生きてゆくみちがないわけです。　❖谷崎潤一郎（蘆刈）

▽我々は（中略）、蓮《はす》の香を吸って生きていると想像されている。それは無気力な狂信か、さもなければ卑しむべき逸楽である。　❖岡倉天心（茶の本）

異土【いど】　異国の土地。異郷。

▽ふるさとは遠きにありて思ふもの／そして悲しくうたふもの／よしや／うらぶれて異土の乞食《かたい》となるとても／帰るところにあるまじや　❖室生犀星（抒情小曲集・小景異情）

▽尾道へ戻った事を後悔する。ふるさとは遠くにありて想うものなり。たとい異土の乞食《かたい》となろうともふるさとは再び帰り来る処に非ずの感を深くするなり。　❖林芙美子（放浪記）

囲繞【いにょう】　囲いめぐらすこと。まわりを取り囲むこと。いじょう。

▽路傍の並木は到る処涼し気な夏蔭をつくり、市街を囲繞する四方の山々は新しい深緑の頂を明い藍碧《らんぺき》の空に輝《かがや》かしてゐる。　❖永井荷風（問はずがたり）

▽一方の窓からは富士の頂《いただき》が、他の一方の窓からは湖水を囲繞《いじょう》する山々の起伏が、彼女の視野に這入つて来た。彼女は何と云ふこともなく、（中略）バイロン卿の「シロンの囚人」の詩を思ひ浮べたりした。　❖谷崎潤一郎（細雪）

▽父は健三よりも世間的に虚栄心の強い男であつた。（中略）従つて彼を囲繞する妻子近親に対する彼の様子は幾分か誇大に傾むきがちであつた。　❖夏目漱石（道草）

犬死に【いぬじに】　無益に死ぬこと。むだ死に。

▽死天《しで》の山三途《さんず》の川のお供をするにも是非殿様のお許を得なくてはならない。その許もないのに死んでは、それは犬死である。　❖森鷗外（阿部一族）

▽人間が焼鳥と同じようにあっちこっちに死んでいる。（中略）犬と並んで同じように焼かれている死体もあるが、それは全く犬死で、然し

そこにはその犬死の悲痛さも感慨すらも有りはしない。 ❖坂口安吾（白痴）

異能【いのう】 人よりすぐれた才能。

▽人をたすけるための異能を備へしイエス・キリストは、自己を救ふためには全然無能でありました。 ❖内村鑑三（一日一生）

衣鉢【いはつ】 宗教・芸術などで師から弟子に伝える奥義。前人の事業・行跡など。

▽伏見屋の金兵衛は、この惣右衛門親子の衣鉢を継いだのである。 ❖島崎藤村（夜明け前）

▽自分も黄檗《おうばく》（註・黄檗宗。日本三禅宗の一つ）の衣鉢を伝へた身であつて見れば、独立《どくりゅう》の遺蹟の存滅を意に介せずにはゐられない。 ❖森鷗外（渋江抽斎）

萎靡【いび】 萎《な》えしおれること。衰えて元気がなくなること。

▽男の器械は用立つ時と用立たない時とある。好《すき》だと思へば跳躍《ちょうやく》する。嫌《いや》だと思へば萎靡して振はない。 ❖森鷗外（ヰタ・セクスアリス）

▽収穫の季節が全く終りを告げると彼等は草木の凋落《ちょうらく》と共に萎靡して畢《しま》はねばならぬ。草木の眠りに落ち去る少くとも五六十日の間は、（中略）林の間に落葉や薪《まき》を求めることがあるに過ぎぬ。 ❖長塚節（土）

意表【いひょう】 考慮に入れていなかったこと。意外。思いの外。

▽「もう少し待つて呉れ玉へ。（中略）」と代助には意表な返事をした。代助は馬鹿々々しいと云ふより、寧《むし》ろ一種の憎悪を感じた。 ❖夏目漱石（それから）

▽庄兵衛は「うん、さうかい」とは云つたが、聞く事毎に余り意表に出たので、これも暫く何も云ふことが出来ずに、考へ込んで黙つてゐた。 ❖森鷗外（高瀬舟）

遺命【いめい】 死に臨んで遺言でのこしたいいつけ。死後にのこした命令。

▽臨終の床で自分の手をとり泣いて遺命した父の惻々《そくそく》たる言葉は、今尚耳底《じてい》にある。 ❖中島敦（李陵）

入相【いりあい】 日の入る頃。夕暮。／入相の鐘。晩鐘、いりがね。
▽松のあひ〱皆墓はらにて、はねをかはし枝をつらぬる契《ちぎり》の末も、終《つい》にはかくのごときと悲しさも増《まさ》りて、塩がまの浦に入相のかねを聞く。
❖松尾芭蕉（おくのほそ道）
▽夕暮の入相の音、蜩《ひぐらし》のこゑ、それからそれにつれて周囲の小寺から次ぎ次ぎに打ち鳴らされる小さな鐘などをぼんやり聞いてゐると、何んともかとも言ひやうのない気もちがされて来るのだつた。❖堀辰雄（かげろふの日記）

所謂【いわゆる】 世間一般に言われている。
▽僕は所謂処世《しょせい》上の経験程愚《ぐ》なものはないと思つてゐる。苦痛がある丈ぢやないか。❖夏目漱石（それから）
▽どの狂言にも代々の名優の工夫に成る一定の扮装《ふんそう》、一定の動作——所謂「型」が伝へられてゐるから、（後略）。❖谷崎潤一郎（蓼喰ふ虫）
▽結局、矢張り東京へ帰る事にした。（中略）そして帰ると決まると、急に所謂帰心矢の如しといふ風な気持になつて了つた。❖志賀直哉（暗夜行路）

陰翳・陰影【いんえい】 うす暗いかげの部分。／単調でなく深みのある趣《おもむき》。
▽雲を劈《つんざ》く光線と雲より放つ陰翳とが彼方此方《かなたこなた》に交叉して、不羈《ふき》奔逸《ほんいつ》の気が何処ともなく空中に微動して居る。❖国木田独歩（武蔵野）
▽日頃の不品行な行為の結果が、（中略）から云ふ時に肉体の衰へに乗じて、一種の暗い、淫《いん》猥《わい》とも云へば云へるやうな陰翳になつて顔や襟《えり》頸《くび》や手頸などを隈《くま》取つてゐるのであつた。❖谷崎潤一郎（細雪）
▽たださえ、妾《わたくし》、色々な風評の的になって、困っているのですもの。ああいうお話はなるべく陰翳の残らないように、ハッキリと片を付けておきたいと思いますの。❖菊池寛（真珠夫人）
▽日の夕《ゆうべ》となりて、模糊《もこ》として力なき月光の全都を被《おお》ひ、随処に際立ちたる陰翳を生ぜしとき、われはいよ〱ヱネチアの真味《しんみ》を領略《りょうりゃく》すること

を得たり。　❖森鷗外（即興詩人）

因果【いんが】 善悪の行為の結果によってそれに相当する果報を招くこと。前世の悪行の果報である不幸な状態。／原因と結果。

▽私はこんな貧しい頭を持ちながら考へなければ生きられない自分は何の因果だらうかと思つた。　❖倉田百三（愛と認識との出発）

▽「（前略）頼りに思ふ世継ぎの悴《せがれ》が一向頼りにならないとは、何といふ因果なことであらう。年老いてから子に背かれる程さびしいものはありませぬ」　❖谷崎潤一郎（乱菊物語）

▽何の因果で斯んな業病《ごうびょう》に罹《かゝ》つたのかと、つく〴〵辛い心持が致します。　❖夏目漱石（行人）

慇懃【いんぎん】 丁寧で礼儀正しいこと。／男女の情交。／親しい交わり。

▽奥さんが麦茶を土瓶《どびん》に持って来て、慇懃でもなくお粗末でもなく、「御苦労さまでございます。あまり冷たくないお麦茶ですけれど、どうぞ召上って」とお辞儀をして立って行った。　❖井伏鱒二（黒い雨）

▽内には言ひ争ふごとき声聞えしが、又静になりて戸は再び明きぬ。さきの老媼《おうな》は慇懃におのが無礼の振舞せしを詫《わ》びて、余を迎へ入れつ。　❖森鷗外（舞姫）

▽主人の妾《めかけ》と慇懃を通じて、その為に成敗を受けようとした時、却《かえ》ってその主人を殺すと云うことは、何う考えても、彼にいい所はなかった。　❖菊池寛（恩讐の彼方に）

隠見・隠顕・隠現【いんけん】 かくれたり見えたりすること。見えがくれすること。

▽川柳の陰で姿は能《よ》く見えぬが、帽子と洋傘《こうもり》とが折り〳〵木の間から隠見する。　❖国木田独歩（富岡先生）

▽岡は言葉少《すくな》ながら、ちか〳〵と眩《まぶ》しい印象を眼に残して、降《ふ》り下り降り煽《あお》る雪の向うに隠見する山内《さんない》の木立ちの姿を嘆賞した。　❖有島武郎（或る女）

因業【いんごう】 頑固で無情なこと。

▽なんぼ因業だつて、あんな因業な人つたらあ

りやしないよ。今日が期限だから、是が非でも取つて行くつて、いくら言訳を云つても、坐り込んで動かないんだもの。　❖夏目漱石（道草）

▽借りたい金高《かねだか》を番頭が因業で貸してくれぬことがあつても、父親は只困ると云ふ丈で番頭を無理だと云つて怨んだこともない位だから、（後略）。　❖森鷗外（雁）

因循【いんじゅん】 古い習慣に従うだけで、改めようとしないこと。／決断力に欠け、ぐずぐずしていること。＊因循姑息《こそく》

▽かういふ何の物音もなく眠つた街に、住む人は因循で、ただ柔順《おとな》しく、僅にGonshan《ゴンシャン》（良家の嫁、方言）のあの情の深さうな、（中略）夕暮のささやきばかりがなつかしい。　❖北原白秋（思ひ出）

▽義妹は学問はよく出来たかも知れないけれども、少し因循過ぎるくらゐ引つ込み思案の、日本趣味の勝つた女である。　❖谷崎潤一郎（細雪）

▽僕は今まで自分の因循からあなたに対しても木村に対しても本当に友情らしい友情を現はさなかつたのを恥かしく思ひます。　❖有島武郎（或る女）

隠棲【いんせい】 世俗をのがれて静かに暮らすこと。隠栖。

▽寛斎は中津川の家を養子に譲り、（中略）かねて老後の隠棲の地と定めて置いた信州伊那の谷の方へ移つて行つた。

❖島崎藤村（夜明け前）

▽老年に及んでから京都を恋しがるやうになり、遂に小石川の本邸を捨てゝ嵯峨に隠棲してしまつたのである。　❖谷崎潤一郎（細雪）

▽やつぱりこゝに老い朽ちてしまふにしくはないといふやうな止み難い隠棲の気味にもなつてゐる。　❖永井荷風（問はずがたり）

淫蕩【いんとう】 酒色におぼれるなど、素行の悪いこと。みだらな享楽にふけること。

▽私の淫蕩は体質的のものなので、自分でも如何ともすることが出来ないことは、夫も察して

くれるであらう。　❖谷崎潤一郎（鍵）

▽只淫蕩な悪い精神が内で傍若無人に働き、追ひ退《の》けても追ひ退けても階下《した》に寝てゐるお栄の姿が意識へ割り込んで来る。　❖志賀直哉（暗夜行路）

隠遁【いんとん】世事をのがれてひっそりと隠れ住むこと。

▽O《オー》村は私もたいへん好きになりました。私もああいふところに隠遁できたらと柄にないことまで考へてゐます。　❖堀辰雄（楡の家）

▽そこはそれ、北部の信州人、殊に丑松の父は素朴な、勤勉な、剛健な気象で、労苦を労苦とも思はない上に、別に人の知らない隠遁の理由をも持つて居た。　❖島崎藤村（破戒）

因縁【いんねん】動機。しかるべき理由。／ゆかり。縁。／由来。来歴。いんえん。

▽此婆さんがどう云ふ因縁《いんえん》か、おれを非常に可愛がつて呉れた。不思議なものである。（中略）此おれを無暗《むやみ》に珍重《ちんちょう》してくれた。　❖夏目漱石（坊つちゃん）

▽奇しき因縁に纏《まと》はれた二人の師弟は（中略）東洋一の工業都市を見下しながら、永久に此処に眠つてゐるのである。　❖谷崎潤一郎（春琴抄）

▽一人の女がいつしか彼女の過去にまつはる因縁を離脱してしまつたこと、――彼にはそれが悲しいので、その心持は未練と云ふのとは違ふかも知れない。　❖谷崎潤一郎（蓼喰ふ虫）

▽おれとうらなり君とはどう云ふ宿世《すくせ》の因縁《いんえん》かしらないが、此人の顔を見て以来どうしても忘れられない。　❖夏目漱石（坊つちゃん）

淫靡【いんび】風俗・風紀などが乱れているさま。みだらな感じがするさま。

▽裸体は希臘《ギリシャ》、羅馬《ローマ》の遺風が文芸復興時代の淫靡の風《ふう》に誘はれてから流行《はや》りだしたもので、（後略）。　❖夏目漱石（吾輩は猫である）

▽江戸の芝居でも、怪奇なものはます〱怪奇に、繊細なものはます〱繊細だ。尖《とが》つた神経質と世紀末の機智とが淫靡で頽廃した色彩に混じ合つてゐる。　❖島崎藤村（夜明け前）

淫婦【いんぷ】みだらな女。多情な女。
▽この小さな抒情小曲集に歌はれた私の十五歳以前のLife《ライフ》はいかにも幼稚な柔順《おとな》しい、然し飾気のない、時としては淫婦の手を恐るゝ赤い石竹《せきちく》の花のやうに無智であつた。❖北原白秋（思ひ出）
▽拒マウトシテモ誘惑ニ打チ克チ得ズ、却《かえ》ツテソレヲ喜ビ迎ヘル。ソコガ淫婦ノ淫婦タル所以《ゆえん》デアル。❖谷崎潤一郎（鍵）

う

有為転変【ういてんぺん】この世は因縁によって仮に存在しており、恒常性がなく、常に移り変わっていくものであるということ。有為無常。
▽天子は醍醐、朱雀《すざく》を経て村上となり、世の中は藤原氏や菅原氏の栄枯盛衰の外にも、いろ〳〵な有為転変があつた。❖谷崎潤一郎（少将滋幹の母）
▽日本の文人は東京の中央《まんなか》で電燈の光を浴びて白粉《おしろい》の女と相対《さしむか》いになっていても、やっぱり鴨の長明が有為転変を儚《はか》なみて浮世を観ずるような身構えをしておる。❖内田魯庵（二十五年間の文人の社会的地位の進歩）

迂遠【うえん】すぐの用には役立たないこと。／まわり遠いこと。実際的でないこと。
▽書いた物の背後には、何等かの考とか意味とかゞ潜んでゐなくてはならないと思ふのは、読者の迂遠である。固陋《ころう》である。❖森鷗外（灰燼）
▽日本の学校でやる、講釈の倫理教育は、無意義のものだと考へた。（中略）此迂遠な教育を受けたものは、他日社会を眼前に見る時、昔の講釈を思ひ出して笑つて仕舞ふ。❖夏目漱石（それから）

迂闊・迂濶【うかつ】注意の足りないこと。うっかりしているさま。
▽だつて、校長先生、人の一生の名誉に関《かゝ》はる

やうなことを、左様迂濶には喋《しゃべ》れないぢや有りませんか。 ❖島崎藤村（破戒）

▽妻ニカウ云フエキゾチツクナ美ガアルコトヲ、（中略）他人ニ見ツケ出サレタノハ口惜《くや》シイケレドモ、夫ト云フモノハ見馴レタ妻ノ見馴レタ姿ヲノミ見タガルモノデ、却《かえっ》テ他人ヨリモ迂濶ナノカモ知レナイ。 ❖谷崎潤一郎（鍵）

▽学者社会を除いて他の方面の事には極めて迂濶で、ことに実業界抔《など》では、どこに、だれが何をして居るか一向知らん。 ❖夏目漱石（吾輩は猫である）

右顧左眄【うこさべん】 周囲の様子ばかりをうかがって、決断をためらうこと。左顧右眄。

▽おかしな少女、江波恵子！ 間崎は橋本先生と対談中、江波の存在に牽制《けんせい》されて右顧左眄の言を弄《ろう》する不快の感をいささかも経験しなかった。 ❖石坂洋次郎（若い人）

胡散【うさん】 様子や態度が怪《あや》しいさま。疑がわしいさま。

▽ふだんは余りたづねる人もない此の竹藪の奥の門の前を、年の若い、身なりのキリリとした侍風の男が胡散らしく徘徊してゐた。 ❖谷崎潤一郎（乱菊物語）

▽一種異様な、半ば敵意を含んだような、半ば軽蔑したような胡散な眼つきで、ケバケバした彼女の姿を捜《さぐ》るように眺めるのでした。 ❖谷崎潤一郎（痴人の愛）

▽ときをり人夫等がその庭の中で草むしりをしてゐた。彼等の中には熊手を動かしてゐた手を休めて私の方を胡散臭さうに見送る者もあつた。 ❖堀辰雄（美しい村）

欝蒼・欝葱【うっそう】 あたりが暗くなるほど樹木が青々と茂るさま。

▽男山はあだかもその絵にあるやうにまんまるな月を背中にして欝蒼とした木々の繁みがびろうどのやうなつやを含み、まだ何処やらに夕ばえの色が残つてゐる中空《なかぞら》に暗く濃《こ》く黒ずみわたつてゐた。 ❖谷崎潤一郎（蘆刈）

▽老樹欝蒼として生茂《おいしげ》る山王の勝地《しょうち》は、其の翠《すい》緑《りょく》を反映せしむべき麓の溜池あつて初めて完全

なる山水の妙趣を示すのである。　❖永井荷風（日和下駄）

鬱憤【うっぷん】 心の中に積もりたまった不満や怒り。抑えに抑えたうらみ。

▽今更きいて見たところで、何の得るところもないだらうと思つてゐるので、日頃の鬱憤などは顔色にも現はさず、努めて機嫌のいゝ調子をつくり、（後略）。　❖永井荷風（つゆのあとさき）

▽「仲のいゝところを見せつけられたから、聊《いさゝ》か鬱憤を晴らしに来たのさ」「御挨拶だわね、……」　❖谷崎潤一郎（蓼喰ふ虫）

鬱勃【うつぼつ】 胸中に満ちた意気が、今にも発しようとしているさま。／雲などが盛んに起こるさま。

▽漢が天下を定めてから既に五代・百年、始皇帝の反文化政策によつて湮滅《いんめつ》し或ひは隠匿されてゐた書物が漸く世に行はれ始め、文の興らんとする気運が鬱勃として感じられた。　❖中島敦（李陵）

▽我々の心に鬱勃《うつぼつ》たる思想が籠《こも》つて居つて、我々が心の儘《まま》をジョン・バンヤンがやつた様に綴ることが出来るならば、夫《それ》が第一等の立派な文学であります。　❖内村鑑三（後世への最大遺物）

埋れ木【うもれぎ】 世間から見捨てられて顧みるものもない境遇。／長い年月、土中に埋もれて炭化した木。

▽自分の一生は綿貫のお蔭で滅茶々々にしられた。もう行末に何の望みも光明もない、生涯埋れ木で暮らすばつかりや（後略）。　❖谷崎潤一郎（卍）

▽子供の愛に惹《ひ》かされて自分たちの身を埋れ木にするのが愚かしいと云ふ考にも二人ながら行き着いてゐた。　❖谷崎潤一郎（蓼喰ふ虫）

▽とう〳〵俺れも埋れ木になつてしまつた。これから地面の下で湿気を喰ひながら生きて行くより外にはない。　❖有島武郎（或る女）

瓜実顔【うりざねがお】 ウリの種に似た、色白くやや面長《おもなが》のふっくらとした顔。

▽月の光を受けて些《すこ》し蒼味《あおみ》を帯《お》んだ瓜実顔にほつれ掛ツたいたずら髪二筋三筋　扇頭《せんとう》の微風に戦《そよ》いで頬の辺《あたり》を往来する所は慄然《ぞつ》とするほど凄味がある。❖二葉亭四迷（浮雲）

▽輪郭の整つた瓜実顔に、一つ〳〵可愛い指で摘《つ》まみ上げたやうな小柄な今にも消えてなくなりさうな柔かな目鼻がついてゐる。❖谷崎潤一郎（春琴抄）

迂路【**うろ**】遠まわりの道。まわり道。

▽世界は終戦後十余年の冷戦の迂路を経て、ようやく平和回復の正道に帰りつつある。それは、わが国では忘れられ、いな、蹂躙《じゅうりん》されていた新憲法精神への復帰でなければならぬ。❖南原繁（日本の理想）

▽彼らの態度に好意と親切とがないのだから彼と彼らとの間には非常な迂路をとらなければ理解の途がないと思った。❖阿部次郎（三太郎の日記）

胡乱【**うろん**】うさんくさいこと。怪しく確かでないさま。

▽坊さんが胡乱な顔をしたので、十郎左衛門はさういつてから、慌てゝ附け加へた。「いや、…その、…何しろ旅の者でして、都の様子がさつぱり分りませんものですから、（後略）。❖谷崎潤一郎（乱菊物語）

▽喜んで宜《よ》いものか、悲《かな》しんで宜いものか、殆《ほとん》ど我にも胡乱になって来たので、（中略）快と不快との間に心を迷《まよわ》せながら、暫《しばら》く縁側を往きつ戻りつしていた。❖二葉亭四迷（浮雲）

▽子供までがおびえた眼付をして内儀《かみ》さんの膝の上に丸まりながら、その男をうろんらしく見詰めてゐた。❖有島武郎（生れ出づる悩み）

蘊奥【**うんおう**】学術・技芸などの奥深いところ。奥義。うんのう。

▽いづれの楽器も蘊奥を極めることのむづかしさは同一であらうが（中略）、況《いわ》んや音譜のない時代に於てをや師匠に就《つ》いても琴は三月三味線は三年と普通に云はれる。❖谷崎潤一郎（春琴抄）

え

永訣【えいけつ】永久に別れること。死に別れ。
▽五十一歳にして愛女《あいじょ》を得たり、五十六歳にして夫人に永訣したけれども、隆盛《りゅうせい》の運は更に衰へず、今日にては、二億以上の有名なる財産家となれり。　❖幸田露伴（露団々）
▽けふのうちに／とほくへいつてしまふわたくしのいもうとよ／みぞれがふつておもてはへんにあかるいのだ／（あめゆじゆとてちてけんじや）　❖宮沢賢治（春と修羅・永訣の朝）

穎悟・英悟【えいご】さとく賢くて、悟りがはやいこと。
▽春琴幼にして穎悟、加ふるに容姿端麗にして高雅なること譬《たと》へんに物なし。　❖谷崎潤一郎（春琴抄）

永劫【えいごう】無限に長い年月。＊未来永劫
▽恐るべき永劫が私の周囲にはある。（中略）私は永劫に対して私自身を点に等しいと思ふ。永劫の前に立つ私は何ものでもないだらう。それでも点が存在する如く私も亦永劫の中に存在する。　❖有島武郎（惜みなく愛は奪ふ）
▽夫婦は愛によりて永劫をちぎりたるもの、功名は此の世のつかの間の夢に非ずや。　❖国木田独歩（欺かざるの記）
▽一旦別れたが最後、同じこの地球の上に呼吸しながら、未来永劫復《ま》たと邂逅《めぐりあ》はない……それは何んといふ不思議な、淋しい、恐ろしい事だ。　❖有島武郎（生れ出づる悩み）

叡知【えいち】深遠な道理をさとりうるすぐれて深い知恵。高い知性。英知。
▽少年時代に感じた季節の変移《うつりかわり》の鋭い記憶とその感覚の敏活とは、ほんとに何にたとへて言つていいか解らない。（中略）それはまだ小児《こども》の時代《とき》の純潔や叡知がそのまま温和にふとり育つて、それが正確に保存されてゐるからである。
❖室生犀星（抒情小曲集）

▽宗教上の予言には、隠れた超自然の叡知があつて、導き示したものと信じられて居るが、しかも暗々裡には予言者のもつ知識経験が、其能力を限定して居た。 ❖柳田国男（国語の将来）

鋭鋒【えいほう】 するどく攻め立てる勢い。

▽お常《つね》は器械的に、いつものやうに働いてゐるうちに、夫に打《ぶ》つ附《つ》からうと思つた鋭鋒は次第に挫《くじ》けて来た。 ❖森鷗外（雁）

▽可成《なるべく》こゝは好加減に迷亭《めいてい》の鋭鋒をあしらつて無事に切り抜けるのが上分別なのである。 ❖夏目漱石（吾輩は猫である）

栄耀【えいよう】 栄えて世に時めくこと。／ぜいたくをすること。えよう。

▽外《ほか》の方々は高禄《こうろく》を賜《たま》はつて、栄耀《えよう》をしたのに、そちは殿様のお犬牽《いぬひき》ではないか。そちが志は殊勝で、殿様のお許が出たのは、此上も無い誉れぢや。 ❖森鷗外（阿部一族）

▽三代の栄耀一睡《えいよういっすい》の中《うち》にして、大門《だいもん》の跡は一里こなたに有《あり》。秀衡《ひでひら》が跡は田野《でんや》に成《なり》て、金鶏《きんけい》山のみ形を残す。 ❖松尾芭蕉（おくのほそ道）

▽身には錦繍《きんしゅう》をまとひ、倉には万金を貯へ、口には珍味佳肴《かこう》を絶やさず、腕には長者の娘を抱き、朝から晩まで酒池肉林《しゅちにくりん》の快楽《けらく》に浸り栄耀栄華のしたい三昧、……（後略）。 ❖谷崎潤一郎（乱菊物語）

回向・廻向【えこう】 仏事を営んで死者の冥福を祈ること。

▽女達は涙を流して、（中略）どうぞ思ひ出したら、一遍の回向をして貰ひたいと頼んだ。 ❖森鷗外（阿部一族）

▽非業の死を遂げた、哀れな亡者《もうじゃ》じゃ。通りかかられた縁に、一遍の回向をして下され。 ❖菊池寛（恩讐の彼方に）

▽僕は亡者を導く力はないが、せめて供養の気持で読経回向しようと思った。誠心こめて読経しなくては駄目だと思った。 ❖井伏鱒二（黒い雨）

閲歴【えつれき】 時間が経過すること。／人が社会的に経験してきたこと・あと。経歴。

▽今日はもう半夜《はんや》を過ぎている。もう今日ではなくなっている。（中略）その今日でなくなった今日には閲歴がある。それが人生の閲歴、生活の閲歴でなくてはならないはずである。❖森鷗外（青年）

▽岡田は只それ丈の刹那の知覚を閲歴したと云ふに過ぎなかつたので、無縁坂を降りてしまふ頃には、もう女の事は綺麗に忘れてゐた。❖森鷗外（雁）

▽余が胸臆《きょうおく》を開いて物語りし不幸なる閲歴を聞きて、かれは屢〻《しばしば》驚きしが、なかく〵に余を譴《せ》めんとはせず、却《かえ》りて他の凡庸なる諸生輩を罵《ののし》りき。❖森鷗外（舞姫）

厭悪【えんお】 嫌い憎むこと。嫌悪。

▽その子が僕の通る度に、指を銜《くわ》へて僕を見る。僕は厭悪と多少の畏怖とを以て此子を見て通るのであつた。❖森鷗外（ヰタ・セクスアリス）

▽葉子は一人の男をしつかりと自分の把持《はじ》の中に置いて、（中略）時々は木村の顔を一眼見たばかりで、虫唾《むしず》が走る程厭悪の情に駆り立てられて、我れながら如何《どう》してい丶か分らない事もあつた。❖有島武郎（或る女）

婉曲【えんきょく】 遠回しに表現し、露骨にならないように言うさま。おだやかな表現。

▽何故そんな移ろひ易いやうなお気持を、こんな婉曲な方法にせよ、私にお打ち明けになつたのだらう？❖堀辰雄（楡の家）

▽矢張あの時芝居に誘つて貰へなかつたことが忘れられないで、その恨みを婉曲に述べてゐるのかも知れなかつた。❖谷崎潤一郎（細雪）

▽「女房のふところには鬼が栖《す》むか蛇が栖むか」と云ふ文句を聞くと、それがいかにも性慾的にかけ離れてしまつた女夫《めおと》の秘事を婉曲ながら適切に現はしてゐるのに気づいて、暫く胸の奥の方が疼《うず》くのを感じた。❖谷崎潤一郎（蓼喰ふ虫）

冤屈【えんくつ】 無実の罪。／志を曲げること。

▽あいつは己《おれ》を不言《ふげん》の間に翻弄《ほんろう》していると感じた。勿論この感じは的のあなたを射るようなも

ので、女性に多少の冤屈を負わせているかも知れない。　❖森鷗外（青年）

▽諸君は、肉に付《つけ》ても心に付《つけ》ても、野蛮世界に住居するを甘んじ給ふか。否又《いなま》た諸君の心の利害の観念は、果して情慾なる野蛮の暴君の圧制を受けて、冤屈に甘んずるでせうか。　❖幸田露伴（露団々）

円光【えんこう】 仏や菩薩の頭上から放たれる円形の光明。後光。

▽「お母さま」と、滋幹《しげもと》はもう一度云つた。（中略）白い帽子の奥にある母の顔は、花を透かして来る月あかりに暈《ぼか》されて、可愛く、小さく、円光を背負つてゐるやうに見えた。　❖谷崎潤一郎（少将滋幹の母）

▽自分には、その白痴か狂人の淫売婦たちに、マリヤの円光を現実に見た夜もあつたのです。

❖太宰治（人間失格）

嫣然・艶然【えんぜん】 女性がにっこりと笑うさま。／美しい女性の顔。

▽あれ程人を欺《だま》す花はない。余は深山椿《みやまつばき》を見る度にいつでも妖女《ようじょ》の姿を連想する。黒い眼で人を釣り寄せて、しらぬ間に、嫣然たる毒を血管に吹く。　❖夏目漱石（草枕）

▽此女の嫣然たる姿態や、妖艶《ようえん》な媚《こび》は皆上部《うわべ》ばかりの技巧なのだ。　❖菊池寛（忠直卿行状記）

▽おつたは茶柱の立つた茶碗の中を見てそれから一寸嫣然《にっこり》として見たり、庭の方を見たりして居た。　❖長塚節（土）

艶福【えんぷく】 女にもてる、男のしあわせ。

▽あのうらなり君が、そんな艶福のある男とは思はなかつた。人は見懸《みか》けによらない者だな。

❖夏目漱石（坊つちやん）

▽主人は手を拍《う》つて下女を呼んで栓を抜かせる。主人、迷亭、独仙、寒月、東風の五君は恭《うやうや》しくコップを捧げて、三平君の艶福を祝した。　❖夏目漱石（吾輩は猫である）

艶麗【えんれい】 あでやかで美しいこと。

▽髪はと云へば昔の平安朝の人などのやうに立つと地に着くくらゐあるのを、つやゝかに島田

に結ひ上げた姿は、実に堂々として、艶麗でありながら威厳があり、こんな人に十二単衣《ひとえ》を着せたらばどんなであらうかと思つたものであつた。　❖谷崎潤一郎（細雪）
▽この地の花の絵葉書は艶麗を極めて居るが、日の光の為か山が大き過ぎるからか、実際の花の色は白々として居て淋しかつた。　❖柳田国男（美しき村）
▽恰《あたか》もそれは、路より少し高い所に生えてゐるので、その一本だけが、ひとり離れて聳えつゝ傘のやうに枝をひろげ、その立つてゐる周辺を艶麗なほの明るさで照らしてゐるのであつた。　❖谷崎潤一郎（少将滋幹の母）

お

横溢【おういつ】 あふれるほど盛んなこと。
▽何分御牧《みまき》氏の設計は西洋近代趣味の横溢したものであるだけに、贅沢《ぜいたく》で金のかゝるものなので、事変の影響下にだん〳〵注文が少くなり、仕事が全く閑散になつてしまつたゝめに、（後略）。　❖谷崎潤一郎（細雪）
▽誰でも云ふ「少年時代《こどものとき》は楽しかつた」と、（中略）。若若しい木のやうに伸びゆく力は、ほんとにあの時代に限つて横溢してゐる。　❖室生犀星（抒情小曲集）

往還【おうかん】 行き来すること。往来。／行き来する道。街道。おうがん。おうげん。
▽松本から三河、尾張の街道、及び甲州街道は彼等中馬《ちゅうま》が往還するところに当り、木曾街道にも出稼ぎするものが少くない。　❖島崎藤村（夜明け前）
▽県道らしい往還の道端《みちばた》から折れて奥深い生垣の径《こみち》を行つた突きあたりに門構へのその家があつた。　❖谷崎潤一郎（細雪）

横死【おうし】 事故・殺害など思いがけない災難にあって死ぬこと。不慮の死。非命。
▽市九郎の為に、非業《ひごう》の横死を遂げた中川三郎

兵衛は、家臣《かしん》の為に殺害された為、家事《かじ》不取締《ふとりしまり》とあって、家は取潰され、(後略)。❖菊池寛(恩讐の彼方に)

▽井伊大老の横死は絶対の秘密とされたゞけに、来るべき時勢の変革を予想させるかのやうな底気味の悪い沈黙が周囲を支配した。❖島崎藤村(夜明け前)

往生【おうじょう】 あきらめて静かにしていること。/死ぬこと。/極楽浄土に生まれ変わること。

▽底には細長い水草が、往生して沈んで居る。余は往生と云ふより外に形容すべき言葉を知らぬ。❖夏目漱石(草枕)

▽「穢土《えど》を厭《いと》ひ浄土を欣《よろこ》ぶの心切なれば、などか往生を遂《と》げざらん」簡単な言葉だが、彼は恵《え》心僧都《しんそうず》と共に手を合せたいやうな気持がした。❖志賀直哉(暗夜行路)

旺然【おうぜん】 勢いの盛んなさま。

▽今目前《もくぜん》に行人《こうじん》が艱難《かんなん》し、一年に十に近い人の命を奪う難所を見た時、彼は、自分の身命を捨てて此の難所を除《のぞ》こうと云う思付が旺然として起った。❖菊池寛(恩讐の彼方に)

▽自分の勝利が、凡《すべ》て不純の色彩を帯びるに至つたのだと思うと、彼は右近と左太夫とに対し、旺然たる憎悪を感じ始めたのである。❖菊池寛(忠直卿行状記)

懊悩【おうのう】 心の底で悩み苦しむこと。

▽青年空想の昔が思ひ出されて、かうした恋の為め、煩悶《はんもん》もし、懊悩もして居るかと思つて、憐憫《れんびん》の情も起らぬではなかつた。❖田山花袋(蒲団)

▽さうして自分ひとりの懊悩は胸の中の小箱に秘め、(中略)ひたすら無邪気の楽天性を装ひ、自分はお道化《どけ》たお変人として、次第に完成されて行きました。❖太宰治(人間失格)

鷹揚【おうよう】 ゆったりと落ち着いていること。おっとりしていること。大様。

▽奥畑はいやにゆつくり〳〵と物を云ふ男で、そこに何か、大家《たいか》の坊々《ぼん〳〵》としての鷹揚さを衒《てら》ふ様子が見えて不愉快なのである。❖谷崎潤一

郎（細雪）

▽私は二人の間に出来たたつた一人の男の子でした。宅には相当の財産があつたので、寧《むし》ろ鷹揚に育てられました。❖夏目漱石（こゝろ）

▽「まあ、お日さまも星のうちだったんですわね。（中略）。」狐は鷹揚に笑ひました。「まあさうです。」❖宮沢賢治（土神ときつね）

岡惚れ【おかぼれ】 人の恋人や交際のない異性を傍からひそかに恋い慕うこと。

▽彼は母の幻に会ふために花柳界の女に近づき、茶屋酒に親しんだ。そんなことから方々に岡惚れを作つた。❖谷崎潤一郎（吉野葛）

▽「こちらは私の昔の岡惚れにそりやよく似ていらつしやるわ」と云ひ返した。❖志賀直哉（暗夜行路）

悪寒・悪感【おかん】 発熱のために、ぞくぞくと寒気を感じること。

▽悪寒のやうな小刻みな身ぶるひが絶えず足の方から頭へと波動のやうに伝はつた。❖有島武郎（或る女）

▽体じゅうの骨が、ばらばらになるような気がした。激しい悪寒がして熱が出た。三十九度以上あったろう。❖井伏鱒二（黒い雨）

奥津城【おくつき】 墓。墓所。おきつき。

▽我々が地下に埋められた時、悲しげに我々の奥津城をさまようものは花である。❖岡倉天心（茶の本）

▽夕雨《ゆうあめ》にこほろこほろぎうら悲し新《にい》おくつきの鶏頭がもと ❖伊藤左千夫（左千夫歌集）

噯にも出さない【おくびにもださない】 物事を深く秘して少しも口外もしないし、そぶりにも見せない。

▽葉子を確実に占領したといふ意識に裏書きされた木部は、今までおくびにも葉子に見せなかつた女々《めゝ》しい弱点を露骨に現はし始めた。❖有島武郎（或る女）

▽岡田が洋行の事を噯気《おくび》にも出さぬので、僕は色々話したい事のあるのをこらへて、（中略）耳を傾けてゐた。❖森鷗外（雁）

臆面【おくめん】 気おくれした顔色・様子。

▽それだのに事務長だけは、（中略）どうかした拍子《ひょうし》に顔を合せた時でも、その臆面のない、人を人とも思はぬやうな熟視は、却《かえ》つて葉子の視線をたじろがした。　❖有島武郎（或る女）
▽義太夫を通じて現れる大阪人の、へんにづうくしい、臆面のない、目的のためには思ふ存分な事をする流儀が、妻と同じく東京の生れである彼には、鼻持ちがならない気がしてゐた。
❖谷崎潤一郎（蓼喰ふ虫）
▽お才は眼尻に小皺《こじわ》を作り、色の悪い歯ぐきを露はし、笑ひかけ、臆面もなく親しげに謙作の顔へ眺め入つた。　❖志賀直哉（暗夜行路）

烏滸・痴・尾籠【おこ】　おろか。ばかげていること。
▽以前はどうであつたらうかといふ研究は、この方面に於て特に実用がある。あつた事実を知りもせず考へもせずに、勝手な理窟をつけようとするのは烏滸だからである。　❖柳田国男（魂の行くへ）
▽自分なんぞが監督したり心配したりするなんて烏滸がましいことだと、此方が恥かしくなつてしまひました」　❖谷崎潤一郎（細雪）

億劫【おっこう】　極めて長い時間。永遠。／面倒くさくて気が進まないこと。おっくう。
▽その罪は億劫の昔阿弥陀《あみだ》様が先きに償《つぐの》うて下された……赦されているのじゃ、赦されているのじゃ。　❖倉田百三（出家とその弟子）
▽こいさんも来なさい、あたし等《ら》かて疲れてるねんけど、……と、幸子は億劫《おっくう》がる妙子を無理に誘つて、又三人でロビーまで出かけた。　❖谷崎潤一郎（細雪）

鬼火【おにび】　雨の降る夜などに墓地や湿地に燃え出て空中に浮遊する青火。きつね火。
▽未だ嘗《かつ》て人の目にこれほどの鬼火が見えた事はなかつた……「芳一さん！　――芳一さん！」下男達は声をかけた「貴方は何かに魅《ばか》されて居るのだ！　……芳一さん！」　❖小泉八雲（怪談）
▽富士が、したたるやうに青いのだ。燐《りん》が燃えてゐるやうな感じだつた。鬼火。狐火。ほたる。

すすき。葛《くず》の葉。私は、足のないやうな気持で、夜道を、まつすぐに歩いた。　❖太宰治（富嶽百景）

鬼一口【おにひとくち】　はなはだしく危険なこと。／物事の容易なことのたとえ。

▽ある者は死が余り無頓着さうに見えるので、つい気を許して少し大胆に高慢に振舞はうとする。と鬼一口だ。もうその人は地の上にはゐない。（中略）人の生きて行く姿はそんな風にも思ひなされる。実に果敢《はか》ないとも何んとも云ひやうがない。　❖有島武郎（生れ出づる悩み）

己惚れ・自惚れ【おのぼれ】　うぬぼれること。うぬぼれ。自負。

▽ただ金を貸してくれるだけでも充分の好意である。自分に逢って手渡しにしたいというのは――三四郎は此処《ここ》まで己惚《おのぼれ》て見たが、（後略）。　❖夏目漱石（三四郎）

▽自分で自分を卑しむ事ばかりだ。己惚れというものが、第一に自分を不遇のなかに追いこんでいるのだ。（中略）たかが田舎者のくせに、いったい文学とは何事なのでございましょうか？　❖林芙美子（放浪記）

思し召す【おぼしめす】「思う」「考える」の尊敬語。お思いになる。お考えあそばす。

▽ご不快でせうか。ご不快でも、しのんでいただきます。これが捨てられ、忘れかけられた女の唯一の幽《かす》かないやがらせと思召し、ぜひお聞きいれのほど願ひます。　❖太宰治（斜陽）

面伏せ【おもぶせ】　面目なく顔を伏せること。不名誉。おもてぶせ。

▽其後清岡は月日の立つにつれて自分の品行の修《おさま》らないところから、何となく面伏な気がしだして、冗談一ツ言ふにも気をつけねばならぬやうな心持がして窮屈でならなくなつた。　❖永井荷風（つゆのあとさき）

▽二人共面伏せな気持で御飯をたべた。（中略）寝ぶそくなはれぼつたい時ちやんの瞼《まぶた》を見てゐると、たまらなくいぢらしくなつて来る。　❖林芙美子（放浪記）

温雅【おんが】　人や物の有様や性質などがおだ

やかで上品なこと。しとやかなこと。
▽つまり、いかにも大和絵にありさうな温雅で平和な眺望なのである。 ❖谷崎潤一郎（蘆刈）
▽あの慶喜をも救はねばならない。（中略）彼に謁見《えっけん》した外国人もあるが、いづれも彼の温雅であつて貴人の体を失はないことを褒めないものはない。 ❖島崎藤村（夜明け前）

恩顧【おんこ】 情けをかけて、ひきたて、面倒をみること。ひいき。
▽和尚には宗旨《しゅうし》の違ひでも、伏見屋の先祖達から受けた恩顧は忘れられないと言つて、和尚は和尚だけの回向《えこう》をさゝげに（中略）来てゐる。 ❖島崎藤村（夜明け前）
▽平生恩顧を受けてゐた家臣の中《うち》で、これと前後して思ひ〳〵に殉死の願をして許されたものが、長十郎を加へて十八人あつた。 ❖森鷗外（阿部一族）

恩借【おんしゃく】 人の情けによって金品を借り受けること。
▽私は先生に手紙を書いて恩借の礼を述べた。正月上京する時に持参するからそれ迄待つてくれるやうにと断つた。 ❖夏目漱石（こゝろ）

恩沢【おんたく】 めぐみ。恩恵。情け。
▽佐助の為めよりも春琴の為めに計らつたことなのであるが、結果から見れば佐助の方が遥かに多く恩沢に浴した。 ❖谷崎潤一郎（春琴抄）

恩寵【おんちょう】 めぐみ。／神のめぐみ。恩恵。恩遇。寵愛。
▽神は愛なり、故に神が我らにたまふ最大の恩寵は愛である。 ❖内村鑑三（一日一生）
▽彼女の特別な意地悪さを甘えられてゐるやうに取り、一種の恩寵の如くに解したのでもあらう。 ❖谷崎潤一郎（春琴抄）

怨霊【おんりょう】 怨みをもってたたりをする死霊または生霊《いきりょう》。
▽此壇ノ浦で平家は、其一族の婦人子供並びに其幼帝―今日安徳天皇として記憶されて居る―と共に、全く滅亡した。さうして其海と浜辺と

は七百年間その怨霊に祟《たた》られて居た……（後略）。❖小泉八雲（怪談）

▽小屋の中にも蛇は遠慮なくもぐりこんできたが、オレはそれをひツさいて生き血をのんだ。（中略）蛇の怨霊がオレにのりうつり、また仕事にものりうつれとオレは念じた。❖坂口安吾（夜長姫と耳男）

か

顆【か】 粒状のもの、丸いものを数える語。

▽あんなに執拗《しつこ》かつた憂欝が、そんなものの一顆で紛《まぎ》らされる――（中略）それにしても心といふ奴は何といふ不可思議な奴だらう。❖梶井基次郎（檸檬）

▽白い泡が一町ばかり、逆《さ》か落しに嚙み合って、谷を洩《も》る微《かす》かな日影を万顆《ばんか》の珠《たま》と我勝《われがち》に奪い合っている。❖夏目漱石（虞美人草）

怪訝【かいが】 怪しんでいぶかること。／不思議でわからないこと。けげん。

▽お玉はぢつと梅の顔を見て、（中略）云つた。「あの、お前お内《うち》へ往きたかなくつて。」梅は怪訝の目を睜《みは》つた。（中略）藪入の日の外には容易に内へは帰られぬことに極《き》まつてゐた。❖森鷗外（雁）

▽それは皆怪訝すると共に喜んだ人達であるが、近所の若い男達は怪訝すると共に嫉《そね》んだ。そして口々に「岡の小町が猿の所へ往く」と噂した。❖森鷗外（安井夫人）

▽清岡は（中略）、すぐにそれと見さだめ、怪訝のあまり、車道を横断して土手際の歩道を行きながら女の跡をつけた。❖永井荷風（つゆのあとさき）

諧謔【かいぎゃく】 おもしろい気のきいた言葉。滑稽。ユーモア。

▽友だち仲間ばかり集まると諧謔縦横ともいふべき者が、そばへ見知らぬ人が一人来るとぴたりと静かになる。❖柳田国男（国語の将来）

▽幸子はかう云ふ時に妙子がゐたら適当に諧謔を弄《ろう》したりして座を浮き立たせてくれるのに、と思つたことであつた。 ❖谷崎潤一郎（細雪）

▽若太夫は、座興の積《つもり》で云った諧謔《たわむれ》を、真向から突き飛ばされて、興ざめ顔に黙ってしまった。 ❖菊池寛（藤十郎の恋）

懐郷【かいきょう】 故郷をなつかしく思うこと。望郷。

▽秋空を劃《くぎ》る遠山の上を高く雁の列が南へ急ぐのを見ても、しかし、将卒《しょうそつ》一同誰一人として甘い懐郷の情などに唆《そそ》られるものはない。 ❖中島敦（李陵）

懐古【かいこ】 昔の事をしのびなつかしく思うこと。懐旧。

▽人には誰にでも懐古の情があるであらう。が、よはひ五十に近くなるとたゞでも秋のうらがなしさが、若いころには想像もしなかつた不思議な力で迫ってきて（後略）。 ❖谷崎潤一郎（蘆刈）

邂逅【かいこう】 思いがけなく出あうこと。

▽少女はそこに泣き伏してゐた。それを見てゐた側近の者共も、そんな物語にでも出て来さうな奇《くす》しい邂逅には泣かされない者はゐないらしかつた。 ❖堀辰雄（ほととぎす）

▽東京へ着いた翌日《あくるひ》、三年振りで邂逅した二人は、其時既に、二人ともに何時か互の傍を立退《たちの》いてゐたことを発見した。 ❖夏目漱石（それから）

悔恨【かいこん】 後悔して残念に思うこと。

▽市九郎は、深い悔恨に囚《とら》われて居た。一個の蕩児《とうじ》であり、無頼《ぶらい》の若武士ではあったけれども、まだ悪事と名の付くことは、何もして居なかった。 ❖菊池寛（恩讐の彼方に）

▽私は私の愚かさを非難しても非難しきれないやうな気になつてゐる。（中略）只自分の愚かさをのみ非難し、悔恨の情に包まれてゐても仕方がない。 ❖志賀直哉（邦子）

▽今日も亦無駄に費したといふ平凡な悔恨が、毎日この夕映を仰ぐ度ごとに、彼にははげしく

瞬間的に湧き上るのであつた。❖佐藤春夫（田園の憂鬱）

膾炙【かいしゃ】 世人の話題に上り広く知れわたること。

▽真面目《まじめ》な考証に洒落《しゃれ》が交る。論の奇抜《きばつ》を心掛ける。句の警束《けいそく》を覗《うかが》ふ。どうかすると其警句が人口《じんこう》に膾炙したものだ。❖森鷗外（ヰタ・セクスアリス）

▽伝説があるかどうか彼は知らなかつたが、恐らくないだらうと思つた。兎《と》に角《かく》人口に膾炙される伝説を持つた場所は何かの意味でさういふ趣きを具へてゐるものだと思つた。❖志賀直哉（暗夜行路）

晦渋【かいじゅう】 言語・文章などがむずかしくて意味のわかりにくいこと。

▽もと〳〵地唄の文句には辻褄《つじつま》の合はぬところや、語法の滅茶苦茶《めちゃくちゃ》なところが多くて、殊更《ことさら》意味を晦渋にしたのかと思はれるものが沢山ある。❖谷崎潤一郎（吉野葛）

▽人間は、めしを食べなければ死ぬから、そのために働いて、めしを食べなければならぬ、といふ言葉ほど自分にとつて難解で晦渋で、さうして脅迫めいた響きを感じさせる言葉は、無かつたのです。❖太宰治（人間失格）

灰燼【かいじん】 灰と燃えさし。燃えかす。

▽そのために老医師が二十数年もかかつて研究して書いてゐた論文がすつかり灰燼に帰したことなどを話した、（後略）。❖堀辰雄（美しい村）

▽焼趾に横はつた梁《はり》や柱からまだ微かな煙を立てつつ次の日は明けた。勘次はおつぎを相手に灰燼を掻き集めることに一日を費した。❖長塚節（土）

▽江戸攻撃を開始して、あたりを兵乱の巷と化し、無辜《むこ》の民を死傷させ、城地《じょうち》を灰燼に帰するには忍びないのみか、その災禍が外人に及んだら、どんな国難を醸《かも》さないものでもない。❖島崎藤村（夜明け前）

慨然【がいぜん】 気力をふるい起こすさま。／憤り、嘆くさま。悲しみ嘆くさま。

▽慨然として敵に向ふかのやうな馬の嘶《いなゝ》きに混つて、この人達の揚げる蛮音が山国の空に響き渡ることを想像して見るがいゝ。 ❖島崎藤村（夜明け前）

▽慨然として岸本は旅に上る支度をした。眠りがたい僅かの時間をすこしとろ〳〵したかと思ふうちに、早や東京を出発する日が来て居た。
❖島崎藤村（新生）

慨嘆【がいたん】 嘆かわしいと、憤ること。憂い嘆くこと。

▽こうした工事が天然の風致を破壊すると云って慨嘆する人もあるようであるが自分などは必ずしもそうとばかりは思わない。深山幽谷の中に置かれた発電所は、われわれの眼にはやはりその環境にぴったりはまってザハリッヒ（註・即物的）な美しさを見せている。 ❖寺田寅彦（雨の上高地）

▽主僧はそれと心を定めたらしく、やがて、「人間といふものはいつ死ぬか解りませんな」と慨嘆して、（中略）自分の田舎寺に隠れた心の動機を考へて、主僧は黯然《あんぜん》とした。 ❖田山花袋（田舎教師）

該博【がいはく】 学問など万事に広く通じていること。学識などが広いこと。

▽該博な批評家の評註は実際文化史思想史の一片として学問的の価値があるが、そうでない場合には批評される作家も、読者も、従って批評者も結局迷惑する場合が多いように思われる。
❖寺田寅彦（浅草紙）

傀儡【かいらい】 あやつり人形。くぐつ。

▽彼の生活が荒《すさ》むに従って彼は単なる傀儡であるような異性の代りに、もっと弾力のある女性を愛したいと思った。（中略）せめては人間らしく反抗を示すような異性を愛したいと思った。 ❖菊池寛（忠直卿行状記）

▽いつの時代のことであつたか、都を落ちて来て此の村に居を構へた公卿《くぎょう》が、有《あ》りのすさびに傀儡《くぐつ》を作りそれを動かしたのが始めで、（中略）あるさうな。 ❖谷崎潤一郎（蓼喰ふ虫）

峨峨【がが】 山や岩などのけわしくそびえ立つ

さま。
▽それは峨々たる峭壁《しょうへき》があつたり岩を嚙む奔湍《ほんたん》があつたりするいはゆる奇勝とか絶景とかの称にあたひする山水《さんすい》ではない。 ❖谷崎潤一郎（蘆刈）
▽吊橋の上に峨々とそびえていた山々は、いつの間にか、乳色のもやの中へ姿を没していた。 ❖林芙美子（浮雲）

瓦解【がかい】 一部の崩れから全体が壊れてしまうこと。
▽此下女はもと由緒のあるものだつたさうだが、瓦解（註・江戸幕府の瓦解）のときに零落して、つい奉公《ほうこう》迄する様になつたのだと聞いて居る。だから婆さんである。 ❖夏目漱石（坊つちやん）
▽眼に見えない瓦解はまだ続いて、失業した士族から、店の戸をおろした町人までが互に必死の叫びを揚げてゐた。 ❖島崎藤村（夜明け前）

過客【かきゃく】 通り過ぎてゆく人。旅人。かかく。
▽嗚呼《あゝ》吾は此の天地の過客に非ざるか。誰か死を免かれ得んや。若きものよ、誇るなかれ。智者よ富者よ、誇る勿れ。 ❖国木田独歩（欺かざるの記）
▽月日は百代《はくたい》の過客《かかく》にして、行《ゆき》かふ年も又旅人也。舟の上に生涯をうかべ、馬の口とらへて老をむかふる物は、日々旅にして旅を栖《すみか》とす。古人も多く旅に死せるあり。 ❖松尾芭蕉（おくのほそ道）

佳境【かきょう】 興味深いところ。非常によい場面。
▽をかしいのは人形使ひで（中略）女形を使ふ男なぞは佳境に入ると自分も人形に釣り込まれてへんな身振りをする。 ❖谷崎潤一郎（蓼喰ふ虫）

瑕瑾【かきん】 きず。短所。欠点。／恥。不名誉。
▽父弥一右衛門は一生瑕瑾の無い御奉行をいたしたればこそ、故殿様のお許を得ずに切腹しても、殉死者の列に加へられ、遺族たる某《それがし》さへ

（中略）御位牌《いはい》に御焼香いたすことが出来たのである。❖森鷗外（阿部一族）
▽神の懐に飛び入つたと空想した瞬間から、私が格段に瑕瑾の少い生活に入つたことはそれは確かだ。❖有島武郎（惜みなく愛は奪ふ）

下愚【かぐ】 きわめて愚かなこと。その人。
▽上智《じょうち》と下愚は移り難いと言つた時、孔子は子《し》路《ろ》のことを考へに入れてゐなかつた。欠点だらけではあつても、子路を下愚とは孔子も考へない。❖中島敦（弟子）

隔意【かくい】 打ちとけない心。へだて心。
▽そんな場合には葉子は固《もと》よりその瞬間に稲妻のやうにすばしこく隔意のない顔を見せたには違ひなからうけれども。❖有島武郎（或る女）
▽細君の方ではまた夫が何故自分に何もかも隔意なく話して、能働的《のうどうてき》に細君らしく振舞はせないのかと、その方を却つて不愉快に思つた。❖夏目漱石（道草）
▽二人が少しも隔意なき得心《とくしん》上の相談であつたのだけれど、僕の方から言ひ出した許りに、民子は妙に欝《ふさ》ぎ込んで、丸で元気がなくなり、悄然としてゐるのである。❖伊藤左千夫（野菊の墓）

嚇怒・赫怒【かくど】 激しく怒ること。
▽翌、天漢三年の春になつて、李陵は戦死したのではない。捕へられて虜《ろ》に降《くだ》つたのだといふ確報が届いた。武帝は始めて嚇怒した。❖中島敦（李陵）

岳麓【がくろく】 山の麓《ふもと》。富士の山麓。
▽いちど吉田に連れていつてもらつた。おそろしく細長い町であつた。岳麓の感じがあつた。❖太宰治（富嶽百景）

寡言【かげん】 口数の少ないこと。寡黙。
▽彼女は平生から落付いた女であつた。歇斯的《ヒステ》里《リ》風な所は殆《ほと》んどなかつた。けれども寡言な彼女の頬は常に蒼《あお》かつた。❖夏目漱石（行人）
▽生命ある真の服従こそわが常の願ひに候。思想の懸隔《けんかく》に加へて、平生《へいぜい》の寡言のため、これらを言ひ出づる機会もなく今日に至りしものにこ

れあり候。　❖島崎藤村（新生）

苛察【かさつ】　厳しく詮索すること。こまかく取り調べること。

▽小才覚《こさいかく》があるので、若殿様時代のお伽《とぎ》には相応してゐたが、物の大体を見る事に於《おい》ては及ばぬ所があつて、兎角《とかく》苛察に傾きたがる男であつた。　❖森鷗外（阿部一族）

加持【かじ】　災いを除き願いをかなえるため、仏の加護を祈ること。

▽そんな工合に何時までたつても同じやうな容態だつたので、名高い僧なども呼んでいろいろと加持を加へさせて見たけれど、一向はかばかしくはならずにゐた。　❖堀辰雄（かげろふの日記）

▽寺にはあやしい御符《ごふ》といふ加持祈禱をした砂があつてよく信者がもらひにやつて来た。　❖室生犀星（性に眼覚める頃）

仮借【かしゃく】　見逃すこと。許すこと。

▽わけても縁日《えんにち》や劇場でああまで大胆に女に接近するさまは、不審すぎるほど不審で、いつも一歩も仮借しなかつた。　❖室生犀星（性に眼覚める頃）

▽利他的個人主義はそうではない。我《われ》という城廓《じょうかく》を堅く守って、一歩も仮借しないでいて、人生のあらゆる事物を領略する。　❖森鷗外（青年）

呵責【かしゃく】　叱り責めること。厳しく責めさいなむこと。＊良心の呵責

▽「その方はここをどこだと思ふ？　速《すみやか》に返答をすれば好し、さもなければ時を移さず、地獄の呵責に遇《あ》はせてくれるぞ。」と、威丈高《いたけだか》に罵《ののし》りました。　❖芥川龍之介（杜子春）

▽あれが性欲の満足であつたか。恋愛の成就《じゃうじゅ》はあんな事に到達するに過ぎないのであるか。馬鹿々々しいと思ふ。それと同時に僕は（中略）良心の呵責といふ程のものを覚えない。　❖森鷗外（ヰタ・セクスアリス）

下情【かじょう】　庶民の実情。しもじもの様子。

▽姉妹達の誰よりも社会の各層に接触するので、自然それだけ下情にも通じ、一番末の妹の癖に

一番世間を知つてゐるのであるが、（後略）。

❖谷崎潤一郎（細雪）

▽三枝《さいぐさ》は下情に通じてゐるのが自慢の男で、これから吉原の面白い処を見せてくれようと云ひ出す。　❖森鷗外（ヰタ・セクスアリス）

火宅【かたく】 苦しみと煩悩に満ちた現世。

▽火宅のこの世では生きる事は死ぬ事よりも苦しい場合は幾らもあります。其処を死なずに、耐え忍ぶ時に、信心《しんじん》が出来るようになるとお師匠さまがおっしゃいました。　❖倉田百三（出家とその弟子）

▽このなかに入《い》るものは、現世を知らないから不幸で、火宅を逃れるから幸《さいわい》である。広田先生はこの内にいる。　❖夏目漱石（三四郎）

果断【かだん】 思い切って物事を行うさま。

▽僕は折々立ち留まつて、「驚いたね」とか、「君は果断だよ」とか云つて、随分ゆる〳〵歩きつつ此話を聞いた積であつた。　❖森鷗外（雁）

活眼【かつがん】 物事の道理や本質をよく見通す眼識。物事を見抜く能力。

▽此点に就ては深く主人の恩を感謝すると同時に其活眼に対して敬服の意を表するに躊躇しない積りである。　❖夏目漱石（吾輩は猫である）

▽「然し先生はもう、御嫁が御有りなさるに極つとらい。私はちやんと、もう、睨《ね》らんどるぞなもし」「へえ、活眼だね。どうして、睨らんどるんですか」　❖夏目漱石（坊っちゃん）

活計【かっけい】 日々の暮らしを営むこと。生計。暮らし向き。

▽羽織なり着物なりに就いて判断したところ、何うしても中流以下の活計を営んでゐる町家《ちょうか》の年寄としか受取れなかつた。　❖夏目漱石（道草）

▽数年の辛苦を嘗《な》め数百の執行金《しゅぎょうきん》を費して洋学は成業《せいぎょう》したれども、尚も一個私立の活計を為し得ざる者は、時勢の学問に疎《うと》き人なり。是等の人物は唯これを文字の問屋と云ふ可きのみ。

❖福沢諭吉（学問のすゝめ）

渇仰【かつごう】 徳を仰ぎ、憧れ慕うこと。
▽彼は常に勝利に輝く者であらねばならぬ。彼は常に讃嘆され渇仰されねばならぬ。彼は常に光背《こうはい》を負うて歩かねばならぬ。 ❖中勘助（提婆達多）
▽ハイカラな新式な美しい女門下生が、先生！ 先生！ と世にも豪《えら》い人のやうに渇仰して来るのに胸を動かさずに誰が居られようか。 ❖田山花袋（蒲団）
▽私の全部生命は宗教的なる渇仰の情を漲《みなぎ》らせて女を凝視した。私の心の隅には久しき昔より異なれる性を慕ひ求むるやるせなきあくがれが潜んでゐた。 ❖倉田百三（愛と認識との出発）

闊達・豁達・濶達【かったつ】 度量が広く、小事にこだわらないこと。
▽時頼《ときより》この時年二十三、性闊達にして身の丈《たけ》六尺に近く、筋骨飽くまで逞《たくま》しく、早く母に別れ、武骨一辺の父の膝下《ひざもと》に養はれしかば、（後略）。 ❖高山樗牛（滝口入道）
▽濶達自在、些《いささ》かの道学者臭も無いのに子路《しろ》は驚く。此の人は苦労人だなと直ぐに子路は感じた。 ❖中島敦（弟子）
▽三千代の兄と云ふのは寧《むし》ろ豁達な気性で、懸《かけ》隔《へだ》てのない交際振から、友達には甚《ひど》く愛されてゐた。 ❖夏目漱石（それから）

葛藤【かっとう】 もつれ。いざこざ。／心の中で相反する欲求や感情がからみあい、その選択に迷い悩むこと。
▽死にかけた蛇ののたうち廻るのを見やる蛇使ひのやうに、葉子は冷やかにあざ笑ひながら、夫人の心の葛藤を見やつてゐた。 ❖有島武郎（或る女）
▽君江は一人の男に深く思込まれて、それがために怒られたり恨《うら》まれたりして、面倒な葛藤を生じたり、（中略）するよりも、寧ろ（中略）その場かぎりの気まゝな戯れを恣《ほしいまゝ》にした方が後くされがなくて好いと思つてゐる。 ❖永井荷風（つゆのあとさき）

過不及無し【かふきゅうなし】 適度である。

丁度よい。中庸。

▽一つ一つの能力の優秀さが全然目立たない程、過不及無く均衡のとれた豊かさは、子路《しろ》にとつて正しく初めて見る所のものであつた。❖中島敦（弟子）

禍福【**かふく**】わざわいと、しあわせ。

▽あゝ我れのみの浮世にてはなかりしか。――（中略）今は嘆きても及ばぬ事、予に於て聊《いささ》か憾《うら》みなし。禍福はあざなへる縄の如く、世は塞《さい》翁《おう》が馬、（後略）。❖高山樗牛（滝口入道）

苛辣【**からつ**】厳し過ぎること。激しいさま。

▽修業のためには甘んじて苛辣な鞭撻を受けよう怒罵《どば》も打擲《ちょうちゃく》も辞する所にあらずといふ覚悟の上で来たのであつた。❖谷崎潤一郎（春琴抄）

伽藍【**がらん**】寺院の建築物。

▽丁度其所に誕生寺といふ寺がありました。日蓮の生れた村だから誕生寺とでも名を付けたものでせう、立派な伽藍でした。❖夏目漱石（こゝろ）

▽大門《だいもん》のいしずゑ苔《こけ》にうづもれて七堂伽藍ただ秋の風　❖佐佐木信綱（思草）

仮初【**かりそめ**】一時的なこと。はかないこと。／ふとしたこと。ささいなこと。

▽侮蔑《ぶべつ》を極めた表情を二つの眼に集めて、倉地の顔を斜めに見返した。その冷やかな眼の光は仮初めの男の心をたじろがす筈だつた。❖有島武郎（或る女）

▽その年が暮れに迫つた頃お前達の母上は仮初の風邪からぐんぐん悪い方へ向いて行つた。❖有島武郎（小さき者へ）

▽愛そのものは優しいものではない。それは烈しい容赦のない力だ。（中略）思へ。ただ仮初めの恋にも愛人の頬はこけるではないか。❖有島武郎（惜みなく愛は奪ふ）

雅量【**がりょう**】度量が広く、人をよく受け入れる心。おおらかな心。

▽健三の心は斯うした諷刺を笑つて受ける程落付いてゐなかつた。周囲の事情は雅量に乏しい彼を益《ますます》窮屈にした。❖夏目漱石（道草）

華麗【かれい】 はなやかで美しいこと。
▽いまはもう、宮様も華族もあつたものではないけれども、しかし、どうせほろびるものなら、思ひ切つて華麗にほろびたい。　❖太宰治（斜陽）

看過【かんか】 見逃すこと。大目にみること。／見過ごすこと。見落とすこと。
▽最後の奴は御《ご》丁寧《ていねい》にも阿呆々々と二声叫んだ。如何に温厚なる吾輩でも是は看過出来ない。
❖夏目漱石（吾輩は猫である）
▽アジア大陸に広大な国土と巨億の人口をもつ新中国の存在の事実を看過して、およそ世界政治機構の円満な運用がなされ得ようか。　❖南原繁（日本の理想）

寛仮【かんか】 寛大に扱ってとがめないこと。大目に見てゆるすこと。
▽何等の源因もないのに新来の先生を愚弄《ぐろう》する様な軽薄な生徒を寛仮しては学校の威信に関《かゝ》はる事と思ひます。　❖夏目漱石（坊つちゃん）

感化【かんか】 影響を与えて考えや行動を変えさせること。
▽父や母や兄や姉やなどの雑談が、有益なものであれば子供はそれを聴いてよき感化を受けるであらう。　❖正岡子規（病牀六尺）
▽大宮と文学や、人生について話した。神についても、恋についても話した。二人は話しがよく通じあった。（中略）お互に感化され、感化した。　❖武者小路実篤（友情）

閑雅【かんが】 景色などが、もの静かで趣があること。／しとやかで雅致のあること。
▽閑雅の趣《おもむき》自《おのづか》ら画面に溢れ何となく猪牙《ちょき》舟《ぶね》の艪《ろ》声《せい》と鷗の鳴く音《ね》さへ聞き得るやうな心地がする。　❖永井荷風（日和下駄）
▽蔓草《つるくさ》のさねかずらをした妻が、閑雅な都言葉を口にすることは俊寛に取って、この上もない楽しみであった。　❖菊池寛（俊寛）
▽年歯《としのころ》は十六七、（中略）舞子白拍子《しらびょうし》の媚態《しな》あるには似で、閑雅《しとやか》に臈長《ろうた》けて見えにける。　❖高山樗牛（滝口入道）

感懐【かんかい】 心に深く感じていだくしみじ

みとした思い。

▽この話を東京に還つて来て、島崎藤村君にしたことが私にはよい記念である。（中略）あれを貰ひましたよと、自分でも言はれたことがある。　そを取りて胸に当つれば／新たなり流離の愁ひ　といふ章句などは、固《もと》より私の挙動でも感懐でも無かつた。　❖柳田国男（海上の道）

▽年々変らない景物に対して、心に思ふところの感懐も亦変りはないのである。花の散るが如く、葉の落《おつ》るが如く、わたくしには親しかつた彼《か》の人々は一人一人相ついで逝《い》つてしまつた。　❖永井荷風（濹東綺譚）

歓会・款会【かんかい】 よろこばしい会。たのしい会合。

▽やがて来む寿永《じゅえい》の秋の哀れ、治承《じしょう》の春の楽しみに知る由もなく、六歳《むとせ》の後に昔の夢を辿りて、直衣《のうし》の袖を絞りし人々には、今宵の歓会も中々に忘られぬ思寝《おもいね》の涙なるべし。　❖高山樗牛（滝口入道）

▽丑松とお志保――実にこの二人の歓会は傍《はた》で観る人の心にすら深い〳〵感動を与へたのであつた。　❖島崎藤村（破戒）

寛濶・寛闊【かんかつ】 おおらかで、ゆったりしていること。寛大なこと。

▽然しそれと共に倉地は益〻荒《すさ》んで行つた。眼の光にさへ旧《もと》のやうに大海にのみ見る寛濶な無頓着な而《しか》して恐ろしく力強い表情はなくなつて、（後略）。　❖有島武郎（或る女）

▽武張《ぶば》っては居たが寛濶で、乱暴ではあったが、無邪気な青年君主であった忠直卿は、ふっつりと木刀や半弓《はんきゅう》を手にしなくなった代りに、酒杯を手にする日が多くなった。　❖菊池寛（忠直卿行状記）

勘気【かんき】 主君や親の怒りにふれて、とがめを受けること。勘当。

▽お上《かみ》の御勘気で御流罪《るざい》になられてからこの方の御辛苦というものは、とても言葉には尽せぬ程で御座います。　❖倉田百三（出家とその弟子）

▽「早く父上の御勘気が解けてくれればよいと思います。」「いやあの様な御身持では御勘気の解けぬが当然と思います。」　❖倉田百三（出家とその弟子）

閑却【かんきゃく】 打ち捨てておくこと。なおざりにして、ほうっておくこと。

▽父の元気は次第に衰ろへて行つた。私を驚ろかせたハンケチ付の古い麦藁《むぎわら》帽子が自然と閑却されるやうになつた。　❖夏目漱石（こゝろ）

▽井伊大老在職の当時に退《しりぞ》けられた人材はまたそれ〴〵の閑却された位置から身を起しつつある。（中略）会津藩主松平容保《かたもり》は、京都守護職の重大な任務を帯びて、新たにその任地へと向ひつつある。　❖島崎藤村（夜明け前）

▽柳は桜と共に春来ればこきまぜて都の錦を織り成すもの故、市中の樹木を愛するもの決して此を閑却する訳には行くまい。　❖永井荷風（日和下駄）

感興【かんきょう】 興味を感ずること。

▽水のほとりの桜のうへからかまたはお庭をそゞろあるきなさりながらか川上の方を御覧になつて「やまもとかすむみなせ川」の感興をおもらしになつたのであらう。　❖谷崎潤一郎（蘆刈）

▽僕ハ午前三時頃カラ約一時間以上モ妻ノ裸形ヲ見守リツヽ尽キルコトノナイ感興ニ浸ツテキタ。　❖谷崎潤一郎（鍵）

▽田舎の人にも都会の人にも感興を起こさしむるやうな物語、小さな物語、而《しか》も哀れの深い物語、或は抱腹《ほうふく》するやうな物語が二つ三つ其処らの軒先に隠れて居さうに思はれるからであらう。　❖国木田独歩（武蔵野）

間歇・間欠【かんけつ】 一定の時間をおいて、起こったり止んだりすること。

▽急に梅雨気味の雨がふりだし、それが毎日のやうに降り続いた。間歇的に小止《おや》みにはなつたが、しかしそんなときは霧がひどくて、近くの山々すら殆《ほとん》どその姿を見せずにゐた。　❖堀辰雄（楡の家）

▽私は言はば、唯、その生墻《いけがき》に間歇的に簇《むら》がり

ながら花をつけてゐる野薔薇の与へる音楽的効果を楽しみさへすればよかつたのである。❖堀辰雄（美しい村）

諫言【かんげん】 目上の人の非を諫《いさ》めること。

▽あなた様の仰せとしては通りますが、わたくしが僭越《せんえつ》に、自分の非を棚に上げての諫言だては、役に立ちさうもございませぬ。❖谷崎潤一郎（乱菊物語）

▽「その方《ほう》こんどの功にほこつてまんしんいたしたか、いらざるかんげんだてをなし、あまつさへわがいひつけをしりぞけて余人にたのめとは何ごとだ」と、きびしくおとがめなされました。❖谷崎潤一郎（盲目物語）

▽賢と不才《ふさい》とを識別し得ない程愚かではないのだが、結局は苦《にが》い諫言よりも甘い諂諛《てんゆ》に欣《よろこ》ばされて了ふ。❖中島敦（弟子）

眼瞼【がんけん】 まぶた。

▽されば春琴女の閉ぢた眼瞼にもそれが取り分け優しい女人であるせゐか古い絵像《えぞう》の観世音《かんぜおん》を拝んだやうなほのかな慈悲を感ずるのである。❖谷崎潤一郎（春琴抄）

▽彼女は一と言「有りがたう」と云つた。その眼瞼《まぶた》からはぽたりと嬉し涙が落ちた。❖谷崎潤一郎（蓼喰ふ虫）

▽夫は近頃あまり強要したことのなかつた眼瞼の上の接吻を、してくれるやうにと頻《しき》りに迫つた。❖谷崎潤一郎（鍵）

奸策・姦策【かんさく】 人を陥れるためのたくらみ。わるだくみ。

▽こなひだ差し上げた手紙は、とても、ずるい、蛇のやうな奸策に満ち満ちてゐたのを、いちいち見破つておしまひになつたのでせう。❖太宰治（斜陽）

▽文士の社会には特別の小人《しょうじん》が多く従つて姦策に満ちてゐるといふが、それは須藤の主観で人間の世界はどこも同然であらう。❖佐藤春夫（更生記）

閑散【かんさん】 することがなくてひまなさま。／ひっそりとして静かなさま。

▽何故なら妻の死とはそこにもこゝにも倦《あ》きは

てる程夥《おびたゞ》しくある事柄の一つに過ぎないからだ。そんな事を重大視する程世の中の人は閑散でない。 ❖有島武郎（小さき者へ）

▽しかし馬籠の宿場が閑散であつたわけではない。（中略）日光大法会《だいほうえ》のために東下する勅使《ちょくし》や公卿《くげ》達の通行の混雑で、半蔵は（中略）熱い汗を流し続けた。 ❖島崎藤村（夜明け前）

眼識【がんしき】 物事の真偽・優劣などを見分ける見識。

▽家の造りや庭の様子などには可なりの註文も相当の眼識も持つてはゐたが、絵画や書の事になると葉子はおぞましくも鑑識の力がなかつた。 ❖有島武郎（或る女）

▽大村の方では田舎もなかなか馬鹿にはならない、自分の知っている文科の学生の或るものよりは、この独学の青年の方が、眼識も能力も優れていると思うのである。 ❖森鷗外（青年）

含羞【がんしゅう】 はにかみ。はじらい。

▽僕は女のひとと視線が合へば、うろたへて視線をはづしてしまふたちなのですが、その時だけは、みぢんも含羞《はにかみ》を感じないで（中略）、そのひとの瞳を見つめて、それからつい微笑んでしまつて、（後略）。 ❖太宰治（斜陽）

▽（前略）と、五十嵐が半畳《はんじょう》を入れながら途端に含羞《はにか》んで俯向《うつむ》いてしまつた雪子の横顔へ、食卓の此方の隅から敏速な視線を投げた。 ❖谷崎潤一郎（細雪）

寛恕【かんじょ】 広い心で思いやりゆるすこと。／心が広く、思いやりの深いこと。

▽しかしてなにゆえに現在の宗教がその権威を失墜してしまつたか。昔は一国の帝王が法王の寛恕を請《こ》ふために、乞食のごとくその膝下《しっか》に伏拝した。またある仏僧は皇帝の愚昧《ぐまい》なる一言を聞くと、一拶《いっさつ》を残したまま飄然《ひょうぜん》として竹林に去つてしまつた。 ❖有島武郎（惜みなく愛は奪ふ）

▽そして国を出て来たといふこの男の憤りと恨みとは奈何《いか》なる寛恕の言葉をも聞き入れまいとするやうなところがあつた。 ❖島崎藤村（新生）

▽自分はその時、内田の奥さんに内田の悪口をいつて、ペテロと基督《キリスト》との間に取り交はされた寛恕に対する問答（註・マタイ伝一八章二一、二二節）を例に引いた。 ❖有島武郎（或る女）

観照【かんしょう】 個々の事物や理法を洞察すること。／主観を交えずに、冷静に対象を見つめること。

▽静かな観照、素材の純化、孤独な地域、此様な作品を長年憶《おも》つてゐます。そして私の反省は死ぬまで私を苦しめることでせう。 ❖林芙美子（放浪記）

▽此書の大部分を占めてゐる内容は、自分の矛盾と欠乏とに対する観照である。従つて自分は此観照の記録によつて他人のこゝろを温め清めることが出来るとは思つてゐない。 ❖阿部次郎（三太郎の日記）

寒心【かんしん】 心配などで肝を冷やすこと。恐れや不安でぞっとすること。

▽体の工合が寒心すべき状態にあるのは夫ばかりでなく、実は私もほゞ同様であることを書きとめて置かうと思ふ。 ❖谷崎潤一郎（鍵）

勧進【かんじん】 社寺・仏像の建立・修繕などのために金品の寄付を募ること。／人々を仏道に導き、善に向かわせること。

▽市九郎は、十日の間、徒《いたず》らな勧進に努めたが、何人《なんぴと》もが耳を傾《かたむ》けぬのを知ると、奮然として、独力此の大業に当ることを決心した。 ❖菊池寛（恩讐の彼方に）

▽祭するところ「御屋しろの稲荷さま」と云ふのは、屋敷のうちに小さな祠《ほこら》でも建てゝ勧進してあつたのではないか。 ❖谷崎潤一郎（吉野葛）

肝腎・肝心【かんじん】 最も重要なこと。

▽もし万一途中で断《き》れたと致しましたら、折角ここへまでのぼつて来たこの肝腎な自分までも、元の地獄へ逆落《さかおと》しに落ちてしまはなければなりません。 ❖芥川龍之介（蜘蛛の糸）

▽夫《それ》よりも、仏道に帰依し、衆生済度《しゅじょうさいど》の為に、身命を捨てて人を救うと共に、汝自身を救うのが肝心じゃ。 ❖菊池寛（恩讐の彼方に）

陥穽【かんせい】 獣などを陥《おとしい》れて捕らえる穴。おとしあな。／人を陥れる策略。

▽枕に就きながら、陥穽にかゝつた獣のやうな焦燥《いらだゝし》さを感じて、瞼《まぶた》を合はす事が出来なかつたと君は私に告白した。　❖有島武郎（生れ出づる悩み）

▽永遠に堕《お》ちて行くのは無為の陥穽である。然しながら無為の陥穽にはまった人間にもなほ一つ残されたる信仰がある。（中略）僕の生気の失《う》せた肉体を通して、この無常の鐘の音を今更ながらしみじみと聴き惚るゝことがある。❖島崎藤村（新生）

頑是ない【がんぜない】 幼くてまだ是非・善悪がわからないさま。無邪気である。

▽相手は頑是ないこいさんである上に累代《るいだい》の主《しゅ》家《か》のお嬢様である、佐助としてはお供の役を仰せ付かつて毎日一緒に道を歩くことの出来るのがせめてもの慰めであつたゞらう。　❖谷崎潤一郎（春琴抄）

▽「お姉さま……行つちやいやあ……」　まるで四つか五つの幼児のやうに頑是なく我儘になつてしまつた貞世の声を聞き残しながら葉子は病室を出た。　❖有島武郎（或る女）

▽私は一人の病人と頑是ないお前たちとを労《いた》はりながら旅雁《りょがん》のやうに南を指して遁《のが》れなければならなくなつた。　❖有島武郎（小さき者へ）

敢然【かんぜん】 思い切ってするさま。

▽自分には、もともと所有慾といふものは薄く、また、たまに幽《かす》かに惜しむ気持はあつても、その所有権を敢然と主張し、人と争ふほどの気力が無いのでした。　❖太宰治（人間失格）

▽自分の行つてゐることには多少の恃《たの》むところもあり、良心に恥ぢる点はないのであるから、まさかの場合は敢然として反抗しないものでもないが、（後略）。　❖谷崎潤一郎（蓼喰ふ虫）

間然【かんぜん】 非難や批判すべき欠点のあるさま。他から口をはさむこと。

▽房中《ぼうちゅう》ニ於ケル彼女ノ態度、取リ扱ヒブリ、アシラヒ方、等々ニ間然スベキトコロハナカツタ。　❖谷崎潤一郎（鍵）

▽弥一右衛門は外《ほか》の人の言ひ附けられてする事を、言ひ附けられずにする。（中略）併《しか》しする事はいつも肯綮《こうけい》に中《あた》つてゐて、間然すべき所が無い。　❖森鷗外（阿部一族）

寒村【かんそん】 貧しい村。さびれた村。

▽昭和三年四月四日、農村漁村の名がぜんぶあてはまるような、瀬戸内海べりの一寒村へ、若い女の先生が赴任してきた。　❖壺井栄（二十四の瞳）

▽冬になるとすつかり雪に埋まつてしまふこんな寒村に一人の看護婦を相手に暮らしてゐる老医師とその美しい野薔薇の話、（中略）――さういふやうな人達のとりとめもない幻像《イマアジュ》ばかりが私の心にふと浮んではふと消えてゆく……　❖堀辰雄（美しい村）

肝胆相照らす【かんたんあいてらす】 互いに心の底まで打ち明けて親しく交わる。

▽昨日の敵と妥協否《いな》肝胆相照《あいて》らすのは日常茶飯事であり、仇敵《きゅうてき》なるが故に一そう肝胆相照らし、忽《たちま》ち二君に仕《つか》えたがるし、昨日の敵にも仕えたがる。　❖坂口安吾（堕落論）

肝胆を砕く【かんたんをくだく】 心労のかぎりをつくす。非常に苦心する。

▽彼は、上人《しょうにん》の手に依って得度《とくど》して、了海《りょうかい》と法《ほう》名《みょう》を呼ばれ、只管《ひたすら》仏道修業に肝胆を砕いた。　❖菊池寛（恩讐の彼方に）

奸知・奸智・姦智【かんち】 悪がしこい知恵。悪知恵。邪知。

▽奸智にたけた富公は自分が疎《うと》んぜられるのをみるやしらじらしくも親しげに私のそばへよってきていろいろときげんをとったあげく（後略）。　❖中勘助（銀の匙）

▽或仏蘭西《フランス》のジエスウイット（註・イエズス会の宣教師）によれば、天性奸智に富んだ釈迦《しゃか》は、支那《しな》各地を遊歴しながら、阿弥陀《あみだ》と称する仏の道を説いた。　❖芥川龍之介（おぎん）

勘当【かんどう】 主従・親子・師弟の縁を切ること。義絶。

▽「まだ義理人情をいうッか。卿《おまえ》は親よか妻《さい》が大事なッか。たわけめが。（中略）親をどうす

ッか。何をしても浪ばッかいいう。不孝者めが。勘当すッど」

❖徳冨蘆花（不如帰）

▽手に在つた飛車を眉間《みけん》へ擲《たゝ》きつけてやつた。眉間が割れて少々血が出た。兄がおやぢに言ひ付けた。おやぢがおれを勘当すると言ひ出した。　❖夏目漱石（坊つちやん）

巌頭・岩頭【がんとう】 岩の上。岩の突端。藤《ふじ》村操《むらみさお》「巖頭之感」はよく知られる。

▽層々相重なる幾つかの三角形から成り立つやうな山々は、それぐ〳〵の角度をもつて、剣ケ峯を絶頂とする一大巖頭にまで盛り上つてゐる。隠れたところにあるその孤立。その静寂。❖島崎藤村（夜明け前）

▽誰も彼女の高慢の鼻を折る者がなかつた然るに天は痛烈な試練を降して生死の巖頭に彷徨《ほうこう》せしめ増上慢を打ち砕いた。　❖谷崎潤一郎（春琴抄）

▽ついに、しんぱく（註・盆栽用の樹種）は、岩頭のかわりに、紫檀《したん》の卓《たく》の上から垂れたのでした。そして、星のかわりに、はなやかな電燈が照らしたのでした。　❖小川未明（しんぱくの話）

艱難【かんなん】 困難に出あって苦しみ悩むこと。＊艱難辛苦

▽実之助は、馴れぬ旅路に、多くの艱難を苦しみながら、諸国を遍歴して、只管敵《ひたすらかたき》市九郎の所在《ありか》を求めた。

❖菊池寛（恩讐の彼方に）

▽九歳の時、此寺の小僧に寄越《よこ》されて、それから七八年の辛抱、其艱難は一通りでなかつた。

❖田山花袋（田舎教師）

観念【かんねん】 あきらめること。覚悟。

▽私はまた一面には台所をたいへん愛してゐます。家族の者達を愛してゐることは勿論。さうして自らこの中で安心して老い朽《く》ちて行く自分を私は瞼をとぢて観念してゐるのだ。　❖林芙美子（放浪記）

姦婦【かんぷ】 夫以外の男と密通した女。

▽宮、おのれ、おのれ姦婦、やい！　貴様のな、

心変《こころがわり》をしたばかりに間《はざま》貫一の男一匹《いっぴき》はな、失望の極発狂して、大事の一生を誤つて了《しま》ふのだ。学問も何ももう廃《やめ》だ。 ❖尾崎紅葉（金色夜叉）

▽たしかバルザックの小説に在つたはなしだと思ふ。欺《あざむ》かれた男が密夫の隠れた戸棚を密閉して壁を塗つて、その前で姦婦と酒を飲むはなしがある。 ❖永井荷風（つゆのあとさき）

奸物・姦物【かんぶつ】 悪知恵のはたらく者。悪心のある者。

▽あいつは大人しい顔をして、悪事を働いて、人が何か云ふと、ちやんと逃道を拵《こし》らへて待つてるんだから、余つ程奸物だ。 ❖夏目漱石（坊つちやん）

▽余は独自の思想をいつわりていやしくも安きを求むるの悪漢ではない。羊の皮を着て群羊の甘心《かんしん》を買うの奸物ではない。 ❖阿部次郎（三太郎の日記）

灌木【かんぼく】 丈の低い木。↕喬木《きょうぼく》。

▽そこまでさえ行けばあとはもう十町もずうつと丘の上で平らでしたし来るときは山鳥も何べんも飛び立ち灌木の赤や黄いろの実もあつたのです。 ❖宮沢賢治（ひかりの素足）

緩慢【かんまん】 ゆるやかでおそいこと。

▽肉体的よりも夙《はや》くから精神的廃人になつたわたくしの身には、花柳病の如き病勢の緩慢なものは、老後の今日、さして気にはならない。 ❖永井荷風（濹東綺譚）

▽淀《よど》みの水面は絶えず緩慢な渦を描いていた。それは水面に散った一片の白い花弁によって証明できるであろう。 ❖井伏鱒二（山椒魚）

▽緩慢《なだらか》ではあるが、しかし深い谷が楼《ろう》の直ぐ前にひらけてゐて、半蔵はそこいらを歩き廻るには事を欠かなかつた。 ❖島崎藤村（夜明け前）

貫目【かんめ】 尺貫法で重量を表す単位。貫。／身に備わる威厳。貫禄。

▽仔細に見ると時子もさう無視すべき容貌ではなく、これがちやんと身繕《みづくろ》ひでもすれば、青野男爵の夫人として貫目も備はらないではないと

思つた。 ❖佐藤春夫（更生記）
▽生来《うまれつき》のせいか或はわざと粧《よそお》つてゐるのか、いづれにしても帝室技芸員たる内山海石画伯の貫目をこれ見よと云ふやうにしか思はれない。
❖永井荷風（おかめ笹）
▽駒代は俄《にわか》に芸者の位も上り貫目もついたやうな云ふに云はれぬ得意な心持になつて、折から行きちがふ芸者の車を見てもおのづからあれはどこの妓《こ》だらうと云はぬばかり。 ❖永井荷風（腕くらべ）
▽湯田村には新山桃《にいやまもも》の直系に当る白桃畑がありまして、あの桃を十貫目ずつ二回に買って岩竹は合計二十貫も食べました。 ❖井伏鱒二（黒い雨）

感銘・肝銘【かんめい】 忘れられないほど深く心に感じ、感動すること。
▽今すぎてゆく小さな町の生垣。明石《あかし》の松林の彼方に赤錆て立つている大工場の廃墟。それらをひろ子は消されない感銘をもつて眺めた。
❖宮本百合子（播州平野）
▽何かしら此の文句の中に頑是ない幼童の心を感銘させるものがあつたに違ひない。 ❖谷崎潤一郎（吉野葛）

緘黙【かんもく】 口を閉じて黙っていること。だんまり。無言であること。
▽食事をしまって茶を飲みながら、隔《へだ》ての無い青年同士が、友情の楽しさを緘黙の中《うち》に味わっていた。 ❖森鷗外（青年）
▽以前の論客司馬遷は、一切口を開かずなつた。（中略）寧《むし》ろ、何か悪霊にでも取り憑《つ》かれてゐるやうなすさまじさを、人々は緘黙せる彼の風貌の中に見て取つた。 ❖中島敦（李陵）

肝要【かんよう】 非常に重要であること。
▽いったい鶯は上手に飼へば寿命が長いものだけれどもそれには細心の注意が肝要で経験のない者に任せたら直き死んでしまふ。 ❖谷崎潤一郎（春琴抄）

歓楽【かんらく】 よろこび楽しむこと。
▽倉地も菓子に譲らない程の執着を以て菓子が捧げる杯《さかずき》から歓楽を飲み飽きようとするらしか

つた。　❖有島武郎（或る女）

▽現世の歓楽は美しく丑松の眼に映じて来た。たとへ奈何《いか》なる場合があらうと、大切な戒《いましめ》ばかりは破るまいと考へた。　❖島崎藤村（破戒）

き

気韻【きいん】 気品の高い趣《おもむき》。

▽深見さんの水彩は普通の水彩のつもりで見ちやいけませんよ。（中略）実物を見る気にならないで、深見さんの気韻を見る気になっていると、なかなか面白い所が出て来ます。　❖夏目漱石（三四郎）

▽此の時春琴の姉が十二歳直ぐ下の妹が六歳で、ぽつと出の佐助には孰《いづ》れも鄙《ひな》には稀な少女に見えた、分けても盲目の春琴の不思議な気韻に打たれたといふ。　❖谷崎潤一郎（春琴抄）

▽今世仏国《きんせいふつこく》の画家が命と頼む裸体画を見る度に、（中略）どことなく気韻に乏しい心持が、今迄われを苦しめてならなかつた。　❖夏目漱石（草枕）

気宇【きう】 気がまえ。心の広さ。度量。

▽しかしながらあまり感傷的になることはやめよう。奢侈《しやし》をいましめ、気宇を宏大に持とうではないか。老子曰《いわ》く「天地不レ仁《テンチはジンならず》」と。　❖岡倉天心（茶の本）

機運【きうん】 時のめぐりあわせ。時機。

▽新しい機運は動きつゝあつた。全く気質を相《あい》異《こと》にし、全く傾向を相異にするやうなものが、殆《ほと》んど同時に踏み出さうとしてゐた。　❖島崎藤村（夜明け前）

▽この西南戦争が全国統一の機運を導いたことは、せめて不幸中の幸ひであつた。人民の疾苦《しつく》、下のものゝ難渋迷惑はもとより言ふまでもない。　❖島崎藤村（夜明け前）

帰依【きえ】 神仏などを信仰・服従して、その威徳にすがること。

▽夫《それ》よりも、仏道に帰依し、衆生済度《しゅじょうさいど》の為に、

身命を捨てて人を救うと共に、汝自身を救うのが肝心《かんじん》じゃ。 ❖菊池寛（恩讐の彼方に）

▽大鏡《おおかがみ》では北野の天神が配流《はいる》のみちすがら此処《ここ》で仏門に帰依せられて「きみがすむやどの梢《こずえ》をゆく〳〵と」といふあの歌をよまれたことになつてゐる。 ❖谷崎潤一郎（蘆刈）

喜悦【きえつ】 よろこぶこと。よろこび。

▽さうして玉虫と斑猫《はんみょう》と毒茸と、……いろいろの草木、昆虫、禽獣《きんじゅう》から放散する特殊のかをりを凡て驚異の触感を以て嗅いで廻つた。かゝる場合に私の五官はいかに新しい喜悦に顫《ふる》へたであらう。 ❖北原白秋（思ひ出）

▽私は最初からさうした目的で事を遣り出したのですから、自分の成功に伴ふ喜悦を感ぜずにはゐられなかつたのです。 ❖夏目漱石（こゝろ）

気焔・気炎【きえん】 燃え上がるような、盛んな意気。気勢。

▽実際日本で一番有望な小説家はなんと云っても大宮だろう。今にきっと世界的な仕事をして、日本の為に気焔をあげてくれるだろう。 ❖武者小路実篤（友情）

▽「絵画だつて、演劇だつて、おんなじ芸術です」と寒月君大いに気焔を吹く。 ❖夏目漱石（吾輩は猫である）

既往【きおう】 過ぎ去った時。過去の事柄。

▽従来の史書には凡《すべ》て、当代の者に既往をしらしめる事が主眼となつてゐて、未来の者に当代を知らしめるためのものとしての用意が余りに欠けすぎてゐるやうである。 ❖中島敦（李陵）

▽成事《せいじ》は説かず、遂事《すいじ》は諫《いさ》めず、既往は咎《とが》めずといふ教もあるから、わしはいづれにしても異存はない。 ❖永井荷風（つゆのあとさき）

祇園【ぎおん】 京都の八坂神社。その付近一帯の地。

▽清水《きよみづ》へ祇園をよぎる桜月夜《さくらづきよ》こよひ逢ふ人みなうつくしき ❖与謝野晶子（みだれ髪）

▽かにかくに祇園はこひし寝《ぬ》るときも枕の下を水のながるる ❖吉井勇（酒ほがひ）

起臥【きが】 日常の生活。起居。

▽主人は吾輩の普通一般の猫でないと云ふ事を知つて居るものだから吾輩は矢張りのらくらして此家に起臥して居る。 ❖夏目漱石（吾輩は猫である）

▽小人《しょうじん》から罵詈《ばり》されるとき、罵詈其れ自身は別に痛痒《つうよう》を感ぜぬが、其小人の面前に起臥しなければならぬとすれば、誰しも不愉快だらう。 ❖夏目漱石（草枕）

亀鑑【きかん】 行動の基準となる物事。てほん。模範。

▽「ママは貞女の亀鑑と云ふ訳ね」と敏子はくやしさうな顔に冷笑を浮かべた。 ❖谷崎潤一郎（鍵）

▽君が金牌《きんぱい》を授与されたといふことから、教育者の亀鑑だといふこと迄、委敷《くわしく》書いて有ますよ。 ❖島崎藤村（破戒）

▽その男は、明日公判のある甘粕《あまかす》（註・甘粕事件の首謀者）の行為を、日本男子の亀鑑だと極力賞揚しているのであった。 ❖宮本百合子（伸子）

奇矯【ききょう】 言動が普通と変わっていること。とっぴなこと。

▽どうぞかういふ言葉を私がただ奇矯な事を申すやうにお思ひなさらないで下さいまし。 ❖堀辰雄（かげろふの日記）

危懼【きく】 危惧《きぐ》。心配し恐れること。

▽堀木と附き合つて救はれるのは、（中略）四六時中、くだらないおしやべりを続け、あの、二人で歩いて疲れ、気まづい沈黙におちいる危懼が、全く無いといふ事でした。 ❖太宰治（人間失格）

▽事実は、才能の不足を暴露するかも知れないとの卑怯な危惧と、刻苦を厭《いと》ふ怠惰とが己《おれ》の凡《すべ》てだつたのだ。（中略）虎となり果てた今、己は漸くそれに気が付いた。 ❖中島敦（山月記）

疑懼【ぎく】 疑いを抱き恐れること。

▽彼また火と霊とを以て、天の変と地の異とを以て我が業を助く。我にこの内外の援助ありて、

我はひとり全世界に当るといへども疑懼の念を抱かざるべし。❖内村鑑三（一日一生）
▽思慮のある男には疑懼を懐《いだ》かしむる程の障礙《しょうがい》物《ぶつ》が前途に横《よこた》はつてゐても、女はそれを屑《もののくず》ともしない。❖森鷗外（雁）

奇遇【きぐう】 思いがけず出あうこと。不思議な縁でめぐりあうこと。
▽「それはさうと、先日鮨屋で見た小僧ネ、又会つたよ」「まあ。何処で？」「はかり屋の小僧だつた」「奇遇ネ」❖志賀直哉（小僧の神様）
▽「さうか。それは奇遇だつたね。僕もその中《うち》東京へ行くつもりだから、尋ねたいよ。居処《きょしょ》だけ教へて貰へないだらうか。」❖永井荷風（問はずがたり）

寄寓【きぐう】 他人の家に身を寄せること。
▽その時与次郎が話した。――野々宮君は自分の寄寓している広田先生の、元の弟子でよく来る。大変な学問好きで、研究も大分ある。❖夏目漱石（三四郎）
▽余は彼等親子の家に寄寓することとなり、エリスと余とはいつよりとはなしに、（中略）憂きがなかにも楽しき月日を送りぬ。❖森鷗外（舞姫）
▽時雄は種々に煩悶した後、細君の姉の家（中略）に寄寓させて、其処から麹町の某女塾に通学させることにした。❖田山花袋（蒲団）

畸形【きけい】 奇形。普通と異なった珍しい姿・形。／生物の形態上の異常。
▽この媚《こび》が無形の悪習慣というよりは、むしろ有形の畸形のように己《おのれ》の体に附いている。❖森鷗外（青年）
▽その小さな、哀れな、畸形の花が、少年の唇よりも赤く、さうしてやはり薔薇特有の可憐な風情と気品とを具へ、（中略）それが香さへ帯びて居るのを知つた時彼は言ひ知れぬ感に打たれた。❖佐藤春夫（田園の憂鬱）

奇警【きけい】 すぐれて賢いこと。考え方や言動が、人並みはずれて奇抜なこと。
▽こいつはなかく奇警だ。併し奇警ついでに、

何故此説をも少し押し広めて、人生のあらゆる出来事は皆性欲の発揮であると立てないのだらうと思つた。 ❖森鷗外（ヰタ・セクスアリス）

▽象牙《ぞうげ》色の磁器にもられた琥珀《こはく》色の液体の中に、その道の秘伝を授けられた人々は、孔子の心よい寡黙《かもく》、老子の奇警、釈迦牟尼《しゃかむに》自身の天上の芳香にさえ触れることができるのである。 ❖岡倉天心（茶の本）

▽金田某は何だい紙幣《さつ》に眼鼻をつけた丈の人間ぢやないか、奇警なる語を以て形容するならば彼は一個の活動紙幣に過ぎんのである。 ❖夏目漱石（吾輩は猫である）

▽華やかな電燈の下に、酔ひの循《まわ》つた夷顔《えびす》をてかく〳〵させて、「えへゝゝゝ」と相好《そうごう》を崩しながら、べら〳〵と奇警な冗談を止め度なく喋り出す時が彼の生命で、（後略）。 ❖谷崎潤一郎（幇間）

詭計【きけい】 他人をだまし、おとしいれるはかりごと。偽計。詭策。奇計。ペテン。

▽彼には今度の出来事の全体が彼を陥れんがために殊更にたくらまれた詭計のやうに考へられた。 ❖中勘助（提婆達多）

▽苦情と不平は事ある毎に必ず此の仲間のつき物。但し政治家のやうに詭計を廻《めぐ》らして紛擾《ふんじょう》を醸《かも》させ之を利用して私腹を肥さうと云ふ程悪賢くないのが、まだしも芸者の議員より品格ある処かも知れぬ。 ❖永井荷風（腕くらべ）

機嫌買い【きげんかい】 相手の機嫌をとること。うまく取り入ろうとすること。またそのような人。／他人に対する好悪の感情や気分が変わりやすいこと。また、その人。

▽私はふだんの無口な習慣から抜け出ようと努力しながら、これもまた機嫌買ひらしい爺やを相手に世間話をし出した。 ❖堀辰雄（美しい村）

▽だがこの老人、口が軽くつて機嫌買ひで、好人物さうに見えてゐて、案外ずるい所がある。 ❖谷崎潤一郎（乱菊物語）

▽機嫌買ひな天気は、一日の中に幾度となくか

うした顔のしかめ方をする。而《そ》して日が西に廻るに従つてこの不機嫌は募《つの》つて行くばかりだ。

❖有島武郎（生れ出づる悩み）

奇効【きこう】思いがけない効能。不思議なききめ。霊妙な効験。

▽その強い注射が奇効を奏したのか、その日のお昼すぎに、お母さまのお顔が真赤になつて、（中略）お母さまは笑つて、「名医かも知れないわ。」とおつしやつた。　❖太宰治（斜陽）

揮毫【きごう】毛筆で書画をかくこと。

▽海石翁は（中略）上野展覧会への出品に着手するとの事で既に絵絹《えぎぬ》をば鶏崎に張らせ二階の八畳六畳二間の襖《ふすま》を取はづしてすぐにも揮毫の出来るやうに支度をさせた。　❖永井荷風（おかめ笹）

▽応挙の書生時代、和尚《おしょう》が応挙に銀十五貫を与へた。（中略）その報恩として、後年此寺が出来た時に一門を引き連れ、寺全体の唐紙《からかみ》へ揮毫したものだといふ。　❖志賀直哉（暗夜行路）

気骨【きこつ】自分の信念に忠実で、人の意思や困難に屈しない強い心。

▽栗屋市長は内務官僚の出身だが、庶民的で部下の者には優しく、しかし気骨があった。　❖井伏鱒二（黒い雨）

▽後世の所謂《いわゆる》「万鐘《ばんしょう》我に於て何をか加へん」の気骨も、炯々《けいけい》たる其の眼光も、痩浪人の徒《いたず》らなる誇負《こふ》から離れて、既に堂々たる一家の風格を備へて来た。　❖中島敦（弟子）

気散じ【きさんじ】心の憂さをまぎらすこと。気晴らし。／苦労がなく、気楽なこと。

▽彼女は自分の病気の事も、孤独の事も忘れてゐることが多かつた。それほど、すべての事を忘れさせるやうな、人が一生のうちでさう何度も経験出来ないやうな、美しい、気散じな日々だつた。　❖堀辰雄（菜穂子）

喜捨【きしゃ】進んで社寺に寄進し、または困っている人に施しをすること。

▽喜捨、供養をすれば罪が滅びると教えて下さるので、皆喜んで米やお銭《あし》を持つて行きますでな。お寺は繁昌《はんじょう》致しますよ。　❖倉田百三

（出家とその弟子）

帰趣【きしゅ】 物事の落ち着くところ。帰趨《きすう》。

▽しかし僕はもうずっと先きの方まで読んでいますが、この脚本の全体の帰趣というようなものには、どうも同情が出来ないのです。❖森鷗外（青年）

帰順【きじゅん】 反逆をやめて、服従すること。

▽そのうちに、美濃から飛騨へかけての大小諸藩で帰順の意を表するものが続々あらはれて来るやうになつた。❖島崎藤村（夜明け前）

奇勝【きしょう】 珍しく、すばらしい景色。

▽それは峨々《がが》たる峭壁《しょうへき》があつたり岩を嚙む奔湍《ほんたん》があつたりするいはゆる奇勝とか絶景とかの称にあたひする山水《さんすい》ではない。❖谷崎潤一郎（蘆刈）

奇峭【きしょう】 人の性格が鋭くてきついさま。

▽此男は少しも僕を保護してはくれなんだ。併《しか》し僕は構はぬのが難有《ありがた》かつた。彼のcynic《シニック》な言語挙動は始終僕に不愉快を感ぜしめるが、兎に角彼も一種の奇峭な性格である。❖森鷗外（ヰタ・セクスアリス）

気象【きしょう】 気性。生まれつきの性情。きぞう。

▽大黒屋の美登利とて生国《しょうこく》は紀州、言葉のいさゝか訛《なま》れるも可愛く、第一は切れ離れよき気象を喜ばぬ人なし。❖樋口一葉（たけくらべ）

▽お師匠様に比べると眼明きの方がみじめだぞ、お師匠様があの御気象と御器量で何で人の憐れみを求められよう。❖谷崎潤一郎（春琴抄）

気色【きしょく】 気持ち。気分。／気持ちが顔色にあらわれること。顔色。／様子。態度。

▽自分は肉体からも気分からも気持の悪い疲労を感じてゐた。其上厭《いや》に嵩張《かさば》つた紙包の重箱を下げて歩く事が一層気色を悪くした。❖志賀直哉（和解）

▽己《おのれ》は家族を安穏な地位に置いて、安んじて死ぬることが出来ると思つた。それと同時に長十郎の顔は晴々した気色になつた。❖森鷗外（阿部一族）

▽相手は道端に立ち留まつたなり、少しも足を運ぶ気色なく、じつと彼の通り過ぎるのを見送つてゐた。　❖夏目漱石（道草）

寄食【きしょく】　他人の家に住み、衣食住の世話になること。居候。

▽当分麻布《あざぶ》の親戚の家に寄食しながら、手頃な借家を自分でも捜し、人にも捜して貰つてゐた。　❖谷崎潤一郎（細雪）

▽これには各宗の僧籍に身を置くものはもとより、全国何百万からの寺院に寄食するものまで、いづれも皆強い衝動を受けた。　❖島崎藤村（夜明け前）

義絶【ぎぜつ】　親子・兄弟など親族の縁を絶つこと。

▽くにの父をはじめ一家中が激怒してゐるから、これつきり生家とは義絶になるかも知れぬ、（後略）。　❖太宰治（人間失格）

▽親や親類の圧迫なんかあたしちつとも恐くはないわ、みんなに義絶されたつて構はない積りでゐるんですから。　❖谷崎潤一郎（蓼喰ふ虫）

奇態【きたい】　奇体。風変わりなさま。不思議なさま。普通とは違い奇妙なさま。

▽私は頭がガンガンして、口の中が干涸《ひか》らびて、奇態に体が顫《ふる》えるのが自分でも分りました。はツと思って、「気が違ったな」と感じました。　❖谷崎潤一郎（痴人の愛）

▽奇体なことには、この古いお城下町は古くから仏教信者が多かつた。　❖室生犀星（性に眼覚める頃）

▽でも奇体なもんで、年の所為《しょい》だか何だか知らないが、昔に比べると、少しは優しくなつたやうだよ。　❖夏目漱石（道草）

危殆【きたい】　非常に危ないこと。危険。

▽純一はこう思うと同時に、この娘を或る破砕し易《やす》い物、こわれ物、危殆なる物として、これに保護を加えなくてはならないように感じた。　❖森鷗外（青年）

稀代・希代・奇代【きたい】　極めてまれなこと。珍しいこと。きだい。

▽おまへは、稀代の不信の人間、まさしく王の思ふ壺《つぼ》だぞ、と自分を叱つてみるのだが、全身萎《な》えて、もはや芋虫《いもむし》ほどにも前進かなはぬ。

❖太宰治（走れメロス）

▽何しろあの法師と来たら、稀代の怠け者で、酒と色とに眼のない男で、金さへあれば幾日でも遊んでゐたい方だ。　❖谷崎潤一郎（乱菊物語）

忌憚【きたん】　いみはばかること。遠慮。

▽忌憚なく言へば少し読書好きの女の目にさへ、これでは殆《ほとん》ど読むには堪へまいと思はれるくらゐのものである。　❖永井荷風（つゆのあとさき）

▽母親に似て短兵急に攻め立てるので、幸子ではあしらひ切れず、貞之助に出て貰つたが、（中略）自然貞之助も、いろ〳〵なことを忌憚なく尋ねた。　❖谷崎潤一郎（細雪）

窺知【きち】　うかがい知ること。

▽春琴は弾絃の技巧のみならず作曲の方面にも思ひを凝らし（中略）てゐる女が覚えてゐるのに「春鶯囀」と「六の花」の二曲があり、先日聞かして貰つたが独創性に富み作曲家としての天分を窺知するに足りる。　❖谷崎潤一郎（春琴抄）

吉例【きちれい】　めでたいしきたり。きつれい。

▽明日ノ晩ハ「ヒメハジメ」デアル。オーソドツクスヲ好ム彼女ハ毎年ノ吉例ニ従ヒ、必ズソノ行事ヲ厳粛ニ行ハナケレバ承知シナイノデアラウ。　❖谷崎潤一郎（鍵）

▽四月中旬の土曜日曜に、貞之助と三姉妹と悦子の五人は吉例の京都行きをしたが、その帰りの電車の中で悦子が俄《にわか》に高熱を発した。　❖谷崎潤一郎（細雪）

鞠躬如【きっきゅうじょ】　身を屈めて慎みかしこまるさま。

▽極めて自尊的に、極めてことさらに、極めてせゝこましく、必要もないのに鞠躬如として、あぶくを飲んで結構がるものは所謂《いわゆる》茶人である。　❖夏目漱石（草枕）

▽春琴女の墓の右脇《わき》に（中略）検校《けんぎょう》の墓が鞠躬

如として侍坐《じざ》する如く控へてゐる。　❖谷崎潤一郎（春琴抄）

吉祥【きっしょう】　めでたい兆《きざ》し。きちじょう。

▽とにかく集注して四五十枚のものが書けた。出来栄えより、書けたということが、伸子にとっては一つの吉祥であった。　❖宮本百合子（伸子）

屹然【きつぜん】　独立して他に屈しないさま。毅然。／山などの高くそびえるさま。

▽出入口の処に絆纏《はんてん》を着た若い男が腕組をして立っていて、屹然として動かない。　❖森鷗外（青年）

▽見上げる頭の上には、微茫《かすか》なる春の空の、底までも藍《あい》を漂わして、吹けば揺《うご》くかと怪しまるる程柔らかき中に屹然として、どうする気かと云わぬばかりに叡山《えいざん》が聳《そび》えている。　❖夏目漱石（虞美人草）

狐火【きつねび】　闇夜に山野に見える怪火。鬼火・燐火《りんか》などの類。

▽神田から田端までの路のりを思ふと、私はがっかりして坐つてしまひたい程悲しかつた。街の燈はまるで狐火のやうに一つ一つ消えてゆく。　❖林芙美子（放浪記）

▽たくさんのりんだうの花が、草をかくれたり出たりするのは、やさしい狐火のやうに思はれました。　❖宮沢賢治（銀河鉄道の夜）

屹立【きつりつ】　山などが高くそびえ立つこと。

▽トタン葺《ぶき》の陋屋《ろうおく》が秩序もなく、端《はて》しもなく、ごた〱に建て込んだ間から湯屋の烟突が屹立して、その頂きに七八日頃《なゝようか》の夕月が懸つてゐる。　❖永井荷風（濹東綺譚）

▽青い沁《し》みるような海原の上に、ビロードのようにうっそうとした濃緑《のうりょく》の山々が、晴れた空に屹立している。　❖林芙美子（浮雲）

奇特【きとく】　特にすぐれて珍しいこと。行いや心がけが特にすぐれていること。殊勝。

▽何と佐助どんは奇特なものではござりませぬか、あれを折角こいさんが仕込んでおやりなされましたらどうでござります、（後略）。　❖谷崎潤一郎（春琴抄）

▽その歳、中津藩の郡《こおり》奉行が、巡視して、市九郎に対して、奇特の言葉を下した。近郷近在から、三十人に近い石工が蒐《あつ》められた。工事は、枯葉を焼く火のように進んだ。　❖菊池寛（恩讐の彼方に）

▽「はい。わたくしは播磨から参りました者ですが、少々願ひごとがございますので、今夜は是非、お籠《こも》りをさせて戴きます」「それは〱、御奇特のことだな」　❖谷崎潤一郎（乱菊物語）

気魄・気迫【きはく】 何ものにもひるまずに立ち向っていく強い精神力。気概。

▽「（前略）自分さへ好ければ人はどうでもいゝ、百姓や町人はどうなつてもいゝ、そんな学問のどこに熱烈峻厳な革新の気魄が求められませうか――」　❖島崎藤村（夜明け前）

▽僕の前に道はない／僕の後ろに道は出来る／ああ、自然よ／父よ／僕を一人立ちにさせた広大な父よ／僕から目を離さないで守る事をせよ／常に父の気魄を僕に充たせよ／この遠い道程のため／この遠い道程のため　❖高村光太郎（道程・道程）

▽一と口に云へば、恋愛の天才家と云つたやうな気魄に充ちた、魅力のある眼つきである。　❖谷崎潤一郎（卍）

羈絆【きはん】 行動を拘束し束縛するもの。

▽遠い昔に溯《さかのぼ》って見れば見る程、人間は共同生活の束縛を受けていたのだ。それが次第にその羈絆を脱して、自由を得て、個人主義になって来たのだ。　❖森鷗外（青年）

▽村にはぞろ〱と人が通つた。（中略）世の羈絆を忘れて、この一夜を自由に遊ぶといふ心持が四辺《あたり》に充ち渡つた。　❖田山花袋（田舎教師）

忌避【きひ】 嫌って避けること。

▽コヽデ僕ハ、イヨイヨ彼女ノ忌避ニ触レル一点ヲ発《あば》カネバナラナイガ、彼女ニハ彼女自身全ク気ガ付イテヰナイトコロノ或ル独得ナ長所ガアル。　❖谷崎潤一郎（鍵）

▽形式主義への此の本能的忌避と闘つて此の男

に礼楽《れいがく》（註・礼儀と音楽）を教へるのは、孔子にとつても中々の難事であつた。　❖中島敦（弟子）

踵をめぐらす【きびすをめぐらす】　あともどりする。引き返す。踵を返す。くびす。

▽「守本尊を大切にして往け、父母の消息はきつと知れる」と言ひ聞かせて、律師《りつし》は踵《くびす》を旋《めぐら》した。　❖森鷗外（山椒大夫）

▽賑かな町の方へ一丁程歩くと、私も散歩がてら雑司ケ谷へ行つて見る気になつた。先生に会へるか会へないかといふ好奇心も動いた。夫《それ》ですぐ踵を回《めぐ》らした。　❖夏目漱石（こゝろ）

義憤【ぎふん】　人道・正義・道義に外れたことに対する憤り。公憤。

▽私もはらはらしましたわ。その内とうとう義憤を感じてついあんな出すぎたことをいたしまして、（後略）。　❖武者小路実篤（愛と死）

▽僕は絶間なき製作の苦悶と、人生に対する疑問、社会に対する不満と義憤とを、その瞬間だけでも忘れさせてくれる抱擁の快楽を捜してゐる。　❖永井荷風（問はずがたり）

詭弁【きべん】　道理にあわない弁論。こじつけの議論。

▽それに対するあなたの弁解は詭弁とより僕には響かなくなりました。僕の鈍い直覚ですらがさう考へるのです。　❖有島武郎（或る女）

▽彼は妻に対し毛程《けほど》も不実な気持は持つてゐないといふ事を繰返した。（中略）彼は嘘《うそ》をいつてゐるのではなかつた。そして彼は何かいへば詭弁を弄するやうになるのが自分でも不愉快になつた。　❖志賀直哉（山科の記憶）

▽詰まりその間は未造の詭弁が功を奏してゐたのである。然るに或る日意外な辺から破綻《はたん》が生じた。　❖森鷗外（雁）

機鋒【きほう】　刀剣のきっさき。ほこさき。するどい攻撃・勢い。

▽「いや中々機鋒の鋭どい女で――わしの所へ修業に来て居た泰安と云ふ若僧《にゃくそう》も、あの女の為めに、ふとした事から大事を窮明せんならん因《いん》縁《えん》に逢着《ほうちゃく》して――今によい智識（註・高徳の

僧）になるやうぢや」　❖夏目漱石（草枕）

▽僕の有望な画才が頓座《とんざ》して一向振はなくなつたのも全くあの時からだ。君に機鋒を折られたのだね。僕は君に恨がある。　❖夏目漱石（吾輩は猫である）

詭謀【**きぼう**】だまして、人をおとしいれようとするはかりごと。詭計。

▽人間は容易に醒《さ》めた意識を以て子を得ようと謀《はか》るものではない。自分の胤《たね》の繁殖に手を着《つ》けるものではない。そこで自然がこれに愉快を併はせる。これを欲望にする。この愉快、この欲望は、自然が人間に繁殖を謀らせる詭謀である、餌《え》である。　❖森鷗外（ヰタ・セクスアリス）

鬼門【**きもん**】行くのがいやな場所。苦手で避けたい人や事柄。／忌《い》み嫌う方角。

▽こうして、むかし、あらたかであった神さまは、今は、町の鬼門となってしまいました。

❖小川未明（赤いろうそくと人魚）

▽国から出て来た直子の母が台所口の柳を鬼門の柳だと云つて、切《しき》りに植替へたがつた。　❖志賀直哉（暗夜行路）

▽今になつて見れば、やつぱり東京は鬼門だつた。そしてやつぱり、今度も此れが躓《つまづ》きになつて、雪子ちやんの縁談は破れるのだ。　❖谷崎潤一郎（細雪）

華奢【**きゃしゃ**】繊細で弱々しいさま。

▽おれは江戸つ子で華奢に小作りに出来て居るから、どうも高い所へ上がつても押しが利かない。　❖夏目漱石（坊つちゃん）

▽母は明治の女であるから、（中略）手や足なども可愛く、かぼそくて、指の形の華奢で優雅だつたことは、精巧な細工物のやうであつた。

❖谷崎潤一郎（細雪）

杞憂【**きゆう**】将来のことについて無用の心配をすること。取り越し苦労。

▽僅《わず》かながら新婚の夫婦らしい雰囲気が感ぜられ、私の心配は杞憂に終るかも知れぬといふやうな気がして来た。　❖志賀直哉（淋しき生涯）

▽世間で好く云ふ病附《やみつき》といふことがありはすま

いかとお思ひなすつたのだらう。それは杞憂であつた。　❖森鷗外（ヰタ・セクスアリス）

嗅覚【きゅうかく】においに刺激されて起きる感覚。

▽何人《なんぴと》が武士道を案出したか。之も亦歴史の独創、又は嗅覚であったであろう。歴史は常に人間を嗅《か》ぎだしている。　❖坂口安吾（堕落論）

▽天皇は（中略）、結局常に政治的理由によってその存立を認められてきた。（中略）その存立の政治的理由はいわば政治家達の嗅覚によるもので、（後略）。　❖坂口安吾（堕落論）

旧歓【きゅうかん】昔のよろこび。過去の楽しみ。＊旧歓を暖める

▽三四郎は脱ぎ棄てた過去を、この立退場《たちのきば》の中へ封じ込めた。なつかしい母さえ此処《ここ》に葬ったかと思うと、急に勿体なくなる。そこで手紙が来た時だけは、暫《しばら》くこの世界に低徊して旧歓を温める。　❖夏目漱石（三四郎）

糾合・鳩合【きゅうごう】一つに寄せあつめ、まとめること。一つに結集すること。

▽結局は永い時と多くの人の力とを糾合して、重い物を動かすやうな忍耐を以て進まねばならぬ。　❖柳田国男（国語の将来）

▽同族を糾合して二本足の先生と雌雄を決しやう抔《など》と云ふ量見は昨今の所毛頭ない。　❖夏目漱石（吾輩は猫である）

窮死【きゅうし】窮苦のうちに死ぬこと。

▽後五年、昭帝の始元六年の夏、此の儘《まま》人に知られずに北方に窮死すると思はれた蘇武が偶然にも漢に帰れることになつた。　❖中島敦（李陵）

▽魯の昭公は上卿季平子を討たうとして却つて国を逐《お》はれ、亡命七年にして他国で窮死する。　❖中島敦（弟子）

九天【きゅうてん】天の最も高い所。天上。きわめて高いところ。

▽春琴を九天の高さに持ち上げ百歩も二百歩も謙《へりくだ》ってゐた佐助であるから斯《か》かる言葉をそのまゝ受け取る訳には行かないが、技の優劣は兎に角として春琴の方がより天才肌であり佐助は

刻苦精励する努力家であつたことだけは間違ひがあるまい。 ❖谷崎潤一郎（春琴抄）

救抜【きゅうばつ】 苦悩・貧苦・汚濁など苦しい状況から救いだすこと。

▽彼女の力になつて遣る。彼女を淤泥《おでい》の中から救抜する。僕の想像はこんな取留《とりとめ》のない処に帰着してしまつた。 ❖森鷗外（雁）

▽そして游《ゆう》さんは湮滅《いんめつ》の期に薄《せま》つてゐた墓誌銘の幾句を、図らずも救抜してくれたのである。 ❖森鷗外（渋江抽斎）

旧弊【きゅうへい】 古い習慣・思想・制度などからくる弊害。／古い風習・思想を頑固に守って改めないさま。

▽姉は東京へ行つてまで旧弊を押し通してゐるらしいので、芯《しん》が丈夫な雪子だからこそ堪へてゐるもの丶、自分であつたら肺炎か何かを起してゐるであらうと思へた。 ❖谷崎潤一郎（細雪）

▽すると芳子さんはまた小母さんの旧弊が始まつたつて、笑つて居るんだもの。 ❖田山花袋（蒲団）

▽旧弊で煩瑣《はんさ》なものは、みんなぶちこわされて、一種の革命のあとのような、爽涼《そうりょう》な気がゆき子の孤独を慰めてくれた。 ❖林芙美子（浮雲）

糾明・糺明【きゅうめい】 罪や不正を問いただし追及して不明の点をはっきりさせる。

▽たとひ女子供であらうと、賊の廻し者たる以上は、引つ捕へて糺明するのに、何差支《さしつか》へがあるものか。 ❖谷崎潤一郎（乱菊物語）

▽彼女を糺明し、或は監督するにしても、その際に処する自分の腹を予《あらかじ》め決めて置かなけりゃならない。 ❖谷崎潤一郎（痴人の愛）

究理・窮理【きゅうり】 物事の道理・法則をきわめ、明らかにすること。

▽良沢《りょうたく》の顔は、究理に対する興奮で輝いていた。玄白も、（中略）自分の心の裡《うち》の妙なこだわりなどは、何時の間にか忘れていた。 ❖菊池寛（蘭学事始）

毀誉【きよ】 そしることとほめること。悪口と称賛。＊毀誉褒貶

▽人間の世は過去も将来もなく唯その日その日の苦楽が存するばかりで、毀誉も褒貶《はうへん》も共に深く意とするには及ばないやうな気がしてくる。
❖永井荷風（つゆのあとさき）

狭隘【きょうあい】面積などが狭いこと。／度量が狭いこと。狭量。
▽夕《ゆうべ》の昌平橋は雑沓する。内神田の咽喉《いんこう》を扼《やく》している、ここの狭隘に、おりおり捲《ま》き起される冷たい埃《ほこり》を浴びて、影のような群集が忙《せわ》しげに摩《す》れ違っている。❖森鷗外（青年）
▽白状をすれば自分なども、春永く冬暖かなる中国の海近くに生れて、この稍《やや》狭隘な日本風に安心し切つて居た一人である。❖柳田国男（雪国の春）

暁闇【ぎょうあん】月がなくて暗い暁。夜明け前のほの暗い闇。暁暗。
▽暁闇を、物々しく立ち騒ぐ風と波との中に、海面低く火花を散らしながら青い焔《ほのお》を放つて、燃え上り燃えかすれるその光は、幾百人の漁夫達の命を勝手に支配する運命の手だ。❖有島武郎（生れ出づる悩み）
▽春の曙《あけぼの》大気震える暁暗に、小鳥達が神秘な調べを木の間にささやく時、それは小鳥達が恋人に花のことをささやいているのだと感じたことはないであろうか。❖岡倉天心（茶の本）
▽此の谷を挟んだ二つの山はまだ暁暗の中に森閑とはしてゐるが、そこここの巖蔭《いわかげ》に何かのひそんでゐるらしい気配が何となく感じられる。
❖中島敦（李陵）

恐悦・恭悦【きょうえつ】つつしんでよろこぶこと。
▽おきなはれやと芸者は平手で野だの膝を叩《たた》いたら野だは恐悦して笑つてる。（中略）。野だも御目出度い者だ。❖夏目漱石（坊つちゃん）
▽浦賀へ押し寄せて来た唐人船も行衛《ゆくへ》知れずになつて、先づ〳〵恐悦だ。❖島崎藤村（夜明け前）

跫音【きょうおん】足音。きょういん。
▽此武士は大きな声で「これ誰れか内のもの！芳一を連れて来た」と叫んだ。すると急いで歩

く跫音、襖のあく音、雨戸の開く音、女達の話し声などが聞えて来た。❖小泉八雲（怪談）
▽しつとりと降りそそぐ初秋の雨は、草屋根の下では、その跫音《あしおと》も雫《しづく》も聞えなかつた。❖佐藤春夫（田園の憂欝）

境涯【きょうがい】 人が生きていく上で置かれているそれぞれの立場や環境。境界《きょうがい》。
▽さう思つて見ると、いかにも柔和な、品のいゝ、名人らしい相をしてゐる。（中略）自分の芸を楽しんでゐる風があるのは、そゞろに此の老芸人の境涯の羨ましさを覚えさせる。❖谷崎潤一郎（蓼喰ふ虫）
▽僕は只理窟なしに民子は如何《どん》な境涯に入らうとも、僕を思つてゐる心は決して変らぬものと信じてゐる。❖伊藤左千夫（野菊の墓）
▽とう〳〵往来を通る学生を見てゐて、あの中に若し頼もしい人がゐて、自分を今の境界《きょうがい》から救つてくれるやうにはなるまいかとまで考へた。❖森鷗外（雁）

叫喚【きょうかん】 大声でわめきさけぶこと。そのさけび。＊阿鼻叫喚
▽其海岸一帯には、沢山不思議な事が見聞される。（中略）。そして風の立つ時には大きな叫び声が、戦の叫喚のやうに、海から聞えて来る。❖小泉八雲（怪談）
▽波浪と叫喚のなかゝから、確かにその船が鳴らしてゐるらしい汽笛が、間を置いてヒュウ、ヒュウと聞えた。が、次の瞬間、こつちがアブ、アブでもするやうに、谷底に転落して行つた。❖小林多喜二（蟹工船）

教化【きょうげ】 衆生《しゅじょう》を教え導いて仏道に向わせること。きょうけ。※仏教用語として使うときのみこのように読む。
▽平家の落人《おちうど》として流転《るてん》の女の群に投じ、建永《けんえい》年中法然《ほうねん》上人の教化を受けて尼になつたという友君《ともぎみ》、（中略）などゝいふ名高い遊女があるけれども、それらの事蹟を委《くわ》しく述べるまでもあるまい。❖谷崎潤一郎（乱菊物語）
▽「仏道に帰依し、衆生済度《しゅじょうさいど》の為に、身命を捨てて人を救うと共に、汝自身を救うのが肝心《かんじん》じ

や」と、教化した。　❖菊池寛（恩讐の彼方に）

▽禅林《ぜんりん》（註・禅宗の寺院）の祭壇は床の間――客を教化するために絵や花を飾る日本間の上座――の原型であったということである。　❖岡倉天心（茶の本）

凝結【ぎょうけつ】　凝り固まること。

▽「此手紙があなたの手に落ちる頃には、私はもう此世には居ないでせう。とくに死んでゐるでせう」私ははつと思つた。今迄ざわ〳〵と動いてゐた私の胸が一度に凝結したやうに感じた。　❖夏目漱石（こゝろ）

鞏固・強固【きょうこ】　しっかりして動かないこと。強くてかたいこと。

▽能楽は宮内省の保護を仰ぐか若しくは華族の鞏固なる団体を作つて之を保護するか、どちらかの道によらなければ今日之を維持して行くのは、非常の困難であらうと思ふ。　❖正岡子規（病牀六尺）

▽父は普通の実業なるものゝ困難と危険と繁劇《はんげき》と、（中略）を説いた。最後に地方の大地主の、一見地味であつて、其実自分等よりはずつと鞏固の基礎を有して居る事を述べた。　❖夏目漱石（それから）

▽日本人は今後も盛んに美しい文学を産出するは勿論、心の隈《くま》も無く語りかはして、今よりも一層鞏固なる結合を、続け得る民族であることだけは疑ふ余地が無いと思ふ。　❖柳田国男（国語の将来）

僥倖【ぎょうこう】　思いがけない幸せ。偶然の幸運。

▽とかく瞑想好きで隠者めいた彼は平生からあまり武芸に身を入れるやうにはみえなかつた。先刻の彼の勝利も寧《むし》ろ僥倖といつたはうがよいかもしれない。　❖中勘助（提婆達多）

▽君は一生旅烏《たびがらす》かと思つてたら、いつの間にか舞ひ戻つたね。長生はしたいもんだな。どんな僥倖に廻り合はんとも限らんからね。　❖夏目漱石（吾輩は猫である）

行乞【ぎょうこつ】　乞食《こつじき》に歩くこと。托鉢《たくはつ》。

▽大正十五年四月、解くすべもない惑ひを背負

うて、行乞流転の旅に出た。

　分け入つても分け入つても青い山　❖種田山頭火（草木塔）

教唆【きょうさ】教えそそのかすこと。

▽初《はじめ》の程は、女からの烈しい教唆で、つい悪事を犯し始めて居た市九郎も、遂には悪事の面白さを味い始めた。　❖菊池寛（恩讐の彼方に）

▽自分が車から突落されたのも、事によると清岡さんの教唆から起つた事かも知れない。　❖永井荷風（つゆのあとさき）

矜持【きょうじ】自分の能力を信じていだく誇り。自負。プライド。

▽旧家の令嬢としての矜持を捨てぬ春琴のやうな娘が代々の家来筋に当る佐助を低く見下したことは想像以上であつたであらう。　❖谷崎潤一郎（春琴抄）

▽天才には天才のみに許されたる特殊の寂寥《せきりょう》と特殊の悲痛と特殊の矜持とがあるに違いない。従って天才には天才のみの歩むべき特殊の道があるに違いない。　❖阿部次郎（三太郎の日記）

驕奢【きょうしゃ】権勢におごり、ぜいたくをすること。奢侈《しゃし》。

▽塵《ちり》一つさへない程、貧しく見える瀟洒《しょうしゃ》な趣味か、何処にでも金銀がそのまゝ捨ててあるやうな驕奢な趣味でなければ満足が出来なかつた。　❖有島武郎（或る女）

▽日本風の小さな膳が各人の前に持ち運ばれた。その食事は彼等和蘭《オランダ》人に、この強大な君主の荘厳と驕奢とにふさはしからぬほどの粗食とも思はれた。　❖島崎藤村（夜明け前）

興趣【きょうしゅ】味わいのあるおもしろみ。興味・趣《おもむき》があること。

▽江戸の風景堂宇には一として京都奈良に及ぶべきものはない。それにも係《かかわ》らず此の都会の風景は此の都会に生れたるものに対して必ず特別の興趣を催させた。　❖永井荷風（日和下駄）

▽自分なども、ゴツホの原色版をかなりたくさん見て、タツチの面白さ、色彩の鮮やかさに興趣を覚えてはゐたのですが、しかし、お化けの

絵、だとは、いちども考へた事が無かつたのでした。　❖太宰治（人間失格）

▽卓《つくえ》を囲《かこ》める一座の興趣は漸くに加はりて、瓶《へい》は手より手にと忙《せ》はしく遣《や》り取りせらるゝこととゝなりぬ。　❖森鷗外（即興詩人）

拱手【きょうしゅ】手を組んで何もしないでいること。手をこまぬくこと。腕組み。こうしゅ。

▽迷亭が帰つてから、そこ〳〵に晩飯を済まして、又書斎へ引き揚げた主人は再び拱手して下《しも》の様に考へ始めた。　❖夏目漱石（吾輩は猫である）

▽母から手紙が来て、明《みょう》二十五日の午後まかり出るから金五円至急に調達せよと申込んで来た時、自分は思はず吐息をついて長火鉢の前に坐つたまま拱手《うでぐみ》をして首を垂れた。　❖国木田独歩（酒中日記）

郷愁【きょうしゅう】過去をなつかしむ気持ち。／故郷をなつかしく思う気持ち。

▽ああ、鮑《あわび》の殻。懐しいものなんでしょうね、鮑の殻。この辺のお年寄の人は、たいていこれに郷愁を持ってらっしゃいますね。　❖井伏鱒二（黒い雨）

▽彼女の裡《うち》にいつか湧いて来た結婚前の既に失はれた自分自身に対する一種の郷愁のやうなものは反対にいよいよ募《つの》るばかりだつた。　❖堀辰雄（菜穂子）

▽自分は此の唄にはほのかながら子供の郷愁があるのを感じる。（中略）思ふに草深い故郷を離れて、商法や行儀を見習ひに来てゐる子供等は、（中略）茅葺《かやぶ》きの家の薄暗い納戸にふせる父母の俤《おもかげ》を偲びつゝあつたであらう。　❖谷崎潤一郎（吉野葛）

恭順【きょうじゅん】つつしんで従うこと。心から服従すること。

▽いかに徳川家を疑ひ憎む反対者でも、（中略）この江戸の主人の恭順に対して、それを攻めるといふ手はなかつた。慶喜は捨て得るかぎりのものを捨てることによつて、江戸の市民を救つた。　❖島崎藤村（夜明け前）

矯飾【きょうしょく】偽って、うわべを飾ること。

▽「馬鹿を言ひ給へ、未完の物なら、発表しはしないよ。」岡田がかう言つたのも、矯飾して云つたわけではなかつたらしい。❖森鷗外(雁)

▽この男の前では思はず知らず心にもない矯飾を自分の性格の上にまで加へた。❖有島武郎(或る女)

凝然【ぎょうぜん】 じっとして動かないさま。

▽私は凝然と狭い庭をながめてゐた。そして心の中で柿の葉が散つたのを見て寂しくなつたといふ友のことを考へた。私どもはしばらく黙つてゐた。❖室生犀星(性に眼覚める頃)

▽向う側の斜めに水から出てゐる半畳敷程の石に黒い小さいものがゐた。蠑螈《いもり》だ。未だ濡《ぬ》れてゐて、それはいい色をしてゐた。頭を下に傾斜から流れへ臨んで、凝然《じっ》としてゐた。❖志賀直哉(城の崎にて)

怯懦【きょうだ】 臆病で気の弱いこと。

▽一時は強《し》ひて山羊《やぎ》の血の交つた怯懦な心に酒を恐れ煙草を悪《にく》み、(中略)偽善的な十四の春を迎へた。❖北原白秋(思ひ出)

▽己《おれ》はなんという怯懦な人間だろう。なぜ真の生活を求めようとしないか。なぜ猛烈な恋愛を求めようとしないか。己はいくじなしだと自ら恥じた。❖森鷗外(青年)

嬌態【きょうたい】 なまめき媚びる色っぽい振る舞いや態度。

▽嫂《あによめ》の此恍《とぼ》け方は如何にも嫂らしく響いた。さうして自分には却《かえ》つて嬌態とも見える此不自然が、真面目な兄に甚だしい不愉快を与へるのではなからうかと考へた。❖夏目漱石(行人)

▽おつぎはどうかすると目の辺《あた》りに在る雀斑《そばかす》が一種の嬌態《しな》を作つて甘えたやうな口の利方《ききかた》をするのであつた。❖長塚節(土)

喬木【きょうぼく】 高い木。↕灌木《かんぼく》

▽崖の草枯れ黄《きば》み、この喬木の冬枯れした梢に鳥が群をなして棲《とま》る時なぞは、宛然《さながら》文人画を見る趣《おもむき》がある。❖永井荷風(日和下駄)

驕慢【きょうまん】 おごり高ぶって、人をあなどり見下すこと。

▽然し何《ど》うした機《はずみ》か立つときに嫂《あによめ》の顔を一寸見た。其時は何の気も付かなかつたが、此平凡な所作が其後自分の胸には絶えず驕慢の発現として響いた。❖夏目漱石（行人）

▽春琴女は甘やかされて育つたゝめに驕慢なところはあつたけれども、言語動作が愛嬌に富み目下の者への思ひやりが深く、加ふるに至つて花やかな陽気な性質であつた。❖谷崎潤一郎（春琴抄）

嬌名【きょうめい】 芸者などの高い評判。なまめかしくて美しいという評判。

▽四歳の頃より舞を習ひけるに挙措進退の法自ら備はりて、さす手ひく手の優艶《ゆうえん》なること舞妓《まいこ》も及ばぬ程なりければ、師もしば〳〵舌を巻きて、あはれ此の児、此の材と質とを以てせば天下に嬌名を謳《うた》はれんこと期して待つべきに、（後略）。❖谷崎潤一郎（春琴抄）

▽お梶は、もう四十に近かったが、宮川町の歌妓《うたいめ》として、若い頃に嬌名を謳われた面影が、そっくりと白い細面の顔に、ありありと残っている。❖菊池寛（藤十郎の恋）

享楽【きょうらく】 快楽にふけり味わうこと。楽しみ。

▽またそれを嘗《な》めて見るのが私にとつて何ともいへない享楽だつたのだ。あのびいどろの味程幽《かす》かな涼しい味があるものか。❖梶井基次郎（檸檬）

▽七日ノ晩ニ僕ハ既ニ木村ニ対シ淡イ嫉妬（淡クモナカツタカモ知レナイ）ヲ感ジツヽ、アツタノニ、（中略）ソノ半面、僕ハソノ嫉妬ヲ密カニ享楽シツヽ、アツタ、ト云ヘナイダラウカ。❖谷崎潤一郎（鍵）

虚栄【きょえい】 うわべを飾って、自分を実質以上に良く見せようとすること。／外見だけの栄誉。見栄。

▽虚栄は人間的自然における最も普遍的な且つ最も固有な性質である。虚栄は人間の存在そのものである。人間は虚栄によって生きている。

❖三木清（人生論ノート）

▽あくがれて虚栄の途《みち》にのぼりしより／十年《ととせ》の月日塵のうちに過ぎぬ／ふりさけ見れば自由の里は／すでに雲山千里の外にある心地す　❖国木田独歩（抒情詩・山林に自由存す）

歔欷・嘘唏【きょき】 むせび泣く。すすり泣き。欷《き》歔《きょ》。

▽「ありがとう、友よ。」二人同時に言ひ、ひしと抱き合ひ、それから嬉し泣きにおいおい声を放つて泣いた。群集の中からも、歔欷《すすりなき》の声が聞えた。　❖太宰治（走れメロス）

▽私は抱きつく魂がなくてはかなはないと思つた。（中略）魂と魂と抱擁し、接吻し、嘘唏し、号泣したかつた。その抱擁の中に自己のいのちが見出したかつた。　❖倉田百三（愛と認識との出発）

▽跡は欷《き》歔《きょ》の声のみ。我眼《まなこ》はこのうつむきたる少女の顫《ふる》ふ項《うなじ》にのみ注がれたり。　❖森鷗外（舞姫）

極致【きょくち】 到達することのできる最高の境地。

▽天鼓（註・春琴の愛玩の鶯）の啼く音は実に見事であつた、高音のコンといふ音の冴えて余韻のあることは人工の極致を尽した楽器のやうで鳥の声とは思はれなかつた。　❖谷崎潤一郎（春琴抄）

▽太棹《ふとざお》（註・棹が太い三味線）は三絃芸術の極致にして而《しか》も男子にあらざれば遂に奥義を究むる能《あた》はず、たま〳〵春琴の天稟《てんぴん》を以て女子に生れたのを惜しんだのであらうか、（後略）。　❖谷崎潤一郎（春琴抄）

▽利休の「最後の茶の湯」は、悲劇的雄渾《ゆうこん》さの極致として永遠にその光を失わないであろう。　❖岡倉天心（茶の本）

曲直【きょくちょく】 不正なことと正しいこと。

▽過去の是非曲直を弁難《べんなん》するとも何の益がない、この際は大きく眼を開いて万国に対しても恥ぢないやうな大根柢を打ち建てねばならない、（中略）王政復古の業を建つべき一大機会に到達したと力説した。　❖島崎藤村（夜明け前）

▽私はいつたん泣きだしたとなれば（中略）図なしにぐすりぐすり泣いている癖で、そのあいだに理非曲直をぼつぼつと考えて自分が悪いとわかればじきに泣きやむ。 ❖中勘助（銀の匙）

局量【きょくりょう】 人を容れる度量。心の広さ。

▽壱岐と私とは主客《しゅかく》ところを易《か》えて、私が主人みたようになったから可笑《おか》しい。壱岐は元来漢学者の才子《さいし》で局量が狭い。小藩でも大家《たいけ》の子だから如何《どう》も我儘《わがまま》だ。 ❖福沢諭吉（福翁自伝）

倨傲【きょごう】 おごりたかぶっているさま。驕傲《きょうごう》。

▽どんな倨傲な人物もそれが高輝な魂を抱いてゐる限りには、ふとした機会に思ひがけない慙《ざん》羞《しゅう》のやうな表情を示すものであるが、浜地にはそんなしをらしさは一点もなかつた。 ❖佐藤春夫（更生記）

▽人間であつた時、己《おれ》は努めて人との交を避けた。人々は己を倨傲だ、尊大だといつた。実は、それが殆《ほとん》ど羞恥心に近いものであることを、人々は知らなかつた。 ❖中島敦（山月記）

▽一度は恐れ戦《おのゝ》いて此の声にひれ伏した。が倨傲な心はぬつと頭を擡《もた》げる。 ❖倉田百三（愛と認識との出発）

虚心【きょしん】 先入観やわだかまりがなく、素直な心でいること。＊虚心坦懐

▽ああ、私たちはどうしてもつと他の人達のやうに虚心に生きられないのかしら？…… ❖堀辰雄（楡の家）

▽至極単調な踊りを、至極虚心に踊るのである。その単調な調子も、その余りに虚心な処も、それから、太《ふと》とも細《ほそ》ともつかぬ三味線の悠長な音色も面白かつた。 ❖志賀直哉（暗夜行路）

挙措【きょそ】 立ち居振る舞い。

▽母は京都の町家の生れで、容貌、挙措、進退、すべてが「京美人」の型に篏《は》まつてをり、（中略）端《はた》から見ても羨しい夫婦であつたと云ふ。 ❖谷崎潤一郎（細雪）

▽常に後世の人に見られてゐることを意識して

ゐる様な孔子の挙措の意味も今にして始めて頷《うなず》けるのである。（中略）明敏子貢《しこう》には、孔子の此の超時代的な使命に就いての自覚が少い。　❖中島敦（弟子）

羇旅・羈旅【きりょ】 旅。旅行。

▽鉄道の便宜は近世《きんせい》に生れた吾々の感情から全く羇旅とよぶ純朴なる悲哀の詩情を奪去《うばいさ》つた如く、橋梁《きょうりょう》はまた遠からず近世の都市より渡船《わたしぶね》なる古めかしい緩《ゆるや》かな情趣を取除いてしまふであらう。　❖永井荷風（日和下駄）

▽爰《ここ》に至りて疑なき千歳《せんざい》の記念《かたみ》、今眼前に古人の心を閲《けみ》す。行脚《あんぎゃ》の一徳《いっとく》、存命《ぞんめい》の悦《よろこ》び、羇旅の労をわすれて泪《なみだ》も落つるばかり也。　❖松尾芭蕉（おくのほそ道）

欣快【きんかい】 非常によろこばしくて気持ちがよいこと。

▽明くる日ミヤコホテルの国嶋から電話で、昨夜はまことに好結果に行き、双方満足の御様子であつたのは欣快に堪へない、と云ひ、（後略）。　❖谷崎潤一郎（細雪）

▽本日特に、われわれの欣快に堪えませんのは、いずれもかつてここに学び遊んだ者たち一同が、再び相会したということであります。　❖南原繁（日本の理想）

欣喜【きんき】 大よろこびすること。

▽愛する者とは与へる者の事である。彼は自己の所有から与へ得る限りを与へんとする。（中略）見た所貧しくはなるけれども、その為めには彼は憂へないのみか、却《かえ》つて欣喜し雀躍《じゃくやく》する。　❖有島武郎（惜みなく愛は奪ふ）

吟行【ぎんこう】 詩歌をうたいながら歩くこと。

▽今日夕暮独り門を出でゝ近郊を散歩し、秋風に身を任せて、田園丘壠《きゅうろう》の間を吟行したり。　❖国木田独歩（欺かざるの記）

吟誦【ぎんしょう】 詩歌などを声高くうたうこと。節をつけて、うたうように読むこと。

▽忽《たちま》ち芳一は有名になつた。貴い人々が大勢赤間ケ関に行つて、芳一の吟誦を聞いた。そして芳一は多額の金員を贈り物に貰《もら》つた。　❖小泉八雲（怪談）

▽父はそれらの句を、悄然《しょうぜん》として庭の片隅に佇《たゝず》みながらこつそり吟誦してゐることもあり、（中略）そんな折には父の両頰に涙が縷々《るゝ》と糸を引いてゐた。❖谷崎潤一郎（少将滋幹の母）

▽かれは「響《ひゞき》りんりん」といふ故郷を去るの歌を常に好んで吟誦した。其調子には言ふに言はれぬ悲哀がこもつた。❖田山花袋（田舎教師）

欣然【きんぜん】 よろこんで快く物事を行うさま。心からよろこぶさま。

▽野々宮君は頗《すこぶ》る質素な服装《なり》をして（中略）それで穴倉の底を根拠地として欣然とたゆまずに研究を専念に遣っているから偉い。❖夏目漱石（三四郎）

▽後年の孔子の長い放浪の艱苦《かんく》を通じて、子路《しろ》程欣然として従つた者は無い。❖中島敦（弟子）

▽古来多くの新米の山姥《やまうば》、即ち（中略）山中の狂女の中には、何か今尚不明なる原因から、斯ういふ錯覚を起して、欣然として自ら進んで、斯んな生活に入つた者が多かつたらしいのである。❖柳田国男（山の人生）

謹直【きんちょく】 つつしみ深くて正直なこと。

▽謹直だが気の置けない医者である。藤高さんならチンク・オイルぐらいは塗ってくれるだろう。❖井伏鱒二（黒い雨）

く

寓意【ぐうい】 他の物事にかこつけて、遠回しに真意をほのめかすこと。その真意。

▽「電車に乗るがいい」と与次郎がいった。三四郎は何か寓意でもある事と思って、しばらく考えて見たが、別にこれという思案も浮かばないので、「本当の電車か」と聞き直した。❖夏目漱石（三四郎）

▽彼の妻の声は、風の音に半ばかき消されて遠

くから来たやうに、さうして何事か重大な事件か寓意かを含んで居るらしく、彼の耳に伝はつた。　❖佐藤春夫（田園の憂鬱）

空虚【くうきょ】からっぽ。何もないこと。実質的な内容や価値のないこと。充実感がなくて虚《むな》しいさま。

▽「おまへらの望みは叶《かな》つたぞ。おまへらは、わしの心に勝つたのだ。信実とは、決して空虚な妄想ではなかつた。どうか、わしも仲間に入れてくれまいか。」　❖太宰治（走れメロス）

▽ある朝――（中略）――友達が学校へ出てしまつたあとの空虚な空気のなかにぽつねんと一人取残された。私はまた其処から彷徨《さまよ》ひ出なければならなかつた。　❖梶井基次郎（檸檬）

▽しかしなんと思って見ても寂しいことは寂しい。どうも自分の身の周囲に空虚が出来て来るような気がしてならない。　❖森鷗外（青年）

寓居【ぐうきょ】仮に住むこと。その住居。仮住まい。自分の住居を謙遜していうもの。

▽彼は南禅寺の北の坊といふ所に（中略）気持のいい一軒立ちの草葺《くさぶき》屋根の家を見つけた。それは一人住ひの寓居としては此上なくいい家だつた。　❖志賀直哉（暗夜行路）

▽仮の寓居と定めてゐる多吉の家に近づけば近づくほど、名のつけやうのない寂しさが彼の胸に湧いた。　❖島崎藤村（夜明け前）

空隙【くうげき】すき間。物と物との間。

▽記録の史料はある限られたる部分に於ては相応に豊富であるが、時としては大いなる空隙がある。　❖柳田国男（国語の将来）

▽夫婦として一面病的に惹《ひ》き合ふものが出来たと同時に、其所《そこ》にはどうしても全心で抱合へない空隙が残された。　❖志賀直哉（暗夜行路）

空漠【くうばく】漠然としてつかみどころがなく要領を得ないこと。

▽如何に空漠なる主人でも此三令嬢が女である位は心得て居る。女である以上はどうにか片付けなくてはならん位も承知して居る。　❖夏目漱石（吾輩は猫である）

▽私は初めて空漠とした思ひを感じた。男と女

の、あんなにも血も肉も焼きつくやうな約束が、こんなにたあいもなく崩れて行くものだらうかと思ふ。 ❖林芙美子（放浪記）

具眼【ぐがん】 眼識を具《そな》えていること。物事の是非・真偽を判断する見識のあること。

▽「君はそう思うか」「僕ばかりじゃない。具眼の士はみんなそう思っている」 ❖夏目漱石（三四郎）

▽今のように思想を発表する道の開けている時代では、価値のある作が具眼者に認められずにしまうという虞《おそ》れは先ず無いね。 ❖森鷗外（青年）

区区【くく】 小さくてとるに足らないさま。

▽しかしそれは区区たる小役人のすることだ。大いなる役人は文書の意のあるところの汲《く》みとるべきだ。 ❖倉田百三（俊寛）

▽子路《しろ》が頼るのは孔子といふ人間の厚みだけである。其の厚みが、日常の区々たる細行《さいこう》の集積であるとは、子路には考へられない。 ❖中島敦（弟子）

苦患【くげん】 苦しみ悩むこと。苦難。

▽剣《つるぎ》にかゝつて死んだ者は彼《あ》の世へ行つても修《しゅ》羅《ら》の苦患を受けると云ふが、どうか此の児は後世の障《さわ》りがありませんやうに。 ❖谷崎潤一郎（乱菊物語）

苦艱【くげん】 苦しみ悩むこと。苦難。くかん。

▽重ね重ね悪業を重ねた汝じゃから、（中略）現在の報いを自ら受くるのも一法じゃが、それでは未来永劫《えいごう》焦熱地獄の苦艱を受けて居《お》らねばならぬぞよ。 ❖菊池寛（恩讐の彼方に）

▽なる程生というものは苦艱を離れない。しかしそれを避けて逃げるのは卑怯だ。苦艱籠《ご》めに生を領略する工夫があるというのだ。 ❖森鷗外（青年）

▽別離の思は日にけに茂りゆくのみ。袂《たもと》を分つはたゞ一瞬の苦艱なりと思ひしは迷なりけり。

❖森鷗外（舞姫）

口舌・口説【くぜち】 言い争い。いさかい。／弁舌。おしゃべり。くぜつ。

▽人生の目的は口舌ではない実行にある。自己

の思ひ通りに着々事件が進捗《しんちょく》すれば、それで人生の目的は達せられたのである。 ❖夏目漱石(吾輩は猫である)

▽富岡は冷たい茶をすすりながら、寒いので、膝を貧乏ゆすりして、ゆき子のヒステリックな口説を聞いていた。 ❖林芙美子(浮雲)

口前【くちまえ】 ものの言い方。話しぶり。

▽彼はさっぱりできない子だったが口前がいいのと年が二つも上で力が強いためにたちまち級の餓鬼《がき》大将になった。 ❖中勘助(銀の匙)

▽いや、驚きましたよ。かねて噂は聞いてましたが、唄はうたふ、舞は舞ふ、そこへ持つて来て口前が上手で、どうも大した通人《つうじん》ですな。 ❖谷崎潤一郎(乱菊物語)

苦衷【くちゅう】 苦しい心の中。切なさ。

▽山科《やましな》や円山《まるやま》の謀議の昔を思ひ返せば、当時の苦衷が再《ふたたび》心の中によみ返つて来る。——しかし、もうすべては行く処へ行きついた。 ❖芥川龍之介(或日の大石内蔵助)

▽女であつてみれば、孝子夫人の苦衷は十分思いやられた。御良人《ごりょうじん》の語られない不如意《ふにょい》の大さも、諒察《りょうさつ》された。 ❖宮本百合子(白藤)

▽「美奈さんも、青木さんも、今夜に限ってどうしてそんなに煮え切らないの。」瑠璃子は、青年の火のような憤怒も、美奈子の苦衷も、何も分らないように、平然と云った。 ❖菊池寛(真珠夫人)

愚直【ぐちょく】 正直すぎて融通がきかないこと。馬鹿正直。

▽「まあ、賢明で迷つてゐるよりかも、愚直でまつすぐに進むんだね」半蔵の寝言だ。 ❖島崎藤村(夜明け前)

▽固く引き締まつた日に焼けた顔の色と云ひ、(中略)、首の小さい、肩幅の広い体格と云ひ、どうしても一介の愚直な農夫である。 ❖谷崎潤一郎(吉野葛)

▽彼は時間に対して頗《すこ》ぶる正確な男であつた。一面に於て愚直に近い彼の性格は、一面に於て却つて彼を神経的にした。 ❖夏目漱石(道草)

屈託・屈托【くったく】一つの事にこだわって、くよくよ心配すること。／することがなくて退屈で困ること。
▽どうもわれ〳〵は眼の前の事にばかり屈託して困る、これがわれ〳〵の欠点だツて話しましたら、あの香蔵さんの言草がいゝ。屈託するところが人間ですとさ。❖島崎藤村（夜明け前）
▽全体《ぜんてえ》坊主なんてえものは、高い石段の上に住んでやがつて、屈托がねえから、自然に口が達者になる訳ですかね。❖夏目漱石（草枕）
▽其時の私は屈托がないといふより寧《むし》ろ無聊《ぶりょう》に苦しんでゐた。それで翌日も亦（中略）わざ〳〵掛茶屋迄出かけて見た。❖夏目漱石（こゝろ）

口説く【くどく】心の中を縷々《るる》と訴える。／くどくど述べる。愚痴をこぼす。
▽あなたのお母さんは、気がふれはしないかと思ふほど、口説いて泣く。お前達二人が之れほどの語らひとは知らずに、無理無体に勧めて嫁にやつたは悪かつた。❖伊藤左千夫（野菊の墓）
▽里へ帰られぬ事や、子供の手放されぬ事や、自分の年を取つた事や、詰まり生活状態の変更に対するあらゆる障碍《しょうがい》を並べて口説き立てる。❖森鷗外（雁）
▽この婆さんはもうすつかり腰が曲つて居た。老いぼれて子供のやうになつて居た。さうして毎晩同じことをおきんを相手にして口説くのであつた。❖佐藤春夫（お絹とその兄弟）

踵【くびす】かかと。きびす。＊踵を返す。踵をめぐらす。
▽おれは苦もなく後ろから追ひ付いて、男の袖《そで》を擦《す》り抜けざま、二足前へ出した踵をぐるりと返して男の顔を覗《のぞ》き込んだ。❖夏目漱石（坊つちやん）
▽「守本尊を大切にして往け、父母の消息はきつと知れる」と言ひ聞かせて、律師《りっし》は踵を旋《めぐら》した。❖森鷗外（山椒大夫）

愚昧【ぐまい】愚かでものの道理がわからない

こと。

▽汝等如き愚昧の輩《やから》は、いくら出世がしたくとも、残念ながら智慧があるまい。いやはや気の毒千万《せんばん》な奴等、哀れむべき蛆虫共《うじむしども》ぢや。 ❖谷崎潤一郎（乱菊物語）

苦悶【くもん】 苦しみもだえること。

▽自分の詩の根本は苦悶で漲《みなぎ》つてゐる。自分の苦悶は永久で、泉のやうに無限であらう。 ❖室生犀星（愛の詩集）

▽女性に在つては之を春怨《しゅんえん》とも名づけて居たが、必ずしも単純な人恋しさではなかつた。又近代人のアンニュイのやうに、余裕の乏しい苦悶でもなかつた。 ❖柳田国男（雪国の春）

庫裏【くり】 寺の台所。住職や家族の居間。

▽清三の室は中庭の庭樹を隔てて、庫裏の座敷に対して居たので、客と主僧との談話して居るさまが明らかに見えた。 ❖田山花袋（田舎教師）

功力【くりき】 功徳の力。

▽時々兄の機嫌の好い時丈、嫂《あによめ》も愉快さうに見えるのは、兄の方が熱し易い性丈《たち》に、女に働き掛ける温か味の功力と見るのが当然だらう。 ❖夏目漱石（行人）

繰り言【くりごと】 同じ愚痴を繰り返して言うこと。愚痴。

▽此舟の中で、罪人と其親類の者とは夜どほし身の上を語り合ふ。いつも〳〵悔やんでも還《かえ》らぬ繰言である。 ❖森鷗外（高瀬舟）

▽親切に慰めてくれる母に対しても、ろく〳〵感謝の意をも表することがない。母がいつ来ても、同じやうな繰言を聞かせて帰すのである。 ❖森鷗外（最後の一句）

愚弄【ぐろう】 人をばかにして、からかうこと。

▽だからことによると自分の年齢《とし》の若いのに乗じて、他《ひと》を愚弄するのではなかろうかとも考えた。 ❖夏目漱石（三四郎）

▽インドの心霊性を無智といい、シナの謹厳を愚鈍といい、日本の愛国心を宿命論の結果といって愚弄されて来た。 ❖岡倉天心（茶の本）

▽何等の源因もないのに新来の先生を愚弄する

様な軽薄な生徒を寛仮《かんか》しては学校の威信に関《かゝ》はる事と思ひます。 ❖夏目漱石（坊つちやん）

薫育【くんいく】徳をもって人をよい方へ導き育てること。

▽父の父、すなわち私たちの祖父に当たる人は、（中略）その小藩に起こったお家騒動に捲き込まれて、琉球のあるところへ遠島《えんとう》された。それが父の七歳の時ぐらいで、それから十五か十六ぐらいまでは祖父の薫育に人となった。 ❖有島武郎（私の父と母）

▽実際を云ふと親爺の所謂《いわゆる》薫育は、此父子の間に纏綿《てんめん》する暖かい情味を次第に冷却せしめた丈である。 ❖夏目漱石（それから）

薫陶【くんとう】徳をもって人を感化し、すぐれた人間に育てあげること。

▽浪子が去られしより、一月あまり経《た》ちて、山木は親しく川島未亡人の薫陶を受けさすべく行儀見習の名をもつて、娘お豊《とよ》を川島家に入れ置きしなりき。 ❖徳冨蘆花（不如帰）

▽斯《この》校長に言はせると、教育は則ち規則であるのだ。（中略）もと〳〵軍隊風に児童を薫陶したいと言ふのが斯人の主義で、日々《にちく》の挙動も生活も凡《すべ》て其から割出してあつた。 ❖島崎藤村（破戒）

▽本学が開設された当時には寄宿舎制度があり、（中略）一時は皆寄宿制を採用し、全学の学生を一所に収容し、国家有為の人材の薫陶を図ったものであった。 ❖南原繁（日本の理想）

群落【ぐんらく】生育条件を同じくする植物が群がって生えていること。

▽溝の手前の湿っぽい地面には杉苔《ごけ》や銭苔がところどころに密生《みっせい》し、溝の向側には疎穂《そすい》状の薄赤い小花をつけた水引草の群落がある。 ❖井伏鱒二（黒い雨）

け

圭角【けいかく】言動・性格が角立《かどだ》って、円満でないさま。人とうまく折り合えないこと。
▽放浪の年を重ねてゐる中《うち》に、子路《しろ》も最早五十歳であつた。圭角がとれたとは称し難いながら、流石《さすが》に人間の重みも加はつた。❖中島敦（弟子）
▽世の中の辛酸を嘗《な》めつくして、其圭角がなくなつて、心持は四十近い人のやうであつた。
❖田山花袋（田舎教師）

炯眼・慧眼【けいがん】 眼力の鋭いこと。洞察力のすぐれていること。／鋭く光る目。
▽熟練な漁師は大洋の波に任せて舷《こべり》から縄に継《つ》いだ壺を沈める。（中略）漁師は炯眼を以て獲物を過《あやま》たぬ道を波の間に窮《きわ》めて居るのである。
❖長塚節（土）
▽この「女の決闘」といふ小品の描写に、時々はツと思ふほどの、憎々しいくらゐの容赦なき箇所の在ることは、慧眼《けいがん》の読者は、既にお気づきのことと思ひます。❖太宰治（女の決闘）

景仰【けいこう】 徳の高い人を敬い慕うこと。仰望。景慕。けいぎょう。
▽大石というものに対する、純一が景仰と畏怖との或る混合の感じが明確になったのである。
❖森鷗外（青年）
▽源平時代の史乗《しじょう》と伝奇《でんき》とは平氏《へいし》の運命の美なること落花《らっか》の如くなることを知らしめた。太平記の繙読《はんどく》は藤原藤房《ふじわらふじふさ》の生涯について景仰の念を起させたに過ぎない。❖永井荷風（西瓜）
▽大抵伝記は其人の死を以て終るを例とする。しかし古人を景仰するものは、其苗裔《びょうえい》がどうなつたかと云ふことを問はずにはゐられない。
❖森鷗外（渋江抽斎）

啓示【けいじ】 神自らが、人知では知ることができない真理をあらわし示すこと。／よくわかるようにあらわし示すこと。
▽生れ出すものには、虫と草との相違はありながら、或る共通な、或る姿がその中に啓示されて居るのを彼は見た。❖佐藤春夫（田園の憂鬱）
▽このいわゆる「油絵」の温雅で明媚な色彩はたしかに驚くべき発見であり啓示でなければな

らなかった。遠い美しい夢の天国が夕栄えの雲の彼方からさし招いているようなものであった。 ❖寺田寅彦（青衣童女像）

▽露地即ち待合から茶室に通ずる庭園の小径は静慮の第一段階であり、自己啓示への通路なのである。 ❖岡倉天心（茶の本）

警世【けいせい】 世の人に警告を与えること。

▽近松《ちかまつ》の浄瑠璃が描き出しているような情の世界があふれていたから、それへの警告として、警世家の言葉として益軒《えきけん》（註・貝原益軒）の「女大学」をふくむ十訓があらわれたというのも一つの見かたではあろう。 ❖宮本百合子（三つの「女大学」）

▽また教育者として、しばしば人生と社会を論じ、預言者的警世の文章も書いた。否、（中略）それを死に至るまで実行して悔いがなかった。 ❖南原繁（日本の理想）

傾城【けいせい】 美人。／遊女。女郎。

▽十二人の傾城は、いづれも美しからぬはなく、恐らくはその一人々々が千金に値する器量の持ち主に違ひなからう。 ❖谷崎潤一郎（乱菊物語）

▽今までの傾城買とは、裏と表のように、打ち変った狂言として、（中略）浮ついた陽気なたわいもない傾城買の濡事《ぬれごと》とは違うて、命を賭《と》しての色事であった。 ❖菊池寛（藤十郎の恋）

警束【けいそく】 短いことばで本質をうまくあらわしていること。

▽真面目な考証に洒落《しゃれ》が交る。論の奇抜を心掛ける。句の警束を覗《うかが》ふ。どうかすると其警句が人口《じんこう》に膾炙《かいしゃ》したものだ。 ❖森鷗外（ヰタ・セクスアリス）

軽佻【けいちょう】 落ち着きがなく、言動が軽はずみなこと。軽薄。＊軽佻浮薄

▽滑稽《こっけい》な軽佻な調子から、それはロンドンの東《ひがし》街《まち》の寄席《よせ》などで歌ふ流行唄《はやりうた》らしい。 ❖永井荷風（ふらんす物語）

▽そそつかしいやうな周密なやうな、軽佻なやうな気むづかしげな、また親切なやうな不親切なやうな、不思議なのがこの人である。その噂

も高いし、事実また変人であつた。 ❖佐藤春夫（更生記）

▽君はすぐ喧嘩を吹き懸ける男だ。成程江戸っ子の軽跳《けいちょう》な風《ふう》を、よく、あらはしてる」 ❖夏目漱石（坊つちゃん）

繋縛【けいばく】 つなぎしばること。

▽それは要《かなめ》には意外でないことはなかつたけれども、同時に繋縛を解かれたやうな、不意に肩の荷が除かれたやうな気安さを与へないでもなかつた。 ❖谷崎潤一郎（蓼喰ふ虫）

啓発【けいはつ】 教え導いてより高い認識や理解を深めること。

▽後年盲目となり検校《けんぎょう》の位を称してからも常に自分の技は遠く春琴に及ばずと為し全くお師匠様の啓発に依つて此処まで来たのであるといつてゐた。 ❖谷崎潤一郎（春琴抄）

▽誰が盲従するものかといふ気が細君の胸にあると同時に、到底啓発しやうがないではないかといふ弁解が夫の心に潜んでゐた。 ❖夏目漱石（道草）

▽彼はまた彼自身が自分に加えたとほとんど同じ言葉で彼を是非する批評を見た。（中略）同時にこの批評によっては啓発のされようもまたなかった。 ❖阿部次郎（三太郎の日記）

慧敏【けいびん】 知恵があって機敏なこと。

▽始めて文字といふものの存在を知つた人々が、（中略）更に同じ技巧を仮りて自身の内に在るものを、彩《いろ》どり形づくり説き現すことを得たのは、当代に於てもなほ異数と称すべき慧敏である。 ❖柳田国男（雪国の春）

景物【けいぶつ】 花鳥風月など、四季折々の情趣ある風物。

▽年々見るところの景物に変りはない。年々変らない景物に対して、心に思ふところの感懐も亦変りはないのである。 ❖永井荷風（濹東綺譚）

▽自然の景物は、夏から秋へ、静かに変つて行つた。それを、彼ははつきりと見ることが出来た。夜は逸早《いちはや》くも秋になつて居た。 ❖佐藤春夫（田園の憂鬱）

啓蒙【けいもう】 無知な者の知識をひらいて、ものの道理を教え導くこと。

▽一般教養が重要視されるに至ったのは、（中略）まず普遍的知性の啓蒙によって、それぞれ一人の個性としての、自由の人間をつくることにあります。 ❖南原繁（日本の理想）

▽明治の大啓蒙家であった福沢諭吉が、自分の著書にいつも東京平民福沢諭吉と署名したことを知らないものはない。これは彼の気骨を物語っている。 ❖宮本百合子（木の芽だち）

係累・繫累【けいるい】 面倒を見なくてはならない家族。／つなぎしばること。

▽小さい家庭の係累などの為にこの若い燃ゆる心を犠牲にするには忍びないと思ふ。 ❖田山花袋（田舎教師）

▽余は覚えず側《そば》に倚り、「何故に泣き玉ふか。ところに繫累なき外人《よそびと》は、却《かえ》りて力を借し易きこともあらん。」といひ掛けたるが、我ながらわが大胆なるに呆《あき》れたり。 ❖森鷗外（舞姫）

▽どうやろか、雪子ちゃんに。係累はお母さん一人だけ。それかて田舎に住んではつて、神戸へは出て来やはれへんねん。 ❖谷崎潤一郎（細雪）

希有・稀有【けう】 めったにないこと。

▽本年五十六歳ノ夫ガ四十五歳ノ妻ノ裸体ニ斯クモ憧《あこが》レルト云フコトハ希有ノコトダ。 ❖谷崎潤一郎（鍵）

▽誠実のあるものには才能がなく、才能のあるものには誠実さがない、しかし二物を持つものもないとは言えない、そう言う人はただ稀有なだけだ。 ❖武者小路実篤（真理先生）

▽数千の窓々が、一時に開いた心臓のように往来に向って開けっ放しになっている。それだけでも既に稀有な観《み》ものだ。ガランとしたそれらの窓々から五色の紙テープが吐き出され縺《もつ》れ垂れ下っている。 ❖宮本百合子（伸子）

怪訝【けげん】 合点がいかないで、不思議に思うこと。

▽細君は手に持つた書付の束を健三の前に出した。「是を貴夫《あなた》に上げて呉れと仰しやいました」

健三は怪訝な顔をしてそれを受取った。「何だい」 ❖夏目漱石（道草）

▽葉子にはそこにゐる岡さへなかつた。少し怪訝さうに葉子のいつになくそは〱した様子を見守る青年をそこに捨ておいたまゝ葉子は険しく細い階子段《はしごだん》を降りた。 ❖有島武郎（或る女）

▽（前略）彼女は急に早足になつた私のあとから、何んだか怪訝さうについて来ながら、「まだ、なかなか？」とすこし不安らしく私に声をかけた。 ❖堀辰雄（美しい村）

気色【けしき】 表情や態度にあらわれた心中の様子。／人や物事が動き出そうとする気配。／きしょく。機嫌。

▽さうして失望すると同時に、又前の憎悪が、冷《ひやや》かな侮蔑《ぶべつ》と一しよに、心の中へはいつて来た。すると、その気色が、先方へも通じたのであらう。老婆は、（中略）口ごもりながら、こんな事を云つた。 ❖芥川龍之介（羅生門）

▽そしてお雪さんの感情を害しはしなかったかと思って、気色を伺った。 ❖森鷗外（青年）

▽けれども相手は道端に立ち留まつたなり、少しも足を運ぶ気色なく、じつと彼の通り過ぎるのを見送つてゐた。 ❖夏目漱石（道草）

▽「若《も》しこんな事で御気色《みけしき》を悪くせられたやうでしたら、重々お詫《わ》びいたしますから——」と詫びられてゐた。 ❖堀辰雄（ほととぎす）

気色立つ【けしきだつ】 心持ちが態度にあらわれる。色めき立つ。

▽又しても軽いバタ〱が聞えて夢中になつて声をかける見物人のみならず場内一体が気色立つ。 ❖永井荷風（すみだ川）

気色ばむ【けしきばむ】 怒りを顔色にあらわす。

▽寝てゐる私の枕元に坐込み、少し気色ばんだ調子で、「今日になつて、貴方にそんな事を云はれちやあ困るね。貴方がお正客《しょうきゃく》なんだからね」と云つた。 ❖志賀直哉（淋しき生涯）

▽きつと武男を睨《にら》みて、続けざまに煙管《きせる》もて火鉢の縁打敲《うちたた》きぬ。さすがに武男も少し気色ばみて「なぜ不孝です？」 ❖徳冨蘆花（不如帰）

化身【けしん】 神仏・異類・鬼畜などが人間に姿を変えてあらわれたもの。
▽この国の神は大日如来や阿弥陀如来の化身だとされてゐますよ。神仏はこんなに混淆《こんこう》されてしまつた。 ❖島崎藤村（夜明け前）
▽私よりも五つか六つ年下で、まだ御独身の方だけれど、brilliantといふ字の化身のやうなそのお方と親しくお話をするだけの勇気は私には無かつた。 ❖堀辰雄（楡の家）
▽西行法師の撰集抄《せんじゅうしょう》や土地に伝はつてゐる口碑《こうひ》によれば、彼女は実に普賢菩薩《ふげんぼさつ》の化身であると信じられてゐた。 ❖谷崎潤一郎（乱菊物語）

下世話【げせわ】 世間で一般の人々がよく口にする言葉や話。／低俗であること。
▽「（前略）鼻高きが故に貴《たっと》からず、（中略）下世話にも鼻より団子と申しますれば美的価値から申しますと先づ迷亭位の所が適当かと存じます」 ❖夏目漱石（吾輩は猫である）
▽それ、下世話によく申す、「後ろを向いて舌をべろり」――このような言葉はあまり上品なものではありませんけれどね。 ❖倉田百三（出家とその弟子）
▽凡《すべ》て此の世界の飽くまで下世話なる感情と生活とは又この世界を構成する格子戸、溝板《どぶいた》、物干台、木戸口、忍返《しのびがえし》なぞ云ふ道具立と一致してゐる。 ❖永井荷風（日和下駄）

懸想【けそう】 異性に思いをかけること。恋い慕うこと。求愛すること。
▽そこで大殿様が良秀の娘に懸想なすつたなどと申す噂が、愈《いよいよ》拡がるやうになつたのでございませう。 ❖芥川龍之介（地獄変）
▽「所が其娘に二人の男が一度に懸想して、あなた」「なる程」「さゝだ男に靡《なび》かうか、さゝべ男に靡かうかと、娘はあけくれ思ひ煩《わづら》つたが、どちらへも靡きかねて、とうとう（中略）淵川《ふちかわ》へ身を投げて果てました」 ❖夏目漱石（草枕）

解脱【げだつ】 束縛から離脱して自由になること。現世の苦悩から解放されて、安らかで自由な境地に達すること。涅槃《ねはん》。

▽明くる年の夏の終りに父は此の世を去つたのであるが、最期の折には果して色慾の世界から解脱しきれてゐたであらうか。　❖谷崎潤一郎（少将滋幹の母）
▽原始時代の男は、恋人に初めて花環《はなわ》を捧げた時、それによって獣性から解脱した。このように粗野な自然の必要を超越して、原始人は人間らしくなったのである。　❖岡倉天心（茶の本）
▽いづれ迷は同じ流転の世事《せじ》、今は言ふべきことありとも覚えず。只〻この上は夜毎《よごと》の松風に御魂《みたま》を澄されて、未来の解脱こそ肝要なれ。　❖高山樗牛（滝口入道）

結句【けっく】 結局。とうとう。／かえって。むしろ。
▽芸者は掛りまけがして、借金の抜ける時がないもの。それに……身を落すなら稼《かせ》ぎいい方が結句徳だもの。　❖永井荷風（濹東綺譚）
▽それが妙子には、どんな家柄の、どんな資産家の夫人になるよりも、結句気楽でよいと云ふのであつた。　❖谷崎潤一郎（細雪）

激昂・激高【げっこう】 怒って、感情がたかぶること。いきりたつこと。げきこう。
▽然し其の日家へ帰ってから一ト寝入りして目をさますと、一時激昂した心も大分おちついてゐる。　❖永井荷風（つゆのあとさき）
▽友達が帰つた後、丑松は心の激昂を制《おさ》へきれないといふ風で、自分の部屋の内を歩いて見た。　❖島崎藤村（破戒）

結託【けったく】 心を通じ合わせて事を行うこと。ぐるになること。
▽彼は掏摸《すり》と結託して悪事を働らいた刑事巡査の話を新聞で読んだ。それが一人や二人ではなかつた。　❖夏目漱石（それから）
▽彼は腹をきめた。（中略）商人と結託して、事務所へ廻すべき燕麦《えんばく》をどん〴〵商人に渡してしまつた。　❖有島武郎（カインの末裔）

潔癖【けっぺき】 不潔を極度に嫌うこと。／不正や邪悪を極度に嫌うこと。
▽勝気で潔癖でさういふ事には殊に締《しまり》のいい祖

母はかなり悪い病気の時でも室内で用便する事を厭がつた。　❖志賀直哉（和解）

▽野島の方が頑固のこともあるが、道徳的潔癖では大宮には敵《かな》わないと思った。　❖武者小路実篤（友情）

訣別・決別【けつべつ】 きっぱりと別れること。いとまごい。

▽畢竟《ひっきょう》私はこの「思ひ出」に依て、故郷と幼年時代の自分とに潔《いさぎよ》く訣別しやうと思ふ。（中略）私の望むところは寧ろあの光輝ある未来である。　❖北原白秋（思ひ出）

下手物【げてもの】 一般から風変わりと見られるもの。

▽本真《ほんま》にうまいもん食ひたかつたら、「一ぺん俺の後へ随《つ》いて……」行くと、（中略）何《いず》れも銭のかからぬいはば下手もの料理ばかりであつた。　❖織田作之助（夫婦善哉）

下天【げてん】 人間の命のはかないことをあらわす。

▽それ、あのものたちに先《せん》を越されたぞ、こちらでもあれに負けるなと仰《お》つしやつて、「人間五十年、下天のうちをくらぶれば」と御じぶんがまつさきに敦盛《あつもり》をおうたひなされました。

❖谷崎潤一郎（盲目物語）

健気【けなげ】 勇ましいさま。殊勝なさま。／年少者や弱者が懸命に努めるさま。

▽蟷螂《とうろう》でも中々健気なもので、相手の力量を知らんうちは抵抗する積りで居るから面白い。

❖夏目漱石（吾輩は猫である）

▽年若《としわか》な宮様は健気にも思ひ直し、自ら進んで激しい婦人の運命に当らうとせられたのである。　❖島崎藤村（夜明け前）

▽若い女の身空で誰の世話にもならず、一本立ちをしようとする健気な妹の志を思へば、徒《いたづら》に義兄の味方をして弱い者いぢめをしたくはなかつた。　❖谷崎潤一郎（細雪）

実に【げに】 ほんとうに。言葉どおり。／いかにも。まことに。＊実にも

▽げに琵琶湖の美の吾を動かしたる力は深大《しんだい》なりし。美の実在は漸く吾が魂に認められつゝあ

り。　❖国木田独歩（欺かざるの記）

▽熊谷直好の和歌に、　よもすから木葉《このは》かたよる音きけは／しのひに風のかよふなりけり　といふがあれど、自分は山家《やまが》の生活を知て居ながら、此歌の心をげにもと感じたのは、実に武蔵野の冬の村居《そんきょ》の時であつた。　❖国木田独歩（武蔵野）

閲する【けみする】　年月を経る。経過する。

▽それが大抵これまで父親と二人で暮してゐた、何年かの間に閲して来た、小さい喜怒哀楽に過ぎない。　❖森鷗外（雁）

▽国を立って東京へ出てから、まだ二箇月余りを閲したばかりではある。しかし東京に出たら、こうしようと、国で思っていた事は、悉《ことごと》く泡沫《ほうまつ》の如くに消えて、積極的にはなんのし出来《でか》したわざも無い。　❖森鷗外（青年）

眩暈【げんうん】　目がくらんで頭がふらふらする感じ。めまい。

▽私は指圧ばかりでなく、鍼《はり》も灸《やいと》も施術する、先ず指圧をして利かなかつたら鍼をする、眩暈は一日で効験が現はれる、（後略）。　❖谷崎潤一郎（鍵）

▽其父が、母の書信によると、庭へ出て何かしてゐる機《はずみ》に突然眩暈《めまい》がして引ッ繰返つた。　❖夏目漱石（こゝろ）

▽薔薇は、彼の深くも愛したものの一つであつた。（中略）その眩暈《めくるめ》くばかりの重い香は、彼には最初の接吻の甘美を思ひ起させるものであつた。　❖佐藤春夫（田園の憂鬱）

言下【げんか】　相手のことばの終わるか終わらぬかの時。言い終わってすぐ。ごんか。

▽「母さん、お菓子」「何を云ふんです」母は言下に叱つた。その少し前に私は其日のおやつを貰つてゐたのだ。　❖志賀直哉（暗夜行路）

▽「男ども、しやつにも、物を食はせてつかはせ。」　利仁の命令は、言下《ごんか》に行はれた。軒からとび下りた狐は、直に広庭で芋粥《いもがゆ》の馳走に与《あずか》つたのである。　❖芥川龍之介（芋粥）

狷介【けんかい】　頑なに自分の意志を守り、人と妥協しないこと。

▽当世風に舞の手振を改変することを餘儀なくされる、それが故人は厭だつたからださうであるが、故人のさう云ふ狷介な性質が、処世的には大いに禍したのであらう。　❖谷崎潤一郎（細雪）

▽汗ばみもせず草臥《くたび》れもしない節蔵が体には、小さい時から狷介で、外から来る刺戟を挑ね返すために、嘗《かつ》て弛緩《しかん》や放縦《ほうじゅう》を閲《けみ》したことのない健康の力が、まだ銷磨《しょうま》せられずに籠もつてゐる。　❖森鷗外（灰燼）

懸隔【けんかく】かけ離れていること。

▽姉娘の豊《とよ》なら、もう二十《はたち》で、遅く取るよめとしては、年齢の懸隔も太甚《はなはだ》しいと云ふ程ではない。豊の器量は十人並である。　❖森鷗外（安井夫人）

▽父は一口にいふと、（中略）比較的上品な嗜《し》好《こう》を有つた田舎紳士だつたのです。だから気性からいふと、濶達《かったつ》な叔父とは余程の懸隔がありました。　❖夏目漱石（こゝろ）

衒気【げんき】才能・知識などを見せびらかし自慢する気持ち。

▽日頃海石の豪慢な態度を憎んでゐる反対派の画工は、いかにもわざとらしく磊落《らいらく》な筆致を見せやうとした衒気満々たる不真面目極まるものだと早くも攻撃の矢を向ける。　❖永井荷風（おかめ笹）

権衡【けんこう】つり合い。平均。

▽僕の左二三人目に児島がすわつてゐる。（中略）その前に一人の芸者がゐる。締つた体の権衡が整つてゐて、顔も美しい。　❖森鷗外（ヰタ・セクスアリス）

▽是から鼻と顔の権衡に一言論及したいと思ひます。（中略）悲しいかなあれは眼、口、其他の諸先生と何等の相談もなく出来上つた鼻であります。　❖夏目漱石（吾輩は猫である）

献酬【けんしゅう】盃をやりとりすること。

▽議論はいやよ。よく男の方は議論だけなさるのね、面白さうに。空の盃でよくあゝ飽きずに献酬が出来ると思ひますわ。　❖夏目漱石（こゝろ）

▽父は交際家だけあつて、斯ういふ妙な話を沢山頭の中に仕舞つてゐた。さうして客でもあると、献酬の間に能《よ》くそれを臨機応変に運用した。　❖夏目漱石（行人）

顕彰【**けんしょう**】明らかにあらわれること。功績・善行などを明らかにし表彰すること。

▽恋は遊びでもなく楽しみでもない。生命の止みがたき要求であり、燃焼である。生命は宇宙の絶対の実在であり、恋愛は生命の顕彰である。　❖倉田百三（愛と認識との出発）

▽部下の心を得て之に死力を尽さしむること、古《いにしえ》の名将と雖《いえど》も之には過ぎまい。軍敗れたりとはいへ、その善戦のあとは正に天下に顕彰するに足る。　❖中島敦（李陵）

謙譲【**けんじょう**】へりくだり譲ること。

▽而《そ》してその夜は、君のいかにも自然な大きな生長と、その生長に対して君が持つ無意識な謙譲と執着とが私の心に強い感激を起させた。
❖有島武郎（生れ出づる悩み）

▽自分が尊いと思うものの前には、私はいつでも膝を折り、礼拝する謙譲さをもっています。より偉大なもの、よりよいもの、美しいものに、私は殆《ほとん》ど貪婪《どんらん》なような渇仰《かつごう》をもっています。
❖宮本百合子（地は饒なり）

譴責【**けんせき**】不正・過失などをとがめて責めること。

▽そのときは別な、美しい女性としての威光をもつて、ぶしつけに垣《かき》のそとに立つてゐる私を譴責するもののやうに思はれた。　❖室生犀星（性に眼覚める頃）

還俗【**げんぞく**】一度、出家した者が、再び俗人にかえること。

▽師実《もろざね》は厨子王に還俗させて、自分で冠（註・元服の儀式）を加へた。　❖森鷗外（山椒大夫）

▽誰も貰《もら》ひてのない勝元のむすめ、醜女《しこめ》の評判かくれもない洞仙院を、無理にも所望して還俗させ、正室に迎へたのである。　❖谷崎潤一郎（乱菊物語）

倦怠【**けんたい**】飽きていやになり、怠けること。疲れてだるいこと。
▽僕はもう黙して可《い》い頃であらう。倦怠と懶惰《らんだ》は僕が僕自身に還《かえ》るのを待つて居る。眼も疲れ心も疲れた。　❖島崎藤村（新生）
▽昼間書斎ニ籠《コモ》ツテヰル時ハ溜《タマ》ラナイ倦怠ヲ覚エル一面、云ヒヤウノナイ不安ニ襲ハレル。
❖谷崎潤一郎（鍵）
▽そんなに倦怠《けったる》うがすかい。全く陽気の加減だね。どうも春てえ奴あ、やに身体がなまけやがつて――まあ一ぷく御上がんなさい。　❖夏目漱石（草枕）
▽三沢は先刻《さっき》から女の倦怠《だる》さうな立居に気を付けてゐたので、御前も何処か悪いのかと聞いた。　❖夏目漱石（行人）

喧伝【けんでん】　盛んに言いふらして世間に伝えること。
▽一度この弟子の代りをした中童子が、嚔《くさめ》をした拍子に手がふるへて、鼻を粥《かゆ》の中へ落した話は、当時京都まで喧伝された。　❖芥川龍之介（鼻）

慳貪【けんどん】　ものを惜しみ欲張りなこと。
／無慈悲で、むごいこと。つっけんどん。
▽時によると、不快さうに寝てゐる彼女の体《てい》たらくが癪《しゃく》に障《さわ》つて堪らなくなつた。枕元に突つ立つた儘、わざと慳貪に要らざる用を命じて見たりした。　❖夏目漱石（道草）
▽「腐孩子《くされにが》！　乳首《たゝら》食ひちぎるに」妻は慳貪にかう云つて、懐から塩煎餅《しおせんべい》を三枚出して、ぽりぽりと噛みくだいては赤坊の口にあてがつた。
❖有島武郎（カインの末裔）

険呑・剣呑・険難【けんのん】　あやういさま。不安を覚えるさま。
▽然し挨拶をしないと険呑だと思つたから「吾輩は猫である。名前はまだない」と可成《なるべく》平気を装つて冷然と答へた。　❖夏目漱石（吾輩は猫である）
▽「貴人《あなた》何故其子を抱いて御遣りにならないの」「何だか抱くと険呑だからさ。頸《くび》でも折ると大変だからね」　❖夏目漱石（道草）

権柄【けんぺい】　権力で人を抑えつけること。

＊権柄尽《ずく》

▽九つ十にもなってからはそんなところへゆくことの苦痛をくれぐれも訴えたけれどみんなそれを逃げ口上とばかりおもって権柄ずくで押し出すのが常であった。 ❖中勘助（銀の匙）

▽事々について出て来る権柄づくな夫の態度は、彼女に取つて決して心持の好いものではなかつた。（中略）その不愛想な様子が又夫の気質に反射して、益《ますく》 彼を権柄づくにしがちであつた。❖夏目漱石（道草）

幻滅【げんめつ】 理想化していたことが幻にすぎなかったと知って落胆すること。

▽さう云ふさまぐ〵な回想をなつかしみつゝ生きて行く方が、なまじ幻滅の苦杯を嘗《な》めさせられるより、遙かに望ましいことのやうに思へたでもあらうか。 ❖谷崎潤一郎（少将滋幹の母）

絢爛【けんらん】 きらびやかに輝いてきわめて美しいこと。

▽かう云ふ時の葉子はその迸《ほとばし》るやうな暖かい才気の為めに世にすぐれて面白味の多い女になつた。口を衝《つ》いて出る言葉々々がどれもこれも絢爛な色彩に包まれてゐた。 ❖有島武郎（或る女）

▽紫式部、清少納言、和泉式部などがその絢爛たる才気によって一世《いっせい》を風靡《ふうび》したあの時期だ。❖坂口安吾（道鏡）

▽あんな安つぽい安ウヰスキー十杯で酔ふなんて……あゝあの夜空を見上げて御覧なさい、絢爛な、虹がかゝつた。 ❖林芙美子（放浪記）

こ

後裔【こうえい】 子孫。後胤《こういん》。

▽是でも元は旗本だ。旗本の元は清和源氏で、多田の満仲《まんちゅう》の後裔だ。こんな土百姓《どびゃくしょう》とは生れからして違ふんだ。 ❖夏目漱石（坊っちゃん）

▽此夢の様な詩の様な春の里に、啼くは鳥、落

つるは花、（中略）現実世界は山を越え、海を越えて、平家の後裔のみ住み古るしたる孤村《こそん》に迄逼《せま》る。❖夏目漱石（草枕）

好悪【こうお】好むことと憎むこと。好き嫌い。
▽父の御蔭で、代助は多少斯道《このみち》に好悪を有《も》てる様になつてゐた。❖夏目漱石（それから）
▽然し御縫さんは年歯《とし》からいふと彼より一つ上であつた。其上その頃の健三は、女に対する美醜の鑑別もなければ好悪も有《も》たなかつた。❖夏目漱石（道草）

紅霞【こうか】夕日で赤く染まった霞《かすみ》。くれないの夕焼け。
▽信州は之に反して紅霞の如く美しいが、その代りには何としても写真などには入らない。たゞ幸ひに花の頃に、其地を通り過ぎた人だけの記念で、あとは悉《ことごと》く住民の楽しみなのである。❖柳田国男（美しき村）

高雅【こうが】気品が高くてみやびやかなこと。
▽春琴幼にして穎悟《えいご》、加ふるに容姿端麗にして高雅なること譬《たと》へんに物なし。❖谷崎潤一郎（春琴抄）
▽李徴の声は叢《くさむら》の中から朗々と響いた。長短凡《およ》そ三十篇。格調高雅、意趣卓逸《たくいつ》、一読して作者の才の非凡を思はせるものばかりである。❖中島敦（山月記）

梗概【こうがい】物語などのあらまし。あらすじ。大略。
▽先生にその梗概を聞いて見ると、オルノーコという黒ん坊の王族が英国の船長に瞞《だま》されて、奴隷に売られて、非常に難儀をする事が書いてあるのだそうだ。❖夏目漱石（三四郎）
▽看板を一瞥《いちべつ》すれば写真を見ずとも脚色の梗概も想像がつくし、どういふ場面が喜ばれてゐるかと云ふ事も会得せられる。❖永井荷風（濹東綺譚）

慷慨【こうがい】社会の矛盾や不正などを憤って嘆くこと。憂い嘆くこと。
▽松崎は世間に対すると共にまた自分の生涯に対しても同じやうに半は慷慨し半は冷嘲《れいちょう》したいやうな沈痛な心持になる。❖永井荷風（つゆ

のあとさき）
▽彼等は（中略）平家の一門を呪《のろ》い、陰謀の周密でなかったことを後悔し、悲憤慷慨に夜を徹することが多かった。 ❖菊池寛（俊寛）
▽乃木大将は旅順にその二愛児を失った。また大将は明治末期の時勢についてすこぶる慷慨の情をいだいていたとのことである。 ❖阿部次郎（三太郎の日記）

後学【こうがく】 後日、自分のためになる知識・学問。
▽「あの奥様よつぽど怒つてた筈やのんにどんなこと云うて丸めたのんか、後学のために聞かして欲しい」 ❖谷崎潤一郎（卍）
▽然し御蔭様でマドンナの意味もわかるし、山嵐と赤シヤツの関係もわかるし大に後学になつた。 ❖夏目漱石（坊つちやん）

傲岸【ごうがん】 おごり高ぶってへりくだらないこと。 ＊傲岸不遜
▽春琴が居常《きょじょう》 傲岸にして芸道にかけては自ら第一人者を以て任じ世間もそれを認める傾向があつたことは同業の師匠連の自尊心を傷け時には脅威ともなつたであらう（後略）。 ❖谷崎潤一郎（春琴抄）

口気【こうき】 ものの言い方。口ぶり。口吻。
▽健三は迷惑を省いてやるから金を出せと云つた風な相手の口気を快よく思はなかつた。 ❖夏目漱石（道草）
▽「わたしはお前を片羽《かたわ》に産んだ覚えはない」と、憤慨に堪へないやうな口気で仰やる。 ❖森鷗外（ヰタ・セクスアリス）
▽理不尽ではありませんか。あまつさえ私たち長者に向って非難の口気を示しました。 ❖倉田百三（出家とその弟子）

交誼【こうぎ】 友人としての親しい交際。交際のよしみ。友誼。
▽彼は住居《すまい》を失つた第二日目に始めて近隣の交誼を知つた。南の女房は古い薬缶《やかん》と茶碗とを持つて来てくれた。 ❖長塚節（土）
▽黙して居て済むことである。君と僕との交誼《まじわり》が深ければ深いほど、黙して居た方が順当なの

であらう。　❖島崎藤村（新生）

溝渠【こうきょ】　給水や排水のために掘った溝《みぞ》。／心や気持ちの隔たり。

▽縦横に幾条《いくすじ》となく導かれる灌漑《かんがい》用の溝渠には、早苗を積んだ田舟が水の流に従つて、白壁づくりの農家の軒下を往復し、（後略）。　❖永井荷風（問はずがたり）

▽斯《か》くして細君の父と彼との間には自然の造つた溝渠が次第に出来上つた。彼に対する細君の態度も暗にそれを手伝つたには相違なかつた。

❖夏目漱石（道草）

薨去【こうきょ】　皇族または三位《さんみ》以上の人の死去。

▽もと〳〵慶喜は自ら進んで将軍職を拝した人でもない。家茂《いえもち》薨去の後は、尾州公か紀州公こそ然るべしと言つて、前将軍の後継者たることを肯《がえん》じなかつた人である。　❖島崎藤村（夜明け前）

口吟【こうぎん】　詩歌などを口ずさむこと。くぎん。

▽満目《まんもく》黄葉の中緑樹《うちりょくじゅ》を雑《まじ》ゆ。小鳥梢《こずえ》に囀《てん》ず。一《いち》路《ろ》人影なし。独り歩み黙思口吟し、足にまかせて近郊をめぐる。　❖国木田独歩（武蔵野）

▽哲学者は淋しい甲虫《かぶとむし》である。故ゼームス博士はかうおつしやつた。（中略）私は此の一句を口吟《くちずさ》む時、（中略）無量の哀調を聞く如く坐《そぞ》ろに涙ぐまるるのである。　❖倉田百三（愛と認識との出発）

香花・香華【こうげ】　仏前に供える香と花。

▽春の彼岸の墓参りなどにも、心当りの雪を掻きのけて、僅《わず》かな窪みを作つて香花を供へて還るといふ（後略）。　❖柳田国男（雪国の春）

▽祭壇にはこれら聖者が禅に尽した偉大な貢献を記念して、香花が供えられている。　❖岡倉天心（茶の本）

▽民子のためには真《ほん》に千僧の供養にまさるあなたの香花、どうぞ政夫さん、よオくお参りをして下さい……今日は民子も定めて草葉の蔭で嬉しからう……　❖伊藤左千夫（野菊の墓）

肯綮【こうけい】　かんじんなところ。急所。

▽弥一右衛門は外《ほか》の人の言ひ附けられてする事を、言ひ附けられずにする。外の人の申し上げてすることを申し上げずにする。併《しか》しする事はいつも肯綮に中《あた》つてゐて、間然《かんぜん》すべき所が無い。 ❖森鷗外（阿部一族）
▽只今校長及び教頭の御述べになつた御説は、実に肯綮に中《あた》つた剴切《がいせつ》な御考へで私は徹頭徹尾賛成致します。 ❖夏目漱石（坊つちやん）

効験【こうけん】 ききめ。効能。
▽私は指圧ばかりでなく、鍼《はり》も灸《やいと》も施術する、先づ指圧をして利かなかつたら鍼をする、眩暈《げんうん》は一日で効験が現はれる、（後略）。 ❖谷崎潤一郎（鍵）
▽これを懐中しているとトランプでもその他の賭博でも必勝を期することが出来るというのであつたらしい。勿論この効験は偶然の方則に支配されるのである。 ❖寺田寅彦（物売りの声）
▽蘇鉄《そてつ》の実を煎じて飲ませたり、（中略）苟《いやしく》も効験があると人の教へて呉れたものは、何んなことでもして見たが、効がなかつた。 ❖田山花袋（田舎教師）

江湖【こうこ】 世間。世の中。
▽椽側《えんがわ》から拝見すると、向ふは茂つた森で、こゝに住む先生は野中の一軒家に、無名の猫を友にして日月《じつげつ》を送る江湖の処士《しょし》であるかの如き感がある。 ❖夏目漱石（吾輩は猫である）
▽彼を敬慕する後進の人たちの熱心と協力によって、この全集の編纂《へんさん》されたことを悦び、青年学徒諸君をはじめ、広く江湖に推薦する所以《ゆえん》である。 ❖南原繁（日本の理想）

好個・好箇【こうこ】 ちょうどよいこと。適切なこと。
▽醜聞《しゅうぶん》さへ起こし得ない俗人たちはあらゆる名士の醜聞の中に彼等の怯懦を弁解する好個の武器を見出すのである。同時に又実際には存しない彼等の優越を樹立する、好個の台石を見出すのである。 ❖芥川龍之介（侏儒の言葉）
▽そこで、板倉と云ふものが、いろ〳〵の点で奥畑と好箇の対照をなして妙子の眼に映り出し

たのである。　❖谷崎潤一郎（細雪）

向後【こうご】これから先。この後。今後。

▽向後父の怒に触れて、万一金銭上の関係が絶えるとすれば、彼は厭でも金剛石《ダイヤモンド》を放り出して、馬鈴薯《ポテトー》に噛り付かなければならない。　❖夏目漱石（それから）

▽与次郎は愛すべき悪戯《いたずら》ものである。向後もこの愛すべき悪戯もののために、自分の運命を握られていいそうに思う。　❖夏目漱石（三四郎）

毫光【ごうこう】仏の白毫《びゃくごう》から発する細い光線。

▽庄兵衛は今さらのやうに驚異の目を瞠《みは》つて喜助を見た。此時庄兵衛は空を仰いでゐる喜助の頭から毫光がさすやうに思つた。　❖森鷗外（高瀬舟）

▽安寿はけさも毫光のさすやうな喜を額に湛《たゝ》へて、大きい目を赫《かゞや》かしてゐる。併し弟の詞《ことば》には答へない。只引き合つてゐる手に力を入れただけである。　❖森鷗外（山椒大夫）

恍惚【こうこつ】心を奪われて、うっとりするさま。意識などがはっきりしないさま。

▽何気なく眺めてゐる母子の恍惚とした様子、悦子の友禅の袂《たもと》の模様に散りかゝる花の風情《ふぜい》までが、逝《ゆ》く春を詠歎《えいたん》する心持を工《たく》まずに現はしてゐた。　❖谷崎潤一郎（細雪）

▽てる女は屢〻《しばしば》春琴が無聊《ぶりょう》の時を消すために独りで絃を弄《もてあそ》んでゐるのを聞いた又その傍に佐助が恍惚として項《うなじ》を垂れ一心に耳を傾けてゐる光景を見た（後略）。　❖谷崎潤一郎（春琴抄）

▽神にふれる時肉体の滅亡なぞはよろこびになっても悲しみにはならない。よしある淋しさは感じても、其処には高山の冷たさが伴う時もある。しかしそれは恍惚たる喜びだ。　❖武者小路実篤（幸福者）

硬骨【こうこつ】意志が強く、容易には信念を曲げないこと。権勢などに屈しないこと。

▽片意地でさばけないところはあるにせよ、確かに稀に見る硬骨の士であることは疑ひないと陵は思つてゐた。　❖中島敦（李陵）

▽乾《いぬい》は松木幇間《ほうかん》の聟《むこ》には不釣合な硬骨な変人だから、学問は相応に出来ても処世《よわたり》は拙《つたな》くて今だ

に学校の教師と燻《くす》ぶつておる。❖内田魯庵（社会百面相）

恒産【こうさん】 一定の財産・収入。一定の生業。

▽恒産のないものに恒心のなかつたのは二千年ばかり昔のことである。今日では恒産のあるものはむしろ恒心のないものらしい。❖芥川龍之介（侏儒の言葉）

▽父の秀庵《しゅうあん》が家督をついだ頃には既に多少の恒産もあり三代もつゞいた医者として世が世ならば家門いよ〳〵栄えべき筈のところ、（後略）。❖永井荷風（腕くらべ）

嚆矢【こうし】 物事のはじまり。最初。

▽基督《キリスト》教の演説会で演説者が腰を掛けて話をするのは多分此《この》講師が嚆矢であるかも知れない（満場大笑）、（後略）。❖内村鑑三（後世への最大遺物）

▽元来不人望《じんぼう》な主人の事だから、学校の生徒抔《など》は正月だらうが暮だらうが殆んど寄り付いた事がない。寄り付いたのは古井武右衛門君を以て嚆矢とする位な珍客であるが、（後略）。❖夏目漱石（吾輩は猫である）

▽東大法学部卒業生は幾万人あろうけれども、茶道の家元を襲名されるのは、おそらく山田君をもって嚆矢とすべく、かつ将来といえども度々あろうとは思われません。❖南原繁（日本の理想）

豪奢【ごうしゃ】 ぜいたくで、派手なこと。

▽手のこんだ細工はできなかったが、扉には軽く花鳥をあしらった。豪奢でも華美でもないが、素朴なところにむしろ気品が宿ったように思った。❖坂口安吾（夜長姫と耳男）

▽父親と云ふ人は、派手好みの豪奢な人であつたから、娘達にもあらゆる贅沢をさせてくれたらしい。❖谷崎潤一郎（細雪）

講釈【こうしゃく】 もったいぶって自分の考えや解釈を説いて聞かせること。

▽不断講釈めいた談話を尤《もっと》も嫌って、そう云う談話の聞き手を求めることは屑《いさぎよし》としない自分が、この青年の為《た》めには饒舌して忌《い》むことを知

らない。　❖森鷗外（青年）

▽「ど、ど、どや。うまいやろが、こ、こ、こ、こんなうまいもん何処イ行つたかて食べられへんぜ」といふ講釈を聞きながら食ふと、なるほどうまかつた。　❖織田作之助（夫婦善哉）

高尚【こうしょう】学問・言行などの程度が高く、気品があること。

▽高尚な品性を備へた人の談ならば、無駄話のうちにも必ず其高尚な所を現して居るので、これを聴いて居る子供は、自《おのずか》ら高尚な風に感化せられる。　❖正岡子規（病牀六尺）

▽かうやつて、美しい春の夜に、何等の方針も立てずに、あるいてるのは実際高尚だ。興来《きょうきた》れば興来るを以て方針とする。興去れば興去るを以て方針とする。　❖夏目漱石（草枕）

好尚【こうしょう】好きこのむところ。このみ。嗜好。

▽夫と懸け離れた好尚を有つてゐる細君は、それ以上追窮する面倒を省《はぶ》いた代りに、外の質問を彼に掛けた。　❖夏目漱石（道草）

▽かくて三年《みとせ》ばかりは夢の如くにたちしが、時来《きた》れば包みても包みがたきは人の好尚なるらむ、（中略）奥深く潜みたりしまことの我は、やうやう表にあらはれて、きのふまでの我ならぬ我を攻むるに似たり。　❖森鷗外（舞姫）

哄笑【こうしょう】大口をあけて声高く笑うこと。大笑。

▽夏子はパジャマを着て出てくる。それが又僕にはへんに可愛いく思えた。（中略）仲々うまくやるし、見物がよろこんで無邪気に哄笑するのも気持がよかった。　❖武者小路実篤（愛と死）

▽「これでよし。これでよし。うツはア、様《ざま》見やがれ！」監督は、口を三角形にゆがめると、背のびでもするやうに哄笑した。　❖小林多喜二（蟹工船）

行人【こうじん】道を歩いて行く人。旅人。

▽「到頭《とうとう》気が狂った！」と、行人は、市九郎の姿を指《さ》しながら嗤《わら》った。　❖菊池寛（恩讐の彼

方に）
▽堀の浅い水には此れも冷たげに凝然と身を沈めた蛙が黙つて彼を見て居た。遠い田圃《たんぼ》を彼は前後に唯一人の行人であつた。❖長塚節（土）

好事家【**こうずか**】風流を好む人。／もの好きの人。
▽薄暗い書庫に這入つて、高い本棚のあちらこちらを見廻した。私の眼は好事家が骨董《こっとう》でも掘り出す時のやうに背表紙の金文字をあさつた。❖夏目漱石（こゝろ）
▽銘は鑑賞の上に於て、左《さ》のみ大切のものとは思はないが、好事者は余程是が気にかゝるさうだ。❖夏目漱石（草枕）

昂然【**こうぜん**】自負があって意気の盛んなさま。
▽「汝、何をか好む？」と孔子が聞く。「我、長剣を好む。」と青年は昂然として言ひ放つ。孔子は思はずニコリとした。❖中島敦（弟子）
▽「何ですツて？ そなたがすゝめて、側女《そばめ》を置かせた？ ――」「えゝ、さうですとも」驚く母の顔を見返して、御台《みだい》は昂然たるほゝゑみを洩らした。❖谷崎潤一郎（乱菊物語）
▽吾輩は「さう云ふ君は一体誰だい」と聞かざるを得なかつた。「己《お》れあ車屋の黒よ」昂然たるものだ。❖夏目漱石（吾輩は猫である）

浩然【**こうぜん**】心が広くゆったりしているさま。＊浩然の気
▽浩然の気を養ふたい、あなた。（中略）面白いですよ釣は。大きな海の上を小舟で乗り廻はしてあるくのですからね」❖夏目漱石（吾輩は猫である）
▽学問が出来て思想が高尚になつたつて、何の役にも立たん、ちと若い者は浩然の気を養ふ位の元気がなくちやいけませんなア」❖田山花袋（田舎教師）

傲然【**ごうぜん**】おごり高ぶるさま。
▽彼女をじりじりと脅《おど》かしながら、そのさくら色をした歯痒《はがゆ》いほど美しい頬の蒼《あお》ざめるのを傲然と眺めたり、（中略）したら、どんなに快い、

痛痒い気持になることであらう。　❖室生犀星（性に眼覚める頃）

▽人間以上の力を知らずに傲然と生きてゆかれると思つている金に仕えている人間が、あさましく又おろかに見えるのは、この宗教的な感謝と云う感じを知らず、大きなものに身を任せると云うことを感じないからだ。　❖武者小路実篤（幸福者）

▽「京都という所は、いやに寒い所だな」と宗近君は（中略）床柱の松の木を背負《しょっ》て、傲然と箕坐《あぐら》をかいたまま、外を覗《のぞ》きながら、甲野さんに話しかけた。　❖夏目漱石（虞美人草）

宏壮・広壮【こうそう】広く大きく立派なこと。

▽院の御殿《ごてん》は南に淀川、東に水無瀬川の水をひかへ、此の二つの川の交はる一角に拠《よ》つて何万坪といふ宏壮な庭園を擁してゐたにちがひない。　❖谷崎潤一郎（蘆刈）

▽関ケ原の役以来と云ふ菅野の家は宏壮な一郭を成してゐて、持佛堂の堂宇が、中庭を隔てゝ母屋と棟を並べてゐた。　❖谷崎潤一郎（細雪）

狡智【こうち】ずる賢い知恵。悪知恵。

▽本当に、私はあの手紙の一行々々に狡智の限りを尽してみたのです。　❖太宰治（斜陽）

巧緻【こうち】精巧で緻密なこと。

▽水晶の針を集めたような実物の結晶の巧緻さは、普通の教科書などに出ている顕微鏡写真とはまるで違った感じであった。　❖中谷宇吉郎（雪を作る話）

▽この際行うべき或る事を決定して、（中略）無理にも気を落ち着けて寝るに若《し》くはない。その或る事は巧緻でなくても好い。頗《すこぶ》る粗大な、脳髄に余計な要求をしない事柄で好い。　❖森鷗外（青年）

膠着【こうちゃく】固定して動かないこと。

▽その花弁は存分に霜に虐《しいた》げられて、黄色に変色して互に膠着して、恵み深い日の目に遇《あ》つても開きやうがなくなつてゐた。　❖有島武郎（或る女）

▽筆一本握る事もせずに朝から晩まで菓子に膠

着し、（中略）万事を葉子の肩になげかけてそれが当然な事でもあるやうな鈍感なお坊ちやん染《じ》みた生活のしかたが葉子の鋭い神経をいら〳〵させ出した。❖有島武郎（或る女）

拘泥【こうでい】 こだわること。気にしてとらわれること。

▽凡人には天才の知らざる拘泥と悲哀と曇りとがある。（中略）従って凡才は常に天才の知らざる羞恥《しゅうち》の心をもつて天才の天空を行く烈日のごときまぶしさを仰ぎ見る。❖阿部次郎（三太郎の日記）

▽然しこんな詩的な話しになるとさう理窟にばかり拘泥しては居られないからね。鏡花の小説にや雪の中から蟹が出てくるぢやないか。❖夏目漱石（吾輩は猫である）

▽始めから囚《とら》はれない自由な女であつた。彼女の今迄の行動は何物にも拘泥しない天真の発現に過ぎなかつた。❖夏目漱石（行人）

向背【こうはい】 従うことと、そむくこと。成り行き。動静。表と裏。

▽当時の諸藩及び旗本の向背は、なか〳〵楽観を許さなかつた。そのうちに、美濃から飛驒へかけての大小諸藩で帰順の意を表するものが続々あらはれて来るやうになつた。❖島崎藤村（夜明け前）

▽新政府が地方人民を頼むことの深かつたのも、一つは新政府に対する沿道諸藩が向背のほども測りがたかつたからで。❖島崎藤村（夜明け前）

▽見ると、広庭一面の群集だ。（中略）急に呼び集められた群臣である。皆それぞれに驚愕と困惑との表情を浮かべ、向背に迷ふものの如く見える。❖中島敦（弟子）

口碑【こうひ】 昔からの言い伝え。伝説。

▽忠直卿の乱行が、（中略）最後には、家臣を擅《ほしいまま》に手刃するばかりでなく、無辜《むこ》の良民を捕えて、之に兇刃《きょうじん》を加えるに至った。殊に口碑に残る『石の俎《まないた》』の云い伝《つたえ》は百世《ひゃくせい》の後尚人に面《おもて》を背《そむ》けさせるものである。❖菊池寛（忠直卿行状記）

▽伊豆の三宅島などには山に住む馬の神がみい

つたといふ話もあつて、過度に素朴なる口碑は諸国に多く、（後略）。 ❖柳田国男（山の人生）

▽西行法師の撰集抄《せんじゅうしょう》や土地に伝はつてゐる口碑によれば、彼女は実に普賢菩薩《ふげんぼさつ》の化身《けしん》であると信じられてゐた。 ❖谷崎潤一郎（乱菊物語）

業病【ごうびょう】 悪業《あくごう》の報いでかかると考えられていた難病。

▽私は御覧の通り眼を煩《わずら》つて以来、色といふ色は皆目見《かいもくみえ》ません。（中略）何の因果で斯んな業病に罹《かゝ》つたのかと、つく〴〵辛い心持が致します。 ❖夏目漱石（行人）

口吻【こうふん】 口ぶり。ものの言い方。

▽姑《しゅうと》は菜穂子と廊下を歩き出しながら、訝《いぶか》しさうな口吻で云つた。「どの人も皆普通の人よりか丈夫さうぢやないか。」 ❖堀辰雄（菜穂子）

▽平岡が自力で給し得る丈の生活費を勝手の方へ回さない事は、三千代の口吻で慥《たしか》であつた。 ❖夏目漱石（それから）

▽おりと婆さんの口吻《くちぶり》から察するのに、（中略）そんな所へ嫁を勧めに出したことを成るべく隠してゐたのであらう。 ❖谷崎潤一郎（吉野葛）

光芒【こうぼう】 筋になって見える光。

▽レモンの丘。チヤボが花のやうに群れた庭。一月の太陽は、こんなところにも、霧のやうな美しい光芒を散らしてゐた。 ❖林芙美子（放浪記）

▽空気の乾いてゐるせゐか、ひどく星が美しい。黒々とした山影とすれすれに、夜毎、狼星《ろうせい》が青白い光芒を斜めに曳いて輝いてゐた。 ❖中島敦（李陵）

▽祝津《しゅくつ》の燈台が、廻転する度にキラツ〳〵と光るのが、ずウと遠い右手に、一面灰色の海のやうな海霧《ガス》の中から見えた。（中略）何か神秘的に、長く、遠く白銀色の光芒を何海浬《カイリ》もサツと引いた。 ❖小林多喜二（蟹工船）

傲慢【ごうまん】 おごり高ぶって人を侮ること。

▽我の傲慢なる、我の人を愛せざるは、みなこ

とごとく我れが神を離れしが故なり。故に我にしてもし神に帰るを得ば我は善人となり得るなり。 ❖内村鑑三（一日一生）

▽春琴の傲慢を憎む者と雖《いえど》も心中私《ひそ》かにその技を妬《そね》み或は恐れてゐたのである。 ❖谷崎潤一郎（春琴抄）

後来【こうらい】 この後。将来。行末。

▽此性分が倫理的に個人の行為やら動作の上に及んで、私は後来益《ますく》 他《ひと》の徳義心を疑ふやうになつたのだらうと思ふのです。 ❖夏目漱石（こゝろ）

▽互に手を取つて後来を語ることも出来ず、小雨のしよぼしよぼ降る渡場に、泣きの涙も人目を憚《はばか》り、一言の詞《ことば》もかはし得ないで永久の別れをしてしまつたのである。 ❖伊藤左千夫（野菊の墓）

荒寥・荒涼【こうりょう】 景色などの荒れ果てでもの寂しいさま。

▽東海道沿岸などの鉄道とは違ひ、この荒寥とした信濃路のは、汽車までも旧式で、粗造で、山家《やまが》風だ。 ❖島崎藤村（破戒）

▽島に夕暮が来て、日が荒寥たる硫黄ヶ岳の彼方に落ち、唐竹の林に風が騒ぎ、名も知れない海鳥が鳴くときなど、灯もない小屋の中に蹲《うずく》まっている俊寛に、身を裂くような寂しさが、襲って来る。 ❖菊池寛（俊寛）

合力【こうりょく】 力を貸して助けること。／金品を施し与えること。ごうりき。こうろく。

▽里人《さとびと》は市九郎の熱心に驚いたものの、未《いま》だ、かくばかり見えすいた徒労に合力するものは、一人もなかった。 ❖菊池寛（恩讐の彼方に）

▽お玉の内へも或る日（中略）男が来て、下総《しもうさ》のもので国へ帰るのだが、足を傷《いた》めて歩かれぬから、合力《ごうりき》をしてくれと云つた。 ❖森鷗外（雁）

狐疑【こぎ】 あれこれと疑いためらうこと。

▽然しながら狐疑は待ちかまへてゐたやうに、君が満足の心を十分味ふ暇《いとま》もなく、足許から押し寄せて来て君を不安にする。 ❖有島武郎（生れ出づる悩み）

▽彼は（中略）男爵の小柄な猫背の発育不充分のやうな体つきや、また卑屈な狐疑するやうな表情を思ひ浮かべると、彼の最善方法も実行はおぼつかないのを覚えるのであつた。 ❖佐藤春夫（更生記）

虚空【こくう】 何もない空間。空。

▽――ア、秋だ！ 誰だか禿山《はげやま》の向ふを通ると見えて、から車の音が虚空に響きわたツた……❖国木田独歩（武蔵野）

▽さしも堅固の塔なれど虚空に高く聳《そび》えたれば、どうどうどつと風の来る度ゆらめき動きて、荒浪の上に揉《も》まるる棚なし小舟《おぶね》のあはや傾覆《くつがえ》らむ風情《ふぜい》、（後略）。 ❖幸田露伴（五重塔）

▽押入の中で、伊沢の目だけが光っていた。彼は見た。白痴の顔を。虚空をつかむその絶望の苦悶を。 ❖坂口安吾（白痴）

酷薄・刻薄【こくはく】 酷《むご》くて薄情なこと。

▽健三は驚ろいて逃げ帰つた。酷薄といふ感じが子供心に淡い恐ろしさを与へた。（中略）「給仕になんぞされては大変だ」 ❖夏目漱石（道草）

▽鰐口は人に苦痛を覚えさせるのが常になつてゐる。そこで人の苦痛を何とも思はない。刻薄な処はここから生じて来る。（中略）犬的な人は人の苦痛を面白がるやうになる。 ❖森鷗外（ヰタ・セクスアリス）

▽我に心の光明を授け給ひし神よ、我運命の柄《へい》を握り給ふ神よ。我は御身の我罪を問ひ給ふことの刻薄ならざるべきを知る。 ❖森鷗外（即興詩人）

克明【こくめい】 こまかなところまで念を入れること。／実直なこと。

▽私は画本の棚の前へ行つて見た。（中略）然し私は一冊づつ抜き出しては見る、そして開けては見るのだが、克明にはぐつてゆく気持は更に湧いて来ない。 ❖梶井基次郎（檸檬）

▽お春の癖で、かう云ふ話をする時は一々その人の口調を真似て、当時の会話を克明に再演して見せるのである。 ❖谷崎潤一郎（細雪）

▽四十恰好《かっこう》の克明らしい内儀《かみ》さんがわが事のや

うに金盥《かなだらい》に水を移して持つて来てくれた。❖有島武郎（或る女）

糊口【ここう】暮らしを立てること。生計。
▽その人は巴里《パリ》に集る外国人を相手に仏蘭西《フランス》語を教へて、それを糊口《くちすぎ》として居るやうな年とつた婦人であつた。❖島崎藤村（新生）
▽喜助は世間で為事《しごと》を見附けるのに苦んだ。それを見附けさへすれば、骨を惜まずに働いて、やう〳〵口を糊《のり》することの出来るだけで満足した。❖森鷗外（高瀬舟）

後光【ごこう】仏・菩薩の体から発するという光輝。
▽きらびやかな銀河の河床の上を、水は声もなくかたちもなく流れ、その流れのまん中に、ぼうつと青白く後光の射した一つの島が見えるのでした。❖宮沢賢治（銀河鉄道の夜）
▽これほど縁起のいい事はないさ。即身成仏《そくしんじょうぶつ》、と云つてこのまま仏様になるんだ。帰つて来ると俺の頭の上に後光がさしてゐるから……。❖志賀直哉（暗夜行路）

巨細【こさい】大きいことと小さいこと。大小すべてのこと。委細。詳しいこと。きょさい。
▽佐助の如きは春琴の肉体の巨細を知り悉《つく》して剰《あま》す所なきに至り月並の夫婦関係や恋愛関係の夢想だもしない密接な縁を結んだのである。❖谷崎潤一郎（春琴抄）
▽彼が何《ど》の位の負債に何《ど》う苦しめられてゐるかといふ巨細の事実は、遂に健三の耳に入らなかつた。❖夏目漱石（道草）

痼疾【こしつ】長い間治らない病気。持病。
▽肩の凝《こ》るのは幼少の時からの痼疾だつたがそれが近頃になつて殊更激しくなつた。❖有島武郎（或る女）
▽安斎《あんさい》は遺伝の痼疾を持つてゐる。体が人並でない。こんな車の行く処へは行かれないのである。❖森鷗外（ヰタ・セクスアリス）
▽貴方なんぞ栄養はおよろしいし、痼疾はおあんなさらないし——大丈夫、十日もすれば御全快でしょう。❖宮本百合子（伸子）

後生【ごしょう】死後ふたたび生まれ変わるこ

と。後の世。／人に哀願するときに用いる。
▽伯母さんは引き出しへマッチをしまいながら火に誘われて焼け死んだ虫たちの後生のためにお念仏をとなえる。 ❖中勘助（銀の匙）
▽このヒメの今生《こんじょう》後生をまもりたもう尊いホトケの御姿を刻んでもらいたいものだ。持仏堂におさめて、ヒメが朝夕拝むものだが、（後略）。 ❖坂口安吾（夜長姫と耳男）
▽後生だから清《きよ》が死んだら、坊つちやんの御寺へ埋めて下さい。御墓のなかで坊つちやんの来るのを楽しみに待つて居りますと云つた。 ❖夏目漱石（坊つちやん）

鼓吹【こすい】 励まして元気づけること。鼓舞。／意見・思想を盛んに主張し、他の共鳴を得ようとすること。相手に吹きこむこと。
▽教育の精神は単に学問を授ける許《ばか》りではない。高尚な、正直な、武士的な元気を鼓吹すると同時に、野卑《やひ》な、軽躁《けいそう》な、暴慢《ぼうまん》な悪風を掃蕩《そうとう》するにあると思ひます。 ❖夏目漱石（坊つちやん）
▽福沢諭吉、板垣退助、（中略）等の人達が思ひ〱に、あるひは文明の急務を説き、あるひは民権の思想を鼓吹し、あるひは国会開設の必要を唱ふるに至つた。 ❖島崎藤村（夜明け前）

悟性【ごせい】 物事を論理的・知的に思考する能力。
▽恋愛と性欲とが関係してゐることを、悟性の上から解せないことはない。併し恋愛が懐かしく思はれる割合には、性欲の方面は発動しなかつた。 ❖森鷗外（ヰタ・セクスアリス）
▽純一は（中略）、何等かの方法を以て、直接に知りたいと、悟性を鋭く働かせて、対話に注意していたのであった。 ❖森鷗外（青年）
▽けれども代助は自己の悟性に訴へて、さうは信ずる事が出来なかつた。 ❖夏目漱石（それから）

姑息【こそく】 一時の間に合わせ。場当たり的。
＊因循姑息
▽あなた方を戸の外に締め出した後で、私の心

は直《すぐ》に悔い始めました。けれど私はそれを姑息にも酔いでごまかしました。❖倉田百三（出家とその弟子）
▽今云はなければ屹度《きっと》後でお前に怨《うら》まれるとも思つた。然し一方では実に知らしたくなかつた。姑息といへば姑息な気持だ。❖志賀直哉（暗夜行路）
▽あるひは因循姑息のそしりをまぬかれないまでも、君侯《くんこう》のために一時の安さをぬすまうと謀《はか》るものがあり、あるひは両端を抱かうとするものがある。勤王か、佐幕か——今や（中略）諸藩は進んでその態度を明かにすべき時に迫られて来てゐた。❖島崎藤村（夜明け前）

刻下【こっか】 目下《もっか》。現下。現在の時点。
▽旨《うま》い局所へ酒が回つて、刻下の経済や、目前の生活や、又それに伴ふ苦痛やら、不平やら、心の底の騒がしさやらを全然麻痺して仕舞つた様に見える。❖夏目漱石（それから）
▽代助の意は、三千代に刻下の安慰を、少しでも与へたい為に外ならなかつた。❖夏目漱石（それから）
▽（前略）、というような二三の主張には、傾聴すべき刻下の切実な問題が含まれているように感じられた。❖石坂洋次郎（若い人）

克己【こっき】 意志の力で、自分の感情・欲望・邪念などに打ち勝つこと。
▽修業も糸瓜《へちま》も入《い》つたものぢやないのに当人は全く克己の力で成功したと思つてるんですからね。❖夏目漱石（吾輩は猫である）
▽克己を忘れたことのない抽斎は、徳《とく》を叱り懲《こ》らすことは無かつた。それのみでは無い。あらはに不快の色を見せもしなかつた。しかし結婚してから一年半ばかりの間、これに親近せずにゐた。❖森鷗外（渋江抽斎）

刻苦【こっく】 心身を苦しめ痛めつけるほど苦労・努力すること。
▽技の優劣は兎に角として春琴の方がより天才肌であり佐助は刻苦精励する努力家であつたことだけは間違ひがあるまい。❖谷崎潤一郎（春琴抄）

▽事実は、才能の不足を暴露するかも知れないとの卑怯な危惧と、刻苦を厭《いと》ふ怠惰とが己《おれ》の凡《すべ》てだつたのだ。　❖中島敦（山月記）

忽如【こつじょ】　たちまち起こるさま。忽然。突如。

▽暫《しばら》くしてかすかな産声《うぶごえ》が気息《いき》もつけない緊張の沈黙を破つて細く響いた。大きな天と地との間に一人の母と一人の子とがその刹那に忽如として現はれ出たのだ。　❖有島武郎（小さき者へ）

忽然【こつぜん】　たちまち。突然。忽如。

▽若《も》し頼もしい人がゐて、自分を今の境界《きょうがい》から救つてくれるやうにはなるまいかとまで考へた。そしてさう云ふ想像に耽《ふけ》る自分を、忽然意識した時、はつと驚いたのである。　❖森鷗外（雁）

▽私は忽然と冷たくなつた此友達によつて暗示された運命の恐ろしさを深く感じたのです。
❖夏目漱石（こゝろ）

▽夫《それ》は、確に激怒に近い感情であった。（中略）その激怒は外面は、旺《さか》んに燃え狂って居るものの、中核の処には癒《いや》しがたい淋しさの空虚が、忽然と作られて居る激怒であった。　❖菊池寛（忠直卿行状記）

骨相【こっそう】　頭・顔などの骨格の上に現れた、その人の相。

▽僧侶の骨相も、手でしてゐる為草《しぐさ》も、口に唱へてゐる詞《ことば》も、荘厳なやうな趣は少しもない。
❖森鷗外（灰燼）

小面憎い【こづらにくい】　顔を見るさえ憎らしい。

▽如何にも人を食つた、（中略）度胸で舞つてゐる感じがして、小面憎《こづらにく》くさへ思へるのであつたが、（後略）。　❖谷崎潤一郎（細雪）

古哲【こてつ】　昔のすぐれた思想家や賢人。

▽花の盛りは僅《わずか》に三日にして、跡の青葉は何《いづ》れも色同じ、あでやかなる女子の色も十年はよも続かぬものぞ、（中略）過ちは改むるに憚《はばか》る勿《なか》れとは古哲の金言、父が言葉腑《ふ》に落ちたるか、横笛が事思ひ切りたるか。　❖高山樗牛（滝口入道）

糊塗【こと】 ごまかしの処置をする。一時しのぎに取り繕っておくこと。
▽母などは話が途切れておのづと不安になる度に、「芳江お前は……」とか何とか無理に問題を拵《こしら》へて、一時を糊塗するのを例にした。すると其態《わざ》とらしさが、すぐ兄の神経に触つた。
❖夏目漱石（行人）
▽境遇が急に失意の方面に一転した時、彼は自分の平生を顧みない訳に行かなかつた。彼はそれを糊塗するため、健三に向つて能《あた》ふ限り左あらぬ態度を装つた。　❖夏目漱石（道草）

悟入【ごにゅう】 真理を悟り、真理に入ること。悟りの境地に達すること。
▽いかに春琴が音曲の才能に恵まれてゐても人生の苦味酸味を嘗《な》めて来なければ芸道の真諦に悟入することはむづかしい。　❖谷崎潤一郎（春琴抄）

小春日和【こはるびより】 初冬の頃の暖かくおだやかなひより。
▽冬はすぐ其処まで来てゐるのだけれど、まだそれを気づかせないやうな温かな小春日和が何日か続いてゐた。　❖堀辰雄（菜穂子）
▽暖国の播磨でも秋はうすら寒い。上国《じょうこく》に比べて雨の少い此の地方では、日毎に空は美しく晴れ、小春日和の、日はきら〳〵しく照るけれども、その日の色の、何と力ないことであらう。
❖谷崎潤一郎（乱菊物語）

誤謬【ごびゅう】 誤り。まちがい。
▽吾等の寿命は人間より二倍も三倍も短いに係《かゝわ》らず、其短日月《じつげつ》の間に猫一疋《ぴき》の発達は十分仕《つかまつ》る所を以て推論すると、人間の年月と猫の星霜《せいそう》を同じ割合に打算するのは甚《はなはだ》しき誤謬である。
❖夏目漱石（吾輩は猫である）
▽私達の発した言葉は私達が針ほどの誤謬を犯すや否や、すぐに刃《やいば》を反《か》へして私達に切つてかゝる。　❖有島武郎（惜みなく愛は奪ふ）

誇負【こふ】 誇って自負すること。大いに自信があること。
▽「我、長剣を好む。」と青年は昂然《こうぜん》として言ひ放つ。孔子は思はずニコリとした。青年の声

や態度の中に、余りに稚気《ちき》満満たる誇負を見たからである。 ❖中島敦（弟子）

▽放浪の年を重ねてゐる中に、子路《しろ》も最早五十歳であつた。（中略）後世の所謂《いわゆる》「万鍾《ばんしょう》我に於て何をか加へん」の気骨も、炯々《けいけい》たる其の眼光も、痩浪人の徒《いたず》らなる誇負から離れて、既に堂々たる一家の風格を備へて来た。 ❖中島敦（弟子）

御符・護符【ごふ】 神仏の加護によって種々の厄難から逃れられるという札。

▽寺にはあやしい御符といふ加持祈禱《かじきとう》をした砂があつてよく信者がもらひにやつて来た。 ❖室生犀星（性に眼覚める頃）

▽疫病はついにこの村にも押し寄せたから、家ごとに疫病除《よ》けの護符をはり、白昼もかたく戸を閉ざして、一家ヒタイを集めて日夜神仏に祈っていた。 ❖坂口安吾（夜長姫と耳男）

五分【ごぶ】 ごくわずかのこと。

▽彼女は立ち上つたには、立ち上つたが、自分の様子次第で其以後の態度を一定しようと、五分の隙間なく身構《みがまえ》てゐるらしく見えた。 ❖夏目漱石（行人）

▽私は、私の眼、私の心、私の身体、すべて私といふ名の付くものを五分の隙間もないやうに用意して、Kに向つたのです。 ❖夏目漱石（こゝろ）

語弊【ごへい】 用語が適切でないために招きやすい誤解や弊害。誤解を招きやすい言い方。

▽この老婆に対するはげしい憎悪が、少しづつ動いて来た。――いや、この老婆に対すると云つては、語弊があるかも知れない。寧《むしろ》、あらゆる悪に対する反感が、一分毎に強さを増して来たのである。 ❖芥川龍之介（羅生門）

▽しかし、これが富国強兵策の末路と云っちゃあ語弊があるですぞ。僕らは、こうなるように育てられて来たんです。宿命です。 ❖井伏鱒二（黒い雨）

固陋【ころう】 見聞がせまく、頑固なこと。

▽自分は独学で、そして固陋だ。もとよりこんな山の中にゐて見聞も寡《すくな》い。どうかして自分の

やうなものでも、もつと学びたい。 ❖島崎藤村（夜明け前）

▽若い女性の羞恥心というものは、時と場合によっては頑迷固陋の気性と隣合わせになるものだ、だから悲劇が起ることがある。 ❖井伏鱒二（黒い雨）

蠱惑【こわく】人の心をひきつけて惑わすこと。

▽彼ト云ヘドモ瞬間的ニ部分々々ヲチラリ〱ト見テヰルニ過ギズ、様々ナ角度カラ蠱惑的ナ姿勢ノトコロヲシミジミト眺メタコトハナイノデアル。 ❖谷崎潤一郎（鍵）

▽それ程の蠱惑の力と情熱の炎とが自分にあるかないか見てゐるがいゝ。さうした一図の熱意が身をこがすやうに燃え立つた。 ❖有島武郎（或る女）

▽若年の頃は誰しも年下の女より年増《としま》女の美に憧れる、恐らく極道の果てのあゝでもないからでもないが昂じた揚句盲目の美女に蠱惑を感じたのであらう。 ❖谷崎潤一郎（春琴抄）

欣求【ごんぐ】よろこんで願い求めること。

▽槌《つち》を振って居さえすれば、彼の心には何の雑念も起らなかった。人を殺した悔恨も、其処に無かった。極楽に生れようと云う、欣求もなかった。ただそこに、晴々した精進の心があるばかりであった。 ❖菊池寛（恩讐の彼方に）

▽我は世に救ひを得て、御身は憂きに心を傷《やぶ》りぬ。思へば三界の火宅を逃れて、聞くも嬉しき真《まこと》の道に入りし御身の、欣求浄土の一念に浮世の絆を解き得ざりしこそ恨みなれ。 ❖高山樗牛（滝口入道）

権化【ごんげ】ある抽象的な精神的特質が具体的な姿となってあらわれたと思えるような人やもの。化身。

▽或刹那には彼女は忍耐の権化の如く、自分の前に立つた。さうして其忍耐には苦痛の痕跡《こんせき》さへ認められない気高さが潜《ひそ》んでゐた。 ❖夏目漱石（行人）

▽まさに道楽の真髄に徹したもので、さながら歓楽の権化かと思はれます。 ❖谷崎潤一郎（幇間）

混淆・渾淆・混交【こんこう】 異質のものが入りまじること。
▽道端の人家や商店からは一段烈しい響が放たれてゐるのであるが、電車や自動車の響と混淆して、市街一般の騒音となつて聞える。❖永井荷風（濹東綺譚）
▽この国の神は大日如来や阿弥陀如来の化身《けしん》だとされてゐますよ。神仏はこんなに混淆されてしまつた。❖島崎藤村（夜明け前）
▽君江は睡《ねむり》からふと覚めて、いづれが現実、いづれが夢であつたかを区別しやうとする、其時の情緒と感覚との混淆ほど快いものはないとしてゐる。❖永井荷風（つゆのあとさき）

紺青【こんじょう】 あざやかな明るい藍色。
▽こゝは直江《なおえ》の浦である。日はまだ米山《よねやま》の背後《うしろ》に隠れてゐて、紺青のやうな海の上には薄い靄《もや》が掛かつてゐる。❖森鷗外（山椒大夫）

渾身【こんしん】 全身。からだ全体。
▽山国川の清流に沐浴《もくよく》して、観世音菩薩を祈り乍《なが》ら、渾身の力を籠《こ》めて第一の槌《つち》を下した。❖菊池寛（恩讐の彼方に）
▽媚《コ》ビノ呈シ方、陶酔ヘノ導キ方、漸々《ゼンゼン》ニエクスタシーヘ引キ上ゲテ行ク技巧ノ段階、スベテハ彼女ガソノ行為ニ渾身ヲ打チ込ンデキル証拠デアツタ。❖谷崎潤一郎（鍵）
▽漸次《ぜんじ》、精神状態が正気づくにつれ薄明るい光線を見出して、その方向へ渾身の力をふるっていざり出した。❖井伏鱒二（黒い雨）

渾然【こんぜん】 異なったものがまじりあい溶けあって一体となっているさま。
▽いろ〳〵の音、いろ〳〵の色彩が、万華鏡を見るやうに、花やかに、眼もあやに入り乱れながら、渾然とした調和を保つてゐるのである。❖谷崎潤一郎（蓼喰ふ虫）
▽影の半分は薄黒い。半分は花野《はなの》の如く明《あきら》かである。そうして三四郎の頭のなかではこの両方が渾然として調和されている。❖夏目漱石（三四郎）

魂胆【こんたん】 心中もっているたくらみ。策略。

▽戦争未亡人を挑発堕落させてはいけないという軍人政治家の魂胆で彼女達に使徒の余生を送らせようと欲していたのであろう。 ❖坂口安吾（堕落論）

▽人間は魂胆があればある程、其魂胆が崇《たた》つて不孝の源をなすので、多くの婦人が平均男子より不孝なのは、全く此魂胆があり過ぎるからである。どうか馬鹿竹になつて下さい、（後略）。 ❖夏目漱石（吾輩は猫である）

根調【こんちょう】 ある考えや作品などの深奥に根ざす傾向。基調。

▽僕の胸の中では種々《しゅじゅ》の感情が戦つてゐた。此感情には自分を岡田の地位に置きたいと云ふことが根調をなしてゐる。しかし僕の意識はそれを認識することを嫌つてゐる。 ❖森鷗外（雁）

根柢・根底【こんてい】 物事や考え方の土台。根本。おおもと。

▽何とかして自分を離すまいとする母の愛より、伸子は、生存の根柢を脅《おびや》かされるような恐怖を感じた。 ❖宮本百合子（伸子）

▽この際は大きく眼を開いて万国に対しても恥ぢないやうな大根柢を打ち建てねばならない、それには天下万民と共に公明正大の道理に帰り、（中略）王政復古の業を建つべき一大機会に到達したと力説した。 ❖島崎藤村（夜明け前）

▽人間は住居が古くなれば、それを取り壊し、しばしば土台までも掘り返して吟味し、根底から築き直すものである、とはカントが用いた比喩である。 ❖南原繁（日本の理想）

困憊【こんぱい】 疲れはてること。困弊。困疲。

▽かれは授業時間の間々を宿直室に休息せねばならぬほど困憊してゐた。 ❖田山花袋（田舎教師）

▽あゝこんなにも生きる事はむづかしいものなのか……私は身も心も困憊しきつてゐる。 ❖林芙美子（放浪記）

▽メロスの十六の妹も、けふは兄の代りに羊群の番をしてゐた。よろめいて歩いて来る兄の、疲労困憊の姿を見つけて驚いた。 ❖太宰治（走れメロス）

魂魄【こんぱく】（死者の）魂。霊魂。
▽わしの肉体の力はつきた。私に残つてゐるはたゞ魂魄の力だ。私の此の力で復讐してみせる。清盛はわしからすべての力を奪つた。然し此の力を奪ふ事は出来ないのだ。　❖倉田百三（俊寛）
▽壁の上に残る横縦の疵《きず》は生を欲する執着《しゅうじゃく》の魂魄である。　❖夏目漱石（倫敦塔）
▽葉公は之を見るや怖れわなないて逃げ走つた。其の魂魄を失ひ五《ご》色主無《しきしゅな》し、といふ意気地《いくじ》無さであつた。　❖中島敦（弟子）

懇望【こんもう】心から願い望むこと。
▽先方も見合ひをしてからは、急に乗り気になつて是非にと懇望して来ると云ふ訳で、話は退《の》つ引《ぴ》きならない所まで進んだのであつたが、（後略）。　❖谷崎潤一郎（細雪）
▽写真機を持つた一人の見知らぬ紳士が、是非あなた方を撮らして下さいと懇望するまゝに、二三枚撮つて貰つた。　❖谷崎潤一郎（細雪）
▽次に目見《めみえ》に往つたのが、向柳原《むこうやなぎはら》の藤堂家《とうどうけ》の上屋敷であつた。（中略）別格を以て重く用ゐても好いと云つて、懇望せられたので、諸家を廻り草臥《くたび》れた五百《いお》は、此家に仕へることに極《き》めた。　❖森鷗外（渋江抽斎）

困厄【こんやく】苦しみ悩むこと。難儀。
▽折々はことさらにSparta《スパルタ》風の生活をして見ようと思うこともある位である。しかしそれは自分の意志から出て、進んで困厄に就《つ》くのでなくては厭《いや》だ。　❖森鷗外（青年）
▽如何なる困厄も貧苦も不運も、信子と共に戦ふに於ては何かあらんと感じ居たり。信子の愛は余に言ふ可《べ》からざる自由を与へたり。　❖国木田独歩（欺かざるの記）

混和【こんわ】よくまじり合ってなじむこと。こんか。
▽さて中津に帰ってから私の覚えていることを申せば、私共の兄弟五人はドウシテも中津人と一緒に混和《こんか》することが出来ない、（後略）。　❖福沢諭吉（福翁自伝）

さ

才幹・材幹【さいかん】 物事をきちんと成し遂げる能力。手腕。

▽先は主人に違ひないから奉《たてまつ》つてはおくものゝ、なんであの若殿に国が治まつて行くものか。今に見てゐろ、結局智勇才幹のすぐれた方が勝つ世の中になるのだから。　❖谷崎潤一郎（乱菊物語）

▽しかし、子路《しろ》の勇も政治的才幹も、此の珍しい愚かさに比べれば、ものの数でないことを、孔子だけは良く知つてゐた。　❖中島敦（弟子）

▽自分のやうに、親から財産を譲られたものは、何《ど》うしても固有の材幹が鈍る、つまり世の中と闘ふ必要がないから不可《いけな》いのだとも云つてゐました。　❖夏目漱石（こゝろ）

▽彼は元来貴族的な性癖を持っている男であった。従って彼自身をも彼の周囲をも、器の大小、才幹の多少によって評価する傾向が深かった。　❖阿部次郎（三太郎の日記）

猜疑【さいぎ】 人の言動をそねみ疑うこと。

▽葉子は不快極まる病理的の憂欝に襲はれた。（中略）かう云ふ現象は日一日と生命に対する、而《そ》して人生に対する葉子の猜疑を激しくした。　❖有島武郎（或る女）

▽私はとう〳〵叔父と談判を開きました。（中略）叔父は何処迄も私を子供扱ひにしやうとします。私はまた始めから猜疑の眼で叔父に対してゐます。穏やかに解決のつく筈はなかつたのです。　❖夏目漱石（こゝろ）

▽しかし岸本は、節子と彼との年齢の相違から起つて来る猜疑《うたがい》深い心までも彼女の前には隠すまいとした。　❖島崎藤村（新生）

済度【さいど】 法を説いて人々を迷いから解放し、悟りの境地である彼岸へ導くこと。

▽その御出家は、（中略）若い時に、人を殺し

たのを懺悔して、諸人済度の大願を起したそうじゃが、今云うた樋田の刳貫《こうかん》は、此の御出家一人の力で出来たものじゃ。　❖菊池寛（恩讐の彼方に）

▽桃水《とうすい》（註・江戸初期の禅僧）や一休ほどの器量なきものが遊女を済度せんとして廓《くるわ》に出入する事は自ら揣《はか》らざる僭越《せんえつ》であり、運命を恐れざる無智である。　❖倉田百三（愛と認識との出発）

▽貧乏は恥ぢやあないと云つたもののあと五ツの駄菓子は、しよせん私の胃袋をさいどしてはくれぬ。（中略）白い御飯の舌ざはりを空想するなり。　❖林芙美子（放浪記）

才徳【さいとく】才知と徳行。

▽身に才徳を備《そなえ》んとするには物事の理を知らざるべからず。物事の理を知らんとするには字を学ばざるべからず。是即ち学問の急務なる訳なり。　❖福沢諭吉（学問のすゝめ）

細民【さいみん】社会の下層にある民。貧しい人々。

▽路地は（中略）今も昔と変りなく細民の棲息する処、日の当つた表通からは見る事の出来ない種々《さまざま》なる生活が潜《ひそ》みかくれてゐる。侘住居《わびずまい》の果敢《はかな》さもある。隠棲の平和もある。　❖永井荷風（日和下駄）

▽一方には財界変動の機会に乗じ全盛を謳《うた》はるゝ成金もあると同時に、細民の苦しむこともおびたゞしい。　❖島崎藤村（夜明け前）

宰領【さいりょう】取り締まり、監督すること。／一団の旅行者の世話をすること。

▽場合によつて非常に悲惨な境遇に陥つた罪人と其親類とを、特に心弱い、涙脆《もろ》い同心が宰領して行くことになると、其同心は不覚の涙を禁じ得ぬのであつた。　❖森鷗外（高瀬舟）

▽四五日したら自家《うち》の婆さん達を宰領して桃山参拝に出掛けるんだ。それが昼間はおつき合ひをする代り、夜だけは自由行動を取る条件つきなんだ。　❖志賀直哉（暗夜行路）

錯雑【さくざつ】入りまじっていること。こみいっていること。錯綜。

▽そこのヴェランダにはじめて立つた私は、錯雑した樅《もみ》の枝を透《すか》して、すぐ自分の眼下に、高原全帯が大きな円を描きながら（中略）、横はつてゐるのを見下ろすことが出来た。　❖堀辰雄（美しい村）

錯綜【**さくそう**】　複雑に入りくむこと。入りまじること。

▽さうして又日本の雪国には、二つの春があつて早くから人情を錯綜せしめた。　❖柳田国男（雪国の春）

索寞・索莫【**さくばく**】　荒涼として、もの寂しいさま。気分が沈むさま。

▽弁当飯を一人で食つてゐるのは索寞たるものだからね。時には熱い味噌汁や、出したての香々《こうこ》が食ひたくなるよ。　❖志賀直哉（淋しき生涯）

▽利根川を渡つてからは枯木の林は索寞として連続しつつ彼を呑んだ。彼は処々へのつそりと腰を卸して好きな煙草をふかした。　❖長塚節（土）

左顧右眄【**さこうべん**】　周囲の様子や形勢をうかがってばかりいて決断をためらうこと。右顧左眄。

▽ゆうべは頭が鈍くなっていたので、左顧右眄することが少く、種々な思慮に掣肘《せいちゅう》せられずに、却《かえ》って早くあんな決心に到着したかとも推《すい》せられるのである。　❖森鷗外（青年）

▽一体女は何事によらず決心するまでには気の毒な程迷つて、とつおいつする癖に、既に決心したとなると、男のやうに左顧右眄しないで、（中略）向うばかり見て猛進するものである。　❖森鷗外（雁）

瑣事・些事【**さじ**】　ささいなこと。つまらないこと。とるに足らないこと。瑣末。

▽人生を幸福にする為には、日常の瑣事を愛さなければならぬ。雲の光り、竹の戦《そよ》ぎ、群雀《むらすずめ》の声、行人《こうじん》の顔、――あらゆる日常の瑣事の中に無上の甘露味《かんろみ》を感じなければならぬ。　❖芥川龍之介（侏儒の言葉）

▽しかも傍《はた》のものから見ると、殆《ほと》んど取るに足

りない瑣事に、此感情が屹度《きっと》首を持ち上げたがるのでしたから。是は余事ですが、かういふ嫉妬は愛の半面ぢやないでせうか。 ❖夏目漱石（こゝろ）

差し含む【さしぐむ】 涙ぐむ。涙がわいてくる。

▽私があんまりあの方にもお馴《な》れしても居らず、お会ひしてゐる時だつて、ただもうさしぐんでゐるばかりだつたのを、反つてあの方はいとしがられ、（後略）。 ❖堀辰雄（かげろふの日記）

▽山のあなたの空遠く／「幸《さいわい》」住むと人のいふ。／噫《ああ》、われひとゝ尋《と》めゆきて、／涙さしぐみ、かえり来ぬ。／山のあなたになほ遠く／「幸」住むと人のいふ。 ❖カアル・ブッセ 上田敏訳（海潮音・山のあなた）

座食・坐食【ざしょく】 働かないで生活すること。いぐい。徒食。

▽まだ坐食《いぐい》の不安な境遇に居《お》るに違ないとは思ふけれども、或は何《ど》の方面かへ、生活の行路を切り開く手掛りが出来たかも知れないとも想像して見た。 ❖夏目漱石（それから）

流石【さすが】 そうは言ってもやはり。／何と言ってもやはり。そうは言っても。

▽然し月のいい晩で、更《ふ》け渡つた雨上りの二重橋の前を通る時などは彼も流石に晴々としたいい気持になつて居た。 ❖志賀直哉（暗夜行路）

▽実は店つゞきの明い燈火に、流石のわたくしも相合傘《あい〱がさ》には少しく恐縮したのである。 ❖永井荷風（濹東綺譚）

定めて【さだめて】 きっと。おそらく。

▽自分は武蔵野の跡の纔《わずか》に残て居る処とは定めて此古戦場あたりではあるまいかと思て、一度行て見る積で居て未だ行かないが（後略）。 ❖国木田独歩（武蔵野）

殺伐【さつばつ】 すさんで荒々しい心や気風であるさま。

▽偉大なる事業は著述にあらず、政治にあらず、実業にあらず、陸海軍の殺伐的事業にあらざるは勿論なり。偉大なる事業は純潔なる生涯なり、

（後略）。 ❖内村鑑三（一日一生）

蹉跌【さてつ】 失敗して行きづまること。挫折。／つまずくこと。

▽代助は此迂遠で、又尤《もっと》も困難の方法の出立点から、程遠からぬ所で、蹉跌して仕舞つた。 ❖夏目漱石（それから）

▽それだから彼等は他の蹉跌《つまづき》を見ると其僻《ひが》んだ心の中に窃《ひそか》に痛快を感ぜざるを得ないのである。 ❖長塚節（土）

宛ら【さながら】 ちょうど。あたかも。

▽崖の草枯れ黄《きば》み、この喬木の冬枯れした梢に烏《からす》が群をなして棲《とま》る時なぞは、宛然《さながら》文人画を見る趣《おもむき》がある。 ❖永井荷風（日和下駄）

▽泣いてはならぬと思へば思ふ程葉子の眼からは涙が流れた。宛《さなが》ら恋人に不実を責めるやうな熱意が思ふざま湧き立つて来た。 ❖有島武郎（或る女）

瑣末・些末【さまつ】 わずかなこと。取るに足りないこと。些細。瑣事。

▽圭介達はしかし彼女には殆《ほとん》ど無頓著のやうに、昔の知人だの瑣末な日々の経済だのの話に時間を潰《つぶ》してゐた。 ❖堀辰雄（菜穂子）

▽三千代と口を利き出したのは、どんな機会《はずみ》であつたか、今では代助の記憶に残つてゐない。残つて居ない程、瑣末な尋常の出来事から起つたのだらう。 ❖夏目漱石（それから）

三界【さんがい】 地名について、遠く離れている場所の意を表す。くんだり。

▽自分はいくらお貞さんが母のお気に入りだつて、其為に彼女がわざ〳〵大阪三界迄出て来る筈がないと思つた。 ❖夏目漱石（行人）

▽板倉と云ふ人物には全然信用が置けません。何しろアメリカ三界を渡り歩いていろ〳〵なことをして来た人間です。 ❖谷崎潤一郎（細雪）

慙愧・慚愧【ざんき】 恥じ入ること。慙羞《ざんしゅう》。

▽去年のいま頃、このO《オー》村でふとしたことから暫く忘れてゐたこの日記のことを思ひ出させられて、何とも云へない慚愧のあまりにこれを焼いてしまはうかと思つたことはあつた。 ❖堀

辰雄（楡の家）

▽小シモンヌが涙ぐんだのを見て巴里《パリ》を離れるのは慚愧を感ずる。僕には此処《ここ》は旅の土だ。彼等には墳墓の地だ。感慨無量だ。 ❖島崎藤村（新生）

▽どんな倨傲《きょごう》な人物もそれが高輝な魂を抱いてゐる限りには、ふとした機会に思ひがけない慙羞のやうな表情を示すものであるが、浜地にはそんなしをらしさは一点もなかつた。 ❖佐藤春夫（更生記）

山水【さんすい】 山と川などがある自然の風景。／山や川などのある風景を描いた東洋画。／築山《つきやま》と池がある庭園。

▽それは峨々《がが》たる峭壁《しょうへき》があつたり岩を嚙《か》む奔湍《ほんたん》があつたりするいはゆる奇勝とか絶景とかの称にあたひする山水ではない。 ❖谷崎潤一郎（蘆刈）

▽応挙は書院と次の間と仏壇の前の唐紙《からかみ》を描いてゐた。書院の墨絵の山水が殊によく思はれた。如何にも律気《りちぎ》な絵だつた。 ❖志賀直哉（暗夜行路）

▽銀杏《いちょう》は黄葉の頃神社仏閣の粉壁朱欄《ふんぺきしゅらん》と相対して眺むる時、最も日本らしい山水を作《な》す。こゝに於て浅草観音堂の銀杏は蓋《けだ》し東都の公孫樹《こうそんじゅ》中の冠たるものと云はねばならぬ。 ❖永井荷風（日和下駄）

潸然【さんぜん】 涙を流して泣くさま。

▽雪子の口調は何処まで行つても同じやうに物静かであつたが、妙子の眼にはいつの間にか涙が潸然と浮かんでゐた。 ❖谷崎潤一郎（細雪）

▽果して其の言の如くなつたことを知つた時、老聖人は佇立瞑目《ちょりつめいもく》すること暫し、やがて潸然として涙下つた。 ❖中島敦（弟子）

残喘【ざんぜん】 残り少ない余命。残生。

▽肴《さかな》は丈夫なものだと説明して置いたが、いくら丈夫でもかう焼かれたり煮られたりしてはたまらん。多病にして残喘を保つ方が余程結構だ。 ❖夏目漱石（吾輩は猫である）

讒訴【ざんそ】 人をおとしいれようとして、事実を曲げてその人が悪いように訴えること。
▽「あなたは僕の事を何か御父さんに讒訴しやしないか」 梅子はハヽヽと笑つた。 ❖夏目漱石（それから）
▽私は比叡山と奈良の僧侶たちが憎くなります。か程の尊い聖人《しょうにん》様を何故悪《あ》し様に讒訴したので御座いましょう。 ❖倉田百三（出家とその弟子）

山巓【さんてん】 山の頂。山頂。
▽小さな窓枠の中に、藍青色に晴れ切つた空と、それからいくつもの真つ白い鶏冠《とさか》のやうな山巓が、そこにまるで大気からひよつくり生れでもしたやうな思ひがけなさで、殆《ほと》んど目《ま》ながひに見られた。 ❖堀辰雄（風立ちぬ）
▽かういふ命の瀬戸ぎはに／智恵子はもとの智恵子となり／生涯の愛を一瞬にかたむけた／それからひと時／昔山巓でしたやうな深呼吸を一つして／あなたの機関はそれなり止まつた ❖高村光太郎（智恵子抄・レモン哀歌）

讒誣【ざんぶ】 他人を陥れるため、事実でないことを申し立ててそしること。
▽今口を極めて李陵を讒誣してゐるのは、数ケ月前李陵が都を辞する時に盃をあげて、其の行を壮《さか》んにした連中ではなかつたか。 ❖中島敦（李陵）
▽日比《ひび》伯林《ベルリン》の留学生の中《うち》にて、或る勢力ある一群と余との間に、面白からぬ関係ありて、彼人々は余を猜疑し、又遂に余を讒誣するに至りぬ。 ❖森鷗外（舞姫）

三昧【さんまい】 雑念を捨て、心が統一され、安定した状態。精神を一つの対象に集中・専注された状態。／そのことに熱中し、一心不乱に事をするさま。
▽時に燃えるような法悦三昧《ざんまい》に入る事もあるが、その高潮はやがて灰のように散り易くてな。 ❖倉田百三（出家とその弟子）
▽もう掘り穿《うが》つ仕事に於《おい》て、三昧に入った市九郎は、ただ槌《つち》を振う外は何の存念もなかった。 ❖菊池寛（恩讐の彼方に）
▽泰安さんは、その後発憤して、陸前の大梅寺

へ行つて、修行三味《ざんまい》ぢや。今に智識（註・高徳の僧）になられやう。❖夏目漱石（草枕）

三昧境【さんまいきょう】 一事に没頭して雑念を離れた忘我の境地。

▽思ふに彼女の容貌を襲つた災禍はいろ〳〵の意味で良薬となり、恋愛に於ても芸術に於ても嘗《かつ》て夢想だにもしなかつた三昧境のあることを教へたであらう。❖谷崎潤一郎（春琴抄）

参籠【さんろう】 神社・寺などに一定期間こもって祈願すること。

▽己《おれ》は娘の病気の平癒《へいゆ》を祈るために、ゆうべこゝに参籠した。すると夢にお告《つ》げがあつた。❖森鷗外（山椒大夫）

▽参籠をする人々のうちには随分身分の卑しくない女房たちもゐることだから、仏さまのお導きで、どういふ手がゝりがないものでもない。

❖谷崎潤一郎（乱菊物語）

し

思惟【しい】 深く考え思うこと。思考。

▽わが国が民族の伝統的精神と国民の総力を賭けて戦った太平洋戦争に敗れ、「帝国」日本が瓦解したのは、（中略）実に建国以来の革命と称してよいであろう。それは何よりも日本国民の思惟の革命であった。❖南原繁（日本の理想）

▽一羽の山鳩が飛んできて止まつた。さうして（中略）再びすぐその枝から（中略）それは飛び去つて行つた。あたかも私自身の思惟《イデエ》そのものであるかのごとく重重しく羽搏《はばた》きながら、（後略）。❖堀辰雄（美しい村）

仕儀【しぎ】 事の次第。事の成り行き。

▽それなら何んでも勝手に云つて見るがいゝ、仕儀によつては黙つてはゐないからといふ腹を、

かすかに皮肉に開いた唇に見せて葉子は古藤に耳を仮《か》す態度を見せた。❖有島武郎（或る女）

▽幸子が東京へ行つてゐる留守の間に、奥畑に感付かれて一時二人が交際を差控へる仕儀になり、その相談をしたことがあつた。❖谷崎潤一郎（細雪）

嗜虐【しぎゃく】 残虐なことを好むこと。

▽これを以て思ふに幾分嗜虐性の傾向があつたのではないか、稽古に事寄せて一種変態な性欲的快味を享楽してゐたのではないかと。❖谷崎潤一郎（春琴抄）

詩句【しく】 詩の文句。詩の一節。

▽風立ちぬ、いざ生きめやも。ふと口を衝《つ》いて出て来たそんな詩句を、私は私に靠《もた》れてゐるお前の肩に手をかけながら、口の裡《うち》で繰り返してゐた。❖堀辰雄（風立ちぬ）

▽昔の詩人等が野薔薇のために歌つた詩句を、（中略）それを知つてゐるだけ残らず大きな声で呶鳴《どな》り散らしたいやうな衝動にまで、私を駈り立てるのであつた。❖堀辰雄（美しい村）

四顧【しこ】 四方を振り向いて見ること。

▽自分は座して、四顧して、そして耳を傾けてゐた。木の葉が頭上で幽《かす》かに戦《そよ》いだが、その音を聞たばかりでも季節は知られた。❖国木田独歩（武蔵野）

伺候【しこう】 参上して貴人の御機嫌をうかがうこと。

▽「実は僕も今会社から帰り掛《がけ》ですがね。何うも暑いぢやありませんか。――兎に角一寸伺候して来ますから。失礼」岡田は斯う云ひ捨てたなり、（中略）二階へ上つて行つて仕舞つた。❖夏目漱石（行人）

▽かうと決心がつきさへすれば、計略を編み出すのは何でもない。掃部助は或る日登城して、洞仙院の部屋へ伺候した。❖谷崎潤一郎（乱菊物語）

侍坐・侍座【じざ】 貴人や客などのそば近くに座ること。

▽忠直卿は、ふと酔眼を刮《みひら》いて、彼に侍坐して

いる愛妾《あいしょう》の絹野を見た。所が、その女は連夜の酒宴に疲れはてたのだろう。（中略）うつらうつらと仮眠に落ちようとして居る。 ❖菊池寛（忠直卿行状記）

▽午後零時半過ぎに木村が来る。月曜日の授業の合間に抜けて来たのである。病室に通り、三十分程枕元に侍坐する。私も傍に附き添ふ。 ❖谷崎潤一郎（鍵）

自在【じざい】 束縛も支障もなく、思いのままであること。心のまま。

▽奈何《どんな》に丑松は今の境涯の遣瀬《やるせ》なさを考へて、自在に漂泊する旅人の群を羨《うらや》んだらう。 ❖島崎藤村（破戒）

▽林は彼等の天地である。落葉を掻《か》くとて熊手を入れる時彼等は相伴うて自在に徜徉《さまよ》ふことが黙許されてある。 ❖長塚節（土）

▽学問をするには分限を知る事肝要なり。（中略）唯自由自在とのみ唱へて分限を知らざれば我儘放蕩《わがままほうとう》に陥ること多し。即《すなわ》ち其分限とは、天の道理に基き人の情に従ひ、他人の妨《さまたげ》を為さずして我一身の自由を達することなり。 ❖福沢諭吉（学問のすゝめ）

子細らしい・仔細らしい【しさいらしい】 もったいぶっている。わけ知り顔である。

▽四辻に交番のある前を通る。仔細らしい顔をした白服の巡査が、節蔵の顔を高慢らしく見たが、節蔵はなんとも思はない。 ❖森鷗外（灰燼）

▽きちんとしたなりの女中が床《とこ》の活花《いけばな》を更《か》へに来た。（中略）女中は床の前に坐つて仔細らしく其位置を、眺めては直し、眺めては直しして居た。 ❖志賀直哉（暗夜行路）

嗣子【しし】 家督を相続する子。跡取り。

▽斯《か》くて佐助は晩年に及び嗣子も妻妾《さいしょう》もなく門弟達に看護されつゝ（中略）八十三歳と云ふ高齢で死んだ。 ❖谷崎潤一郎（春琴抄）

▽それは豊橋市の素封《そほうか》家の嗣子で、その地方の銀行の重役をしてゐる男で、（中略）義兄はその男の人物や資産状態などをよく知つてゐると云ふ訳であつた。 ❖谷崎潤一郎（細雪）

死屍【しし】しかばね。死体。＊死屍に鞭《むち》打つ
▽一切の光沢は不自然で生気がなく、その上髪毛一つ乱れてゐない。気味悪さと一緒に、そこには死屍のやうな近づきがたい厳粛の気があつた。猪股は心の中で、ひそかに深い歎息をした。❖佐藤春夫（更生記）

孜孜【しし】熱心に励み努力すること。
▽小野塚先生は、（中略）その初代の教授として政治学を担当されて以来、（中略）孜々として近代科学としての政治学の樹立に努められた。❖南原繁（日本の理想）
▽司馬遷は其の後も孜々として書続けた。此の世に生きることをやめた彼は書中の人物としてのみ活《い》きてゐた。❖中島敦（李陵）

自恃【じじ】自分自身をたのみとすること。自負。
▽このやうな浅間しい身と成り果て自信も自恃も失ひつくした後、それでも尚世にながらへて此の仕事に従ふといふ事は、どう考へても怡《たの》しい訳はなかつた。❖中島敦（李陵）
▽謙作自身にしても、若《も》し自恃の気持がなく、仕事に対する執着がなかつたら、今頃はどんな人間になつてゐたか分らなかつた。「恐しい事だ」謙作は思はずこんな事をいつた。❖志賀直哉（暗夜行路）

自若【じじゃく】大事に直面しても落ち着いて、態度の平常と変わらないさま。＊泰然自若
▽権兵衛が何事も無いやうに、自若として五六歩退《の》いた時、一人の侍がやうやう我に返つて、「阿部殿、お待ちなされい」と呼び掛けながら、追ひ縋《すが》つて押し止《とど》めた。❖森鷗外（阿部一族）
▽その間に御牧《みまき》はウィスキーの角罎をひとりで三分の一程平げて猶自若たる有様であつたが、それでも酔ひが循《まわ》るにつれて剽軽《ひょうきん》になり、時々奇抜な警句を吐いて皆を笑はせた。❖谷崎潤一郎（細雪）

嗤笑【ししょう】嘲《あざけ》り笑うこと。嘲笑。
▽市九郎の心は、その為に須臾《しゅゆ》も撓《たわ》むことはなかった。嗤笑の声を聞けば、彼は更に槌を持つ

手に力を籠《こ》めた。　❖菊池寛（恩讐の彼方に）
▽向嶋小梅の里に囲はれてゐた女の古い手紙を見た。（中略）わたくしは人の嗤笑を顧《かえり》みず、これをこゝに録したい。　❖永井荷風（濹東綺譚）

事蹟・事跡【じせき】　事柄が行われた跡。事実の痕跡。
▽彼は或著作をしようとしていた。それは人間の誇りとなるいろいろの人の事蹟をこの世に伝えることだった。　❖武者小路実篤（幸福者）
▽誰にもみとられずに独り死んで行くに違ひない其の最後の日に、自ら顧みて最後まで運命を笑殺《しょうさつ》し得た事に満足して死んで行かうといふのだ。誰一人己《おの》が事蹟を知つてくれなくとも差支へないといふのである。　❖中島敦（李陵）
▽岸本に取つては旅の心を引く一つの事蹟があつた。他でもない、それはアベラアルとエロイズ（註・「愛と修道の手紙」は二人の取り交わした書簡集）の事蹟だ。　❖島崎藤村（新生）

自堕落【じだらく】　行いや生活態度にしまりがないさま。だらしがないさま。ふしだら。
▽根岸の家では総《すべ》てが自堕落だつた。祖父は朝起きると楊枝《ようじ》をくはへて銭湯へ出かけた。そして帰ると其寝間着姿で朝餉《あさげ》の膳に向つた。　❖志賀直哉（暗夜行路）
▽私にはもう護り神があるの。本当に大切に思う人がある時、人間は自堕落になんぞなれやしないわ。　❖宮本百合子（伸子）

自嘲【じちょう】　自分で自分を軽蔑し嘲《あざけ》り笑うこと。自分自身をだめだと思うこと。
▽（前略）またもや旅から旅へ旅しつづけるばかりである。　自嘲
　うしろすがたのしぐれてゆくか　❖種田山頭火（草木塔）
▽言終つて、叢中《そうちゅう》から慟哭《どうこく》の声が聞えた。（中略）李徴の声は併し忽《たちま》ち又先刻の自嘲的な調子に戻つて、言つた。　❖中島敦（山月記）
▽何か人生に疲れ切つたやうな、同時にさういふ御自分を自嘲せられるやうな、いかにも痛々しい感じのするお便りばかりをいただいてゐた。　❖堀辰雄（楡の家）

実意【じつい】 まことの心。本意。誠実。
▽そしてたまに実意のある人があるとうれしいでしょう。しかしその人だってたよりにならない。人間はたよりにはならない。たよりになるのは神様ばかりで、（中略）私はあなたも神様から私に与えられた人のような気が今やっとするのです。 ❖武者小路実篤（幸福者）
▽彼奴《あいつ》はね、御承知の通りまことに親切で実意のある好い女なんだが、あれだから困るんです。喋舌《しゃべ》るのが病なんだから。 ❖夏目漱石（道草）
▽だから、女歌はますます発達した。それが短歌の技巧を高めるに役立ったことは非常なものであるが、その反面に、女の歌は、実意がないものになったのである。 ❖折口信夫（古代文学啓蒙）
▽だけども元木《もとき》にまさる裏木《うらき》はないやね、ぢつと辛棒さへしてゐればいつか実意が通るからさ。 ❖永井荷風（腕くらべ）

膝下【しっか】 父母や目上の人の庇護・養護のもとにあること。ひざもと。
▽岸本が父母の膝下を離れ、郷里の家を辞して、東京に遊学する身となつたのは漸《ようや》く九歳の時であつた。 ❖島崎藤村（新生）
▽はじめて丑松が親の膝下を離れる時、父は一人息子の前途を深く案じるといふ風で、さまぐ〵な物語をして聞かせた。 ❖島崎藤村（破戒）
▽時頼この時年二十三、性闊達《かったつ》にして身の丈六尺に近く、筋骨飽くまで逞《たくま》しく、早く母に別れ、武骨一辺の父の膝下《ひざもと》に養はれしかば、（後略）。 ❖高山樗牛（滝口入道）

悉皆【しっかい】 みな。のこらず。すべて。
▽私は単身、峠を下り、甲府の娘さんのお家へお伺ひした。さいはひ娘さんも家にゐた。私は客間に通され、娘さんと母堂と二人を前にして、悉皆の事情を告白した。 ❖太宰治（富嶽百景）
▽実はイブセンは大真面目である。大真面目で向上の一路を示している。悉皆か絶無か。 ❖森鷗外（青年）

▽皆んな捨てる、皆んな忘れる。その代り倉地にも過去といふ過去を悉皆《すっかり》忘れさせずにおくものか。　❖有島武郎（或る女）

桎梏【しっこく】足かせと手かせ。厳しく自由を束縛するもの。

▽わが国の古い絶対主義と封建制の拘束や、殊に女性には女であるが故に忍ばねばならぬ多くの桎梏がまつわっていた。　❖南原繁（日本の理想）

質朴・質樸【しっぼく】飾り気がなくて律儀なこと。純朴。／自然のままで人手の加わらないこと。

▽婆あさんの質樸で、身綺麗にしているのが、純一にはひどく気に入った。　❖森鷗外（青年）

▽漁師夫婦の質朴なるに馴染みて、不幸なる我身の上を打ち明けしに、あはれがりて娘として養ひぬ。　❖森鷗外（うたかたの記）

自負【じふ】自分の才能や仕事などに自信をもち、誇りに思うこと。

▽けれども、苦悩だけは、その青年たちに、先生、と言はれて、だまつてそれを受けていいくらゐの、苦悩は、経て来た。たつたそれだけ。藁《わら》一すぢの自負である。　❖太宰治（富嶽百景）

持仏【じぶつ】守り本尊として常に身近に置き、朝夕に礼拝する仏像。

▽ヒメの持仏をつくるためだと聞いていたが、くわしいことはまだ知らされていなかつたのだ。（中略）「このヒメの今生後生《こんじょうごしょう》をまもりたもう尊いホトケの御姿を刻んでもらいたいものだ。持仏堂におさめて、ヒメが朝夕拝むものだ。」
❖坂口安吾（夜長姫と耳男）

▽これは兼ねて聞き及んだ、尊い放光王地蔵菩薩の金像《こんぞう》ぢや。百済国《くだらのくに》から渡つたのを、高見王が持仏にしてお出《いで》なされた。これを持ち伝へてをるからは、お前の家柄に紛《まぎ》れはない。　❖森鷗外（山椒大夫）

揣摩【しま】事情を推測すること。あて推量。
＊揣摩臆測

▽この上君の内部生活を忖度《そんたく》したり揣摩したりするのは僕のなし得る所ではない。それは不可能であるばかりでなく、君を瀆《けが》すと同時に僕自身を瀆す事だ。　❖有島武郎（生れ出づる悩み）

▽検校《けんぎょう》の説には春琴女の不幸を歎《なげ》くあまり知らず識らず他人を傷つけ呪《のろ》ふやうな傾きがあり、（中略）乳母の一件なども恐らくは揣摩臆測に過ぎないであらう。　❖谷崎潤一郎（春琴抄）

邪気【じゃき】　悪気《あっき》。ねじけた気持。悪意。

▽健三を物にしようといふお常の腹の中には愛に駆られる衝動よりも、寧《むし》ろ欲に押し出される邪気が常に働いてゐた。　❖夏目漱石（道草）

▽そして俺もそんな風に矢張り考へてゐたが、後《のち》には段々お前の運命をさういふ風に考へるのは少し邪気のある小説趣味から来た考へ方だと思ふやうになつた。　❖志賀直哉（暗夜行路）

雀躍【じゃくやく】　小躍りして喜ぶこと。

▽愛する者とは与へる者の事である。彼は自己の所有から与へ得る限りを与へんとする。（中略）見た所貧しくはなるけれども、その為めには彼は憂へないのみか、却《かえ》つて欣喜《きんき》し雀躍する。　❖有島武郎（惜みなく愛は奪ふ）

▽ターヘルアナトミアを、自分のものにして玄白は、雀躍《こおどり》して欣《よろこ》んだ。　❖菊池寛（蘭学事始）

邪慳・邪険【じゃけん】　思いやりがなく、むごく扱うこと。意地の悪いこと。

▽「あれ、乱暴だな。さう邪慳に押さねえだつていゝぢやあねえですか」　❖谷崎潤一郎（乱菊物語）

▽「痛い。さう邪慳にするもんぢやない。出世前の身体だよ。」　❖永井荷風（濹東綺譚）

奢侈【しゃし】　度を越してぜいたくなこと。身分不相応な暮らしをすること。

▽しかしながらあまり感傷的になることはやめよう。奢侈をいましめ、気宇を宏大に持とうではないか。老子曰《いわ》く「天地不レ仁《テンチはジンならず》」と。　❖岡倉天心（茶の本）

▽春琴も道修町の町家《まちや》の生れである、どうして

其の辺にぬかりがあらうや、極端に奢侈を好む一面極端に吝嗇《りんしょく》で欲張りであつた。 ❖谷崎潤一郎（春琴抄）

邪推【じゃすい】 ひがんで悪く想像して考えること。他人の言動に対してまちがった推測をすること。

▽「病気と云つてここへ来たのは、富山と逢ふ為だらう」（中略）「余《あんま》り邪推が過ぎるわ、余り酷《ひど》いわ。何ぼ何でも余り酷い事を」 ❖尾崎紅葉（金色夜叉）

▽女の居所を知らないのは自分一人で、外の奴等は知つてゐながら、蔭で舌を出してゐるのだ、と、そんな風にさへ邪推された。 ❖谷崎潤一郎（乱菊物語）

邪知・邪智【じゃち】 悪いことに働く知恵。悪知恵。

▽「何とする、かげろふ？ おのれ、約束を反《ほ》古《ご》にする気か？」「ほゝゝゝ」 突き刺すやうな高笑ひと一緒に品のいゝ顔に忽《たちま》ち邪智の相が現じた。 ❖谷崎潤一郎（乱菊物語）

▽私は、今宵、殺される。殺される為に走るのだ。身代りの友を救ふ為に走るのだ。王の奸佞《かんねい》邪智《じゃち》を打ち破る為に走るのだ。 ❖太宰治（走れメロス）

邪念【じゃねん】 よこしまな思い。不純な考え。みだらな情念。

▽此日初めて民子を女として思つたのが、僕に邪念の萌芽《めざし》ありし何よりの証拠ぢや。 ❖伊藤左千夫（野菊の墓）

娑婆【しゃば】 自由を束縛されている軍隊・牢獄などに対して、一般の人々が暮らす社会。／煩悩や苦しみに満ちた人間の世界。

▽其夜おれと山嵐は此不浄な地を離れた。船が岸を去れば去る程いゝ心持ちがした。神戸から東京迄は直行で新橋へ着いた時は、漸《ようや》く娑婆へ出た様な気がした。 ❖夏目漱石（坊つちゃん）

▽どうしてもあの寮で死んだ遊女の亡霊が浮ばれぬままに今宵時雨の夜深《よふけ》娑婆の恨を人知れず訴へるものとしか思はれない。 ❖永井荷風

（腕くらべ）
▽ああ不思議な世界よ。わしはお前に執着する。愛すべき娑婆よ、わしは煩悩の林に遊びたい。千年も万年も生きていいたい。❖倉田百三（出家とその弟子）

赦免【しゃめん】 罪や過ちをゆるすこと。▽キリスト信者は罪人の一種である。自身の罪深きを認めて神の赦免を乞はんがためにキリストの十字架にすがる者である。❖内村鑑三（一日一生）

沙門【しゃもん】 仏門に入り道を修める人。僧侶。出家。▽「譬《たと》い沙門の身なりとも、主殺《しゅごろ》しの大罪《だいざい》は免れぬぞ。親の敵《かたき》を打つ者を妨げ致す者は、一人も容赦はない。」と、実之助は一刀の鞘《さや》を払った。❖菊池寛（恩讐の彼方に）▽或るときは又艶女《えんにょ》に心動され、われは堕《お》ちじと戒むる沙門の心ともなりしが、（中略）胸騒ぎ肉顫《ふる》ひて、われにもあらで、少女が前に跪《ひざまず》かむとしつ。❖森鷗外（うたかたの記）

洒落【しゃらく】 物事にこだわらず、あっさりしてわだかまりのないこと。▽余は其時に心からうれしく感じた。世の中にこんな洒落な人があつて、こんな洒落に、人を取り扱つてくれたかと思ふと、何となく気分が晴々《せいせい》した。❖夏目漱石（草枕）▽何かにつけてうるさく通《つう》を振りまかれるのにはいつも閉口するのだけれど、若い時に散々遊んだ人だけあつて何処か洒落な、からつとしたところのある（後略）。❖谷崎潤一郎（蓼喰ふ虫）

洒落【しゃれ・しゃら】 座興として言う機知に富んだ文句。／気のきいたさま。／おしゃれ。▽あゝ迄にしないと表はすことが出来ないやうな感情なら、東京人はむしろ（中略）あつさり洒落にしてしまふ。❖谷崎潤一郎（蓼喰ふ虫）▽此処だけは多少数寄屋《すきや》風を取り入れた、洒落《しゃれ》た作りになつてゐたけれども、決して悪く華奢《きゃしゃ》にはならず、（後略）。❖谷崎潤一郎（細

雪）

▽彼女は奥畑のお洒落なことを知つてゐるから、何も泥まみれになつてくれと云ひはしないが、あれでは普通の人情さへないのである。❖谷崎潤一郎（細雪）

主意【しゅい】 おもな意味・考え。主眼。

▽お貞さんは宅《うち》の厄介ものだから、一日も早く何処かへ嫁に世話をするといふのが彼の主意であつた。❖夏目漱石（行人）

▽病室には何時の間にか医者が来てゐた。なるべく病人を楽にするといふ主意から又浣腸《かんちょう》を試みる所であつた。❖夏目漱石（こゝろ）

趣意【しゅい】 意味。目的とする考え。

▽されば天より人を生ずるには、万人《ばんにん》は万人皆同じ位にして、生まれながら貴賤《きせん》上下の差別なく、（中略）自由自在、互いに人の妨げをなさずして各《おのおの》安楽に此世を渡らしめ給ふの趣意なり。❖福沢諭吉（学問のすゝめ）

▽「如何《いかが》遊ばされた！　殿には御乱心か、何様《どのよう》の御趣意あって、丹後奴《たんごめ》に斯様《かよう》な恥辱《ちじょく》を与えらるる？」❖菊池寛（忠直卿行状記）

驟雨【しゅうう】 急に降り出し、間もなく止んでしまう雨。にわか雨。夕立。

▽そのうちに春らしい驟雨が日に一度か二度は必らず通り過ぎるやうになつた。明は、そんな或る日、遠い林の中で、雷鳴さへ伴つた物凄《すご》い雨に出逢つた。❖堀辰雄（菜穂子）

▽夜中、驟雨の音を聞いて、彼はこれならば却つてあしたはいいかも知れぬと思つた。❖志賀直哉（暗夜行路）

▽「ざまア見ろ。淫売め。」と冷罵した運転手の声も驟雨の音に打消され、車は忽《たちま》ち行衛をくらましてしまつた。❖永井荷風（つゆのあとさき）

終焉【しゅうえん】 死に臨むこと。臨終。／隠居して余生を過ごすこと。

▽この閑静な古い都が、彼の父にとって隠栖《いんせい》の場所と定められると共に、終焉の土地とも変化したのである。❖夏目漱石（明暗）

▽秋声（註・徳田秋声。小説家）が遂に亡くな

ったときいたとき、私たちは、自分たちの生涯の終りにも来る人一人の終焉ということを沁々《しみじみ》感じたのであった。❖宮本百合子（あられ笹）

縦横【じゅうおう】 縦と横。南北と東西。／勝手気まま。自由自在。

▽武蔵野の美はたゞ其縦横に通ずる数千条の路を当もなく歩くことに由《よっ》て始めて獲られる。❖国木田独歩（武蔵野）

▽さうして事実は無論の事、事実が生んだ飛んでもない想像迄縦横に喋舌《しゃべ》り廻して已《や》まなかった。❖夏目漱石（行人）

従順【じゅうじゅん】 素直でおとなしいこと。

▽従順なる家妻は敢《あえ》て其の事に不服をも唱へず、それらしい様子も見せなかつたが、しかも其の気色《きしょく》は次第に悪くなつた。❖田山花袋（蒲団）

▽この戦争をやった者は誰であるか、東条であり軍部であるか。（中略）然《しか》し又、日本を貫く巨大な生物、歴史のぬきさしならぬ意志であったに相違ない。日本人は歴史の前ではただ運命に従順な子供であったにすぎない。❖坂口安吾（堕落論）

周章【しゅうしょう】 あわてふためくこと。うろたえさわぐこと。＊周章狼狽

▽此の時賊は周章の余り、有り合はせたる鉄瓶《てつびん》を春琴の頭上に投げ付けて去りしかば、（中略）熱湯の余沫《よまつ》飛び散りて口惜しくも一点火傷の痕を留めぬ。❖谷崎潤一郎（春琴抄）

▽「や、や、や、何としたこと？」庄右衛門は周章狼狽、さういつたきり、二の句が次げない。❖谷崎潤一郎（乱菊物語）

愁傷【しゅうしょう】 嘆き悲しむこと。

▽お父う様にはいろ〳〵お世話になつたものです。此度は御愁傷で。❖森鷗外（灰燼）

鞦韆【しゅうせん】 ぶらんこ。

▽さ庭べに夏の西日のさしきつつ「忘却」のごと鞦韆は垂る　❖宮柊二（晩夏）

▽春の日の夕べさすがに風ありて芝生にゆらぐ鞦韆《ゆさわり》のかげ　❖佐佐木信綱（思草）

▽正午の休みに生徒等は皆な運動場に出て遊んだ。鞦韆《ぶらんこ》に乗るものもあれば、鬼事《おにごと》をするものもある。❖田山花袋（田舎教師）

周旋【しゅうせん】 売買・雇用などで、間に入って世話をすること。斡旋。

▽私は母と相談して、其医者の周旋で、町の病院から看護婦を一人頼む事にした。❖夏目漱石（こゝろ）

▽清岡は人を介して、銀座では屈指のカツフヱーに数へられてゐる現在のドンフワンに君江を周旋した。❖永井荷風（つゆのあとさき）

▽代助は心の中で痛く自分が平岡の依頼に応じて、三千代を彼の為に周旋した事を後悔した。❖夏目漱石（それから）

愁然・愀然【しゅうぜん】 愁いに沈むさま。

▽初さんの隣りが長どんで是は昨日火事で焚《や》き出されたかの如く愁然と算盤《そろばん》に身を凭《もた》して居る。❖夏目漱石（吾輩は猫である）

▽子路《しろ》が納得し難《がた》げな顔色で立去つた時、その後姿を見送りながら、孔子が愀然として言つた。（中略）恐らく、尋常な死に方はしないであらうと。❖中島敦（弟子）

愁訴【しゅうそ】 悲しみや苦しみを嘆き訴えること。

▽「殺しちまあ」太十がいつた其声は顫《ふる》へて居た。（中略）彼は殺すと口には断言した。然し彼の意識しない愛憎と不安とが対手に愁訴するやうに其声を顫はせた。❖長塚節（太十と其犬）

▽彼女の愁訴はあまり芝居が多すぎて、懊《じ》れたり怒つたりすればするほどますく〵滑稽になるのである。❖谷崎潤一郎（蓼喰ふ虫）

▽直接に奉行所に宛てゝ愁訴を企てたのは、その日に始まつたことでもない。三十一ケ村の助郷を六十五ケ村で分担するやうになつたのも、実は愁訴の結果であつた。❖島崎藤村（夜明け前）

秋霜【しゅうそう】 刑罰・権威・志操などの厳しくおごそかであることのたとえ。

▽「止め立て一切無用じゃ。」と、忠直卿は凜《りん》然《ぜん》と云い放った。其処《そこ》には秋霜の如く犯し難き威厳が伴った。❖菊池寛（忠直卿行状記）

▽私や妹ばかりではない。家庭全体の者が、父の秋霜烈日に表面では服従しながら、かげでは皆反抗してゐたのです。❖佐藤春夫（更生記）

愁嘆【しゅうたん】 愁い嘆くこと。嘆き悲しむこと。愁歎。＊愁嘆場

▽まんなかに川が流れて、両方の岸で男と姫君とが、愁嘆してゐる芝居が。あんなとき、何も姫君、愁嘆する必要がない。泳いでゆけば、どんなものだらう。❖太宰治（富嶽百景）

▽わあ、また愁歎場か。汝等は、よく我慢してあそこに頑張つてをれるね。神経が太いんだね。薄情なんだね。我等は、（中略）とてもママの傍にゐる気力は無い。❖太宰治（斜陽）

羞恥【しゅうち】 恥ずかしく思う気持ち。

▽さらに驚くべき事は、あのひとはご自身のそんな出鱈目《でたらめ》に、何の疑ひも、羞恥も、恐怖も、お持ちになつてゐないらしいといふ事です。❖太宰治（斜陽）

▽れいの美しいマヤ夫人が裸体のまま／れいの大きい瞳をひらいて／すらりと足をのばして／しづかによこにねてゐるのが眺められた／裸体がもつ羞恥の美しさ ❖室生犀星（寂しき都会・マヤ夫人）

愁眉【しゅうび】 心配してひそめた眉。

▽沈黙のうちに断然帰宅し給へ。御身の此の一挙によりて、凡《すべ》ての人、悉く愁眉を開き、余の悲痛、一変して歓喜とはならむ。❖国木田独歩（欺かざるの記）

▽終日仏間にゐて、冥想に耽《ふけ》るとか、看経《かんきん》するとか、（中略）云ふやうな日が多くなつたので、乳人《めのと》や女房たちは愁眉を開いて、どうやら殿も落ちついておいでになつた（後略）。❖谷崎潤一郎（少将滋幹の母）

周密【しゅうみつ】 注意・心づかいなどが細かいところまで行き届いていること。周到。

▽こんな為事《しごと》は昔取つた杵柄《きねづか》で、（中略）しか

も周密に出来る筈のお玉が、けふは子供がおもちやを持つて遊ぶより手ぬるい洗ひやうをしてゐる。　❖森鷗外（雁）

▽彼等は革命の失敗者として、清盛を罵《ののし》り、平家の一門を呪《のろ》い、陰謀の周密でなかったことを後悔し、悲憤慷慨《ひふんこうがい》に夜を徹することが多かった。　❖菊池寛（俊寛）

▽そそつかしいやうな周密なやうな、軽佻《けいちょう》なやうな気むづかしげな、また親切なやうな不親切なやうな、不思議なのがこの人である。　❖佐藤春夫（更生記）

蹂躙【じゅうりん】 踏みにじること。特に、暴力や権力によって他人の権利や国土・社会秩序などを侵害すること。

▽神の怒はいつ現われるのであるか、――正義の蹂躙された時である。怒の神は正義の神である。　❖三木清（人生論ノート）

▽あゝ巴里《パリ》も、わが巴里も、遂に独逸《ドイツ》の奴原《やつぱら》に蹂躙せらるゝのか。　❖島崎藤村（新生）

▽人間のねがいと運命とは互いに見知らぬ人のように無関係なのでしょうか。（中略）「かくありたし」との希望を、「かく定められている」との運命が蹂躙してしまうのでしょうか。どのような純な、人間らしい、願いでも。　❖倉田百三（出家とその弟子）

主我【しゅが】 何事も自分の利害・利益を中心に考え、他を顧みないこと。利己。

▽僕は今夜《こよい》のやうな晩に独り夜更《ふけ》て燈《ともしび》に向つてゐると此生《せい》の孤立を感じて堪え難いほどの哀情を催《もよ》ふして来る。その時僕の主我の角《つの》がぼきり折れて了つて、何んだか人懐かしくなつて来る。色々の古い事や友の上を考へだす。　❖国木田独歩（忘れえぬ人々）

▽品性の大敵は主我なり。エゴイズムなり。内村君の如き実に然り。彼はエゴイズムを以て確信なりと誤解せるものゝ如し。　❖国木田独歩（欺かざるの記）

▽今考えると、しかしそれも、主我的なものを含んでいると思われた。つまり、自分はできるだけ気楽に、妥当な理由をつけ、彼からも他の

周囲からも、あまり悪い子と思われないで目的を達したいという虫のよい魂胆があったのではなかったろうか？ ❖宮本百合子（伸子）

珠玉【しゅぎょく】 海から産する珠と、山から産する玉。真珠と玉。美しく優れたもの。

▽オレのミロクはどうやらヒメの無邪気な笑顔に近づいてきた。ツブラな目。尖端《せんたん》に珠玉をはらんだようなミズミズしいまるみをおびた鼻。

❖坂口安吾（夜長姫と耳男）

宿痾【しゅくあ】 長い間治らない病気。慢性の病気。

▽古い北京の或物静かなホテルで、宿痾のために数週間病床に就かれたまま、何者かの来るのを死の直前まで待たれるやうにしながら、空しく最後の息を引きとつて行かれた。 ❖堀辰雄（楡の家）

宿縁【しゅくえん】 前世からの因縁。

▽その女房は私のところへ来て、一部始終を繰り返し、「本当に好《よ》うございましたこと。さう云ふ御宿縁でもございましたのでせう。（中略）」と言ふのだつた。 ❖堀辰雄（ほととぎす）

宿業【しゅくごう】 現世で応報を招く原因となった前世での行為。現世で受ける報い。

▽人間の魂は善を慕うのが自然です。しかし宿業の力に妨げられて、その願いを満たす事が出来ないのです。私たちは罰せられているのです。 ❖倉田百三（出家とその弟子）

宿酔【しゅくすい】 二日酔い。宿酒。

▽倉地は宿酔を不快がつて頭を敲《たた》きながら寝床から半身を起すと、（中略）とそつぽに向いて、欠伸《あくび》でもしながらのやうに云つた。 ❖有島武郎（或る女）

粛然【しゅくぜん】 おごそかなさま。つつしんでかしこまるさま。

▽春琴は却つて粛然と襟を正してあんた等《ら》知つたこツちやない放ツといてと威丈高になつて云つた。 ❖谷崎潤一郎（春琴抄）

▽夕方の山には又しめやかな夕方の山の命がある。（中略）声も立てずに粛然《しゅくぜん》と聳《そび》えてゐるその姿には、汲んでも〳〵尽きない平明な神秘が

宿つてゐる。❖有島武郎（生れ出づる悩み）

宿望【しゅくぼう】長い間抱いていた望み。

▽前からよく僕は、こんな初夏に、一度、この高原の村に来て見たいものだと言つてゐましたが、やつと今度、その宿望がかなつた訳です。

❖堀辰雄（美しい村）

首肯【しゅこう】うなずくこと。もっともだと納得すること。

▽僕はさう言はれても、いままでは、ただてれて、あいまいに首肯してゐましたが、しかし、僕も死ぬに当つて、一言、抗議めいた事を言つて置きたい。❖太宰治（斜陽）

▽玄白も、相手の返事の道理を、肯《うなず》かずにはいられなかった。玄白が、首肯するのを見ると、西はやや得意に語りつづけた。❖菊池寛（蘭学事始）

取捨【しゅしゃ】必要なものを取り、不要なものを捨てること。選びとること。

▽それを断わり切れない位なら、一層《いっそ》此方から進んで、直接に三千代を喜ばしてやる方が遙かに愉快だといふ取捨の念丈は殆んど理窟を離れて、頭の中に潜んでゐた。❖夏目漱石（それから）

▽自分も亦、天下の安からんがために徳川氏の政権を朝廷に還し奉るものであるから、取捨は異なるとも、天下を治め、朝廷に報ゆるの意は則ち一つである。❖島崎藤村（夜明け前）

殊勝【しゅしょう】けなげで感心なこと。

▽さ程懸命に道を求めなさるのは実に殊勝に存じます。私はいつも世の人が信心を軽ろい事に思うのを不快に感じています。信心は一大事じゃ。❖倉田百三（出家とその弟子）

▽子供のために、などと古風な道学者みたいな事を殊勝らしく考へてみても、何、子供よりも、その親のはうが弱いのだ。少くとも、私の家庭に於いては、さうである。❖太宰治（桜桃）

手蹟・手跡【しゅせき】その人の書いた文字。筆跡。

▽月々国から送つてくれる為替《かわせ》と共に来る簡単な手紙は、例の通り父の手蹟であつたが、病気

の訴へはそのうちに殆んど見当らなかつた。其上書体も確であつた。❖夏目漱石（こゝろ）

▽下女が（中略）封書を一通置いて行った。また母の手紙である。三四郎はすぐ封を切った。今日は母の手蹟を見るのが甚《はなは》だ嬉しい。❖夏目漱石（三四郎）

▽一筆認《したた》め、それを私の許《もと》に持つて来させた。見ると、ひどく震へた手跡で、「前世《ぜんせい》の私にどんな罪過がありましたので、私はいまからも苦しまなければならないのでせう。（中略）」と認められてあつた。❖堀辰雄（ほととぎす）

呪詛【じゅそ】 相手に災いが及ぶように神仏に祈願すること。呪《のろ》うこと。

▽信じている心には祝福がある。疑うている心には呪詛がある。❖倉田百三（出家とその弟子）

▽其重い言葉の足が、富に対する一種の呪詛を引き摺《ず》つてゐる様に聴《きこ》えた。❖夏目漱石（それから）

▽倉地は（中略）、やがて英語で乱暴な呪詛を口走りながら、いきなり部屋を出て葉子の後を追つて来た。❖有島武郎（或る女）

▽葉子には過去の総ての呪詛が木村の一身に集まつてゐるやうにも思ひなされた。（中略）「あなたは丑《うし》の刻参りの藁《わら》人形よ」❖有島武郎（或る女）

述懐【じゅっかい】 心中の思いを述べること。／愚痴、不平、不満を言いたてること。

▽去年の九月、祖母は東京で、目《ま》のあたり血をわけた娘や弟の死を経験したのだ。伸子は、哀れに感じて述懐を聞いた。❖宮本百合子（伸子）

▽半蔵がそのさびしい境涯の中で、古歌などを紙の上に書きつけ、忍ぶにあまる昔の人の述懐を忍んで僅《わず》かに幽閉中の慰めとするやうになつたのも、その時からであつた。❖島崎藤村（夜明け前）

呪縛【じゅばく】 まじないをかけて動けなくする。心理的に人の心の自由を束縛する。

▽期待は他人の行為を拘束する魔術的な力をも

っている。我々の行為は絶えずその呪縛のもとにある。道徳の拘束力もそこに基礎をもっている。他人の期待に反して行為するということは考えられるよりも遙かに困難である。❖三木清（人生論ノート）

須臾【しゅゆ】 しばらく。ほんのわずかの時間。しゆ。すゆ。

▽されども浪子は父の訓戒《いましめ》ここぞと、己《われ》を抑えて何も家風に従わんと決心の臍《ほぞ》を固めつ。その決心を試むる機会は須臾に来りぬ。❖徳冨蘆花（不如帰）

▽市九郎の心は、その為に須臾も撓《たわ》むことはなかった。嗤笑《ししょう》の声を聞けば、彼は更に槌を持つ手に力を籠《こ》めた。❖菊池寛（恩讐の彼方に）

春怨【しゅんえん】 若い女性が春の気配にいだくもの思い。忘れることができない恋の相手、またその人への思い。

▽嵐も雲も無い昼の日影の中に坐して、何をしようかと思ふやうな寂寞《せきばく》が、いつと無く所謂《いわゆる》春愁の詩となつた。女性に在つては之を春怨とも名づけて居たが、必ずしも単純な人恋しさではなかつた。❖柳田国男（雪国の春）

醇乎・純乎【じゅんこ】 心情などが純粋でまじりけがないさま。

▽自然の力は是に於て尊《たっ》とい。吾人《ごじん》の性情を瞬刻に陶冶《とうや》して醇乎として醇なる詩境に入《い》らしむるのは自然である。❖夏目漱石（草枕）

▽我等の間の Freundschaft《フロイントシャフト》（註・友情、友愛）は彼の熱愛せる男女の恋にも勝りて如何に纏綿《てんめん》として離れ難く、純乎として清きよ。❖倉田百三（愛と認識との出発）

春愁【しゅんしゅう】 春の季節に、なんとなくもの憂く気持ちがふさぐこと。はるうれい。

▽嵐も雲も無い昼の日影の中に坐して、何をしようかと思ふやうな寂寞《せきばく》が、いつと無く所謂《いわゆる》春愁の詩となつた。❖柳田国男（雪国の春）

逡巡【しゅんじゅん】 ぐずぐずしてためらうこと。しりごみすること。

▽お玉は岡田に接近しようとするのに、（中

略）逡巡してゐたが、けさ末造が千葉へ立つと言つて暇乞《いとまごい》に来てから、追手《おいて》を帆に孕《はら》ませた舟のやうに、志す岸に向つて走る気になつた。

❖森鷗外（雁）

▽菜穂子の考へはいつもさうやつて自分の惨めさに突き当つた儘、そこで空しい逡巡を重ねてゐる事が多かつた。 ❖堀辰雄（菜穂子）

諄諄【じゅんじゅん】 丁寧に繰り返して教え戒めるさま。

▽学《がく》の権威に就いて云々《うんぬん》されては微笑《わら》つてばかりもゐられない。孔子は諄々として学の必要を説き始める。 ❖中島敦（弟子）

▽私は彼女の顔色に絶えず注意を配りながら、あまり皮肉にならないように諄々と話して行きましたが、話し終ってしまうまで、ナオミはじっと下を向いて聴いていました。 ❖谷崎潤一郎（痴人の愛）

蠢動【しゅんどう】 虫などのうごめくこと。

▽或るものはただ無自覚な肉慾のみ。それはあらゆる時間に目覚め、虫の如き倦《う》まざる反応の蠢動を起す肉体であるにすぎない。 ❖坂口安吾（白痴）

醇朴・淳朴・純朴【じゅんぼく】 素直で飾りけがなくて素朴なこと。人情あつくいつわりのないこと。

▽銀座や上野辺《あた》りの広いカフヱーに長年働いてゐる女給などに比較したなら、お雪の如きは正直とも醇朴とも言へる。 ❖永井荷風（濹東綺譚）

▽口数の少い、おど〳〵した眼つきをした老人で、自分の意見などゝ云ふものは持ち合せない淳朴な好々爺《こうくや》のやうである。 ❖谷崎潤一郎（細雪）

▽屋久島は、営林署だけで保っているような島だが、人情は純朴で、一カ月は雨の降りつづいている島だ。 ❖林芙美子（浮雲）

峻烈【しゅんれつ】 厳しく激しいこと。

▽金貸業の方で、あらゆる峻烈な性分を働かせてゐる末造が、お玉に対しては柔和な手段の限を尽して、毎晩のやうに無縁坂へ通つて来て、

お玉の機嫌を取つてゐた。　❖森鷗外（雁）
▽後日春琴が琴曲指南の看板を掲げ弟子を取るやうになつてから稽古振りの峻烈を以て鳴らしたのも、矢張《やはり》先師の方法を踏襲したのであり、（後略）。　❖谷崎潤一郎（春琴抄）

所為【しょい】そうなった原因。せい。／すること。振る舞い。しわざ。
▽母は兄を大事にする丈あつて、無論彼を心から愛してゐた。けれども長男といふ訳か、又気《き》六《む》づかしいといふ所為か、何処かに遠慮があるらしかつた。　❖夏目漱石（行人）
▽此事件はどの点から見ても、五十名の寄宿生が新来の教師某氏を軽侮《けいぶ》して之を翻弄《ほんろう》し様とした所為とより外には認められんのであります。　❖夏目漱石（坊つちやん）

鍾愛【しょうあい】非常に愛すること。非常に大切にすること。深く愛すること。
▽二代目の天鼓（註・春琴の愛玩の鶯）も亦その声霊妙にして迦陵頻伽《かりょうびんが》（註・極楽にいるという想像上の鳥）を欺《あざむ》きければ、日夕籠を座右に置きて鍾愛すること大方ならず（後略）。　❖谷崎潤一郎（春琴抄）
▽兄は思索に遠ざかる事の出来ない読書家として、大抵は書斎裡《しょさいり》の人であつたので、いくら腹のうちで此少女を鍾愛しても、鍾愛の報酬たる親しみの程度は甚だ稀薄なものであつた。　❖夏目漱石（行人）

情縁【じょうえん】恋情によって結ばれる男女の縁。男女の間をつなぐ縁。
▽貧きが中にも楽しきは今の生活《なりわい》、棄て難きはエリスが愛。わが弱き心には思ひ定めんよしなかりしが、姑《しば》く友の言《こと》に従ひて、この情縁を断たんと約しき。　❖森鷗外（舞姫）

浄化【じょうか】汚れを取り除き、きれいにすること。きよめること。
▽肉慾的な愛も永続する場合次第に浄化されて一層高次の愛に高まってゆくことができる。そこに愛というものの神秘がある。　❖三木清（人生論ノート）

障碍・障礙・障害【しょうがい】妨げとなる

こと。さわり。

▽単なる方法の誤りといふ以上に、何か別途の障碍のまだ見顕《あら》はせないものが有るのでなからうか。　❖柳田国男（国語の将来）

▽その療養所を四方から取り囲んでゐるすべての山も森も高原も単に菜穂子の孤独を深め、それを世間から遮蔽してゐる障礙のやうな気がしたばかりだつた。　❖堀辰雄（菜穂子）

▽いづれの図に向ひても、不思議や、すみれ売のかほばせ霧の如く、われと画額との間に立ちて障礙《しょうげ》をなしつ。　❖森鷗外（うたかたの記）

情誼【じょうぎ】人とつきあう上での誠意や情愛。つきあいの上の真情。交遊の情愛。

▽母にも従わない。父にも従わない。情誼の縄で縛ろうとするおばにも従わない。　❖森鷗外（青年）

▽もと〳〵上総《かづさ》の木更津の生れである彼は、関東者らしい熱血漢で、親分肌の、情誼に厚いところのある、一風変つた性格の持主なのであつた。　❖谷崎潤一郎（細雪）

▽徳川氏と存亡を共にする以外に、この際、情誼のあるべき筈がないと主張し、（中略）不忠不義の輩《やから》はよろしく幽閉せしむべしとまで極言するものもある。　❖島崎藤村（夜明け前）

▽文蔵は仮親になるからは、真《まこと》の親と余り違《ちが》はぬ情誼がありたいと云つて、渋江氏へ往く三箇月許《ばかり》前に、五百《いお》を我家に引き取つた。　❖森鷗外（渋江抽斎）

憧憬【しょうけい】あこがれること。あこがれ。どうけい。

▽後期仏教の西方浄土《さいほうじょうど》とは対立して、対岸大陸には夙《はや》くから、東方を憧憬する民間信仰が普及して居た。　❖柳田国男（海上の道）

▽私は女といふものに深い交際《つきあい》をした経験のない迂闊《うかつ》な青年であつた。男としての私は、異性に対する本能から、憧憬《どうけい》の目的物として常に女を夢みてゐた。　❖夏目漱石（こゝろ）

定業【じょうごう】善悪の果報を受けることが決定している業。

▽どうせ殺すものなら、とても逃れぬ定業と得

心もさせ、断念もして、念仏を唱へたい。❖夏目漱石（草枕）

▽主人は早晩胃病で死ぬ。（中略）秋の木の葉は大概落ち尽した。死ぬのが万物の定業で、生きてゐてもあんまり役に立たないなら、早く死ぬ丈が賢こいかも知れない。❖夏目漱石（吾輩は猫である）

▽冷やかなる鉄筆に無情の壁を彫《ほ》つてわが不運と定業とを天地の間に刻み付けたる人は、過去といふ底なし穴に葬られて、空しき文字のみいつ迄も娑婆《しゃば》の光りを見る。❖夏目漱石（倫敦塔）

笑殺・咲殺【しょうさつ】 一笑に付すこと。

▽想像を絶した困苦、欠乏、酷寒、孤独を、しかも之から死に至る迄の長い間、平然と笑殺して行かせるものが、意地だとすれば、この意地こそは誠に凄《すさま》じくも壮大なものと言はねばならぬ。❖中島敦（李陵）

▽誰にもみとられずに独り死んで行くに違ひない其の最後の日に、自ら顧みて最後まで運命を笑殺し得た事に満足して死んで行かうといふのだ。❖中島敦（李陵）

笑止【しょうし】 気の毒なこと。同情すべきこと。／笑うべきこと。おかしいこと。

▽かうして明け方から日の暮れまで倦《た》ゆまずにお勤《つとめ》してゐるのを、まあ、どんなに笑止に思ふことだらう。❖堀辰雄（かげろふの日記）

▽運命と意地の張合ひをしてゐるやうな蘇武の姿が、併し、李陵には滑稽や笑止には見えなかつた。❖中島敦（李陵）

▽老人、口の先ではひどく落ち着きを見せてゐるものゝ、その実婆さんの調子に乗せられて相好《そうごう》を崩してゐるところは笑止である。❖谷崎潤一郎（乱菊物語）

瀟洒【しょうしゃ】 すっきりと洗練されているさま。あか抜けしあっさりしているさま。

▽つい先日まで瀟洒なクリーム色であった外壁が灰褐色に焼けただれ、硝子《ガラス》はおろか窓枠もなくて荒涼たるものである。❖井伏鱒二（黒い雨）

▽三人は町の蕎麦屋《そばや》に入つた。（中略）奥の一間は瀟洒とした小庭に向つて、楓《かえで》の若葉は人の顔を青く見せた。　❖田山花袋（田舎教師）

精舎【しょうじゃ】　僧が仏道を修行するところ。寺院。

▽寺は精舎とも、清浄地とも言はるゝところから思ひついて、（中略）万福寺の裏山を庭に取り入れ、（中略）本堂や客殿からの眺めを好くしたのもまた和尚だ。　❖島崎藤村（夜明け前）

情緒【じょうしょ】　じょうちょ。折にふれて起こるしみじみとした感情。／喜怒哀楽を生む心の動き。

▽春のなまめかしい自然でも、秋の物寂しい自然でも、僕の情緒を動かすことがあると、ふいと秋貞といふ名が唇に上る。　❖森鷗外（ヰタ・セクスアリス）

▽清《すゞ》しい、とはいへ涙に霑《ぬ》れた眸《ひとみ》をあげて、丑松の顔を熟視《まも》つたは、お志保。仮令《たとい》口唇《くちびる》にいかなる言葉があつても、其時の互の情緒《こゝろもち》を表すことは出来なかつたであらう。　❖島崎藤村（破戒）

▽夜に入つて一際《ひときわ》高くなつた、早川の水の音が、純一が頭の中の乱れた情緒の伴奏をして、昼間感じたよりは強い寂しさが、虚に乗ずるように襲つて来る。　❖森鷗外（青年）

蕭条【しょうじょう】　もの寂しいさま。

▽もはやその全容の三分の二ほど、雪をかぶつた富士の姿を眺め、また近くの山々の、蕭条たる冬木立に接しては、これ以上、この峠で、皮膚を刺す寒気に辛抱してゐることも無意味に思はれ、山を下ることに決意した。　❖太宰治（富嶽百景）

▽「この意《こころ》、竟《つい》に蕭条」といふくだりを繰り返し半蔵に読み聞かせるうちに、熱い涙がその男らしい頬を伝つて止め度もなく流れ落ちた。　❖島崎藤村（夜明け前）

▽それは十一月の近《ちかづ》いたことを思はせるやうな蕭条とした日で、湿つた秋の空気が薄い烟《けぶり》のやうに町々を引包んで居る。　❖島崎藤村（破

戒）

憔悴【しょうすい】心労や疲労でやせ衰えること。やつれ衰えること。

▽お民は支度の出来た膳を台所から運んで来た。憔悴した夫のためにつけた一本の銚子をその膳の上に置いた。　❖島崎藤村（夜明け前）

▽軍隊と工場とから郷里に還る若いものゝ憔悴した姿が、町中や村中の到るところに見られるやうになる。　❖永井荷風（問はずがたり）

▽あの方は驚くほど憔悴なすつてゐられるやうに見えた。そのお痩せ方やお顔色の悪いことは、私の胸を一ぱいにさせた。　❖堀辰雄（楡の家）

饒舌【じょうぜつ】口数が多いこと。よくしゃべること。多弁。

▽私はこれ以上をもうお前にいふまい。私は老婆親切の饒舌の為めに既に余りに疲れた。然しお前は少し動かされたやうだな。　❖有島武郎（惜みなく愛は奪ふ）

▽不断講釈めいた談話を尤《もっと》も嫌って、そう云う談話の聞き手を求めることは屑《いさぎよし》としない自分が、この青年の為《た》めには饒舌して忌《い》むことを知らない。　❖森鷗外（青年）

▽広い野である。三四郎はこの静かな秋のなかへ出たら、急に饒舌《しゃべ》り出した。　❖夏目漱石（三四郎）

悄然【しょうぜん】うちしおれて元気のないさま。／ものさびしいさま。

▽以前の論客司馬遷は、一切口を開かずなつた。笑ふことも怒ることも無い。しかし、決して悄然たる姿ではなかつた。　❖中島敦（李陵）

▽こうした場合、之迄《これまで》も忠直卿の意志は絶対のものであった。土佐は口を緘《つぐ》んだ儘《まま》、悄然として引き退《の》いた。　❖菊池寛（忠直卿行状記）

▽悄然として萎《しお》れる雨中の梨花には、只憐れな感じがする。冷やかに艶《えん》なる月下の海棠《かいどう》には、只愛らしい気持ちがする。　❖夏目漱石（草枕）

竦然・悚然【しょうぜん】恐れてぞっとするさま。恐れすくむさま。

▽思へば遠く来たもんだ／十二の冬のあの夕べ／港の空に鳴り響いた／汽笛の湯気は今いづこ／雲の間に月はゐて／それな汽笛を耳にすると／竦然として身をすくめ／月はその時空にゐた　❖中原中也（在りし日の歌・頑是ない歌）

少壮【しょうそう】若くて元気盛んなこと。
▽君江は清岡の事を少壮の大学教授か何かだらうと、始めからわるく思つてゐなかつたので、（中略）其夜は四谷荒木町の待合へ連られて行つた。　❖永井荷風（つゆのあとさき）
▽その席で、小柄で白皙《はくせき》で、詩吟の声の悲壮な、感情の熱烈なこの少壮従軍記者は始めて葉子を見たのだつた。　❖有島武郎（或る女）
▽彼の知る名古屋藩士で田中寅三郎、丹羽淳太郎などその少壮有為な人達の名はその人の口から出ることもある。　❖島崎藤村（夜明け前）

情操【じょうそう】道徳的・芸術的・宗教的などの文化的作用や社会的価値を伴う、複雑で高次な感情。＊情操教育
▽私は随分色々の問題で先生の思想や情操に触れて見たが、結婚当時の状況に就いては、殆《ほと》んど何ものも聞き得なかつた。　❖夏目漱石（こゝろ）
▽境遇の変化はその情操をも変化させ、七年前には令嬢としか見えなかつた辰子をして、今はモデル上りのお花と同じく娼婦まがひの町の女にしてしまつてゐたのである。　❖永井荷風（問はずがたり）

上智・上知【じょうち】すぐれた知恵。知恵のすぐれた人。
▽上智と下愚《かぐ》は移り難いと言つた時、孔子は子路《しろ》のことを考へに入れてゐなかつた。欠点だらけではあつても、子路を下愚とは孔子も考へない。　❖中島敦（弟子）

消長【しょうちょう】衰えることと盛んになること。盛衰。
▽彼と自分との交際は従来何時でも斯ういふ消長を繰返しつゝ今日に至つたのである。　❖夏目漱石（行人）

銷沈・消沈【しょうちん】消えてなくなること。

また、気力などが衰えること。＊意気消沈
▽主人はやがて話頭を転じて、「猫はどうでも好いが、着物をとられたので寒くていかん」と大に銷沈の体《てい》である。　❖夏目漱石（吾輩は猫である）
▽素子に会えた偶然を伸子は真心で悦ぶようになった。伸子の、がらんと空虚に銷沈しがちな心の生気をふきこむのは、素子との新たな結びつきであった。　❖宮本百合子（伸子）
▽見ると、例《いつ》になく顔の色が悪い。始めは秋雨に濡《ぬ》れた冷たい空気に吹かれ過ぎたからの事と思っていたが、座に就《つ》いて見ると、悪いのは顔色ばかりではない。珍らしく銷沈している。
❖夏目漱石（三四郎）

聳動【しょうどう】 驚かし動揺させること。
▽松崎は法学博士の学位を持ち、もと（中略）某省の高等官であつたが、一時世間の耳目《じもく》を聳動させた疑獄事件に連座して刑罰を受けた。
❖永井荷風（つゆのあとさき）
▽偶然に起つた彼の破廉恥な行為が俄《にわか》に村落の耳目を聳動しても、（後略）。　❖長塚節（土）

生得【しょうとく】 生まれつき。せいとく。
▽そこで随分情ない、苛酷な事をもためらはずにする。併し生得、人の悶《もだ》え苦しんだり、泣き叫んだりするのを見たがりはしない。　❖森鷗外（山椒大夫）
▽「やはり、あの狐が、使者を勤めたと見えますのう。」「生得、変化《へんげ》ある獣ぢやて、あの位の用を勤めるのは、何でもござらぬ。」　❖芥川龍之介（芋粥）

相伴【しょうばん】 正客に同席して一緒にもてなしを受けること。／他人に便乗してその利益を受けること。
▽僕と岡田とは、其晩石原の所に夜の更けるまでゐた。雁を肴《さかな》に酒を飲む石原の相伴をしたと云つても好い。　❖森鷗外（雁）
▽「丁度よう御座んすわ。自家《うち》へ取り寄せれば、皆もお相伴出来て」と細君は笑つた。　❖志賀直哉（小僧の神様）

焦眉【しょうび】 危険がせまっていること。

▽板倉を宅へ寄せ着けないやうにするにはどうしたらよいか、と云ふことが、一層焦眉の問題として考へられた。❖谷崎潤一郎（細雪）

性分【しょうぶん】 生れつきの性質。たち。
▽兄は実業家になるとか云つて頻《しき》りに英語を勉強して居た。元来女の様な性分で、ずるいから、仲がよくなかつた。❖夏目漱石（坊つちやん）

逍遥【しょうよう】 気の向くままにそこここをぶらぶら歩くこと。散歩。
▽理想的花の愛好家とも称すべき人は、（中略）黄昏《たそがれ》時、西湖《せいこ》の梅花の間を逍遥して不可思議な芳香に我を忘れた林和靖《りんわせい》の如く、花をその自然の住家に訪ねる人である。❖岡倉天心（茶の本）
▽その日は春も弥生《やよい》半ばで、霞の罩《こ》めた遠山のけしき、ところ〴〵の谷あひの花の雲などに誘はれて、ついうか〳〵と逍遥してみたくなつたのであつた。❖谷崎潤一郎（少将滋幹の母）

照覧【しょうらん】 神仏がご覧になること。
▽神々は正しく照覧してゐられます。耐へ忍んで祈つて倦《あ》きなかつたらいつかは我々の日がきつと来るでせう。❖倉田百三（俊寛）
▽今はメロスも覚悟した。泳ぎ切るより他に無い。ああ、神々も照覧あれ！　濁流にも負けぬ愛と誠の偉大な力を、いまこそ発揮して見せる。❖太宰治（走れメロス）
▽神も照覧ある如く、わが心はしばしも彼の女の上より離れざるなり。❖国木田独歩（欺かざるの記）

焦慮【しょうりょ】 あせり、いらだつこと。
▽焦《あせ》ってはならぬと思い返して、その夜は樋田《ひだ》駅《えき》の宿《しゅく》に、焦慮の一夜を明すと、翌日は早く起き出でて、軽装して樋田の刳貫《こうかん》へと向った。❖菊池寛（恩讐の彼方に）
▽前代未聞の狂言に対する不安と焦慮とは、自信の強い彼の心にも萌《きざ》さない訳には行かなかった。❖菊池寛（藤十郎の恋）
▽「（前略）辞表を出せといふなら公平に両方へ出せと云ふがいゝ。なんで田舎の学校はさう

理窟が分らないんだらう。焦慮《じれった》いな」　❖夏目漱石（坊つちゃん）

商量【しょうりょう】　あれこれと引きくらべて考えること。

▽今度は先の先迄も慮《おもんばか》り、損得の打算もして見、随分如才《じょさい》なく商量した上で、どうしても板倉と結婚するのが自分を幸福にする道であると、思ふやうになつたのであつた。　❖谷崎潤一郎（細雪）

▽代助はあながち父を馬鹿にする了見《りょうけん》ではなかつた。あらゆる返事は、斯う云ふ具合に、相手と自分を商量して、臨機に湧いて来るのが本当だと思つてゐた。　❖夏目漱石（それから）

鐘楼【しょうろう】　鐘つき堂。しゅろう。

▽諸国遍歴の修行からこの村に帰り着いたその日から、（中略）十三年も達磨《だるま》の画像の前に坐りつゞけて来たやうな人の自ら鐘楼に登つて撞《つ》き鳴らす大鐘だ。　❖島崎藤村（夜明け前）

▽二人はたわいもない事を言って、山岡鉄舟《やまおかてっしゅう》の建てた全生庵《ぜんしょうあん》の鐘楼《しゅろう》の前を下りて行く。この時下から上がって来る女学生が一人、大村に会釈《えしゃく》をした。　❖森鷗外（青年）

生老病死【しょうろうびょうし】　人間がこの世でまぬがれられない四つの苦しみ。四苦。

▽私とて恩愛の情を知らぬことがあらうか。たゞ私はわれ人のため永く生老病死の苦を除かんとて家を棄《す》てたのである。　❖中勘助（提婆達多）

嗜欲【しよく】　欲望のままに好きなことをして楽しむこと。また、その心。

▽代助は今日迄、自分の脳裏に願望、嗜欲が起るたび毎《ごと》に、是等の願望嗜欲を遂行するのを自己の目的として存在してゐた。　❖夏目漱石（それから）

▽野々宮さんも広田先生と同じく世外《せがい》の趣《おもむき》はあるが、世外の功名心のために、流俗の嗜欲を遠ざけているかのように思われる。　❖夏目漱石（三四郎）

贖罪【しょくざい】　財物を出して刑罰をまぬがれること。／犠牲や代償をささげることによって罪過をつぐなうこと。

▽私は表《おもて》のしてゐたことが、表の死後、なほその犠牲者の魂をいじめ苦しめてゐることを考へると、人は死によつてもなほそそぎつくせない贖罪のあるものだといふことを感じた。　❖室生犀星（性に眼覚める頃）

▽五十日の懲役には行かずに済んだもの丶、贖罪の金は科せられた。どうして、半蔵としては笑ひ事どころではない。　❖島崎藤村（夜明け前）

▽積むべき贖罪の余りに小さかった彼は、自分が精進勇猛の気を試すべき難業に逢うことを祈って居た。　❖菊池寛（恩讐の彼方に）

悄気る【しょげる】 元気がなくなる。がっかりする。意気消沈する。

▽「まあうれしい。あなた本当にいつでも親切だわ。」狐は少し悄気ながら答えました。「ええ、そして僕はあなたの為ならばほかのどんなことでもやりますよ。」　❖宮沢賢治（土神ときつね）

曙光【しょこう】 夜明けの太陽の光。／暗黒の中にあらわれはじめる明るいきざし。

▽十年程前の秋、一人旅で日本海を船で通つた時、もう薄く雪の降《お》りてゐる剣山《つるぎさん》の後ろから非常な美しい曙光の昇るのを見た、其時の事を彼は憶ひ出した。　❖志賀直哉（暗夜行路）

▽彼は乱れ放題乱れた社会にまた統一の曙光の見えて来たのも、一つは日本の国柄であることを想像し、この古めかしく疲れ果てた街道にも生気のそ丶ぎ入れられる日の来ることを想像した。　❖島崎藤村（夜明け前）

所作【しょさ】 しわざ。動作。身のこなし。

▽あの女は、今迄見た女のうちで尤《もっと》もうつくしい所作をする。自分でうつくしい芸をして見せると云ふ気がない丈に役者の所作よりも猶《なほ》うつくしい。　❖夏目漱石（草枕）

▽貞之助は妻のさう云ふ子供じみた所作に何年ぶりかで接した気がしたが、夫婦は云はず語らずのうちに、もう十何年前になる新婚旅行当時の気分に復《かえ》つてゐた。　❖谷崎潤一郎（細雪）

▽小説を読んで襟を正すなんて、狂人の所作である。そんなら、いつそ、羽織袴でせにやなるまい。よい作品ほど、取り澄ましてゐないやうに見えるのだがなあ。❖太宰治（斜陽）

所在無い【しょざいない】 することがなくて退屈なこと。手持ち無沙汰。

▽けふはあまりに所在ないまま、ふと取り出して、のろのろと編みつづけてみたのだ。❖太宰治（斜陽）

▽爺やたちも私があんまり所在なささうにしてゐるので陰では心配してゐるらしかつたが、私自身にはさうやつて病後の人のやうに暮らしてゐるのが一番好かつた。❖堀辰雄（楡の家）

▽或る日彼女は所在なさに、例年のやうに葭簀《よしず》張《ば》りの日覆ひの出来たテラスの下で白樺の椅子にかけながら、夕暮近い前栽《せんざい》の初夏の景色を眺めてゐた。❖谷崎潤一郎（細雪）

如才無い・如在無い【じょさいない】 気がきいていて手抜かりがない。愛想がいい。

▽ではさう云ふことに願はうかの。お婆さんのことだから、そこは如才もあるまいが、万事手ぬかりのないやうにな。❖谷崎潤一郎（乱菊物語）

▽そこでは、梅子が如才なく、代助の過去に父の小言が飛ばない様な手加減をした。さうして談話の潮流を、成るべく今帰つた来客の品評の方へ持つて行つた。❖夏目漱石（それから）

▽それは御ていねいなことです、ぜひ聞かせていたゞきませうと如才なくいふとその男はきふに立つて又ざわ〳〵とあしの葉を押し分けてわたしの傍へ来てすわりながら、（後略）。❖谷崎潤一郎（蘆刈）

所産【しょさん】 うみ出したもの。つくり出されたもの。

▽たとへば此の農民芸術の所産である人形芝居にしてからが、兎に角此れだけに見られるといふのは畢竟《ひっきょう》「型」があるためではないか。❖谷崎潤一郎（蓼喰ふ虫）

▽彼の思想を導くものが真と高とを愛するノーブルな意志であることも、彼の思想が彼の誠実

な精進の努力の所産であることも疑いがなかった。❖阿部次郎（三太郎の日記）

女丈夫【じょじょうふ】気性が強くてしっかりした女性。女傑。

▽奥さんは女丈夫である。今から思へば、当時の大官《たいかん》であの位閨門《けいもん》のをさまつてゐた家は少なからう。❖森鷗外（ヰタ・セクスアリス）

▽女丈夫だとは聞いていましたが、一寸《ちょっと》見てもあれ程態度の目立つ人だとは思わなかったのです。❖森鷗外（青年）

所詮【しょせん】つまるところ。結局。

▽自分の醜男子《しゅうだんし》なることを知つて、所詮女には好かれないだらうと思つた。❖森鷗外（ヰタ・セクスアリス）

▽どうして私はいままで、こんないい事に気づかなかつたのかしら。きのふまでの私の苦労も、所詮は私が馬鹿で、こんな名案に思ひつかなかつたからなのだ。❖太宰治（ヴィヨンの妻）

食客【しょっかく】他人の家に寄食する人。居候。しょっきゃく。

▽岡田は又其時分自分の家の食客をして、勝手口に近い書生部屋で、勉強もし昼寝もし、時には焼芋抔《など》も食つた。❖夏目漱石（行人）

▽それから少しやすんで御飯をたべます。ついおいしいので四杯はたべます。食客《いそうろう》でないのですから、四杯目も威張って食べることにします。❖武者小路実篤（愛と死）

資糧【しりょう】物資や食料。

▽おまへがたべるこのふたわんのゆきに／わたくしはいまこころからいのる／どうかこれが天上のアイスクリームになつて／おまへとみんなとに聖《きよ》い資糧をもたらすやうに／わたくしのすべてのさいはひをかけてねがふ ❖宮沢賢治（春と修羅・永訣《えいけつ》の朝）

思量【しりょう】思いはかること。思いをめぐらすこと。

▽かほどのこともまだ、ヒメにとっては序の口であろう。ヒメの生涯に、この先なにを思いつき、なにを行うか、それはとても人間どもの思量しうることではない。❖坂口安吾（夜長姫

と耳男）
▽純一はこれを聞いていて、（中略）それから暫《しば》らくの間は、独りで深い思量に耽《ふけ》った。❖森鷗外（青年）

塵界【じんかい】 ちりにまみれた俗世間。
▽余が欲する詩はそんな世間的の人情を鼓舞する様なものではない。俗念を放棄して、しばらくでも塵界を離れた心持ちになれる詩である。❖夏目漱石（草枕）
▽冷然として古今帝王の権威を風馬牛し得るものは自然のみであらう。自然の徳は高く塵界を超越して、絶対の平等観を無辺際《むへんさい》に樹立して居る。❖夏目漱石（草枕）

深閑・森閑【しんかん】 物音の聞こえず、ひっそりと静まりかえっているさま。
▽それから暫《しば》くの間——その間、芳一は全身が胸の鼓動するに連れて震へるのを感じた——全く森閑としてしまつた。❖小泉八雲（怪談）
▽此の谷を挟んだ二つの山はまだ暁暗《ぎょうあん》の中に森閑とはしてゐるが、そこここの巖蔭《いわかげ》に何かのひそんでゐるらしい気配が何となく感じられる。❖中島敦（李陵）

震撼【しんかん】 ふるえ動くこと。ふるえあがらせること。
▽自分は震撼しました。ワザと失敗したといふ事を、人もあらうに、竹一に見破られるとは全く思ひも掛けない事でした。❖太宰治（人間失格）
▽去年の下半期の思想界を震撼したやうなこの書物と続編とは倉地の貧しい書架の中にもあつたのだ。❖有島武郎（或る女）

人寰【じんかん】 人の住んでいるところ。世の中。人間界。
▽僕は荒涼たる阿蘇の草原から駈け下りて突然、この人寰に投じた時ほど、これらの光景に搏《う》たれたことはない。❖国木田独歩（忘れえぬ人々）
▽植村師の説教はクリストの人物考なりき。クリストが人寰を脱して神に祈り、神と交はりし

事、大罪人を喜んで容れし事。等なり。❖国木田独歩（欺かざるの記）

心気・辛気【しんき】思うようにならず、くさくさすること。いらいらすること。

▽何もないのだ。涙がにじんで来る。電気でもつけませう……。駄菓子ではつまらないと見えて腹がグウグウ辛気に鳴つてゐる。❖林芙美子（放浪記）

呻吟【しんぎん】うめくこと。苦しみうなること。／詩歌・文章の作成に苦しむこと。

▽自分の幸福の観念と、世のすべての人たちの幸福の観念とが、まるで食ひちがつてゐるやうな不安、自分はその不安のために夜々、輾転《てんてん》し、呻吟し、発狂しかけた事さへあります。❖太宰治（人間失格）

▽私は窓の所へ机を持つて行つて、原稿紙に向つて呻吟しながら心待ちに君を待つのだつた。❖有島武郎（生れ出づる悩み）

真摯【しんし】まじめでひたむきなさま。

▽人間は熱誠を以て当つて然るべき程に、高尚な、真摯な、純粋な、動機や行為を常住に有するものではない。夫《それ》よりも、ずつと下等なものである。❖夏目漱石（それから）

▽そして縷々《るゝ》として霊の恋愛、肉の恋愛、恋愛と人生との関係、教育ある新しい女の当《まさ》に守るべきことなどに就いて、切実に且《か》つ真摯に教訓した。❖田山花袋（蒲団）

心事【しんじ】心の中で思っていること。

▽百万遍の迷ひ言《ごと》何の益なけれど聞いてつかはすべしとの仰せを幸《さいわい》、おのが心事を偽らず飾らず唯有りのまゝに申し上ぐべく候。❖島崎藤村（新生）

▽自分は母の言葉を聞きながら、此苦しい愛嬌を、慰藉の一つとして吾子の前に捧げなければならない彼女の心事を気の毒に思つた。❖夏目漱石（行人）

深重【しんちょう】著しく大きいさま。深く積み重なるさま。しんじゅう。じんじゅう。

▽この仏像はかたみにあなたに差上げます。これを見てはあなたの業《ごう》の深いことを思って下さ

い。そしてその深重な罪の子を赦して下さる仏様を信じて下さい。　❖倉田百三（出家とその弟子）

心緒【しんしょ】思い。心の働き。思いのはし。心の中で思っていること。考えの筋道。

▽彼は何処までも涙で顔をよごさずに、きれいに事を運びたかつた。妻の心緒と自分の心緒とが一つの脳髄《のうずい》の作用のやうに理解し合つて別れたかつた。　❖谷崎潤一郎（蓼喰ふ虫）

仁心【じんしん】仁愛の心。思いやる心。

▽さて三人は三人とも、実に医術もよく出来て、また仁心も相当あって、たしかにもはや名医の類《たぐい》であったのだが、まだいい機会《おり》がなかったために別に位もなかったし、遠くへ名前も聞えなかった。　❖宮沢賢治（北守将軍と三人兄弟の医者）

心酔【しんすい】人柄や業績に感服して心から尊敬すること。

▽ただ其処に孔子といふ人間が存在するといふだけで充分なのだ。少くとも子路《しろ》には、さう思へた。彼はすつかり心酔して了《しま》つた。　❖中島敦（弟子）

人跡【じんせき】人の通った跡。人の往来。

▽元より人跡の絶えた山ですから、あたりはしんと静まり返つて、やつと耳にはひるものは、後の絶壁に生えてゐる、曲りくねつた一株の松が、こうこうと夜風に鳴る音だけです。　❖芥川龍之介（杜子春）

森然【しんぜん】おごそかなさま。

▽表通りへ出ると、俄《にわか》に広く打仰がれる空には銀河の影のみならず、星といふ星の光のいかにも森然として冴《さえ》渡つてゐるのが、言知れぬさびしさを思はせる。　❖永井荷風（濹東綺譚）

深窓【しんそう】家の中の奥深いところ。

▽手形なしには関所をも通れなかつたほどの婦人が旅行の自由になつたことは、（中略）日頃深窓にのみ籠り暮した封建時代の婦人もその時すでに解放の第一歩を踏み出した。　❖島崎藤村（夜明け前）

▽深窓の女《じょ》も意中を打明ける場合には芸者も及

ばぬ艶《なまめか》しい様子になることがある。❖永井荷風（濹東綺譚）

真率【しんそつ】正直で飾り気のないこと。

▽赤シャツがホ、、、と笑つたのは、おれの単純なのを笑つたのだ。単純や真率が笑はれる世の中ぢや仕様がない。❖夏目漱石（坊つちやん）

▽五年前の進は勉学の志を擲《なげう》たない真率な無名の文学者であつたが、今日の進は何といつてよいのやら。❖永井荷風（つゆのあとさき）

▽今此の青年に向ひ合つて見ると、気のせゐか、顔つきや物の云ひ方にも何処となく真率を欠《か》いたところがあつて、（後略）。❖谷崎潤一郎（細雪）

心服【しんぷく】心から尊敬して従うこと。

▽統率者李陵への絶対的な信頼と心服とが無かつたなら到底続けられるやうな行軍ではなかつた。❖中島敦（李陵）

▽彼が孔子に心服するのは一つのこと。彼が孔子の感化を直ちに受けつけたかどうかは、又別の事に属する。❖中島敦（弟子）

震慄【しんりつ】おそれてふるえあがること。ふるえおののくこと。戦慄。

▽非常な感動を受けたものらしく、血の気の少かつた今までの顔が、一層蒼《あお》くなつて、唇まで色を失つて、全身が震慄するのを、（中略）強《し》ひて抑制したらしかつた。❖森鷗外（灰燼）

▽さうしてまだ知らぬ人生の「秘密」を知らうとする幼年の本能は常に銀箔《ぎんぱく》の光を放つ水面にかのついついと跳《は》ねてゆく水すましの番《つが》ひにも震慄《わなな》いたのである。❖北原白秋（思ひ出）

人倫【じんりん】人として守り行うべき道。人としての道。

▽「殿！　主従の道も人倫の大道よりは、小事で御座るぞ。妻を奪われましたお恨み、かくの如く申し上げまするぞ。」と、云うかと思うと、與四郎は飛燕《ひえん》の如く身を躍《おど》らせて、忠直卿に飛びかかった。❖菊池寛（忠直卿行状記）

▽されど夫婦は人倫最大の事なり。之を失ふてまでも功名を握らむとするは下劣なる空想なり。

夫婦は愛によりて永劫をちぎりたるもの、功名は此の世のつかの間の夢に非ずや。❖国木田独歩（欺かざるの記）

塵労【じんろう】 俗世間のわずらわしい労苦。／煩悩。

▽塵労に疲れた彼の前には今でもやはりその時のやうに、薄暗い藪や坂のある路が、細々と一すぢ断続してゐる。……　❖芥川龍之介（トロツコ）

親和力【しんわりょく】 ごく親しい者同士のむつみ引きつけ合う力。

▽僕は彼等を見てゐるうちに少くとも息子は性的にも母親に慰めを与へてゐることを意識してゐるのに気づき出した。それは僕にも覚えのある親和力の一例に違ひなかつた。　❖芥川龍之介（歯車）

す

随喜【ずいき】 心からありがたく思うこと。

▽そこで上人《しょうにん》は随喜の涙を催して花漆《はなうるし》を礼拝《らいはい》したが、彼女は忽《たちま》ち白象に駕《が》して西方《さいほう》の空へ飛び去つてしまつた。　❖谷崎潤一郎（乱菊物語）

▽乃木大将を見よ。大将の自殺は今の私にとり無限の涙であり、また勇気である。（中略）たゞかくまで自己の全部をあげて捧げ得る純真なる感情と、偉大なる意志とを崇拝し、随喜するのである。　❖倉田百三（愛と認識との出発）

酔興・酔狂・粋狂【すいきょう】 好奇心から変わった行動をとること。もの好き。好事《こうず》。

▽意志の力を養つて強い人になるのが自分の考だと云ふのです。それには成るべく窮屈な境遇にゐなくてはならないと結論するのです。普通

の人から見れば、丸で酔興です。 ❖夏目漱石（こゝろ）

▽「何うもあんな朝貌《あさがお》を賞《ほ》めなけりやならないなんて、実際恐れ入るね。親父の酔興にも困つちまふ」などゝ悪口を云つた。 ❖夏目漱石（行人）

推参【すいさん】 差し出がましいこと。無礼なこと。

▽列座の者の中から、「弱輩《じゃくはい》の身を以《もっ》て推参ぢや、控へたら好からう」と云つたものがある。長十郎は当年十七歳である。 ❖森鷗外（阿部一族）

▽是は推参な奴だ、人の運動の妨《さまたげ》をする、ことにどこの鳥だか籍もない分在で、人の塀へとまるといふ法があるもんかと思つたから、通るんだおい除《の》き玉へと声をかけた。 ❖夏目漱石（吾輩は猫である）

衰残【すいざん】 衰えて弱りはてていること。

▽人々は、衰残の姿いたいたしい市九郎に、「もはや、そなたは石工《いしく》共の統領《たばね》を、なさりませ。自ら槌《つち》を振うには及びませぬ。」と、勧めたが、市九郎は頑として応じなかった。 ❖菊池寛（恩讐の彼方に）

垂涎【すいぜん】 あるものを非常に強く欲しがること。すいえん。

▽彼は、心の底からそれに垂涎した。価《あたい》は、二十五人扶持《ぶち》の彼にとっては、力に余る三両と云う大金だった。 ❖菊池寛（蘭学事始）

▽あの帯は昔の呉絽《ゴロ》だとか、あの小袖は黄八丈だとか、出て来る人形の着物にばかり眼をつけて、さつきからしきりに垂涎《すいせん》してゐる。 ❖谷崎潤一郎（蓼喰ふ虫）

瑞兆【ずいちょう】 めでたい前兆。吉兆。

▽何かこれは伊勢太神宮の御《お》告《つげ》だと言ふものがあり、豊年の瑞兆だと言つて見るものもある。 ❖島崎藤村（夜明け前）

衰微【すいび】 衰えて弱くなること。

▽何んでも昔は有名な宿場だつたのださうだけれど、鉄道が出来てから急に衰微し出し、今ではやつと二三十軒位しか人家がないと云ふ、そ

んなO《オー》村に、私は不思議に心を惹《ひ》かれた。❖堀辰雄（楡の家）

▽昔は九州中津藩の飛領地で代官所があったので武家屋敷も残っているが、現在では衰微の一途《いっと》を辿るだけで交通の便にも欠けている。❖井伏鱒二（黒い雨）

数寄・数奇【すき】 風流・風雅を好むこと。

▽そこがこの家を建てた主人の居間となつてゐたらしく、凡《すべ》ての造作に特別な数寄が凝《こ》らしてあつた。❖有島武郎（或る女）

▽わたしは幼年のころ、橋場、今戸、小松島、言問など、隅田川の両岸に数寄をこらした富豪の別荘が水にのぞんで建つてゐたことを図《はか》らずもおもひうかべた。❖谷崎潤一郎（蘆刈）

宿世【すくせ】 過去の世。前世。／前世からの因縁。この世での運命。宿縁。しゅくせ。

▽一つの逢瀬《おうせ》でも、一つの別れでもなかなかつくろうとしてつくれるものではありませんね。人の世のかなしさ、嬉しさは深い宿世の約束事で御座います。❖倉田百三（出家とその弟子）

▽信ずる力あつて、はじめて凡夫も仏の境には到り得る。（中略）人間と生れた宿世のありがたさを考へて、朝夕念仏を怠り給ふな。斯《こ》う住職は説出したのである。❖島崎藤村（破戒）

▽おれとうらなり君とはどう云ふ宿世の因縁《いんえん》かしらないが、此人の顔を見て以来どうしても忘れられない。❖夏目漱石（坊つちやん）

素性・素姓・種姓【すじょう】 血筋。家柄。／生まれ育った境遇。

▽健三には会見の順序として、まづ吉田の身元から訊《き》いてかゝる必要があつた。（中略）吉田は自分の方で、聞かれない先に、素性の概略を説明した。❖夏目漱石（道草）

▽お互いの素性を知りあったもの同士が、一つところに寄りあっている事は慰めだった。❖林芙美子（浮雲）

▽僕は其頃まだ女の種姓を好くも知らなかつたが、それを裁縫の師匠の隣に囲つて置くのが末造だと云ふこと丈は知つてゐた。僕の智識には

岡田に比べて一日《いちじつ》の長があつた。 ❖森鷗外（雁）

寸毫【すんごう】 きわめてわずかなこと。

▽この立志譚《りっしだん》は（中略）当然尊徳の両親には不名誉を与へる物語である。彼等は尊徳の教育に寸毫の便宜をも与へなかつた。いや、寧《むし》ろ与へたものは障碍《しょうがい》ばかりだつた位である。 ❖芥川龍之介（侏儒の言葉）

▽私はその一事については寸毫も彼を疑つてゐない。 ❖谷崎潤一郎（鍵）

▽彼には寸毫も父兄の力が被《かぶさ》つて居ない。頑是ない子供の間にも家族の力は非常な勢ひを示して居る。 ❖長塚節（土）

寸善尺魔【すんぜんしゃくま】 世の中にはよいことは少くて悪いことばかり多いということ。

▽人間の一生は地獄でございまして、寸善尺魔、とは、まつたく本当の事でございますね。一寸の仕合せには一尺の魔物が必ずくつついてまゐります。 ❖太宰治（ヴィヨンの妻）

せ

凄艶・凄婉・凄惋【せいえん】 ぞっとするほどあでやかなさま。

▽烈《はげ》しい恐怖におそはれた、ありとあらゆる不安をあつめた彼女の大きな眼は、むしろ凄艶な光をたたへてぢつと私の額《ひたい》に熱い視線を射《い》りつけたのであつた。 ❖室生犀星（性に眼覚める頃）

▽何にも知らないあの時分には芸者といふものが何となく凄艶に見えた。そして芸者から何とか云はれるのが真実嬉しくてならなかつた。 ❖永井荷風（腕くらべ）

醒覚【せいかく】 目が覚めること。覚醒。

▽僕は此時忽《たちま》ち醒覚したやうな心持がした。譬《たと》へば今まで波の渦巻の中にゐたものが、岸の上に飛び上がつて、波の騒ぐのを眺めるやうなも

のである。　❖森鷗外（ヰタ・セクスアリス）

▽これまで自分の胸の中に眠つてゐた或る物が醒覚したやうな、これまで人にたよつてゐた自分が、思ひ掛けず独立したやうな気になつて、お玉は不忍《しのばず》の池の畔《ほとり》を、晴やかな顔をして歩いてゐる。　❖森鷗外（雁）

▽「何をしていらつしやるの？」私の背後で、病人のすこし嗄《しやが》れた声がした。それが不意に私をそんな一種の麻痺したやうな状態から覚醒させた。　❖堀辰雄（風立ちぬ）

精悍【せいかん】態度、体軀、動作が勇ましく、鋭い気迫にあふれていること。

▽血色のいい・眉の太い・眼のはつきりした・見るからに精悍さうな青年の顔には、しかし、何処か、愛すべき素直さが自づと現れてゐるやうに思はれる。　❖中島敦（弟子）

▽その炯炯《けいけい》たる眸《ひとみ》は殆んど怪しき迄に鋭い力を放って、精悍の気眉宇《びう》の間に溢《あふ》れて見えた。　❖菊池寛（忠直卿行状記）

成算【せいさん】成功する見込み。

▽「本当のこと云へば、そんな先きの成算なんて、どうでもいゝんだ。――死ぬか、生きるか、だからな。」　❖小林多喜二（蟹工船）

▽敵もさる者、（中略）何か胸中に成算ありといつた様子を匂はせるだけで、ウカとは種を明かさない。　❖谷崎潤一郎（乱菊物語）

青山【せいざん】骨を埋めるところ。墳墓の地。

▽人間《じんかん》到る処に青山あり、という。この言葉はやや感傷的な嫌いはあるが、その意義に徹した者であつて真に旅を味うことができるであろう。真に旅を味い得る人は真に自由な人である。
❖三木清（人生論ノート）

▽あゝ人生いたるところに青山ありだよ、男から詫《わ》びの手紙が来る。　❖林芙美子（放浪記）

成事【せいじ】すでにしてしまったこと。

▽成りはじめの事はもう兎《と》や角言つた処で仕様のない事だからな。成事は説かず、遂事《すいじ》は諫《いさ》めず、既往《きおう》は咎《とが》めずといふ教もあるから、（後略）。　❖永井荷風（つゆのあとさき）

成心【せいしん】前もって決めてかかっている

心。先入観。／何かたくらみのある心。
▽救いは機にかかわらず確立しているのじゃ。信心には一切の証はないのじゃ。（中略）わしがこれを云うのは人間の心ほど成心《じょうじん》を去って素直になり難いものはないことをよく知っているからじゃ。　❖倉田百三（出家とその弟子）
▽後になつて思ひ合せると、××社はたしかに或る成心をもつて、大新聞らしくもないあんな間の抜けた報道をわざとやつたのだとうなづける節が多いのである。　❖佐藤春夫（更生記）

盛衰【せいすい】盛んになることと衰えること。
＊栄枯盛衰
▽嗚呼《ああ》これ、恋に望みを失ひて、世を捨てし身の世に捨てられず、主家《しゅか》の運命を影に負うて二十六年を盛衰の波に漂はせし、斎藤滝口時頼が、まこと浮世の最後なりけり。　❖高山樗牛（滝口入道）
▽このやうな辺鄙《へんぴ》な新開町に在つてすら、時勢に伴ふ盛衰の変は免れないのであつた。況《いわん》や人の一生に於いてをや。　❖永井荷風（濹東綺譚）
▽是には家々の栄枯盛衰と云ふことも考へて見ねばならぬ。永い間には五十町百町の大《おお》百姓たちが零落して、其子孫は名も無き作男と為り、（後略）。　❖柳田国男（武蔵野の昔）

清楚【せいそ】飾り気がなく、さっぱりとして清らかなこと。
▽兎に角その障子の色のすが〳〵しさは、軒並みの格子や建具の煤《すす》ぼけたのを、貧しいながら身だしなみのよい美女のやうに、清楚で品よく見せてゐる。　❖谷崎潤一郎（吉野葛）
▽一見清楚な娘であったが、壊れそうな危《あぶ》なさがあり真逆様《まっさかさま》に地獄へ堕《お》ちる不安を感じさせるところがあって、その一生を正視するに堪えないような気がしていた。　❖坂口安吾（堕落論）

星霜【せいそう】年月。歳月。
▽然るに、それから四十年の星霜を経《へ》、さま〴〵な移り変りの末に世捨て人となつて仏に仕へてゐる現在の母は、どんな風になつてゐるで

あらうか。　❖谷崎潤一郎（少将滋幹の母）

▽ぱつと咲き、ぽたりと落ち、ぽたりと落ち、ぱつと咲いて、幾百年の星霜を、人目にかゝらぬ山陰に落ち付き払つて暮らしてゐる。　❖夏目漱石（草枕）

悽愴・凄愴【せいそう】　凄まじく痛ましいこと。悲しく痛ましいこと。

▽自分ひとりだけ置き去りにされ、呼んでも叫んでも、何の手応への無いたそがれの秋の曠野《こうや》に立たされてゐるやうな、これまで味はつた事のない悽愴の思ひに襲はれた。これが、失恋といふものであらうか。　❖太宰治（斜陽）

▽何と言つて呼んで見ても、最早聞える気色《けしき》は無かつたのである。月の光は青白く落ちて、一層凄愴とした死の思を添へるのであつた。　❖島崎藤村（破戒）

掣肘【せいちゅう】　そばから干渉して自由な行動をさせないこと。

▽これからあすの朝までは、誰にも掣肘せられることの無い身の上だと感ずるのが、お玉のためには先づ愉快で溜まらない。　❖森鷗外（雁）

▽僕は自分の行動に就いて、その時になつて見んと分らんこと今から他人に約束したり、それに掣肘しられたりするのんイヤやのんです。　❖谷崎潤一郎（卍）

▽佐々の家で伸子は長女であった。（中略）中流家庭の娘として、伸子が望むだけどしどし人生に突入することを許さない掣肘があった。　❖宮本百合子（伸子）

生得【せいとく】　生まれつき。しょうとく。

▽これほど熟達した交際術は生得のものだか習得したものだか知らないが、いづれはこの人の出世を早めるのに有力だつたには違ひない。　❖佐藤春夫（更生記）

成敗【せいばい】　成功と失敗。／勝つことと負けること。／処罰すること。

▽一日は貴い一生である、これを空費してはならない。そして有効的にこれを使用するの途は、神の言を聴いてこれを始むるにある。一日の成敗は朝の心持如何に由つて定まる。　❖内村鑑

三（一日一生）
▽水戸の党派争ひは殆んど宗教戦争に似てゐて、成敗利害の外にあるものだと言つた人もある。
❖島崎藤村（夜明け前）

静謐【せいひつ】 静かで落ち着いていること。世の中がおだやかに治まること。
▽日本国中一箇所として静謐な土地はなかつたにも拘《かかわ》らず、室《むろ》の泊りは古《いにし》へから加茂神社の社領として代々の太守《たいしゅ》から特別の保護を受けてをり、（後略）。❖谷崎潤一郎（乱菊物語）
▽今迄の静謐とは打つて変つて、跫音《あしおと》、号令の音、散らばつた生徒の騒ぐ音が校内に満ち渡つた。❖田山花袋（田舎教師）

清貧【せいひん】 私欲がなく行いが清らかであるために、貧しく暮らしていること。
▽茶室は外見上何の印象も与えない。日本のいちばん小さな家よりも尚小さいけれども、その建築に用いられた資材は清貧を偲ばせるようにもくろまれている。❖岡倉天心（茶の本）

清福【せいふく】 清らかな、精神的な幸福。
▽先生は年が四十二三でもあらうか。三十位の奥さんにお嬢さんの可哀いのが二三人あつて、（中略）お役は編修官。月給は百円。手車《てぐるま》で出勤せられる。僕のお父様が羨ましがつて、あれが清福といふものぢやと云うてをられた。❖森鷗外（ヰタ・セクスアリス）

精霊【せいれい】 あらゆる生物・無生物に宿っているとされる超自然的な存在。霊的存在。／死者の魂。霊魂。しょうりょう。
▽偉大なる愛よ、我が胸に宿れ、大自然の真景よ、我が瞳に映れかし。願はくば我が精霊の力の尽きざる内《うち》に、肉体の滅亡せざらんことを。❖倉田百三（愛と認識との出発）
▽墓地へ精霊を迎へに行く村々でも、まだこの盆路作りを続けて居るものが幾らも有る。❖柳田国男（魂の行くへ）
▽安南人《アンナン》（註・ベトナム人）はあらゆる階級を通じて、自然に対する信仰心が強くて、自然社会的現象を、すべて精霊にことよせて考えるところがある。❖林芙美子（浮雲）

清冽【せいれつ】 水などが清らかで冷たいこと。

▽彼女は清冽な湖水の底にでもゐるやうに感じ、炭酸水を喫するやうな心持であたりの空気を胸一杯吸つた。　❖谷崎潤一郎（細雪）

▽彼は、秋の朝の光に輝く、山国川の清冽な流れを右に見ながら、三口から仏坂の山道を越えて、午《ひる》近き頃樋田《ひだ》の駅に着いた。　❖菊池寛（恩讐の彼方に）

▽溝の底もすっかり石だたみで平らになっている。流れは浅いが、ぼさなど一つもなくて、透き徹った水だから清冽な感じである。「こんな綺麗な流れが、ここにあったのか」　❖井伏鱒二（黒い雨）

寂然【せきぜん】 ものさびしいさま。ひっそりとしたさま。じゃくねん。

▽振袖姿のすらりとした女が、音もせず、向ふ二階の椽側を寂然《じゃくねん》として歩行《あるい》て行く。余は覚えず鉛筆を落して、鼻から吸ひかけた息をぴたりと留《と》めた。　❖夏目漱石（草枕）

▽信子嘗《かつ》て（中略）独身飄然染井の墓地なる亡弟の墳墓を訪ねたる事あり、而《しか》して其の後しば〳〵曰く、染井の墓地に至れば精神寂然として極めて心地よしと。　❖国木田独歩（欺かざるの記）

▽主僧の眉は昂《あが》つて居た。其夜は遅くまで、清三はいろ〳〵なことを考へた。（中略）かれは綴《とじ》の切れた藤村の「若菜集」を出して読み耽《ふけ》つた。本堂には如来《にょらい》様が寂然《じゃくねん》として居た。　❖田山花袋（田舎教師）

寂寞【せきばく】 ものさびしいさま。ひっそりしたさま。じゃくまく。

▽私は寂寞でした。何処からも切り離されて世の中にたつた一人住んでゐるやうな気のした事も能《よ》くありました。　❖夏目漱石（こゝろ）

▽人々が寝鎮まつて見ると、憤怒の情は何時か消え果てて、云ひやうのない寂寞がその後に残つた。　❖有島武郎（或る女）

▽茶室は寂寞たる人世《じんせい》の荒野における沃地《オアシス》であって、疲れはてた旅人たちはここに会して、芸術鑑賞という共同の泉の水を酌《く》むことができ

る。　❖岡倉天心（茶の本）

寂寥【せきりょう】ものさびしいさま。ひっそりしているさま。寂寞。

▽其鮮《あざ》やかな光の中にも自然の風物は何処ともなく秋の寂寥を帯びて人の哀情《かなしみ》をそゝるやうな気味がある。　❖国木田独歩（富岡先生）

▽君の眼からは突然、君自身にも思ひもかけなかつた熱い涙がほろほろとあふれ出た。ぢつと坐つたまゝではゐられないやうな寂寥の念が真暗に胸中に拡がつた。　❖有島武郎（生れ出づる悩み）

▽次郎はだしぬけにお浜の膝《ひざ》にしがみついて、顔をおしあてた。惑乱と寂寥とが、同時に彼の心をとらえていた。「ひとりぼっち」という言葉が異様に彼の胸に響《ひび》いたのである。　❖下村湖人（次郎物語）

▽所詮《しょせん》あの烏帽子《えぼし》ケ嶽《だけ》の深い谿谷《たにあい》に長く住むことは出来ない。気候には堪へられても、寂寥《さびしさ》には堪へられない。　❖島崎藤村（破戒）

世故【せこ】世の中の風俗や習慣。世間の俗事。

▽五十余年の久しい間治乱の中に身を処して、人情世故に飽くまで通じてゐた忠利は病苦の中にも、つく〴〵自分の死と十八人の侍の死とに就《つ》いて考へた。　❖森鷗外（阿部一族）

▽どうか御再考を煩《わづら》はしたい。世故にたけた敏腕家にも似合しからぬ事だ。　❖夏目漱石（吾輩は猫である）

▽末つ児に生れて一番不仕合せに育つたせゐか、自分達の誰よりも世故に長《た》けてゐて、自分や雪子などの方が却つて妹扱ひされるくらゐなのであるが、（中略）此の妹を多少疎《うと》んじる傾きがあつたのはよくなかつた。　❖谷崎潤一郎（細雪）

世事【せじ】世俗の事柄。俗事。

▽少し鈍と思はれる程世事に疎《うと》く、事物の本当の姿を見て取る方法に暗いながら、真正直に悪意なくそれをなし遂げようとするらしい眼付きだつた。　❖有島武郎（或る女）

▽父は間もなく病みて死にき。交《まじわり》広く、もの惜みせず、世事には極めて疎《うと》かりければ、家に

遺財つゆばかりもなし。　❖森鷗外（うたかたの記）

▽いづれ迷は同じ流《る》転《てん》の世事、今は言ふべきことありとも覚えず。只ゝこの上は夜毎《よごと》の松風に御魂《みたま》を澄されて、未来の解脱《げだつ》こそ肝要なれ。
❖高山樗牛（滝口入道）

摂取【せっしゅ】 仏が慈悲の光明で、すべての衆生《しゅじょう》を受け入れて救うこと。

▽私たちは罰せられているのです。私たちは悪を除き去る事は出来ません。救いは悪を持ちながら摂取されるのです。　❖倉田百三（出家とその弟子）

▽私に救い得る力があるなら、私は他の一切の感情に瞑目《めいもく》してもあの子に遇って説教するだろう。だが私にはあの子を摂取する力はない。助けるも助けぬも仏様の聖旨《みむね》に在る事だ。　❖倉田百三（出家とその弟子）

節操【せっそう】 信念・主義・主張をかたく守って変えないこと。みさお。

▽僕のは女達を集めて無邪気に酒を飲むだけだ、決して節操を汚すやうなことはしないから、それは信じてくれと云つてゐたので、（後略）。
❖谷崎潤一郎（細雪）

▽「（前略）直きその恋人が病気になりやはつて、死んでしもたんで、それから一生操《みさお》立てゝ、独身通してはりますねん」　❖谷崎潤一郎（細雪）

刹那【せつな】 極めて短い時間。一瞬間。

▽それはちやうど、秋の日の障子の日向《ひなた》の上にふと影を落す鳥かげのやうである。つと来てはつと消え去る。さうして鳥かげを見た刹那に不思議なさびしさが湧く。　❖佐藤春夫（田園の憂欝）

▽「秋はゆふぐれと云ふけれど、ほんたうにさびしいものだね」その虫の音の、ふいと啼き止んだ刹那にさういひながら、黄昏の空気の冷え〴〵とした肌触りに、胡蝶は襟を掻き合はせた。　❖谷崎潤一郎（乱菊物語）

▽わが世去らむ刹那に似たる思ひしつ夕べ静けき雲を仰げば　❖窪田空穂（まひる野）

説諭【せつゆ】 悪いことを改めるように説き諭すこと。よく言い聞かせること。
▽山嵐は might is right といふ英語を引いて説諭を加へたが、何だか要領を得ないから、聞き返して見たら強者の権利と云ふ意味ださうだ。
❖夏目漱石（坊つちゃん）
▽日本人をして西洋文明を採用せしめるの途は、強力によつて圧倒するか、さなくば説諭し勧奨するか、そのいづれかを出でない（後略）。
❖島崎藤村（夜明け前）

絶類【ぜつるい】 類をこえてすぐれていること。絶倫。抜群。
▽昔の武蔵野は萱原《かやはら》のはてなき光景を以て絶類の美を鳴らして居たやうに言ひ伝へてあるが、今の武蔵野は林である。 ❖国木田独歩（武蔵野）

背戸【せど】 家のうしろ。／裏の入口。
▽母の云ひつけで僕が背戸の茄子《なす》畑に茄子をもいで居ると、いつのまにか民子が笊《ざる》を手に持つて、僕の後にきてゐた。「政夫さん……」 出し抜けに呼んで笑つてゐる。 ❖伊藤左千夫（野菊の墓）
▽鋭い、断《き》れぐ〳〵な百舌鳥《もず》の声が背戸口で喧《やかま》しい。しみぐ〳〵と秋の気がする。 ❖倉田百三（愛と認識との出発）
▽さみしさに背戸のゆふべをいでて見つ河楊《かわやぎ》白き秋風の村 ❖太田水穂（山上）

僭越【せんえつ】 自分の立場・地位をこえて出過ぎたことをすること。でしゃばり。
▽彼はイブセンやストリンドベルヒ、トルストイ、そんな人のことを思うと情けない気がした。自分が一体文学をやるのさえ、僭越なのではないかと思った。 ❖武者小路実篤（友情）
▽あなた様の仰せとしては通りますが、わたくしが僭越に、自分の非を棚に上げての諫言《かんげん》だては、役に立ちさうもございませぬ。 ❖谷崎潤一郎（乱菊物語）

詮議【せんぎ】 評議して物事を明らかにすること。／罪人を取り調べること。
▽まあ、そんなこと、どっちが先や詮議立てし

たとこで無駄ですねんけど、(後略)。　❖谷崎潤一郎(卍)
▽人買が立ち廻るなら、其人買の詮議をしたら好さゝうなものである。旅人に足を留《と》めさせまいとして、行き暮れたものを路頭《ろとう》に迷はせるやうな掟《おきて》を、国守《くにのかみ》はなぜ定めたものか。不束《ふつゝか》な世話の焼きやうである。　❖森鷗外(山椒大夫)

瞻仰【せんごう】 仰ぎ見ること。／仰ぎ尊ぶこと。せんぎょう。
▽夕暮に独り風吹く野に立てば天外《てんがい》富士聳《そび》え、連山地平線上に黒し。星光一点暮色地に落つ。黙想するものをして天色《てんしょく》の美なるよりも蒼空《そうくう》の深きに瞻仰せしむ。　❖国木田独歩(欺かざるの記)
▽その街の近郊外目《ほかめ》の山あひに恰《あたか》も少さな城のやうな何時も夕日の反照《てりかえし》をうけて、たまたま旧道をゆく人の瞻仰の的となつた天守造りの真白な三層楼があつた。　❖北原白秋(思ひ出)

善根【ぜんこん】 善い果報を受けるもとになる善い業因《ごういん》。／さまざまな善を生み出す根本となるもの。
▽畿内《きない》から、中国を通して、只管《ひたすら》善根を積むことに腐心《ふしん》したが、身に重なれる罪は、空よりも高く、積む善根は土地よりも低きを思うと、彼は今更に、半生の悪業《あくごう》の深きを悲しんだ。　❖菊池寛(恩讐の彼方に)
▽一つの善根を積めば、十の悪業《あくごう》が殖《ふ》えて来ました。丁度、賽《さい》の河原に、童子が石を積んでも積んでも鬼が来て覆《くつがえ》すようなものでした。　❖倉田百三(出家とその弟子)

前栽【せんざい】 庭前《ていぜん》の花木・草花の植込み。
▽前栽の萩の下葉をわたる風が、さやく〳〵と秋らしいひゞきを立てゝ、訳もなしにすさまじさが胸に沁み入る。　❖谷崎潤一郎(乱菊物語)
▽春琴は(中略)病む数日前佐助と二人中前栽に降り、愛玩の雲雀《ひばり》の籠を開けて空へ放つた。　❖谷崎潤一郎(春琴抄)
▽綺麗好きな島田は、(中略)それから跣足《はだし》になつて、南向の居間の前栽へ出て、草毟《むし》りをした。　❖夏目漱石(道草)

穿鑿【せんさく】 究明すること。細かいところまでも調べ立てること。
▽純一はこの家に並の女中の外《ほか》に、特別な女中の置いてあるのは、特別な用をさせる為めであろうと察したが、それを穿鑿して見ようとも思わなかった。 ❖森鷗外（青年）
▽それでも近所には、あの隠居の内へ尋ねて来る好い女はなんだらうと穿鑿して、とう〳〵高利貸の妾ださうだと突き留めたものもある。
❖森鷗外（雁）

禅定【ぜんじょう】 精神を一点に集中させ、忘我の境地に入る宗教的な瞑想。
▽どんな事があつても、返事をしたり、動いてはならぬ。口を利かず静かに坐つて居なさい――禅定に入つて居るやうにして。 ❖小泉八雲（怪談）

先達【せんだつ】 せんだち。その分野で先に道に達し、あとに続く者を導く人。／案内者。
▽佐保子は文学上の先輩であった。（中略）自分がこれから進もうとする道に既に踏み出している先達、そういう意味で、尊敬と刺戟を感じつつ数年経た。 ❖宮本百合子（伸子）
▽先達のない山路を、どうにかして、一歩でも昇ろうとする努力は確かに勇ましかった。けれども、その不断の力の緊張は、やがて驚くべき苦痛をもって現われて来たのである。 ❖宮本百合子（地は饒なり）

先途【せんど】 進み行く先。前途。／勝敗・運命などを決する大事の場合。瀬戸際。／最期、人の死。
▽これからの、先途について、二人は語りあうでもなく、一切の現実を忘れて、ひたすら昔の情熱を、もう一度呼び水する為の作業を試みているようなものであった。 ❖林芙美子（浮雲）
▽人に接し、あのおそろしい沈黙がその場にあらはれる事を警戒して、もともと口の重い自分が、ここを先途と必死のお道化を言つて来たものですが、（後略）。
❖太宰治（人間失格）

顫動【せんどう】 ふるえ動くこと。

▽刹那《せつな》も表情の変化の絶える隙《ひま》がない。埒《らち》もない対話をしているのに、一一《いちいち》の詞《ことば》に応じて、一一の表情筋の顫動が現れる。 ❖森鷗外（青年）

▽あゝ全身の顫動するやうな肉のたのしみよ！ 涙のこぼるるほどなる魂のよろこびよ！ まことにSexの中には驚くべき神秘が潜《ひそん》でる。 ❖倉田百三（愛と認識との出発）

先入主【せんにゅうしゅ】 最初に知ったことによってつくり上げられた固定的な観念や見解。先入観。

▽君達は始めっから軽蔑して見ているので、（中略）あの人のよさがわからなかったのだ。僕は先入主がないから、あの人のよさが、すぐわかった。 ❖武者小路実篤（真理先生）

▽岸本は節子と共に送つた月日の間に、子供の時分から先入主となつたいろ〳〵な物の考へ方なぞを変へさせられたことを思ひ出した。 ❖島崎藤村（新生）

闡明【せんめい】 それまで不明瞭だった道理や意義を明らかにすること。

▽いま、日本が最も必要としているものは、実に真理に対する思慕と情熱であり、真の自由と平和はそれによってのみ闡明されるでありましょう。 ❖南原繁（日本の理想）

▽科学と哲学と宗教とはこれを研究し闡明し、そして安心立命の地を其上に置かうと悶《もが》いて居る、（後略）。 ❖国木田独歩（牛肉と馬鈴薯）

▽自分は今彼の心理を闡明するために、あえてこの小さい事件を語らなければならない。 ❖阿部次郎（三太郎の日記）

戦慄【せんりつ】 恐ろしくて、体がおののきふるえること。震慄。

▽妓夫《ぎふ》が夜鷹《よたか》を大勢連れて来てゐて、僕等は其百鬼夜行《ひゃっきやぎょう》の姿をランプの下に見て、覚えず戦慄したこともある。 ❖森鷗外（ヰタ・セクスアリス）

▽曾《かつ》て憎悪《にくみ》をもつて女性に対した時のやうな、畏怖《いふ》も戦慄も最早同じ娫《めい》から起つて来なかつ

た。　❖島崎藤村（新生）
▽不意に人間のおそろしい正体を、怒りに依つて暴露する様子を見て、自分はいつも髪の逆立つほどの戦慄を覚え、（中略）、ほとんど自分に絶望を感じるのでした。　❖太宰治（人間失格）

そ

創痍【そうい】切り傷。手傷。／精神的な痛手。損害。＊満身創痍
▽我我は母の胎内にゐた時、人生に処する道を学んだであらうか？　しかも胎内を離れるが早いか、兎に角大きい競技場に似た人生の中に踏み入るのである。（中略）すると我我も創痍を負はずに人生の競技場を出られる筈はない。
❖芥川龍之介（侏儒の言葉）
▽雪子の様子に表面何の変つたところも認められないやうなものゝ、此の間のことが矢張多少は精神的に創痍をとゞめてはゐないかと考へ、（後略）。　❖谷崎潤一郎（細雪）

憎悪【ぞうお】激しく憎み嫌うこと。
▽雑巾切れのやうに、クタ〳〵になつて帰つてくると、皆は思ひ合はせたやうに、相手もなく、たゞ「畜生！」と怒鳴つた。暗がりで、それは憎悪に満ちた牡牛《おうし》の唸《うな》り声に似てゐた。　❖小林多喜二（蟹工船）
▽その言葉の響きには、私の全身鳥肌立つたほどの凄《すご》い憎悪がこもつてゐました。　❖太宰治（ヴィヨンの妻）
▽元来日本人は最も憎悪心の少い又永続しない国民であり、昨日の敵は今日の友という楽天性が実際の偽《いつわ》らぬ心情であろう。　❖坂口安吾（堕落論）

総括【そうかつ】全体を総合して、締めくくること。活動の内容や成果を検討・評価すること。
▽改良に鋭敏なのも日本人の一つの長処であるが、其為に総括して一切の新しいものを、尊重

しようとする所に時々の弊害を生ずる。❖柳田国男（国語の将来）
▽しかし、ここでは、それらの地方的特性を総括しまた要約した「一般的日本人」の「要約した日本」の自然観を考察せよというのが私に与えられた問題であろうと思われる。❖寺田寅彦（日本人の自然観）

蒼穹【そうきゅう】 あおぞら。蒼天。蒼空。
▽水を汲み上げようと縄つるべを持ち上げたが、ふと底を覗き込むと、其処には涯《はて》知らぬ蒼穹を径三尺の円に区切つて、（中略）井戸水はそれ自身が内部から光り透きとほるもののやうにさへ見えた。❖佐藤春夫（田園の憂鬱）
▽肩を張つて蒼穹を仰いでゐる。傷一つ受けてゐない。無染である。その人に、太宰といふ下手くそな作家の、醜怪《しゅうかい》に嗄《しわが》れた呟《つぶや》きが、いつたい聞えるものかどうか。私の困惑は、ここに在る。❖太宰治（困惑の弁）

相形【そうぎょう】 顔つき。相好《そうごう》。
▽非常に不平な相形をして居ても勘次はおつぎが帰ると直に機嫌が直つて「汝《わ》りやそんなに夜更しするもんぢやねえ」と（中略）いつて見るのである。❖長塚節（土）
▽「ホヽヽ面白い事許り……」と細君相形を崩して笑つて居る。❖夏目漱石（吾輩は猫である）

遭遇【そうぐう】 思いがけなく出あうこと。
▽機会に遭遇しさへすれば、其の底の底の暴風《あらし》は忽《たちま》ち勢を得て、妻子も世間も道徳も師弟の関係も一挙にして破れて了ふであらうと思はれた。❖田山花袋（蒲団）
▽彼は結婚以来斯ういふ現象に何度となく遭遇した。然し彼の神経はそれに慣らされるには余りに鋭敏過ぎた。遭遇するたびに、同程度の不安を感ずるのが常であつた。❖夏目漱石（道草）

造詣【ぞうけい】 学問・技芸などについて広い知識と深い理解をもっていること。
▽ひたすら当時の形而上学の研鑽に没頭した。生来明敏な頭脳をもつてた彼は間もなくその方

にかなりな造詣をもつやうになつた。 ❖中勘助（提婆達多）

草稿【そうこう】 原稿の下書き。草案。 ▽お雪は今の世から見捨てられた一老作家の、他分そが最終の作とも思はれる草稿を完成させた不可思議な激励者である。 ❖永井荷風（濹東綺譚） ▽其時分の草稿料は今と違つてお咄《はな》しにならねヱ小《けち》なもんだから片商売をやらなけりや飯は喰つて行かれねヱ、中々苦しいもんサ。 ❖内田魯庵（社会百面相）

相好【そうごう】 顔つき。表情。 ▽教場でむつかしい顔ばかりしてゐた某《ぼう》教授が相好《そうこう》を崩して笑つてゐる。 ❖森鷗外（ヰタ・セクスアリス） ▽老人、口の先ではひどく落ち着きを見せてゐるもの丶、その実婆さんの調子に乗せられて相好を崩してゐるところは笑止である。 ❖谷崎潤一郎（乱菊物語）

相剋・相克【そうこく】 対立・矛盾する二つのものが、互いに勝とうとして相争うこと。 ▽小さな社会で行はれ始めた言葉は、すぐに承認せられてそこだけでは通用するが、（中略）一たび境を出て隣の群と相剋すると、可なり厳峻な審判が下されて優れたものだけが残る。 ❖柳田国男（国語の将来） ▽実際、伸子も、毎日相剋の状態で佃と狭く暮していているよりは、精神に余裕ができた。 ❖宮本百合子（伸子）

荘厳【そうごん】 尊くおごそかなこと。重々しく立派なこと。しょうごん。 ▽儀式は単純なるをよしとす。儀式は単純なるだけ荘厳なり。聖書はキリストの葬式についてしるすところなし。 ❖内村鑑三（一日一生）

壮者【そうしゃ】 壮年の人。元気盛んな人。 ▽何とその「お婆ちゃん」がスケート場に立つや否や、颯爽として壮者を凌《しの》ぐ勢で滑り始めた。 ❖谷崎潤一郎（細雪） ▽山国兵部は浪士軍中の最年長者ではあるもの丶、その意気は壮者を凌ぐほどで、しきりに

長州行を主張した。　❖島崎藤村（夜明け前）

騒擾【そうじょう】社会の秩序を乱す騒動。
▽あの晩、かげろふの館が騒擾の火元でありながら、殆《ほとん》ど何の損害も受けてゐない。　❖谷崎潤一郎（乱菊物語）
▽今また、千百五十余人からの百姓の騒擾――王政第一の年を迎へて見て、一度ならず二度までも、彼は日頃の熱い期待を裏切られるやうなことに衝き当つた。　❖島崎藤村（夜明け前）

叢生【そうせい】草木などが群がり生えること。
▽すすきや萩の叢生したあたりに野生の鈴虫の鳴きさかるころで、高い松の群生したあたりを歩くと、自分の下駄の音が、一種のひびきをもつほど空気が透《とお》つた午後であつた。　❖室生犀星（性に眼覚める頃）
▽一丈余りの蒼黒《あをぐろ》い岩が、真直に池の底から突き出して、（中略）例の熊笹《くまざゝ》が断崖の上から水際迄、一寸の隙間なく叢生してゐる。　❖夏目漱石（草枕）

蒼然【そうぜん】色のあおいさま。／夕暮の薄暗いさま。／古びて色あせたさま。
▽千駄木の崖上から見る彼の広漠《こうばく》たる市中の眺望は、今しも蒼然たる暮靄《ぼあい》に包まれ一面に煙り渡つた底から、数知れぬ燈火を輝《かがやか》し、雲の如き上野谷中の森の上には淡い黄昏《たそがれ》の微光をば夢のやうに残してゐた。　❖永井荷風（日和下駄）
▽自分は再び橋の欄干に凭《もた》れて蒼然として暮れ行く街の方《かた》を眺め渡した。　❖永井荷風（あめりか物語）
▽夕暮、私等二人は知恩院を訪うた。雨晴れの夕暮の空に古色蒼然たる山門は聳えて居た。あゝ是ぞ知恩院である、山門である（後略）。
❖倉田百三（愛と認識との出発）

増長【ぞうちょう】程度が次第に増すこと。／次第に高慢になること。つけあがること。
▽純一の不快な心持は、急劇に増長して来た。そして（中略）とうとう席に安んぜざらしむに至った。　❖森鷗外（青年）
▽元来人間といふものは自己の力量に慢じて皆んな増長して居る。少し人間より強いものが出

て来て窘《いじ》めてやらなくては此先どこ迄増長するか分らない。 ❖夏目漱石（吾輩は猫である）

早天【そうてん】 早朝。明け方。

▽それでは、今夜は直ちに帰宅して休息いたし、明日早天に、山谷町出口の茶屋で待ち合わすことにいたそう。 ❖菊池寛（蘭学事始）

▽毎朝早天の日課には、村を南へ出て僅かな砂丘を横ぎり、岬のとつさきの小山といふ魚附林《うおつきりん》（註・魚類の繁殖と保護を目的とした海岸林）を一周して来ることにして居た。 ❖柳田国男（海上の道）

蒼天【そうてん】 あおぞら。大空。蒼空。蒼穹。

▽電光が針金の如き白熱の一曲線を空際に閃《ひらめ》かすと共に雷鳴は一大破壊の音響を齎《もたら》して凡ての生物を震撼する。穹窿《きゅうりゅう》の如き蒼天は一大玻璃器である。 ❖長塚節（太十と其犬）

▽夕暮に独り風吹く野に立てば天外《てんがい》富士聳《そび》え、連山地平線上に黒し。星光一点暮色地に落つ。黙想するものをして天色の美なるよりも蒼空の深きに瞻仰《せんごう》せしむ。 ❖国木田独歩（欺かざるの記）

相伝【そうでん】 代々受け継ぐこと。伝えつぐこと。

▽与四郎夫婦は、城中から下げられると、その夜、枕を並べて覚悟の自殺を遂げてしまった。（中略）恐らく相伝の主君に刃を向けたのを、恥じたのと、かつは彼等の命を救った忠直卿の寛仁大度《かんじんだいど》に、感激した為であろう。 ❖菊池寛（忠直卿行状記）

▽父の蒐集《しゅうしゅう》した資料と、宮廷所蔵の秘冊とを用ひて、直ぐにも父子相伝の天職にとりかかりたかつたのだが、任官後の彼に先づ課せられたのは暦《こよみ》の改正といふ大事業であつた。 ❖中島敦（李陵）

臓腑【ぞうふ】 五臓と六腑。内臓。

▽正道はうつとりとなつて、此詞《ことば》に聞き惚れた。そのうち臓腑が煮え返るやうになつて、獣めいた叫《さけび》が口から出ようとするのを、歯を食ひしばつてこらへた。 ❖森鷗外（山椒大夫）

▽其の晩一年中の臓腑の砂払《すなばら》いだといふ冬至の

蒟蒻《こんにゃく》を皆で喰べた。　❖長塚節（土）

相貌【そうぼう】　顔かたち。容貌。

▽人はそこに、常なく定めなき流転《るてん》の力に対抗する偉大な山岳の相貌を仰ぎ見ることが出来る。　❖島崎藤村（夜明け前）

▽それより以後春琴は我が面上の些細なる傷を恥づること甚しく、（中略）親しき親族門弟と雖《いえど》もその相貌を窺《うかが》ひ知り難く、為めに種々なる風聞臆説を生むに至りぬ。　❖谷崎潤一郎（春琴抄）

▽幸子は今度のやうに富士山の傍近くへ来、朝に夕に、時々刻々に変化するその相貌に心ゆくまで親しむことが出来たのは始めてゞあつた。　❖谷崎潤一郎（細雪）

剿滅・掃滅【そうめつ】　滅しつくすこと。全部平らげること。

▽白君は涙を流して其一部始終を話した上、どうしても我等猫族が親子の愛を完《まった》くして美しい家族的生活をするには人間と戦つて之を剿滅せねばならぬといはれた。　❖夏目漱石（吾輩は猫である）

曾遊【そうゆう】　かつて訪れたことのあること。

▽私も奈良は曾遊の地であるし、ではいつそのこと、折角のお天気が変らないうちにと、ほんの一二時間座敷の窓から若草山を眺めたゞけで、すぐ発足した。　❖谷崎潤一郎（吉野葛）

▽われ〳〵は草鞋旅行《わらぢたび》をする間、朝から晩迄苦しい、苦しいと不平を鳴らしつゞけて居るが、人に向つて曾遊を説く時分には、不平らしい様子は少しも見せぬ。（中略）昔の不平をさへ得意に喋々《ちょうちょう》して、したり顔である。　❖夏目漱石（草枕）

爽涼【そうりょう】　さわやかで涼しいこと。すがすがしいこと。

▽陽が射して来ると、空気がからりと乾いて、空の高い、爽涼な夏景色が展《ひら》けて来た。　❖林芙美子（浮雲）

▽爽涼なる朝風は我感情を冷却せり。　❖森鷗外（即興詩人）

蹌踉【そうろう】　足どりがたしかでないさま。

足もとがよろめくさま。

▽彼等は只怖《お》づ怖づして拍手も鳴らなかつた。立ちながら袴《はかま》の裾《すそ》を踏んで蹌踉《よろ》けては驚いた容子をして周囲《あたり》を見るのもあつた。　❖長塚節（土）

▽あの婦人が急にそんな病気になつた事を考へると、実に飛花落葉《ひからくよう》の感慨で胸が一杯になつて、（中略）只蹌々として踉々といふ形ちで吾妻橋《あずまばし》へきかゝつたのです。　❖夏目漱石（吾輩は猫である）

▽五分《ごふん》、十分《じっぷん》、――トゥルゲネフはとうとうたまり兼ねたやうに、新聞を其處《そこ》へ抛《ほう》り出すと、蹌踉と椅子から立ち上つた。　❖芥川龍之介（山鴫）

疎遠【そえん】 交際・音信などが絶えて久しいこと。交際が疎く遠いこと。

▽土地の人とは丸々疎遠でも無かつた。若狭《わかさ》越前などでは河原に風呂敷油紙の小屋を掛けて暫《しばら》く住み、断りを謂《い》つて其辺の竹や藤葛を伐《き》つて僅かの工作をした。　❖柳田国男（山の人生）

▽「どうして忘れなどいたすものですか、確かに覚えて居りますとも。今こそかう心ならずも疎遠にいたして居りますが――」　❖堀辰雄（かげろふの日記）

▽そのうち段々手紙の遣り取りが疎遠になつて、月に二遍が、一遍になり、一遍が又二月、三月に跨《また》がる様に間を置いて来ると、（後略）。　❖夏目漱石（それから）

惻隠【そくいん】 人をいたわしく思い同情すること。あわれむこと。

▽遊蕩《ゆうとう》の伴侶にしかならない女であることを知るにつけ、僕の愛情と惻隠の心とは接触するたびごとに弥《いよ》々深く弥々激しくなるばかり。　❖永井荷風（問はずがたり）

▽彼にしては柄《がら》にもなくあの好人物の老大納言に惻隠の情を催《もよお》して、（中略）努めて彼女のことを忘れるやうにして、遠のいたのであつた。　❖谷崎潤一郎（少将滋幹の母）

惻惻【そくそく】 身にしみて悲しみいたむさま。

▽十年前臨終の床で自分の手をとり泣いて遺命

した父の惻々たる言葉は、今尚耳底《じてい》にある。

❖中島敦（李陵）

▽抑へく／＼てゐる菓子の気持ちが抑へ切れなくなつて激しく働き出して来ると、それは何時でも惻々として人に迫り人を圧した。❖有島武郎（或る女）

齟齬【そご】 食い違い。ゆき違い。

▽雪子自身は内心は兎に角、（中略）そんな事件のために妙子と感情が齟齬する結果にはならず、却つて義兄に対して妙子を庇《かば》ふと云ふ風であつた。❖谷崎潤一郎（細雪）

▽両者のあひだに性格の齟齬が発見され、結婚しても到底円満に行かないことが認められたら、彼女はやはり従来の通り要《かなめ》の家にとゞまること。❖谷崎潤一郎（蓼喰ふ虫）

底意【そこい】 心の底。心の奥にある考え。下心。ていい。

▽勿論彼は指摘された事でも不愉快を感じたが、それよりも、そんな事で自分に不愉快を与へようとした阪口の低級な底意に尚腹を立てた。

❖志賀直哉（暗夜行路）

▽僕ハ彼女ヲ酔ヒツブシテ寝カシテシマハウト云フ底意モアツタガ、ドウシテ彼女ハソノ手ニハ乗ラナイ。❖谷崎潤一郎（鍵）

素志【そし】 平素の志。かねての望み。

▽彼は良沢に介意《かま》いすぎる自分の心持を恥じた。彼は、良沢ただ一人しか居ないのを幸いに、自分の素志を述べてみた。❖菊池寛（蘭学事始）

▽慶喜の新生涯は幾多の改革に着手することから始められた。これは文久改革以来の慶喜の素志にもより、一つは長州征伐の大失敗が幕府の覚醒を促したにもよる。❖島崎藤村（夜明け前）

疏水・疎水【そすい】 灌漑・給水・水運などのために、新たに土地を切り開いて設けた水路。

▽去年はたしか敏子と二人で、疏水のふちを銀閣寺から法然院の方へ花見をして歩いたことがあつた。もうあの辺の花も残らず散つたことであらう。❖谷崎潤一郎（鍵）

▽南禅寺の裏山の中腹から、疏水の上へ出て、それからインクラインを見、瓢亭《ひょうてい》といふ家に寄つて夜の食事をした。 ❖志賀直哉（暗夜行路）

蘇生・甦生【そせい】 生き返ること。
▽ああ、このやうな孤独のただ中での彼女のふしぎな蘇生。――彼女はかう云ふ種類の孤独であるならばそれをどんなに好きだつたか。 ❖堀辰雄（菜穂子）
▽水を飲んではいけないと禁じられていたが、（中略）こっそり掘抜井戸まで辿りついて飲んだ。鉄気《かなけ》くさい水だが蘇生したように元気が出た。 ❖井伏鱒二（黒い雨）
▽傍から誰にも妨げられず、心全面で眺め、味い、感覚する、この快さこそ、実に彼女に、久しく失っていた自由の蘇生を感じさせるものなのであった。 ❖宮本百合子（伸子）

沮喪・阻喪【そそう】 気力がくじけて勢いが失せること。気落ちすること。＊意気沮喪
▽だからそんなものに、縋《すが》ったって頼もしくはないし、そんなものに黙殺せられたって、悪く言われたって阻喪するには及ばない。 ❖森鷗外（青年）
▽君、僕は此んな事を考へて沮喪する心を励まして居るのだよ。 ❖倉田百三（愛と認識との出発）
▽激しい神経衰弱にかゝるものがある。強度に精神の沮喪するものがある。種々《さまぐ》な病を煩《わづら》ふものがある。突然の死に襲はれるものがある、驚かれることばかりであつた。 ❖島崎藤村（夜明け前）

粗相【そそう】 不注意、そそっかしさ、誤ちからするちょっとした失敗。／大小便をもらすこと。
▽先生。わたし此頃むしやくしやして仕様がないの。お皿なんぞいくら気をつけても粗相してしまつて仕様がないんですの。 ❖永井荷風（問はずがたり）
▽「あれ、藤《とう》様はここにおわしたのか。これはこれはいかい粗相を」と、云いながら、女は直ぐ障子を閉ざして、去ろうとしたが、（後略）。

❖菊池寛（藤十郎の恋）
▽病室におかはを入れる事もそれ程厭がらなくなつた。それにしろ、知らずに粗相するやうな事は自分はこれまで一度も知らなかつた。　❖志賀直哉（和解）

卒爾【そつじ】 突然なこと。軽率なこと。
▽あのう、卒爾なことをお尋ね申しますが、このごろお籠《こも》りをする人たちは大分大勢をりませうかな。　❖谷崎潤一郎（乱菊物語）
▽彼は、やや焦《せ》き込みながら、「卒爾ながら、少々物を訊《たず》ぬるが、その出家と申すは、年の頃は、何程《どれ》位《ぐらい》じゃ。」と、訊いた。　❖菊池寛（恩讐の彼方に）

卒然【そつぜん】 にわかなさま。突然。
▽けれども、それは女の機嫌を取るための挨拶位で戻せるものではないと思った。女は卒然として、「じゃ、もう帰りましょう」といった。
❖夏目漱石（三四郎）
▽余はおのれが信じて頼む心を生じたる人に、卒然ものを問はれたるときは、咄嗟《とっさ》の間《かん》、その答の範囲を善くも量らず、直ちにうべなふことあり。　❖森鷗外（舞姫）

素封家【そほうか】 大金持ち。財産家。
▽本田の筋向かいの前川という素封家の娘で、学校に通いだすころから、恭一とは大の仲よしであった。学校も同級なため、二人は友だちにはばかりながらも、よくつれだって往復することがある。　❖下村湖人（次郎物語）
▽僕と田嶋とはあまり贅沢のできる身ではなかつたが、ピアノを学んでゐた佐藤は新潟で屈指な素封家の忰だつた。　❖永井荷風（問はずがたり）

空言【そらごと】 根拠のない話。真実でないことば。うそ。虚言。
▽また天下の空言だらうと思へるので、気強く「只今は心もちが悪うございますので、いづれ後ほど――」とそのまま使ひの者を返させた。
❖堀辰雄（かげろふの日記）

粗漏【そろう】 手落ち。手ぬかり。
▽十兵衛といふ愚魯漢《ばかもの》は自己《おのれ》が業《わざ》の粗漏《てぬかり》より恥《は》

辱《じ》を受けても、生命《いのち》惜しさに生存《いきながら》へてゐるやうな鄙劣《けち》な奴ではなかりしか、（後略）。❖幸田露伴（五重塔）

岨【そば】山の切り立った斜面。そわ。

▽木曾路はすべて山の中である。あるところは岨《そば》づたひに行く崖の道であり、あるところは数十間の深さに臨む木曾川の岸であり、あるところは山の尾をめぐる谷の入口である。一筋の街道はこの深い森林地帯を貫いてゐた。❖島崎藤村（夜明け前）

▽門を出て、左へ切れると、すぐ岨道《そばみち》つゞきの、爪上《つまあが》りになる。鶯が所々で鳴く。❖夏目漱石（草枕）

蹲踞・蹲居【そんきょ】うずくまること。しゃがむこと。

▽仔山羊《やぎ》は細かい足どりで忙《せわ》しく彼へ随《つ》いて廻つた。謙作が蹲踞《しゃが》むと仔山羊は直ぐ前へ来て、懐《ふところ》へ首を入れさうにする。❖志賀直哉（暗夜行路）

▽真夜中に雨戸を一枚明けた縁側の端に蹲踞《うずくま》つてゐる彼女を、後から両手で支へて、寝室へ戻つて来た経験もあつた。❖夏目漱石（道草）

▽鼠色した古い壁塗《かべぬり》の人家は雨に濡れたまゝ、灰色の空の下に蹲踞《うずくま》つて居て、其の窓々は盲人の眼のやうに、何の活気も、何の人気《ひとけ》もない。❖永井荷風（ふらんす物語）

忖度【そんたく】他人の心中を推しはかること。推察。

▽そこ迄は忖度し難いけれども、佐助それはほんたうかと云つた短かい一語が佐助の耳には喜びに慄《ふる》へてゐるやうに聞えた。❖谷崎潤一郎（春琴抄）

▽伸子は狭量な佃が腹立たしくなり、一思いに自分は自分で彼の気持を一々忖度などせず、自由に信ずるままに行動してよいのだと思うこともあった。❖宮本百合子（伸子）

▽この上君の内部生活を忖度したり揣摩《しま》したりするのは僕のなし得る所ではない。❖有島武郎（生れ出づる悩み）

た

退嬰【たいえい】 あとへ退くこと。しりごみすること。消極的なこと。

▽なぜと云うに、縦《よ》しや強《す》ねてことわって見たい情はあるとしても、卑怯《ひきょう》らしく退嬰の態度を見せることが、残念になるに極まっているからである。❖森鷗外（青年）

▽万事に旧弊で退嬰的な人ではあつたが、近来上方舞《かみがたまい》が時勢に取り残されて行くのを見ては流石《さすが》にじつとしてゐられず、機会があれば東京へ打つて出ようと云ふ考が動いてゐた。❖谷崎潤一郎（細雪）

大儀【たいぎ】 面倒くさいこと。やっかいなこと。／何をするのもおっくうなこと。

▽身体は少しは大儀だったが、歩きたい気もした。それで電車道を通って日比谷の方に歩いた。❖武者小路実篤（友情）

▽軀《からだ》を動かすのも大儀で仕方がない。このまま消えてゆけるものならば、このままぼおっと地の底に消えてしまいたかった。❖林芙美子（浮雲）

▽直子は静かに只微笑した。そして静脈の透いた蒼白い手を大儀さうに出し、指を開いて彼の手を求めた。彼はそれを握りしめてやつた。❖志賀直哉（暗夜行路）

対座・対坐【たいざ】 向かい合って座ること。

▽「藤尾さん」「何です」呼んだ男と呼ばれた女は、面と向って対座している。（中略）寂寞《せきばく》たる浮世のうちに、只二人のみ、生きている。❖夏目漱石（虞美人草）

▽食事が済んでしまつても障子の外にはまだ早春の空が暮れ残つてゐたくらゐで、対坐した時間は二時間足らずだつたであらう。❖谷崎潤一郎（細雪）

対峙【たいじ】 相対してそばだつこと。向かいあってそびえ立つこと。

▽三七七八米《メートル》の富士の山と、立派に相《あい》対峙し、みぢんもゆるがず、なんと言ふのか、金剛力草とでも言ひたいくらゐ、けなげにすつくと立つてゐたあの月見草は、よかつた。富士には、月見草がよく似合ふ。　❖太宰治（富嶽百景）

対蹠【たいせき】 ある事に対して正反対の関係にあること。たいしょ。

▽愛は具体的なものに対してのほか動かない。この点において愛は名誉心と対蹠的である。愛は謙虚であることを求め、そして名誉心は最もしばしば傲慢である。　❖三木清（人生論ノート）

▽けれども自分の本性は、そんなお茶目さんなどとは、凡《およ》そ対蹠的なものでした。　❖太宰治（人間失格）

▽藤村と秋声（註・徳田秋声）とが相ついで長《ちょう》逝《せい》した。（中略）この二人の作家が全く対蹠《たいしょ》的に一生を送ったことについても、浅からぬ感銘を与えられているのではなかろうか。　❖宮本百合子（あられ笹）

泰然【たいぜん】 落ち着いていて物事に動じないさま。＊泰然自若

▽先生は高等学校でただ語学を教えるだけで、外に何の芸もない――といっては失礼だが、外に何らの研究も公けにしない。しかも泰然と取り澄ましている。　❖夏目漱石（三四郎）

▽一時はあれほど喧《かしま》しく世の噂に上つた此の親《おや》爺《じ》が、今日泰然として銀座街頭のカツフヱーに飲んでゐても、誰一人これを知つて怪しみ咎《とが》めるものもない。　❖永井荷風（つゆのあとさき）

頽廃・退廃【たいはい】 衰えてすたれること。気風が崩れて不健全になること。廃頽。

▽見物は皆あちらこちらの溝渠《ほりわり》から小舟に棹《さお》さして集まり、華やかに水郷の歓を尽くして別れるものゝ、何処かに頽廃の趣が見えて祭の済んだあとから夏の哀れは日に日に深くなる。　❖北原白秋（思ひ出）

▽この頽廃と、精神の無秩序との中にも、たゞくその日その日の刺戟《しげき》を求めて明日のことも

考へずに生きてゐるやうな人達ばかりが決して江戸の人ではなかつた。　❖島崎藤村（夜明け前）

▽「諸君、今や国鉄の頽廃は、かくのごとくであります。彼等は闇物資を運ぶに汲々《きゅうきゅう》として、乗客を侮《あなど》り……」と車内で演説を始める声が聞えて来た。　❖井伏鱒二（黒い雨）

泰平・太平【たいへい】世の中が平和に静かに治まること。世の中がおだやかなこと。

▽二百何十年の泰平に慣れた諸藩の武士が尚武《しょうぶ》の気性の既に失はれてゐることを眼前に暴露して見せる。

❖島崎藤村（夜明け前）

▽泰平の世の江戸参勤のお供、（中略）死天《しで》の山三途《さんづ》の川のお供をするにも是非殿様のお許を得なくてはならない。

❖森鷗外（阿部一族）

蛇蝎【だかつ】ヘビとサソリ。人が恐れるもののたとえ。

▽先師と言へば、外国より入つて来るものを異端邪説として蛇蝎のやうに憎み嫌つた人のやうに普通に思はれてゐるが、『静の岩屋』なぞをあけて見ると、（中略）こんな広い見方がしてある。　❖島崎藤村（夜明け前）

▽彼等はよく功利主義功利主義といつて報酬を目あてにする行為を蛇蝎のごとく忌《い》み悪《にく》んでゐる。しかるに彼等自身の行為や心持にもさうした傾向は見られないだらうか。その報酬に対する心持が違ふ。　❖有島武郎（惜みなく愛は奪ふ）

竹叢・篁【たかむら】竹の林。たけやぶ。

▽篁のうちに音なく動く葉のありて風道の見ゆるしづけさ　❖佐藤佐太郎（黄月）

▽見おろせば、風に揉《も》まるゝ篁の　日昏るゝ色の、しづまりにけり　❖釈迢空（倭をぐな）

唾棄【だき】ひどく嫌い軽蔑すること。

▽凡《すべ》てが終つてから葉子に残るものは、嘔吐《おうと》を催すやうな肉体の苦痛と、（中略）その後に襲つて来る唾棄すべき倦怠ばかりだつた。　❖有島武郎（或る女）

▽「それこそ唾棄すべき人間ではないのですか。」 ❖武者小路実篤（愛と死）
▽人は或はかくの如き人々を酔生夢死の徒と呼んで唾棄するかも知れない。 ❖有島武郎（惜みなく愛は奪ふ）

託宣【たくせん】 神が人に乗りうつるなどしてその意思を告げること。そのお告げ。
▽此男は山椒大夫一家のものの言附を、神の託宣を聴くやうに聴く。そこで随分情ない、苛酷な事をもためらはずにする。 ❖森鷗外（山椒大夫）
▽昔は七歳の少童が庭に飛降《くだ》つて神怪《しんかい》驚くべき言を発したと云ふ記録が多く、古い信仰では朝《ちょう》野《や》共に、之を託宣と認めて疑はなかつた。 ❖柳田国男（山の人生）

惰弱【だじゃく】 怠けて弱いこと。意気地のないこと。積極的な気力に欠けること。
▽服装は殆《ほとん》ど皆小倉の袴《はかま》に紺足袋《こんたび》である。袖《そで》は肩の辺までたくし上げてゐないと、惰弱だといはれる。 ❖森鷗外（ヰタ・セクスアリス）
▽「（前略）君、又昼寝をしたな。どうも職業のない人間は、惰弱で不可ん。君は一体何の為に生れて来たのだつたかね」 ❖夏目漱石（それから）

黄昏【たそがれ】 たそがれどき。夕暮れ。かたわれどき。
▽まさに春の日の暮れかゝらうとする、最も名《な》残《ごり》の惜しまれる黄昏の一時《ひととき》を選んで、（中略）此の神苑《しんえん》の花の下をさまよふ。 ❖谷崎潤一郎（細雪）
▽「私、いま幸福よ。四方の壁から嘆きの声が聞えて来ても、私のいまの幸福感は、飽和点よ。くしやみが出るくらゐ幸福だわ。」上原さんは、ふふ、とお笑ひになつて「でも、もう、おそいなあ。黄昏だ。」 ❖太宰治（斜陽）
▽顧みて思はず新月が枯林の梢の横に寒い光を放てゐるのを見る。風が今にも梢から月を吹き落しさうである。（中略）君は其時、山は暮れ野は黄昏の薄《すすき》かな　の名句を思ひだすだらう。
❖国木田独歩（武蔵野）

達観【たっかん】喜怒哀楽を超越すること。何事にも動じない心境に至ること。
▽怠けるという言葉の善悪は別として、怠けるのも悪くないことであるらしい。（中略）だから、怠けるに限るといっては人聞きが良くないが、達観することに決めたと云いなおしてはどうだろう。　❖井伏鱒二（黒い雨）
▽彼は性《しょう》の悪い牡蠣《かき》の如く書斎に吸ひ付いて、嘗《かつ》て外界に向つて口を開いた事がない。それで自分丈は頗《すこぶ》る達観した様な面構《つらがまえ》をして居るのは一寸可笑《おかし》い。　❖夏目漱石（吾輩は猫である）

魂【たましい】動物の肉体に宿り、精神活動をつかさどるもの。不滅のものと信じられ、死後は肉体を離れて神霊になるとされる。魂魄。
▽雲雀《ひばり》の声を聞いたときに魂のありかゞ判然とする。雲雀の鳴くのは口で鳴くのではない、魂全体が鳴くのだ。　❖夏目漱石（草枕）
▽魂よいづくへ行くや見のこししうら若き日の夢に別れて　❖前田夕暮（収穫）
▽其子等《そのこら》に捕へられむと母が魂《たま》蛍と成りて夜を来たるらし　❖窪田空穂（土を眺めて）

断案【だんあん】最後に決定された案。
▽こんな事を思つては、又家の事を考へて見る。どうか、かうか断案に到着したらしく思つたのは、一時過ぎであつた。　❖森鷗外（雁）
▽貧乏世帯へ後妻にでもならうといふものには実際碌な者は無いといふのが一般の断案であつた。　❖長塚節（土）
▽魚は余程丈夫なものに違ないと云ふ断案はすぐに下す事が出来る。（中略）海水浴の功能はしかく魚に取つて顕著である。　❖夏目漱石（吾輩は猫である）

談義【だんぎ】意見すること。説教。
▽話が分つてから行くわよ。お久なんぞのゐる所でお談義を聴かされるのは真つ平だから。　❖谷崎潤一郎（蓼喰ふ虫）
▽余計な事をして年寄には心配を掛ける。宗八さんには御談義をされる。これ位愚《ぐ》な事はない。　❖夏目漱石（三四郎）

端倪【たんげい】推測する。見通すこと。

▽言葉丈は滾々《こんこん》として、勿体《もったい》らしく出るが、要するに端倪すべからざる空談である。　❖夏目漱石（それから）

▽後日、これは瞬間数千度の透過光線によるものだと分ったが、流石《さすが》にその機械仕掛の爆弾の性能は我々の端倪を許さない。　❖井伏鱒二（黒い雨）

▽其他《そのた》此《かく》の如《ごと》き行ひ甚だ多くして、端倪し易からざる人なり。蓋《けだ》し一言《いちごん》を以て評すれば、剛毅《ごうき》曠達《こうたつ》と云ふべし、（後略）。　❖幸田露伴（露団々）

短見【たんけん】 浅薄な考え・意見。浅見《せんけん》。

▽併しさういふのは、新聞経営者として実に短見ではあるまいか。僕の利害は言はない。新聞社の利害を言ふのだ。　❖森鷗外（ヰタ・セクスアリス）

端坐・端座【たんざ】 姿勢を正して座ること。正座。

▽深夜、人去り、草木眠って居る中に、ただ暗中に端坐して鉄槌を振って居る了海の姿が、墨の如き闇にあって尚、実之助の心眼に、歴歴《ありあり》として映って来た。　❖菊池寛（恩讐の彼方に）

▽次の日の朝、和歌の浦の漁夫、磯辺に来て見れば、松の根元に腹掻切《かきき》りて死せる一個《ひとり》の僧あり。（中略）膝も頽《くず》さず端座せる姿は、何《いず》れ名ある武士の果ならん。　❖高山樗牛（滝口入道）

端緒【たんしょ】 事のはじまり。糸口。手がかり。たんちょ。

▽それで今、少しく端緒をこゝに開いて、秋から冬へかけての自分の見て感じた処を書て自分の望の一少部分を果したい。　❖国木田独歩（武蔵野）

▽併しお玉はその恩に被《き》てゐると云ふことを端緒にして、一刻も早く岡田に近づいて見たい。唯その方法手段が得られぬので、日々人知れず腐心してゐる。　❖森鷗外（雁）

▽四人の外人の死傷に端緒を発する生麦事件は、これほどの外交の危機に推し移つた。多年の排外熱は遂にこの結果を招いた。　❖島崎藤村

（夜明け前）

嘆賞・歎賞【たんしょう】 感心してほめること。
▽魔術は現実に行われており、彼自らがその魔術の助手でありながら、その行われる魔術の結果に常にいぶかりそして嘆賞するのでした。
❖坂口安吾（桜の森の満開の下）
▽岡は言葉少《すくな》ながら、（中略）降《ふ》り下り降り煽《あお》る雪の向うに隠見《いんけん》する山内《さんない》の木立ちの姿を嘆賞した。❖有島武郎（或る女）
▽支那でも文芸の中心は久しい間、楊《やなぎ》青々たる長江の両岸に在つたと思ふ。さうで無くとも我々の祖先が、夙《つと》に理解し歎賞したのは、所謂江南の風流であつた。❖柳田国男（雪国の春）

端然【たんぜん】 乱れがなく、きちんと整っているさま。行儀作法の正しいさま。
▽さういふとき、父は一つの置物のやうに端然と坐つて、湯加減を考へるやうに小首をかたげてゐた。夏は純白な麻の着物をまとうて、（後略）。❖室生犀星（性に眼覚める頃）
▽詠子さんは静かに膝掛けの上に腰を卸《おろ》して、マツフに両手を入れて、端然としている。❖森鷗外（青年）

嘆息・歎息【たんそく】 嘆いてため息をつくこと。甚だしく嘆くこと。
▽下女が来て障子を締め切つてから、蚊帳《かや》は少しも動かなくなつた。「急に暑苦しくなりましたね」と自分は嘆息するやうに云つた。❖夏目漱石（行人）
▽「京都の敵《かたき》をこの宿場へ来て打たれちや、たまりませんね。」と言つて半蔵は嘆息した。
❖島崎藤村（夜明け前）
▽彼は深い嘆息をもらしたが、あたかも一つの決心がついたかのごとく呟《つぶや》いた。「いよいよ出られないというならば、俺にも相当な考えがあるんだ」❖井伏鱒二（山椒魚）

耽溺【たんでき】 酒色などに耽り溺れること。
▽人生の淋しさは酒や女で癒《いや》されるような浅いものではないからな。（中略）その淋しさを内容として生活を立てねばならぬ。宗教生活とは

そのような生活の事を云うのだ。耽溺と信心との岐《わか》れ道は際どいところに在る。❖倉田百三（出家とその弟子）
▽彼は一種の棄鉢《すてばち》な情熱の吐け口を闘鶏戯に見出してゐた。射倖心《しゃこうしん》や嗜虐性《しぎゃくせい》の満足を求める以外に、逞《たく》ましい雄鶏の姿への美的な耽溺でもある。❖中島敦（盈虚）

談柄【だんぺい】話の種。語り草。話題。
▽通を曲つて横町へ出て、成《な》る可《べ》く、話の為好《しい》い閑《しづか》な場所を選んで行くうちに、何時か緒口《いとくち》が付いて、思ふあたりへ談柄が落ちた。❖夏目漱石（それから）
▽ただそのうちのどこかに落ち付かない所がある。それが不安である。歩きながら考えると、今さき庭のうちで、野々宮と美禰子が話していた談柄が近因である。❖夏目漱石（三四郎）

貪婪【たんらん】きわめて欲が深いこと。どんらん。
▽それだから寒月には、あんな釣り合はない女性は駄目だ。僕が不承知だ、百獣の中で尤《もっと》も聡明なる大象《だいぞう》と、尤も貪婪なる小豚と結婚する様なものだ。❖夏目漱石（吾輩は猫である）
▽まことに芸術家の、表現に対する貪婪《どんらん》、虚栄、喝采への渇望は、始末に困つて、あはれなものであります。❖太宰治（女の決闘）

胆力【たんりょく】物事を恐れず動じない気力。度胸。
▽胆力修養の為め、夜半に結束して、たつた一人、御城の北一里にある剣が峰の天頂《てっぺん》迄登つて、其所の辻堂で夜明をして、日の出を拝んで帰つてくる習慣であつたさうだ。❖夏目漱石（それから）
▽東北の伊達《だて》一族は、その胆力と智略とで、徳川から特別の関心をもたれた。聡明な伊達の家長たちは、その危険を十分に洞察した。伊達政宗がわざと大酔《たいすい》して空寝入りをし、自分の大刀に錆《さび》の出ていることを盗見させた逸話は有名である。❖宮本百合子（木の芽だち）

ち

地異【ちい】 地上に起こる異変。地変。
▽ささやかな地異は　そのかたみに／灰を降らした　この村に　ひとしきり／灰はかなしい追憶のやうに　音立てて／樹木の梢《こずえ》に　家々の屋根に　降りしきつた　❖立原道造（萱草に寄す・はじめてのものに）
▽私は此の家で「善の研究」を熟読した。この書物は私の内部生活にとつて天変地異であつた。（中略）そして私に愛と宗教との形而上学《けいじじょうがく》的な思想を注ぎ込んだ。　❖倉田百三（愛と認識との出発）
▽神の怒はいかに現われるのであるか――天変地異においてであるか、予言者の怒においてであるか、それとも大衆の怒においてであるか。神の怒を思え！　❖三木清（人生論ノート）

稚気【ちき】 子どもっぽい様子・気分。
▽自分から斯ういふと兄を軽蔑するやうで甚だ済まないが、彼の表情の何処かには、といふよりも、彼の態度の何処かには、少し大人気《おとなげ》を欠いた稚気さへ現はれてゐた。　❖夏目漱石（行人）
▽孔子は思はずニコリとした。青年の声や態度の中に、余りに稚気満満たる誇負を見たからである。　❖中島敦（弟子）
▽一般の西洋人は茶の湯を見て、東洋の珍奇と稚気を構成する例の無数にある奇癖の一例にすぎないと、心ひそかに思っているであろう。　❖岡倉天心（茶の本）

知己【ちき】 自分の心をよく知っている人。親友。／知人。ちこ。
▽彼はその時、泣きたい程大宮の友情に感じた。そして大宮を自分の知己としてその期待を辱《はずかし》めたくないと決心した。二人はお互に慰めあい、鼓舞しあった。　❖武者小路実篤（友情）
▽彼は大に肝癪《かんしゃく》に障《さわ》つた様子で、寒竹《かんちく》をそいだ

様な耳を頻《しき》りとぴく付かせてあらゝかに立ち去つた。吾輩が車屋の黒と知己になつたのはこれからである。❖夏目漱石（吾輩は猫である）
▽沿線の風景は、伸子にとって、子供の時から知己であった。列車は那須野ケ原にさしかかった。❖宮本百合子（伸子）
▽瀬戸は頻《しき》りにずるいよを振り廻して、純一の知己を以《もっ》て自ら任じているという風である。❖森鷗外（青年）

遅疑【ちぎ】 疑い迷ってためらうこと。
▽此場合では厭でも知つた振をしなくてはならぬと云ふことなどが、稲妻のやうに心頭を掠《かす》めて過ぎた。そして遅疑した跡をお貞が認め得ぬ程速かに、「えゝ」と答へた。❖森鷗外（雁）
▽主婦は彼から来意を聞かされても、あまりその理由が唐突《とうとつ》なので暫《しばら》く遅疑する様子であったが、（後略）。❖谷崎潤一郎（吉野葛）
▽己《おれ》はあの明りを見て、根岸へ行こうと決心した。（中略）人間は遅疑しながら何かするときは、その行為の動機を有り合せの物に帰するものと見える。❖森鷗外（青年）

知遇【ちぐう】 人格や見識などを認められて厚い待遇を受けること。
▽当時洛外に侘住居《わびずまい》する岩倉公の知遇を得て朝に晩に岩倉家に出入りするといふ松尾多勢子から、その子の誠に宛てた京都便りも、半蔵にはめづらしかつた。❖島崎藤村（夜明け前）

値遇【ちぐう】 出あうこと。めぐりあうこと。／親しくすること。／知遇。ちぐ。
▽お許の無いに殉死《じゅんし》しては、これも犬死である。偶《たま》にさう云ふ人で犬死にならないのは、値遇を得た君臣《くんしん》の間に黙契《もっけい》があつて、お許はなくてもお許があつたのと変らぬのである。❖森鷗外（阿部一族）

逐電【ちくでん】 逃げ去って行方をくらますこと。ちくてん。
▽市九郎とお弓とは、江戸を逐電してから、東海道は態《わざ》と避けて、人目を忍びながら、東山道を上方へと志した。❖菊池寛（恩讐の彼方に）

▽蝶子の肚《はら》はきまつた。一旦遂電したからにはおめおめ抱主のところへ帰れまい、同じく家へ足踏み出来ぬ柳吉と一緒に苦労する、(後略)。❖織田作之助(夫婦善哉)

知悉【ちしつ】 知りつくすこと。詳しく知っていること。
▽それほど、夫人はこの家の中でなら、何もかも知悉してゐて、ほとんどわれわれと同様に振舞へるらしく見えた。❖堀辰雄(窓)
▽彼は、もともと女性軽蔑者でありました。女性の浅間《あさま》しさを知悉しているつもりでありました。女性は男に愛撫されたくて生きている。称讃されたくて生きている。❖太宰治(女の決闘)

痴情【ちじょう】 色情に溺れて理性を失った感情。/色香を含んだ風情。
▽そして落ち着いて味はつて見ると、彼のきらひな町人社会の痴情の中にも日頃のあこがれを満たすに足るものがないでもない。❖谷崎潤一郎(蓼喰ふ虫)

▽何分にも敵の多い春琴であつたからまだ此の外にもどんな人間がどんな理由で恨みを抱いてゐたかも知れず(中略)又必ずしも痴情の沙汰ではなかつたかも知れない。❖谷崎潤一郎(春琴抄)

稚拙【ちせつ】 子どもじみてつたないこと。
▽女はごくんと頷《うなず》いた。その頷きは稚拙であったが、伊沢は感動のために狂いそうになるのであった。(中略)女が表わした始めての意志であり、ただ一度の答えであった。❖坂口安吾(白痴)

地歩【ちほ】 自分のいるべき地位。自分の活動する上での立場。
▽これまで只美しいとばかり云はれて、人形同様に思はれてゐたお佐代さんは、繭《まゆ》を破つて出た蛾のやうに、その控目な、内気な態度を脱却して、多勢の若い書生達の出入する家で、天晴《あつぱれ》地歩を占めた夫人になりおほせた。❖森鷗外(安井夫人)

忠勤【ちゅうきん】 忠義を尽くして忠実につと

めること。

▽「じつに長らくご苦労だった。これからはもうここにいて、大将たちの大将として、なお忠勤をはげんでくれ。」北守将軍ソンバーユーは涙をたれてお答えした。　❖宮沢賢治（北守将軍と三人兄弟の医者）

衷心【ちゅうしん】心の奥底にある、ほんとうの気持ち。真心。本心。

▽日本人は衷心に於ては外国との通商交易を望み、中にも欧羅巴《ヨーロッパ》の学術工芸を習得したいと欲してゐる。　❖島崎藤村（夜明け前）

▽一種の弱点を持つた此兄さんを、私は今でも衷心から敬愛してゐると固く信じて疑はないのであります。　❖夏目漱石（行人）

▽衷心から困つたやうな彼に向つて内儀さんはもう追求する力を有たなかつた。　❖長塚節（土）

躊躇【ちゅうちょ】あれこれ迷い決心がつかないこと。ためらうこと。

▽今は迷ふところなく真ツ直ぐに辿りさへすればいゝ、この期《ご》に臨《のぞ》んで何を自分は躊躇するのか、と。　❖島崎藤村（夜明け前）

▽純一はここまで考えて、それが自分に出来るだろうかと反省して見た。そして躊躇した。それを極《き》めずに置く処に、一種の快味があるのを感じた。　❖森鷗外（青年）

誅戮【ちゅうりく】罪をただして殺すこと。

▽少し位身体が疲れたつて構はんさ。あんな奸《かん》物《ぶつ》をあの儘にして置くと、日本の為にならないから、僕が天に代つて誅戮を加へるんだ。　❖夏目漱石（坊つちゃん）

▽薩長の真意が慶喜を誅《ちゅう》し、同時に会津の松平容保《かたもり》と桑名の松平定敬《さだのり》とを誅戮するにあることが早く名古屋城に知れ、尾州の御隠居はこの形勢を案じて会桑二藩の引退を勧告するために、（中略）名古屋から上京した。　❖島崎藤村（夜明け前）

朝儀【ちょうぎ】朝廷の儀式。

▽日本の政治家達（貴族や武士）は自己の永遠の隆盛を約束する手段として絶対君主の必要を

嗅ぎつけていた。彼等は（中略）朝儀を盛大にして天皇を拝賀する奇妙な形式が大好きで、満足していた。❖坂口安吾（堕落論）

寵児【ちょうじ】特別にかわいがられる子ども。／時流に乗ってもてはやされる人。

▽提婆《でーば》達多《だった》は幼少の時から宮女《きゅうじょ》たちの寵児であつた。彼がまだ十歳をこすかこさぬほんの子供であつた時から既に彼を恋する女さへあつた。❖中勘助（提婆達多）

▽今度の恋は自分に彼女と結婚せよと命じている。（中略）自然の命令、自然の深い神秘な黙示があるのではないかと思う。この黙示は「汝、彼女と結婚せよ、（中略）そうして汝等の子孫には自然の寵児が生れるであろう」と云うのだ。❖武者小路実篤（お目出たき人）

嘲笑・調笑【ちょうしょう】嘲笑って笑い者にすること。

▽「なんの為の平和だ。自分の地位を守る為か」こんどはメロスが嘲笑した。「罪の無い人を殺して、何が平和だ」❖太宰治（走れメロス）

▽山椒魚はこれ等の小魚達を眺めながら、彼等を嘲笑してしまった。「なんという不自由千万な奴等であろう！」❖井伏鱒二（山椒魚）

▽丁稚《でっち》の分際で生意気な真似をすると憫殺《びんさつ》されるか嘲笑されるか、どっちみち碌《ろく》なことはあるまいと恐れを抱いてゐた。❖谷崎潤一郎（春琴抄）

▽このやうな手紙を、もし嘲笑する人があつたら、そのひとは女の生きて行く努力を嘲笑するひとです。女のいのちを嘲笑するひとです。❖太宰治（斜陽）

長逝【ちょうせい】永久に逝ってかえらないこと。死ぬこと。逝去。

▽哲学者は淋しい甲虫《かぶとむし》である。故ゼームス博士はかうおつしやつた。（中略）思へば博士は昨年の夏、チョコルアの別荘で忽然《こつぜん》として長逝せられたのであつた。❖倉田百三（愛と認識との出発）

▽春琴は此の時から怏々《おうおう》として楽しまず間もな

く脚気《かつけ》に罹《かか》り秋になつてから重態に陥り、十月十四日心臓麻痺で長逝した。 ❖谷崎潤一郎（春琴抄）

▽藤村と秋声（註・徳田秋声）とが相ついで長逝した。（中略）この二人の作家が全く対蹠《たいしょ》的に一生を送ったことについても、浅からぬ感銘を与えられているのではなかろうか。 ❖宮本百合子（あられ笹）

超然【ちょうぜん】 物事にこだわらないさま。世俗にとらわれないさま。／かけ離れているさま。高く抜き出るさま。

▽先生の態度は寧《むし》ろ非社交的であつた。一定の時刻に超然として来て、また超然と帰つて行つた。 ❖夏目漱石（こゝろ）

▽ゆき子は小さいラジオに耳をあてて子供のように喜んでみせた。激しい歴史のうつりかわりが感じられて、その音色から、超然とした運命が流れ出ているように思える。 ❖林芙美子（浮雲）

打擲【ちょうちゃく】 人を打ちたたくこと。

▽打擲といふ字は折檻《せつかん》とか虐待とかいふ字と並べて見ると、忌《いま》はしい残酷な響を持つてゐる。嫂《あによめ》は今の女だから兄の行為を全く此意味に解してゐるかも知れない。 ❖夏目漱石（行人）

▽修業のためには甘んじて苛辣《からつ》な鞭撻《べんたつ》を受けよう怒罵《どば》も打擲も辞する所にあらずといふ覚悟の上で来たのであつた。 ❖谷崎潤一郎（春琴抄）

徴表【ちょうひょう】 ある事物を他の事物から区別し特徴づける性質。メルクマール。

▽この年齢に達した者にとっては死は慰めとしてさえ感じられることが可能になる。死の恐怖はつねに病的に、誇張して語られている。（中略）真実は死の平和であり、この感覚は老熟した精神の健康の徴表である。 ❖三木清（人生論ノート）

▽宗教においても、科学や哲学においてと同じく、真理が問題である。（中略）もとより宗教の真理も真理として客観的でなければならぬ。客観性はあらゆる真理の基本的な徴表である。

❖三木清（親鸞）

凋落【ちょうらく】花などがしぼんで落ちること。／勢いが衰えることや死ぬこと。

▽秋だ。孰《いづ》れの梢も繁茂する力が其の極度に達して其処に凋落の俤《おもかげ》が微《かす》かに浮んだ。❖長塚節（土）

▽その年の夏が一きは花やかで美しかつただけ、それだけその季節の過ぎてからの何とも言へぬ佗びしさのやうなものが、いはば凋落の感じのやうなものが、（中略）一層ひしひしと感じられてならなかつた。❖堀辰雄（美しい村）

跳梁【ちょうりょう】跳ねまわること。／悪人などがのさばりはびこること。＊跳梁跋扈《ばっこ》

▽三人は弁当の包みを手に持つたまゝ暫く足も踏み込めないで、子供たちの跳梁するのをぼんやり立つて眺めてゐた。❖谷崎潤一郎（蓼喰ふ虫）

▽それが此頃になつて変つて来た。夜中悪い精神の跳梁から寝つけなくなると、本を読んでも読んでゐる字の意味を頭が全《まる》で受けつけなくなる。❖志賀直哉（暗夜行路）

▽目先の利に走る内地商人と、この機会を捉へずには置かない外国商人とがしきりにその間に跳梁し始めた。❖島崎藤村（夜明け前）

嘲弄【ちょうろう】嘲《あざけ》りなぶること。ばかにしてからかうこと。

▽あんたみたいな人欺《だま》すぐらゐぢツきやわ、と、嘲弄するやうになつて、しまひにはそれが面白うて何ぞ云ふとすぐ泣いたり怒鳴つたりして、自分ながら末恐ろしいなるほど芝居するのんが上手になつてしもうて、……（後略）。❖谷崎潤一郎（卍）

▽学校では、女の子は別な教場で教へることになつてゐて、一しよに遊ぶことも絶て無い。若し物でも言ふと、すぐに友達仲間で嘲弄する。❖森鷗外（ヰタ・セクスアリス）

佇立【ちょりつ】たたずむこと。ちょりゅう。

▽彼の前に佇立して余念もなく眺めて居ると、静かなる小春の風が、杉垣の上から出たる梧桐《ごとう》の枝を軽《かろ》く誘つてばら〳〵と二三枚の葉が枯菊

の茂みに落ちた。　❖夏目漱石（吾輩は猫である）

▽坂を上って上野の一部を見ようか、それでは余《あま》り遅くなるかも知れないと、危ぶみながら佇《ちょ》立《りゅう》している。　❖森鷗外（青年）

▽今迄佇立して身動きもしなかつた余は急に川を渡つて塔に行き度《たく》なつた。長い手は猶々《なおなお》強く余を引く。　❖夏目漱石（倫敦塔）

沈吟【ちんぎん】　じっと考えこむこと。／静かに口ずさむこと。

▽先生はしばらく沈吟したあとで、「何うも君の顔には見覚がありませんね。人違ぢやないですか」と云つたので私は変に一種の失望を感じた。　❖夏目漱石（こゝろ）

▽敬之進は嘆息したり、沈吟したりして、時々絶望した人のやうに唐突《だしぬけ》に大きな声を出して笑つた。「浮《ふ》世《せい》夢のごとし」——それに勝手な節を付けて、低音に長く吟じた。　❖島崎藤村（破戒）

▽帰つて見ると主人は書斎の中《うち》で何か沈吟の体《てい》で筆を執つて居る。（中略）うん〱云ひながら神聖な詩人になり済まして居る。　❖夏目漱石（吾輩は猫である）

沈潜【ちんせん】　水の底に深く沈みかくれること。／深く没頭すること。

▽確かに呼吸が止まり冷たい、堅い骸《むくろ》となって横わっている自分の前では、もう一人のこれも自分には違いない自分が、（中略）潸然《さんぜん》と涙を流している……。こんな、不合理なことを、彼女自身は何の矛盾も感ぜずに体ごと、その涙の中に沈潜して行くことが出来たのである。　❖宮本百合子（地は饒なり）

▽ここにある限りの人人は皆、同じ一つの心配事に対して深く沈潜するあまりに口も利《き》かずにゐると思へば、（中略）この朝の食卓は、言ひ得べくんば粛々《しゅくしゅく》として平和であつた。　❖佐藤春夫（更生記）

沈着【ちんちゃく】　落ち着いていること。

▽谷から谷を伝ひ、畠から畠を匍《は》ふそのひゞきは、和尚が（中略）万福寺の住職となつた安政

元年の昔も、今も、同じ静かさと、同じ沈着《おちつき》とで、清く澄んだ響を伝へて来てゐる。❖島崎藤村（夜明け前）

珍重【ちんちょう】 珍しいものとして大切にすること。

▽自分は屢々《しばしば》思ふた、若《も》し武蔵野の林が楢《なら》の類《たぐい》でなく、松か何かであつたら極めて平凡な変化に乏しい色彩一様なものとなつて左まで珍重するに足らないだらうと。❖国木田独歩（武蔵野）

▽如何《いか》に珍重されなかつたかは、今日に至る迄名前さへつけてくれないのでも分る。❖夏目漱石（吾輩は猫である）

闖入【ちんにゅう】 突然、断りもなく入りこむこと。

▽岡田の空想の領分に折々此女が闖入して来て、次第に我物顔に立ち振舞ふやうになる。❖森鷗外（雁）

▽その小屋の奥に誰かが彼より先にはひつて雨宿りしてゐるらしい気配のした事だつた。漸《よう》く周囲に目の馴れて来た彼は突然の闖入者の自分のために、隅の方へ寄つて小さくなつてゐる一人の娘の姿を認めた。❖堀辰雄（菜穂子）

▽少し常識のあるもんやつたら、人の家庭い闖入して平和破壊するやうなことする訳あれへん。あらきつと性質え丶ことない児やで。❖谷崎潤一郎（卍）

陳腐【ちんぷ】 古くさいこと。ありふれていてつまらないこと。

▽私の答は、思想界の奥へ突き進んで行かうとするあなたに取つて物足りなかつたかも知れません、陳腐だつたかも知れません。けれども私にはあれが生きた答でした。❖夏目漱石（こゝろ）

▽「あんな所に……」とよし子がいい出した。驚いて笑っている。この女はどんな陳腐なものを見ても珍らしそうな眼付をするように思われる。❖夏目漱石（三四郎）

つ

追懐【ついかい】 昔のことや人などを思い出してなつかしむこと。追憶。
▽最後に、せめて一本互の思い出のためによい手紙を送りたい。伸子はある晩、追懐の感動にいっぱいになって机に向った。 ❖宮本百合子（伸子）
▽「（前略）僕の近所の女学校の生徒抔《など》と来たらえらいものだぜ。（中略）僕は二階の窓から彼等の体操を目撃するたんびに古代希臘《ギリシア》の婦人を追懐するよ」 ❖夏目漱石（吾輩は猫である）

追従【ついしょう】 人のあとにつき従うこと。こびへつらうこと。
▽人間は皆薄情です。私が大金持になつた時には、世辞も追従もしますけれど、一旦貧乏になつて御覧なさい。柔《やさ》しい顔さへもして見せはしません。 ❖芥川龍之介（杜子春）
▽あの美しい夫人は、彼女を囲む阿諛《あゆ》や追従や甘言や、戯恋《フラート》に倦き倦きしているのかも知れない。 ❖菊池寛（真珠夫人）

追善【ついぜん】 死者の冥福を祈るため法要などの善事を行うこと。追福。「追善興行」は、歌舞伎などで故人になった俳優をしのんでする興行のこと。
▽今度の会は故師匠の追善と云ふ名目なのであるが、かう云ふ催しも時局への遠慮から追ひ〲困難になるらしいので、今のうちに一遍見て置いたらどうかと云ふこと、（後略）。 ❖谷崎潤一郎（細雪）
▽新比《しんぴ》翼塚《よくづか》は明治十二三年のころ品川楼《ろう》で情死をした遊女盛糸《せいし》と内務省の小吏《しょうり》谷《たに》豊栄《ほうえい》二《に》人《にん》の追善に建てられたのである。 ❖永井荷風（里の今昔）

通暁【つうぎょう】 ある事柄について詳しく知り抜いていること。／夜通し。

▽若い頃、わたくしは遊里の消息に通暁した老人から、こんな話をきかされたことがあつた。(中略)何の訳もない気病みといふものは不思議に当るものだと云ふ話である。 ❖永井荷風(濹東綺譚)

▽彼等のうちにも西洋の故事に通暁する軍師があると見えて、うまい計略を授けたものである。 ❖夏目漱石(吾輩は猫である)

▽この簡単な閲歴《えつれき》が、日本の生活事情に通暁していない人々に、はたしてじゅうぶんの理解を得ることができるや否やを疑う。 ❖小泉八雲(ある女の日記)

痛痒を感じない【つうようをかんじない】 痛くもかゆくもない。利害や影響もないため平気である。

▽巡査は只形式的に聞いたのであるから、いつ這入つた所が一向痛痒を感じないのである。 ❖夏目漱石(吾輩は猫である)

▽小人《しょうじん》から罵詈《ばり》されるとき、罵詈其れ自身は別に痛痒を感ぜぬが、其小人の面前に起臥《きが》しなければならぬとすれば、誰しも不愉快だらう。 ❖夏目漱石(草枕)

接ぎ穂【つぎほ】 途切れた話を続けていくためのきっかけ。

▽雪子が、ふん、と云つたゞけで、あとを聞かうともせず、闇の中をしづかに附いて来るだけなので、幸子も接穂がなく、黙つてしまつたのであつたが、(後略)。 ❖谷崎潤一郎(細雪)

▽夫《それ》でも島田は容易に立たなかつた。話の接穂がなくなつて、手持無沙汰で仕方なくなつた時、始めて座蒲団《ざぶとん》から滑り落ちた。 ❖夏目漱石(道草)

築山【つきやま】 日本庭園で、山に見立てて土砂や岩石を小高く盛り上げたところ。

▽羊羹《ようかん》のあき箱に握り飯をつめ伊勢詣《いせまい》りという趣向で、伯母さんが先に立って庭の築山をぐるぐるまわり歩いた。 ❖中勘助(銀の匙)

▽そこに集まつたものゝ中には、庭の見える縁側にすべり出、和尚の意匠に成る築山泉水《せんすい》の趣を眺めるものがある。 ❖島崎藤村(夜明け

前）

月読【つくよみ】 月。つきよみ。
▽月読の光に来ませあしひきの山を隔《へだ》てて遠からなくに　❖湯原王（万葉集・巻四）
▽外風呂《そとふろ》に湯あみし居れば月読《つきよみ》は山の端《は》いでてわれを照らせり　❖古泉千樫（川のほとり）

爪先上り【つまさきあがり】 次第にのぼりになっていること。爪上り。
▽往来からだら〳〵と半町ばかり引っ込んだ爪先上りの丘の路を、その草屋根の方へ登つて行つた。　❖谷崎潤一郎（吉野葛）
▽爪先上がりの道を、平になる処まで登ると、また右側が崖になっていて、上野の山までの間の人家の屋根が見える。　❖森鷗外（青年）
▽見上げる峯の裾を縫うて、暗き陰に走る一条《ひとすぢ》の路に爪上りなる向うから大原女《おはらめ》が来る。牛が来る。京の春は牛の尿《いばり》の尽きざる程に、長く且《か》つ静かである。　❖夏目漱石（虞美人草）
▽暫くして右側が岩崎の屋敷の石垣になつて、道が爪先下《さが》りになつた頃、左側に人立ちのしてゐるのに気が附いた。　❖森鷗外（雁）

徒然【つれづれ】 することもなく退屈なさま。することもなくものさびしいさま。とぜん。
▽窓から射して来て居る灰色な光線は、どうかすると暗い部屋の内部《なか》を牢獄のやうに見せた。（中略）訪れるものも少なく、よし有つても故国の食物の話や女の話なぞに僅かに徒然を慰め合ふのもその一つである。　❖島崎藤村（新生）
▽葉子は脳心にたぐり込まれるやうな痛みを感ずる両眼から熱い涙を流しながら、徒然《つれぐ》なまゝに火のやうな一心を倉地の身の上に集めた。
❖有島武郎（或る女）
▽馬籠《まごめ》を出しなに腰にさして来た笛なぞを取り出した時は、しばらく彼もさみしく楽しい徒然に身をまかせてゐた。　❖島崎藤村（夜明け前）
▽寝るには早過《はやすぎ》ました。話にはもう飽きました。私は旅行中に誰でも経験する一種の徒然《とぜん》に襲はれました。　❖夏目漱石（行人）

て

低回・低徊・低佪【ていかい】 もの思いに耽りながら行きつ戻りつすること。

▽夜半《やはん》から降り出した。三四郎は床《とこ》の中で、雨の音を聞きながら、尼寺へ行けという一句を柱にして、その周囲《まわり》にぐるぐる低徊した。❖夏目漱石（三四郎）

▽どうにもならない事を、どうにかする為には、手段を選んでゐる遑《いとま》はない。（中略）選ばないとすれば――下人の考へは、何度も同じ道を低徊した揚句に、やっとこの局所へ逢着した。❖芥川龍之介（羅生門）

停頓【ていとん】 順調に進まないで行きづまっていること。進展しないこと。

▽病人を外科へ移す相談が停頓してゐるのは、実際は此の老婆一人が「うん」と云はないからなのださうであるが、（後略）。❖谷崎潤一郎（細雪）

泥濘【でいねい】 泥でぬかっているところ。ぬかるみ。

▽水は半ば凍り、泥濘も脛《はぎ》を没する深さで、行けども行けども果てしない枯葦原が続く。❖中島敦（李陵）

▽彼が、がた〱云はして其処《そこ》の硝子戸《ガラスど》を開けると、同時に雨の音、泥濘《ぬかるみ》を急ぐ足音などが聴えて来た。❖志賀直哉（暗夜行路）

敵愾心【てきがいしん】 敵に対する憤りや憎しみの気持ち。敵を倒そうとする強い闘争心。

▽云ひ換へると、自分は兄を夫丈《それだけ》軽蔑し始めたのである。席を立つ時などは多少彼に対する敵愾心さへ起つた。❖夏目漱石（行人）

▽心の中には自分の敵がどんな獣物《けだもの》であるかを見極めてやるぞといふ激しい敵愾心が急に燃えあがつてゐた。❖有島武郎（或る女）

剔出・摘出【てきしゅつ】 暴きだすこと。えぐりだすこと。剔抉《てっけつ》。

▽そこにはまた、今日の日本の克服すべき大切な問題が剔出されてあり、教育・社会・政治の上に生きた資料を提供するであろう。❖南原繁（日本の理想）

▽川柳《せんりゅう》の下等なものになると、表面上は機微な客観的真実の認識と描写があるようでも、句の背後からそれを剔出して誇張し見せびらかす作者の主観が濃厚に浮び上がって見えるのを如何ともし難い、（後略）。❖寺田寅彦（俳諧の本質的概論）

▽三四郎はこの不安の念を駆《か》るために、二人の談柄を再び剔抉《ほじくり》出して見たい気がした。❖夏目漱石（三四郎）

手管【てくだ】 人をだまし、うまく操る手段。人を操る駆引の手際。

▽「そんな優しい顔してゝあんたはえらい手管上手や」とか、「くろとも及ばん凄腕《すごうで》や」とか、いろ〳〵なこと云うておだてたり皮肉云うたりしますのんで、（後略）。❖谷崎潤一郎（卍）

▽徳川時代のお家騒動や、一国の治乱興廃の跡を尋ねると、必ず蔭に物凄い妖婦の手管がないことはない。❖谷崎潤一郎（痴人の愛）

木偶坊【でくのぼう】 人形。でく。くぐつ。／役に立たない人。

▽人間の惨めさが、ありありと現れていて我ながらいやらしい。彼等にとって、我々は滑稽な木偶の坊に見えたろう。❖井伏鱒二（黒い雨）

▽ミンナニデクノボートヨバレ／ホメラレモセズ／クニモサレズ／サウイフモノニ／ワタシハナリタイ　❖宮沢賢治（雨ニモマケズ）

転訛【てんか】 語の本来の音がなまって変化すること。テマエがテメエになる例。

▽この火の燃え上るときに、お精霊を迎へ又は送るといふ言葉を、高く唱へたことで、それをヤイヤイボとかコンブク様とか呼んだのは、永い歳月の言葉の転訛であるらしい。❖柳田国男（魂の行くへ）

典雅【てんが】 きちんと整っていて上品なさま。整っていてみやびやかなこと。

▽洒落《しゃれ》た切子細工や典雅なロココ趣味の浮模様を持つた琥珀《こはく》色や翡翠《ひすい》色の香水壜。（中略）私はそんなものを見るのに小一時間も費すことがあつた。　❖梶井基次郎（檸檬）

▽凄《すご》く恐ろしい感じを彼に与へたものは、自然の持つて居るこの暴力的な意志ではなかつた。反つて、この混乱のなかに絶え絶えになつて残つて居る人工の一縷《いちる》の典雅であつた。　❖佐藤春夫（田園の憂欝）

典拠【てんきょ】 文献などに見られる、確かなよりどころ。出典。

▽作中の典拠を指摘する事が批評家の知識の範囲を示すために、第三者にとって色々の意味で興味のある場合もかなりにある。　❖寺田寅彦（浅草紙）

▽地唄の文句には辻褄の合はぬところや、語法の滅茶苦茶なところが多くて、（中略）それに謡曲や浄瑠璃の故事《こじ》を踏まへてゐるのなぞは、その典拠を知らないでは尚更解釈に苦しむ訳で、「狐噲《こんかい》」の曲も大方別に基づくところがあるのであらう。　❖谷崎潤一郎（吉野葛）

天啓【てんけい】 天の啓示。天が真理を人間に示すこと。天の教え。

▽何か今までの日本にはなかつたやうなものの出現を待ち設け見守つてゐた若い人々の眼には、葉子の姿は一つの天啓のやうに映つたに違ひない。　❖有島武郎（或る女）

▽しかし天啓の恵みとでもいふものか。それが頂点に達したと思はれる頃に、幸にも病人は昏々《こんこん》として眠りに落ちて行つた。　❖佐藤春夫（更生記）

▽この版画の油絵はたしかに一つの天啓、未知の世界から使者として一人の田舎少年の柴の戸ぼそに音ずれたようなものであったらしい。　❖寺田寅彦（青衣童女像）

天真【てんしん】 天然自然のままで、偽りや飾り気のないさま。生まれつきの本性。

▽大きな飯丼。葱《ねぎ》と小間切れの肉豆腐。濁つた味噌汁。これ丈けが十銭玉一つの栄養食だ。労働者は天真に大口あけて飯を頬ばつてゐる。涙

ぐましい風景だつた。　❖林芙美子（放浪記）

▽嫁に行けば、女は夫のために邪《よこしま》になるのだ。さういふ僕が既に僕の妻を何《ど》の位悪くしたか分らない。（中略）幸福は嫁に行つて天真を損《そこな》はれた女からは要求出来るものぢやないよ。　❖夏目漱石（行人）

▽どのような情念でも、天真爛漫《らんまん》に現われる場合、つねに或る美しさをもっている。しかるに嫉妬には天真爛漫ということがない。愛と嫉妬とは、種々の点で似たところがあるが、先ずこの一点で全く違っている。　❖三木清（人生論ノート）

天性【てんせい】天から与えられた性質。生れつき備わっている性質。

▽烈しい気候を相手に克《よ》く働く信州北部の女は、いづれも剛健な、快活な気象に富むのである。苦痛に堪へ得ることは天性に近いと言つてもよい。　❖島崎藤村（破戒）

▽南山の竹は揉《た》めずして自ら直《なお》く、斬つて之を用ふれば犀革《さいかく》の厚きをも通すと聞いてゐる。して見れば、天性優れたる者にとつて、何の学ぶ必要があらうか？　❖中島敦（弟子）

恬然【てんぜん】心に何も感ぜず、平然としているさま。

▽我我の恬然と我我の愚を公にすることを恥ぢないのは幼い子供に対する時か、――或は、犬猫に対する時だけである。　❖芥川龍之介（侏儒の言葉）

▽文学士なんて、みんなあんな連中なら詰らんものだ。辻褄《つじつま》の合はない、論理に欠けた注文をして恬然として居る。　❖夏目漱石（坊つちゃん）

▽「先生。只今のは御新造《ごしんぞう》様でございますか。」「さやう。妻で。」恬然として仲平は答へた。（中略）「して見ますと、御新造様の方が、先生の学問以上の御見識でございますな。」（中略）仲平は覚えず失笑した。　❖森鷗外（安井夫人）

恬淡・恬澹【てんたん】心が静かで無欲なこと。あっさりしていて物事に執着しないさま。

▽彼は昔放蕩した経験があるので、さう云ふ点は非常に分りがよいと云ふのか、超越してしまつてゐると云ふのか、甚だ恬淡に出来てゐる。

❖谷崎潤一郎（細雪）

▽物質的にも、精神的にも、何事をも希求せぬ程恬澹であつたとは、誰も信ずることが出来ない。　❖森鷗外（安井夫人）

天誅【てんちゅう】 天にかわって誅罰すること。／天が下す罰。天罰。

▽「貴様等は奸物《かんぶつ》だから、かうやつて天誅を加へるんだ。これに懲《こ》りて以来つゝしむがいゝ。いくら言葉巧みに弁解が立つても正義は許さんぞ」　❖夏目漱石（坊つちやん）

点綴【てんてい】 ほどよく散らばって配置されまとまりをなしていること。てんてつ。てんせつ。

▽前には伽羅《きゃら》や松や躑躅《つつじ》や木犀《もくせい》などの点綴された庭が展《ひろ》げられてあつて、それに接して、本堂に通ずる廊下が長く続いた。　❖田山花袋（田舎教師）

▽南向きの斜面に、田園があり、松林があり、小川があり、その間に古風な農家や赤い屋根の洋館が点綴してゐると云つた風な所で、（後略）。　❖谷崎潤一郎（細雪）

▽うしろに山を背負ひ、前に水を控へた一とすぢみちの街道に、屋根の低い、まだらに白壁の点綴《てんてつ》する素朴な田舎家の集団を成してゐるのが見える。　❖谷崎潤一郎（吉野葛）

天稟【てんぴん】 生まれつきの性質・才能。てんりん。

▽若《も》し彼に独自の道を切り開いて行く天稟がないのなら、万望《どうか》正直な勤勉な凡人として一生を終つてくれ。　❖有島武郎（生れ出づる悩み）

▽天稟の才能に熱心が拍車をかけたので、「十五歳の頃春琴の技大いに進みて儕輩《せいはい》を抽《ぬき》んで、同門の子弟にして実力春琴に比肩《ひけん》する者一人もなかりき」とある（後略）。　❖谷崎潤一郎（春琴抄）

▽私の天稟のなかには異性によりてのみ引き出だされ、成長せしめられ得る能力が隠れてゐるに相違ない。　❖倉田百三（愛と認識との出

発）

顛末【てんまつ】事のいきさつ。一部始終。

▽歴史の恩恵は追々と此顛末を正しく知つて、各人に其知識に依つて自然と良い判断をさせることで、私たちは是を次の新教育に深く期待して居る。　❖柳田国男（国語の将来）

▽其話はもうよしてくれ給へ。君にだけは顛末を打ち明けて話してあるのだから、此上僕をいぢめなくても好いぢやないか。　❖森鷗外（雁）

▽細君は云ひ悪さうに、簞笥《たんす》の抽匣《ひきだし》に仕舞つて置いた自分の着物と帯を質に入れた顛末を話した。　❖夏目漱石（道草）

天命【てんめい】天の命令。／天によって定められた人の運命。／天寿。

▽この戦争はいったいどうなるのであろう。日本は負け敵は本土に上陸して日本人の大半は死滅してしまうのかも知れない。それはもう一つの超自然の運命、いわば天命のようにしか思われなかった。

❖坂口安吾（白痴）

▽師はもう天命を楽しむことを会得《えとく》されたように見える。師は静かにおちついて日常の生活をくり返された。

❖武者小路実篤（幸福者）

纏綿【てんめん】からみつくこと。／複雑に入り組んでいること。／情緒が深くまとわりついて離れないさま。

▽彼は彼女から今迄の経歴をあらまし聞き取つた。其間には人世と切り離す事の出来ない多少の不幸が相応に纏綿してゐるらしく見えた。

❖夏目漱石（道草）

▽不幸にも其娘さんはある纏綿した事情のために、一年経つか経たないうちに、夫の家を出る事になつた。　❖夏目漱石（行人）

▽纏綿として濃《こま》やかな、まことに充ちたる感情が私の胸の中をあふれ流れてゐる。　❖倉田百三（愛と認識との出発）

諂諛【てんゆ】こびへつらうこと。

▽彼等の諂諛を見破る程に聡明でありながら尚真実に耳を傾ける事を嫌ふ君主が、此の男には

不思議に思はれた。 ❖中島敦（李陵）
▽賢と不才《ふさい》とを識別し得ない程愚かではないのだが、結局は苦《にが》い諫言《かんげん》よりも甘い諂諛に欣《よろこ》ばされて了ふ。 ❖中島敦（弟子）

転輪【てんりん】 輪の回るように月日の過ぎ行くこと。／輪廻《りんね》のこと。
▽鏡に対《むか》ふときのみ、わが頭の白きを嘲《かこ》つものは幸《さいわい》の部に属する人である。指を折つて始めて、五年の流光《りゅうこう》に、転輪の疾《と》き趣を解し得たる婆さんは、人間としては寧《むし》ろ仙に近づける方だらう。 ❖夏目漱石（草枕）

と

吐息【といき】 落胆したり安心したりしたときなどにつく息。ためいき。
▽樺《かば》の木は又何とか返事しようとしましたが、やっぱり何か大へん重苦しくてわずか吐息をつくばかりでした。 ❖宮沢賢治（土神ときつね）
▽チエホフは心の古里だ。チエホフの吐息は、姿は、みな生きて、黄昏《たそがれ》の私の心に、何かブツブツものを言ひかけて来る。 ❖林芙美子（放浪記）
▽みんながっかりした顔になり、言葉もなく吐息を洩《もら》した。お母さんは、それを引き立てるように顔を上げた。 ❖壺井栄（大根の葉）

獰悪【どうあく】 性質などが憎らしげで、荒々しいこと。凶悪なこと。
▽吾輩はこゝで始めて人間といふものを見た。然《しか》もあとで聞くとそれは書生といふ人間中で一番獰悪な種族であつたさうだ。 ❖夏目漱石（吾輩は猫である）
▽当時遠島《えんとう》を申し渡された罪人は、（中略）決して盗をするために、人を殺し火を放つたと云ふやうな、獰悪な人物が多数を占めてゐたわけではない。 ❖森鷗外（高瀬舟）

堂宇【どうう】 堂の建物。殿堂。

▽私の幼年のころ川から拾ひ上げた地蔵尊《じぞうそん》は、境内の堂宇に納まつてゐた。私はそこへゆくといつも姉を思ひ出した。❖室生犀星（性に眼覚める頃）

▽片側には二三軒つゞいた古寺が日限不動《ひぎりふどう》の祠《ほこら》と共に、むかしから見馴れたまゝの堂宇と門とをそばだてゝゐる。❖永井荷風（問はずがたり）

等閑【とうかん】 注意を払わないこと。ものをいい加減に扱うさま。なおざり。

▽光尚はかう思つたのである。天祐和尚の逗留中に権兵衛の事を沙汰したらきつと助命を請《こ》はれるに違ひ無い。大寺の和尚の詞《ことば》で見れば、等閑《なおざり》に聞き棄てることはなるまい。❖森鷗外（阿部一族）

▽彼は坐るなりそれを開いて枝折《しおり》の挿《はさ》んである頁《ページ》を目標《めあて》に其所《そこ》から読みにかかった。けれども三、四日等閑《なおざり》にして置いた咎《とが》が祟《たた》って、前後の続き具合が能《よ》く解らなかった。❖夏目漱石（明暗）

当座【とうざ】 その場かぎり。さしあたり。／すぐそのとき。即座。／しばらくの間。当分。

▽彼は、二三枚の衣類を風呂敷に包んだ。先刻《さっき》の男から盗《と》った胴巻を、当座の路用として懐《ふところ》に入れたままで、支度も整えずに、戸外に飛び出した。❖菊池寛（恩讐の彼方に）

▽落ちつきなさい。唯円《ゆいえん》どの。あなたはさぞ苦しいでしょう。けれどその苦しいのは当座の事です。日が経《た》つにつれていつのまにやらあわくなります。❖倉田百三（出家とその弟子）

洞察【どうさつ】 物事の本質を見抜くこと。奥底まで見通すこと。

▽武士道は人性や本能に対する禁止条項である為に非人間的反人性的なものであるが、その人性や本能に対する洞察の結果である点に於ては全く人間的なものである。❖坂口安吾（堕落論）

▽表面大層心得たらしくあるが、彼女のしんは情に脆《もろ》い、親切な、正直者であることなど、伸子は愛をもって洞察する。❖宮本百合子（伸子）

子）

蕩児【とうじ】酒色に耽る怠け者。蕩子。道楽息子。

▽父は諸天《しょてん》の恵みに浴して民は聖者と仰いでいる。子は酒肉に溺れて人は蕩児と蔑《さげす》んでいる。❖倉田百三（出家とその弟子）

▽一個の蕩児であり、無頼《ぶらい》の若武士ではあったけれども、まだ悪事と名の付くことは、何もして居なかった。❖菊池寛（恩讐の彼方に）

島嶼【とうしょ】島。大小の島々。

▽試みに地図を開いて見れば、飾磨《しかま》の沖、播磨《はりま》灘《なだ》を経て小豆島に至る間に、点々として飛び石の如く無数の島嶼が連続してゐる。❖谷崎潤一郎（乱菊物語）

蕩尽【とうじん】財産などを湯水のように使いはたしてなくなること。

▽さう云ふ訳で淡路にはずゐぶん熱心な人形気《き》違《ちが》ひが珍しくなく、（中略）人形を愛するあまりには家産を蕩尽するのは愚か、ほんたうに発狂する者さへもある。❖谷崎潤一郎（蓼喰ふ虫）

陶然【とうぜん】気持ちよく酔っているさま。心を奪われてうっとりするさま。

▽夕飯の時に一杯やつた、酒の酔が手伝つてゐる。枕元の蔀《しとみ》一つ隔てた向うは、霜の冴えた広庭だが、それも、から陶然としてゐれば、少しも苦にならない。❖芥川龍之介（芋粥）

▽陶然とはこんな事を云ふのだらうと思ひながら、あてもなく、そこかしこと散歩する様な、しない様な心持でしまりのない足をいゝ加減に運ばせてゆくと、何だかしきりに眠い。❖夏目漱石（吾輩は猫である）

疼痛【とうつう】ずきずき痛むこと。うずくような痛み。

▽病人は一日に一回必ず激痛に襲われて（中略）七転八倒の苦しみをする。からだ全体が疼痛の塊のようになるのである。❖井伏鱒二（黒い雨）

▽與吉は火傷《やけど》へ夜の冷たさが沁みた。さうかといつて火に当らうとするのには猶且《やっぱり》火傷の疼痛《いたみ》

を加へるだけであつた。❖長塚節（土）

道程【どうてい】ある所・状態に行き着くまでの過程。／みちのり。行程。

▽昔は彼女のする事が何もかも分からないやうに思はれた一時期もないではなかつたが、今ならば菜穂子がどんな心の中の辿《たど》りにくい道程を彼に聞かせても、何処までも自分だけはそれについて行けさうな気がした。……❖堀辰雄（菜穂子）

▽僕の前に道はない／僕の後ろに道は出来る／ああ、自然よ／父よ／僕を一人立ちにさせた広大な父よ／僕から目を離さないで守る事をせよ／常に父の気魄を僕に充たせよ／この遠い道程のため／この遠い道程のため　❖高村光太郎（道程・道程）

透徹【とうてつ】透きとおること。澄みきっていること。／明晰《めいせき》であること。はっきり筋がとおっていること。

▽やっぱり国へかへりませう。——透徹した青空に、お母さんの情熱が一本の電線となつて、早く帰つておいでと私を呼んでゐる。❖林芙美子（放浪記）

▽とは云へ、誠実の深さも亦人格の深さと始終する。（中略）回想すれば、事物の眞相に透徹せむとする誠実も浅かつた。自分の生活を深く穿《うが》ち行かむとする誠実も亦浅かつた。❖阿部次郎（三太郎の日記）

▽人生に対する透徹なる批判と、纏綿《てんめん》たる執着と、真摯《しんし》なる態度とを持して真剣に人生の愛着者たらんと欲する人は無い。❖倉田百三（愛と認識との出発）

洞洞【とうとう】暗くて奥深いこと。どうどう。

▽老婆は、（中略）梯子《はしご》の口まで、這《は》つて行つた。さうして、そこから、短い白髪を倒《さかさま》にして、門の下を覗《のぞ》きこんだ。外には、唯、黒《こく》洞々たる夜があるばかりである。❖芥川龍之介（羅生門）

滔滔【とうとう】水の盛んに流れるさま。／弁舌さわやかに、よどみないさま。

▽きのふの豪雨で山の水源地は氾濫し、濁流

滔々と下流に集まり、（中略）どうどうと響きをあげる激流が、木葉微塵《こっぱみじん》に橋桁《はしげた》を跳ね飛ばしてゐた。彼は茫然と、立ちすくんだ。　❖太宰治（走れメロス）

▽連歌俳諧も謡《うたい》も浄瑠璃も、さては町方の小唄の類《たぐい》に至るまで、滔々として悉《ことごと》く同じ様なことを謂《い》って居る。　❖柳田国男（雪国の春）

▽所が会議の席では案に相違して滔々と生徒厳罰論を述べたから、おや変だなと首を捩《ひね》った。　❖夏目漱石（坊っちゃん）

唐突【とうとつ】　だしぬけ。不意。突然。

▽「ナニ絶交してもらいたいと……何だ唐突千万な　何だと云ッて絶交しようと云うんだ「その理由は君の胸に聞《きい》てもらおう　❖二葉亭四迷（浮雲）

▽貞之助も何か唐突過ぎるやうな、いつもの姉に似合はない非常識なところがあるやうな感を抱いた。　❖谷崎潤一郎（細雪）

道破【どうは】　きっぱりと言いきること。説破。喝破。

▽太陽の下に新しきことなしとは古人の道破した言葉である。しかし新しいことのないのは独り太陽の下ばかりではない。　❖芥川龍之介（侏儒の言葉）

▽「安井では仲平におよめを取ることになりました。」劈頭《へきとう》に御新造《ごしんぞう》は主題を道破した。　❖森鷗外（安井夫人）

登攀【とうはん】　高い山や険しい岸壁をよじ登ること。

▽私達の乗つた汽車が、何度となく山を攀《よ》ぢのぼつたり、深い渓谷に沿つて走つたり、（中略）漸《や》つと山岳地帯へと果てしのないやうな、執拗な登攀をつづけ出した頃には、空は一層低くなり、（後略）。　❖堀辰雄（風立ちぬ）

▽エヴェレスト登攀でもそうであるが、最後の一歩というのが実はそれまでの千万歩よりも幾層倍六《むつ》かしいという場合が何事によらずしばしばある。　❖寺田寅彦（自由画稿）

陶冶【とうや】　人の性質や才能を円満に育てあげること。育成すること。

▽此景色が（中略）余が心を楽ませつゝあるから苦労も心配も伴はぬのだらう。自然の力は是に於て尊《たっ》とい。吾人《ごじん》の性情を瞬刻に陶冶して醇《じゅん》乎《こ》として醇なる詩境に入《い》らしむるのは自然である。　❖夏目漱石（草枕）

▽A視学官殿は、教育は訓練である、形式陶冶が大切だ、と仰せられ、翌年来たB視学官殿は、教育は内容本位だ、教授者に学殖があれば授業の形式は自然に生まれてくる、と教えられるのであります。　❖石坂洋次郎（若い人）

逗留【とうりゅう】旅先で、しばらく宿泊してとどまること。

▽自分は東海道を一息に京都迄来て、其処で四五日用足し旁《かたぐ》逗留してから、同じ大阪の地を踏む考へであつた。　❖夏目漱石（行人）

▽その家の旧記に依ると、文治年中、義経と静御前とが吉野へ落ちた時、そこに逗留してゐたことがあると云はれる。　❖谷崎潤一郎（吉野葛）

▽名取川を渡《わたつ》て仙台に入《いる》。あやめふく日也。旅《りょ》宿《しゅく》をもとめて四五日逗留す。　❖松尾芭蕉（おくのほそ道）

篤学【とくがく】熱心に学問に励むこと。広く学問に通ずること。

▽玄白が、最初良沢に対して懐《いだ》いていた軽い反感などは、もう迹形《あとかた》もなかった。彼は良沢の為人《ひととなり》とその篤学に、心からなる尊敬を払っていた。　❖菊池寛（蘭学事始）

篤実【とくじつ】人情にあつく実直なこと。

▽父は先祖から譲られた遺産を大事に守つて行く篤実一方の男でした。楽みには、茶だの花だのを遣《や》りました。それから詩集などを読む事も好きでした。　❖夏目漱石（こゝろ）

▽然し彼は資性篤実で又能《よ》く物に堪へ得る人物であつたから、此苦悩の為めに校長の職務を怠るやうなことは為《し》ない。　❖国木田独歩（富岡先生）

得心【とくしん】十分に承知すること。納得すること。

▽「ふん」と云つて、爺いさんは得心の行かぬやうな顔をした。「悪い人の筈はないぢやない

か。」　❖森鷗外（雁）

▽宮の方には異存は無いのだ、あれにもすつかり訳を説いて聞かしたところが、さう云ふ次第ならばと、漸《ようや》く得心がいつたのだ。　❖尾崎紅葉（金色夜叉）

▽一年越し睨《にら》み合つてゐた両村の百姓も、いよいよ双方得心といふことになり、長い山論もその時になつて解決を告げた。　❖島崎藤村（夜明け前）

得度【とくど】剃髪《ていはつ》して仏門に入ること。

▽彼は、上人《しょうにん》の手に依って得度して、了海《りょうかい》と法《ほう》名《みょう》を呼ばれ、只管《ひたすら》仏道修業に肝胆《かんたん》を砕いたが、道心勇猛の為に、僅か半年に足らぬ修業に、（中略）天晴《あっぱれ》れの智識（註・高徳の僧）となり済《すま》した。　❖菊池寛（恩讐の彼方に）

▽大正十四年二月、いよいよ出家得度して肥後の片田舎なる味取観音堂守となつたが、それはまことに山林独住の、しづかといへばしづかな、さびしいと思へばさびしい生活であつた。

松はみな枝垂れて南無観世音　❖種田山頭火（草木塔）

徒爾【とじ】無意味であること。無益であること。むなしいさま。

▽わざは上達しないでもかういふ心境をやしなふことが出来るものならば遊芸をならふといふことも徒爾ではないやうに思はれてくる。　❖谷崎潤一郎（蘆刈）

▽（前略）、亡くなつた人と私との性生活の闘争についても、こゝらでもう一度振り返つて見て、そのいきさつを追想して見るのも徒爾ではない。　❖谷崎潤一郎（鍵）

徒事【とじ】効果のないこと。むだなこと。

▽繁殖を望まずして其行為をなすは男子の弱点である。無用の徒事である。悪事である。　❖永井荷風（西瓜）

年嵩【としかさ】年齢が他より多いこと。年上。年長。

▽案外世間を知らない姉達を、さう云ふ点ではいくらか甘く見てもゐて、まるで自分が年嵩のやうな口のきゝ方をするのである。　❖谷崎潤

一郎（細雪）

▽主人は骨董を売買するいか銀と云ふ男で、女房は亭主よりも四つ許り年嵩の女だ。　❖夏目漱石（坊つちやん）

▽「岸本先生は何を其様《そんな》に考へて被入《いら》つしやるんですか。」と年嵩な方の女中が岸本の顔を見て言つた。「私ですか……」（中略）「考へたところで仕方のないことを考へて居ますよ。」　❖島崎藤村（新生）

度し難い【どしがたい】救いがたい。／納得させようもない。

▽どうも損得と云ふ観念の乏しい奴ですから無《む》暗《やみ》に瘦我慢《やせがまん》を張るんでせう。昔からあゝ云ふ癖のある男で、（中略）度し難いです。　❖夏目漱石（吾輩は猫である）

▽大きな声で子供が吐鳴《どな》るやうなこともあつた。彼は例の老妻君が、自分の娘にさう言はせて居るのだと気がついて、この度し難い女に業《ごう》を煮やした。　❖佐藤春夫（田園の憂欝）

渡世【とせい】生活していくこと。世渡り。／生活していくための仕事。なりわい。稼業。

▽私は善い人間として、世渡りしようと努めました。しかしそのために世間の人から傷つけられました。それでとても渡世の出来ない事を知りました。　❖倉田百三（出家とその弟子）

▽住民の大部分は今の真浦（中略）から宮浦へつゞく入り江の縁に村落を作つて、重に漁業を渡世にしてゐたが、（中略）皆幸福さうに安らかに暮らしてゐた。　❖谷崎潤一郎（乱菊物語）

▽それに引《ひき》かへて斯《こ》う云ふ貧しい裏町に昔ながらの貧しい渡世をしてゐる年寄を見ると同情と悲哀とに加へて又尊敬の念を禁じ得ない。　❖永井荷風（日和下駄）

塗炭【とたん】きわめて苦痛な境遇。非常な難儀。

▽夫《それ》は知れた事じゃ。向うへ口を開ける為に、了海《りょうかい》様は塗炭の苦しみを為《な》さって居るのじゃ。　❖菊池寛（恩讐の彼方に）

土着【どちゃく】その土地に代々住みついてい

ること。その土地に住みつくこと。土著。

▽彼は、何時となしに信濃から木曾へかかる鳥居峠に土着した。そして昼は茶店を開き、夜は強盗を働いた。 ❖菊池寛（恩讐の彼方に）

▽多摩川秋川の岸に点在する村落を別にして見れば、村山《むらやま》一帯の丘陵地などが、武蔵野中の一番古い土著地（中略）と云ふことになるのである。 ❖柳田国男（武蔵野の昔）

訥弁【とつべん】 時にはつかえ、口ごもるなどなめらかでない話し方。

▽声色《せいしょく》を励ますというような処は少しもない。それかと云って、評判に聞いている雪嶺《せつれい》（註・哲学者で文明評論家の三宅雪嶺）の演説のように訥弁の能弁だというでもない。 ❖森鷗外（青年）

▽須藤の話ぶりは特有なもので、一種訥弁の雄弁に属する。少々訛《ども》りでそれが早口にまくし立てる。平気で枝葉へ繁つて行くが、それがいつの間にか本筋と結びついてゐる。 ❖佐藤春夫（更生記）

度量【どりょう】 心が広く、人の言行を受け入れる寛大な性質。

▽多計代の方から乱暴に与えた数々の言葉に対して、母の云うことだからと折れる度量は、伸子には持てなかった。 ❖宮本百合子（伸子）

徒労【とろう】 むだな骨折り。 ＊徒労に帰す

▽山椒魚は再びこころみた。それは再び徒労に終った。何としても彼の頭は穴につかえたのである。彼の目から涙がながれた。 ❖井伏鱒二（山椒魚）

頓狂【とんきょう】 せっかちで間の抜けていること。だしぬけで調子はずれなこと。

▽この爺さんは慥《たし》かに前の前の駅から乗った田舎者である。発車間際に頓狂な声を出して、馳け込んで来て（後略）。 ❖夏目漱石（三四郎）

▽家鴨《あひる》は頓狂な顔をして首を延ばした儘、鳴きながら、忙《せわ》しく足を動かして上流の方へ泳いで行つた。自分は鼠《ねずみ》の最期《さいご》を見る気がしなかつた。 ❖志賀直哉（城の崎にて）

▽「お母さあん、早よ戻りい、――健がここに

居るぞお――」 だんだん小さくなってゆく船に向って、健は頓狂な声をはり上げた。 ❖壺井栄（大根の葉）

鈍根【**どんこん**】才知の鈍い性質。

▽鈍根の子弟を恥ぢしめて、小禽《ことり》と雖《いえど》も芸道の秘事を解するにあらずや、汝人間に生れながら鳥類にも劣れりと叱咤《しった》すること屢ゝ《しばしば》なりき。 ❖谷崎潤一郎（春琴抄）

頓挫【**とんざ**】中途で行きづまり、くじけること。中途で勢いが急に弱まること。

▽此の時局《じきょく》でさへなかつたら巧く行きさうだつたのであるが、不幸にして目下のところ一頓挫を来たしてゐるのである。 ❖谷崎潤一郎（細雪）

▽そのころ、私の結婚の話も、一頓挫のかたちであつた。 ❖太宰治（富嶽百景）

▽僕の有望な画才が頓挫して一向振はなくなつたのも全くあの時からだ。君に機鋒《きほう》を折られたのだね。 ❖夏目漱石（吾輩は猫である）

頓着【**とんじゃく**】深く気に掛けること。こだわること。関心をもつこと。とんちゃく。

▽しかし極楽の蓮池の蓮は、少しもそんな事には頓着致しません。その玉のやうな白い花は、御釈迦様の御足《おみあし》のまはりに、ゆらゆら蕚《うてな》を動かして、（後略）。 ❖芥川龍之介（蜘蛛の糸）

▽夫が何や物足らん顔してるのんにも頓着せんと、そいから半月程云ふもんはいツつも〱夫の出かけるのん待ちかねて笠屋町い飛んで行きましてん。 ❖谷崎潤一郎（卍）

鈍重【**どんじゅう**】反応や動作が鈍くのろいこと。軽快でないこと。

▽酒は二人で二本と飲んではゐなかつたが、その浅い酔ひが却つていつ迄も顔に火照《ほて》つて、へんに春らしい鈍重な気分だつた。 ❖谷崎潤一郎（蓼喰ふ虫）

▽誰の眼にも私は鈍重で野暮《やぼ》臭《くさ》く見えたにちがひないのだ。（中略）祖母や母がよく私の顔のわるい事を真面目に言つたものだが、私にはやはりくやしかつた。 ❖太宰治（思ひ出）

遁世【**とんせい**】俗世間から離れて関係を絶つ

こと。隠棲すること。／仏門に入ること。

▽生活の全く単調であつた前代の田舎には、存《ぞん》外《がい》に跡の少しも残らぬ遁世が多かつた筈で、（中略）実は昔は普通の生存の一様式であつたと思ふ。　❖柳田国男（山の人生）

遁走【とんそう】 のがれ走ること。逃げ出すこと。逃走。

▽彼の遁走の中途、偶然此の寺の前に出た時、彼の惑乱した懺悔《ざんげ》の心は、ふと宗教的な光明に縋《すが》って見たいと云う、気になったのである。

❖菊池寛（恩讐の彼方に）

貪婪【どんらん】 ひどく欲が深いこと。たんらん。

▽提婆達多《でーばだつた》の大きな眼は鷹のやうに貪婪に輝いた。姫は純白の絹布《けんぷ》を纏《まと》つて眞珠の頸飾とおなじ珠の手纏をつけてゐる。　❖中勘助（提婆達多）

▽自分が尊いと思うものの前には、私はいつでも膝を折り、礼拝する謙譲さをもっています。より偉大なもの、よりよいもの、美くしいものに、私は殆《ほとん》ど貪婪なような渇仰《かつごう》をもっています。　❖宮本百合子（地は饒なり）

▽崇高と見えるまでに極端な潔癖屋だつた彼であつたのに、思ひもかけぬ貪婪な陋劣《ろうれつ》な情慾の持主で、而《し》かもその欲求を貧弱な体質で表はさうとする（後略）。　❖有島武郎（或る女）

な

内訌【ないこう】 内部のもめごと。

▽遠くは紀州と一橋との将軍継嗣《けいし》問題以来、苦しい反目を続けて来た幕府の内部は、こゝにもその内訌の消息を語つてゐた。　❖島崎藤村（夜明け前）

就中【なかんずく】 その中でもとりわけ。特に。

▽何故そんなに金や人手がかゝつたと云ふとその第一の原因は小鳥道楽にあつた、就中彼女は鶯を愛した。　❖谷崎潤一郎（春琴抄）

奈落【ならく】 地獄。／最後のどんづまり。どん底。
▽ともすれば張りつめた気持も跡切《とぎ》れがちで、すっと奈落へ落ちて行くような心地になる。頭が朦朧《もうろう》となって来る。 ❖井伏鱒二（黒い雨）
▽ゆき子は、耳もとにざわつく、雨の音を、樹海のそよぎのように、聞いていたが、それが、窓硝子《ガラス》に、霧をしぶいている雨の音だと判ると、ゆき子は、がっかりして、奈落へ落ちこむ気がした。 ❖林芙美子（浮雲）
▽船は一と煽《あお》り煽つて、物凄い不動から、奈落の底までもと凄《すさま》じい勢で波の背を滑り下つた。 ❖有島武郎（生れ出づる悩み）

難儀【なんぎ】 わずらわしいこと。困難。
▽一軒の山家《やまが》の前へ来たのには、さまで難儀は感じなかった。夏のことで戸障子のしまりもせず、殊に一軒家、あけ開いたなり門というてもない、（後略）。 ❖泉鏡花（高野聖）
▽只一つ難儀であつたのは、冬の雨雪の時であつた。岩の窪みや大木のうつろの中に隠れて居ても、火が無い為に非常に辛かつた。 ❖柳田国男（山の人生）
▽バスも何んにもない山の停車場なので、（中略）、村の途中の森までずつと上りになる坂道を難儀しいしい歩き出した。 ❖堀辰雄（菜穂子）

に

和毛【にこげ】 鳥獣のやわらかな毛。
▽彼は純粋の黒猫である。僅かに午《ご》を過ぎたる太陽は、透明なる光線を彼の皮膚の上に抛《な》げかけて、きらきらする柔毛《にこげ》の間より眼に見えぬ炎でも燃え出づる様に思はれた。 ❖夏目漱石（吾輩は猫である）
▽夕ぐれを花にかくるる小狐《をぎつね》のにこ毛にひびく北嵯《さ》峨《が》の鐘 ❖与謝野晶子（みだれ髪）

鈍色【にびいろ】 薄墨色。濃い鼠色。にぶいろ。

▽折り重つた鈍色の雲の彼方に夕日の影は跡形もなく消え失せて、闇は重い不思議な瓦斯《ガス》のやうに力強く総ての物を押しひしやげてゐた。

❖有島武郎（或る女）

▽時雨《しぐれ》のやうな寒い雨が閉ざし切つた鈍色の雲から止途《とめど》なく降りそゝいだ。 ❖有島武郎（カインの末裔）

荷厄介【にやっかい】 物事を負担としてもてあますこと。

▽ありていに云ふと、要《かなめ》は此の従弟《いとこ》が上海から来てくれる日を、半ばゝ心待ちにもし、半ばゝ荷厄介にもしてゐた。 ❖谷崎潤一郎（蓼喰ふ虫）

▽からだ婆等《ばばら》だつてさうだに荷厄介にしねえでくろよ、こんで俺ら家ぢやまあだ俺れなくつちや闇《くらやみ》だよおめえ。 ❖長塚節（土）

▽この間まで、女を荷厄介に考えていた、あの卑怯な感情はもうすっかり消えてしまって、富岡はむしろ逃げていく魚に対してのすさまじい食慾すら感じているのだった。 ❖林芙美子（浮雲）

如実に【にょじつに】 さながら。そのままに。ありのままに。

▽友達が先生の処へ行ったことをあとで聞き僕は本当に恥ずかしく思い、穴があれば入りたいと言う気持を如実に味わいました。 ❖武者小路実篤（真理先生）

▽忠直卿は、自分の本当の力量を、如実にさえ知ることが出来れば、思い残すことはないとさえ、思込んでいた。 ❖菊池寛（忠直卿行状記）

▽自分はその時受けた悲哀をここに如実にかくわけにはゆかない。自分は一瞬にして齢をとった。 ❖武者小路実篤（愛と死）

如法【にょほう】 文字どおり。まったく。

▽夜は如法の闇に、昼も尚薄暗い洞窟の裡《うち》に端《たん》坐《ざ》して、ただ右の腕のみを、狂気の如くに振って居た。市九郎に取って、右の腕を振る事のみが、彼の宗教的生活の凡てになってしまった。

❖菊池寛（恩讐の彼方に）

庭面【にわも】 庭の表面。庭の様子。庭。
▽そんな庭面はまだほの明るかつたが、気がついて見ると、部屋のなかはもうすつかり薄暗くなつてゐた。 ❖堀辰雄（風立ちぬ）
▽殿をお見送りした後、一人ぎりになつて、私はそのままいつまでもその暮れようとしてゐる庭面をぼんやりと見入つてゐた。 ❖堀辰雄（ほととぎす）

任俠・仁俠【にんきょう】 強者をくじき弱者を助ける気性に富むこと。男気《おとこぎ》。
▽井谷のさつぱりした、物にこだはらない気象と、任俠に富む男のやうな性質とに、日頃から好意以上のものを寄せてゐたのではあつた。 ❖谷崎潤一郎（細雪）

忍辱【にんにく】 侮辱や迫害を忍受して恨まないこと。恥辱や迫害に耐えて心を安らかにすること。安らぎの心をもつこと。
▽自分を尊敬し、自分の魂の品位を保たなくては聖なる恋ではない。（中略）柔和《にゅうわ》忍辱の相が自然に備わるべき仏の子が、まるで狂乱の形じや。 ❖倉田百三（出家とその弟子）
▽大抵柔和忍辱の仮面を被《かぶ》つて、世の中を渡つて行く人は、何物をか人に求めるのである。（中略）節蔵は何物をも求めない。唯自己を隠《いん》蔽《ぺい》しようとする丈である。 ❖森鷗外（灰燼）
▽どうかしてこの日かげの薔薇の木、忍辱の薔薇の木の上に日光の恩恵を浴びせてやりたい。花もつけさせたい。 ❖佐藤春夫（田園の憂鬱）

ね

音締め【ねじめ】 琴や三味線などの美しく冴えた音色。
▽目と鼻の路地向うの二階屋から、沈んだ三味線の音《ね》〆《じめ》がきこえてゐる。 ❖林芙美子（放浪記）
▽春琴の三味線を陰で聞いてゐると音締が冴え

てゐて男が弾いてゐるやうに思へた音色も単に美しいのみではなくて変化に富み時には沈痛な深みのある音を出したといふ、いかさま女子には珍しい妙手《みょうしゅ》であつたらしい。❖谷崎潤一郎（春琴抄）

捏造【ねつぞう】 事実でないことを事実であるかのようにつくり上げること。でつぞう。

▽「あれは僕の一寸捏造した話だ。君がそんなに真面目に信じ様とは思はなかつたハヽヽヽ」と大喜悦の体《てい》である。❖夏目漱石（吾輩は猫である）

睨め付ける【ねめつける】 にらみつける。

▽その時、奥のほうから赤ん坊の泣き声がきこえた。お民は障子をしめながら、二人をぐっと睨めつけておいて、そのほうに立って行く。❖下村湖人（次郎物語）

拈出・捻出【ねんしゅつ】 苦労して考え出すこと。／金銭や時間を無理にやりくりしてこしらえること。

▽純一は大村の詞《ことば》を聞いているうちに、（中略）大村が青い鳥から拈出した問題に引き入れられて来た。❖森鷗外（青年）

の

濃艶【のうえん】 あでやかで美しいこと。

▽一年あまりの月日は夢のやうに過ぎた。美酒に酔つた春夜の夢よりも更に一層濃艶な夢であつた。然し夢は（中略）時が来れば覚めずには居ない。❖永井荷風（問はずがたり）

▽俳諧に現われている恋は濃艶痛切であってもその底にあるものは恋のあわれであり、さびしおりである。❖寺田寅彦（俳諧の本質的概論）

能弁【のうべん】 弁舌が巧みなこと。雄弁。

▽「おれには、さう舌は廻らない。君は能弁だ。第一単語を大変沢山知つてる。それで演舌が出来ないのは不思議だ」❖夏目漱石（坊つちや

ん）

▽与次郎は頗《すこぶ》る能弁である。惜しい事にその能弁がつるつるしているので重みがない。❖夏目漱石（三四郎）

野面【のづら】 野のおもて。野外。野原。

▽或る夜、庭の樹立がざわめいて、見ると、静かな雨が野面を、丘を、樹を仄白《ほのじろ》く煙らせて、それらの上にふりそそいで居た。しつとりと降りそそぐ初秋の雨は、草屋根の下では、その跫《あし》音《おと》も雫《しづく》も聞えなかつた。❖佐藤春夫（田園の憂鬱）

▽友禅の振袖などを着て、野面の夕風に裾《すそ》や袂《たもと》を飜《ひるがえ》しながら、団扇《うちわ》で彼方此方《あちこち》と蛍を追ふところに風情があるのだ。❖谷崎潤一郎（細雪）

▽幸ひ天気は穏かであつた。空風《からかぜ》の吹き捲《まく》らない野面には春に似た靄《もや》が遠く懸つてゐた。其間から落ちる薄い日影もおつとりと彼の身体を包んだ。❖夏目漱石（道草）

長閑【のどか】 のんびりとおだやかなさま。落ち着いて静かなさま。／天気がよくて穏やかなさま。

▽あらゆる芸術の士は人の世を長閑にし、人の心を豊かにするが故に尊《たつ》とい。❖夏目漱石（草枕）

▽冬にしては珍らしく長閑な日だつた。謙作の乗つた船は何時か岸壁を離れて居た。❖志賀直哉（暗夜行路）

▽花の林を逍遥して花を待つ心持ち、又は微風に面して落花の行方を思ふやうな境涯は、（中略）長閑な春の日の久しく続く国に住む人だけには、十分に感じ得られた。❖柳田国男（雪国の春）

野分【のわき】 秋から初冬にかけて吹き荒れる強い風。のわけ。台風。

▽或野分立つた日、圭介は荻窪の知人の葬式に出向いた帰り途、駅で電車を待ちながら、夕日のあたつたプラットフオームを一人で行つたり来たりしてゐた。❖堀辰雄（菜穂子）

▽裏の林に熟《う》み割れた栗のいがが見えて、晴れた夜は野分がそこからさびしく立つた。❖田

山花袋（田舎教師）
▽そこには、自分が横切つて来た境涯だけが、野分のあとの、うら枯れた、見どころのない、曠野《あらの》のやうにしらじらと残つてゐるばかりであつた。 ❖堀辰雄（曠野）

は

徘徊【はいかい】 あてもなく歩きまわること。ぶらつくこと。逍遥。
▽さだめしちひさな葦《あし》分け舟をあやつりながら、こゝらあたりを徘徊した遊女も少くなかつたであらう。 ❖谷崎潤一郎（蘆刈）
▽彼は三十分と立たないうちに、吾家の門前に来た。けれども門を潜《くぐ》る気がしなかつた。彼は高い星を戴いて、静かな屋敷町をぐる〳〵徘徊した。 ❖夏目漱石（それから）
▽銀座辺《あたり》の飲食店を徘徊する無《ぶ》頼漢《らいかん》や不良の文士などから脅迫される虞《おそれ》もあり、又君江が酔客を相手に笑ひ興ずるのを目の前に見てゐるのも不愉快である。 ❖永井荷風（つゆのあとさき）

沛然【はいぜん】 雨が激しく降るさま。
▽沛然とした雨が終日つづく。この雨があがれば、いよいよ冬の季節にはいるのであろう。（中略）義父も母も雨音をきいてつくねんとしている。 ❖林芙美子（放浪記）
▽春の花見頃午前《ひるまえ》の晴天は午後《ひるすぎ》の二時三時頃からきまつて風にならねば夕方から雨になる。梅雨《つゆ》の中《うち》は申すに及ばず。土用に入《い》ればいついかなる時驟雨《しゅうう》沛然として来《きた》らぬとも計《はか》りがたい。 ❖永井荷風（日和下駄）
▽五日の明け方からは俄に沛然たる豪雨となつていつ止むとも見えぬ気色《けしき》であつた。 ❖谷崎潤一郎（細雪）

廃頽【はいたい】 すたれ崩れること。頽廃。
▽自分が、ここでこの女を突き放してしまえば、そのまま廃頽の淵《ふち》に落ち込むのが見えているの

だ。　❖林芙美子（浮雲）

▽あの病気の時に幸子が見た、廃頽した、疲れ切つたやうな感じ、（中略）いつの間にか又活《い》きくとした、頬の豊かな近代娘になつてゐた。　❖谷崎潤一郎（細雪）

背馳【はいち】 行き違うこと。そむくこと。食い違うこと。

▽それが余りに現在の意見と背馳するか、あまりに一面観に過ぐるか、（中略）してゐる場合には、現在の立脚地から見て、如何にもその儘に看過し難き拘泥を感ぜずにはゐられない。

❖阿部次郎（三太郎の日記）

▽これは恐らく、彼の満足が、暗々の裡《うち》に論理と背馳して、彼の行為とその結果のすべてとを肯定する程、虫の好い性質を帯びてゐたからであらう。　❖芥川龍之介（或日の大石内蔵助）

覇気【はき】 進んでことに立ち向かおうとする意気込み。

▽店一杯に品物を置いた中に坐つて、一人で茶をつぎ、客の応対をしてゐる二代木仙は如何にも覇気のある人物らしかつた。　❖志賀直哉（暗夜行路）

白状【はくじょう】 隠していた事柄を打ち明けること。犯した罪を申し述べること。

▽「きのふの葡萄《ぶどう》はおいしかつたの」と問はれました。僕は顔をまつかにして「えゝ」と白状するよりしかたがありませんでした。　❖有島武郎（一房の葡萄）

▽面責《めんせき》した上、女の口から事実を白状させてあやまらせねば、どうも気がすまない。　❖永井荷風（つゆのあとさき）

白皙【はくせき】 肌の色の白いこと。

▽その浅黒い皮膚の色には今以て魅惑を感じながら、たとひ人工的であつても矢張白皙の肉体が醸《かも》す幻想を破りたくないやうな気がして、つひぞ一度もそのお白粉《しろい》を剝《は》がさせたことはなかつたのである。　❖谷崎潤一郎（蓼喰ふ虫）

▽その席で、小柄で白皙で、詩吟の声の悲壮な、感情の熱烈なこの少壮従軍記者は始めて葉子を見たのだつた。　❖有島武郎（或る女）

博聞強記【はくぶんきょうき】広く物事を聞き知って、それをよくおぼえていること。
▽四角い字こそ読めないが驚くほど博聞強記であった伯母さんはほとんど無尽蔵に話の種をもっていた。　❖中勘助（銀の匙）

薄暮【はくぼ】薄明りの残る夕暮れ。たそがれ。
▽薄暮外出、若王子《にゃくおうじ》より南禅寺を散歩せり。好景に動かさるゝ事多し。されど昨夜より今朝にかけて憂愁に堪へず。心たゞ空しくもだえ苦しむなり。　❖国木田独歩（欺かざるの記）
▽毎時《いつも》のやうに、きよろ〳〵せずに穏かな眼で行く手を真直ぐに見て歩かう、さう思つた。松が叫び、草が啼いてゐる高原の薄暮を一人、すうつと進んで行く、さうありたかつた。　❖志賀直哉（暗夜行路）

薄明【はくめい】日の出前または日没後見られる空のほのかな明るさ。うすあかり。
▽自然の風光は白日も美しく薄明もまた美しい。薄明はただそれ自身に醜いものを美化する。薄明の美化は自然よりもむしろ人生のことである。　❖阿部次郎（三太郎の日記）
▽眼が覚めたのは翌る日の薄明の頃である。メロスは跳《は》ね起き、南無三《なむさん》、寝過したか、いや、まだまだ大丈夫、（後略）。　❖太宰治（走れメロス）

端無くも【はしなくも】思いがけなく。はからずも。
▽端無くも銀座あたりの女給と窓の女とを比較して、わたくしは後者の猶愛《なお》すべく、そして猶共に人情を語る事ができるものゝやうに感じたが、（後略）。　❖永井荷風（濹東綺譚）
▽「実之助どの。御覧なされい。二十一年の大誓願端なくも今宵成就いたした。」（中略）敵と敵とは、そこに手を執り合うて、大歓喜の涙に咽《むせ》んだのである。　❖菊池寛（恩讐の彼方に）

蓮葉【はすは】軽はずみなこと。浮薄なこと。／浮気なこと。はすっぱ。
▽「怖いわ」といふ声が想像した通りの見当で聞こえた。けれども其声のうちには怖《こわ》らしい何物をも含んでゐなかつた。又わざと怖がつて見

せる若々しい蓮葉の態度もなかつた。　❖夏目漱石（行人）

▽「こちら、謙さん？」から一度お栄の方を向いて、「私、才。初めてお眼にかかります」かういつて年に似合はぬ蓮葉《はすつぱ》なお辞儀をした。　❖志賀直哉（暗夜行路）

▽十八九の小綺麗な娘で、きび〱した気象らしいのに、如何にも蓮葉でない、（中略）葉子は一目で見貫《みぬ》いて、是れはいゝ人だと思つた。　❖有島武郎（或る女）

跋扈【ばっこ】　勝手気ままに振る舞うこと。のさばりはびこること。＊跳梁《ちょうりょう》跋扈

▽村にはろくな寺小屋もなかつた。人を化《ばか》す狐や狸、其他種々《さまぐ》な迷信はあたりに暗く跋扈してゐた。　❖島崎藤村（夜明け前）

▽かうして上総介は、内には夫婦の不和があり、外には権臣《けんしん》の跋扈があり、両方から圧迫されてゐるので、胸中の不平を誰に訴へやうもなく、（後略）。　❖谷崎潤一郎（乱菊物語）

▽後で子供たちを叱つてくれたのかどうか、彼等の跋扈跳梁《ちょうりょう》ぶりは一向改まる様子もなかつた。　❖谷崎潤一郎（細雪）

跋渉【ばっしょう】　山を越え、川を渡ること。諸国を遍歴すること。

▽われ今日に至るまで山河を跋渉したり。月にあくがれ、雲に迷ひ、山にこがれたり。されど今や漸《やうや》く美の実在と神聖とを黙会するに至らんとする也。　❖国木田独歩（欺かざるの記）

発憤・発奮【はっぷん】　精神をふるいたたせること。やる気を起こすこと。

▽泰安さんは、その後発憤して、陸前の大梅寺《だいばいじ》へ行つて、修行三昧《ざんまい》ぢや。今に智識（註・高徳の僧）になられやう。結構な事よ。　❖夏目漱石（草枕）

破天荒【はてんこう】　今まで誰も成し得なかったことをすること。未曾有《みぞう》。前代未聞。

▽不休の活動を命としてゐるやうな倉地ではあつたけれども、この家に移つて来てから、家を明けるやうな事は一度もなかつた。それは倉地自身が告白するやうに破天荒な事だつたらし

い。　❖有島武郎（或る女）
▽何でも彼の注文通りに身を捻ぢ曲げた。夫が相手ではとても考へつかないやうな破天荒な姿勢、奇抜な位置に体を持つて行つて、アクロバツトのやうな真似もした。　❖谷崎潤一郎（鍵）
▽それは彼にとつては破天荒の思ひつきであつた。彼がみづから他人のまへに己を卑くして告白し懺悔する――それはこれまで想像するだけでも屈辱を感ずる忌々《いまいま》しい考であつた。　❖中勘助（提婆達多）

罵倒【ばとう】激しくののしること。
▽やがて鉢巻を外して、話を始めた。始めるが早いか、今の日本の作家と評家を眼の玉の飛び出る程痛快に罵倒し始めた。　❖夏目漱石（それから）
▽「不届者《ふとゞきもの》」「不忠者」「露助の真似する売国奴」さう罵倒されて、代表の九人が銃剣を擬《ぎ》されたまゝ、駆逐艦に護送されてしまつた。　❖小林多喜二（蟹工船）

同胞【はらから】同じ母親から生まれた兄弟姉妹。一般に兄弟姉妹。／同じ国民。どうほう。
▽後に同胞を捜しに出た、山椒大夫一家の討手《うつて》が、此坂の下の沼の端《はた》で、小さい藁履《わらぐつ》を一足拾つた。それは安寿の履であつた。　❖森鷗外（山椒大夫）

玻璃・玻瓈・頗梨【はり】ガラス。
▽空に真赤《まつか》な雲のいろ。／玻璃に真赤な酒の色。／なんでこの身が悲しかろ。／空に真赤な雲のいろ。　❖北原白秋（邪宗門・空に真赤な）
▽蜂蜜《はちみつ》の青める玻璃のうつはより初秋《はつあき》きたりきりぎりす鳴く　❖与謝野晶子（春泥集）

罵詈【ばり】口汚くののしること。悪口を浴びせること。また、その言葉。＊罵詈雑言《ぞうごん》
▽斯様《かよう》な言語を弄《ろう》して人を罵詈するものに限つて融通の利かぬ貧乏性の男が多い様だ。　❖夏目漱石（吾輩は猫である）
▽自分の真価を下等にして初めて得られる他人の賞讃よりは、自分の品位をたかめて他人の罵詈を甘受する方がどの位うれしいかしれない。
❖武者小路実篤（幸福者）

半可通【はんかつう】 通人ぶること。よく知らないのに知っている振りをすること。

▽この本をかいたものは恐らくキザな生意気な半可通なごまかすことの平気な奴にちがいない。（中略）これは心をがさつにする本だ。❖武者小路実篤（幸福者）

万斛【ばんこく】 きわめて多い分量。はかり知れない分量。まんごく。

▽西洋の詩は無論の事、支那の詩にも、よく万斛の愁《うれい》などゝ云ふ字がある。詩人だから万斛で素人《しろうと》なら一合で済むかも知れぬ。❖夏目漱石（草枕）

▽余は信子に関してはたれにも一言せざる可《べ》し。何事をも語らざる可し。万斛の愛と悲と、これを沈黙の中に蔵せん。❖国木田独歩（欺かざるの記）

半畳を入れる【はんじょうをいれる】 役者の演技を非難したりからかったりする。他人の言動に対し非難・揶揄などの声を発する。半畳を打つ。

▽さはりの美しい文句へ来ると、どうする連がいろ〳〵の言葉で半畳を入れる。そしてしまひには「あんまりぢやぞえ！」と、みんなが一緒に泣き声を出して感心する。❖谷崎潤一郎（蓼喰ふ虫）

▽「早よ食べなさい、食べたかて化けて出えへんが」「車海老のお化けなんか、出たかて恐いことあれしまへんで」と、株屋の旦那が半畳を入れた。❖谷崎潤一郎（細雪）

晩節【ばんせつ】 晩年。老後。／晩年の節操。

▽過《あやまち》を改むるに憚《はゞか》ること勿れ。若い時の事はどうもいたし方がない。人間の善悪は寧《むしろ》晩節に在るのだよ。❖永井荷風（つゆのあとさき）

▽どうかして晩節を全《まっと》うするやうに、とは年老いた師匠のために半蔵等の願ひとするところで、（中略）弟子達の間には寄り〳〵その話が出た。❖島崎藤村（夜明け前）

判然【はんぜん】 はっきりとよくわかること。

明瞭。
▽代助の方は通例よりも熱心に判然した声で自己を弁護する如くに云つた。三千代の声は益《ますます》低かつた。「僻目《ひがめ》でも何でも可くつてよ」（中略）代助には其長い睫毛《まつげ》の顫《ふる》へる様が能く見えた。❖夏目漱石（それから）
▽春は眠くなる。（中略）時には自分の魂の居所さへ忘れて正体なくなる。只菜の花を遠く望んだときに眼が醒《さ》める。雲雀《ひばり》の声を聞いたときに魂のありかゞ判然する。雲雀の鳴くのは口で鳴くのではない、魂全体が鳴くのだ。❖夏目漱石（草枕）

煩多【はんた】 わずらわしいことが多いこと。
▽道修町の時分にはまだ両親や兄弟達へ気がねがあつたけれども一戸の主となつてからは潔癖と我が儘が募る一方で佐助の用事は益〻煩多を加へたのである。❖谷崎潤一郎（春琴抄）

反駁【はんばく】 他人の意見や批判に反論し、攻撃すること。論じ返すこと。
▽「言うな！」とメロスは、いきり立つて反駁した。「人の心を疑ふのは、最も恥づべき悪徳だ。王は、民の忠誠をさへ疑つて居られる。」❖太宰治（走れメロス）
▽僕の方にはまだ言ひたい事は沢山有つたが、此上反駁を試みるのも悪いと思つて、それ切《きり》にしてしまつた。❖森鷗外（ヰタ・セクスアリス）

半間【はんま】 間が抜けていること。
▽「迷える子《ストレイシープ》――解って？」三四郎はこういう場合になると挨拶に困る男である。（中略）といって、この後悔を予期して、無理に応急の返事を、さも自然らしく得意に吐き散らすほどに軽薄ではなかった。だからただ黙っている。そうして黙っている事が如何にも半間であると自覚している。❖夏目漱石（三四郎）

反問【はんもん】 質問された相手に、逆に問いかえすこと。／心の中で自問すること。
▽そんなら世界を周遊したら、誰にでもえらい作が出来るかと反問して遣《や》りたいと思う反抗が一面に起ると同時に、己《おれ》はその下宿屋の二階も

まだ知らないと思う怯懦《きょうだ》が他の一面に萌《きざ》す。 ❖森鷗外（青年）

▽「自分に……自分に、此の恋の世話が出来るだらうか、」と独りで胸に反問した。 ❖田山花袋（蒲団）

煩悶【はんもん】 もだえ苦しむこと。

▽病床に寝て、（中略）此頃のやうに、身動きが出来なくなつては、精神の煩悶を起して、殆《ほとん》ど毎日気違のやうな苦しみをする。 ❖正岡子規（病牀六尺）

▽君が唯独りで忍ばなければならない煩悶――それは痛ましい陣痛の苦しみであるとは云へ、それは君自身の苦しみ、君自身で癒《いや》さなければならぬ苦しみだ。 ❖有島武郎（生れ出づる悩み）

ひ

日脚【ひあし】 太陽が空を移っていく動き。／昼間の時間。

▽春の日脚の西に傾《かたぶ》きて、遠くは日光、足尾、越後境《えちござかい》の山々、近くは、小野子、子持、赤城の峰々、入り日を浴びて花やかに夕栄《ゆうばえ》すれば、（後略）。 ❖徳冨蘆花（不如帰）

眉宇【びう】 眉のあたり。眉。

▽他の患者達に見られない、何か切迫した生気が眉宇に漂つてゐた。彼女はその未知の青年に一種の好意に近いものを感じた。 ❖堀辰雄（菜穂子）

▽この青年の眉宇の間に溢れているいじらしいほどの熱情から、その決心があることは疑うべくもないのでした。 ❖谷崎潤一郎（痴人の愛）

干潟【ひがた】 遠浅の海岸で、潮が引いたときに現れる砂地。

▽驚愕《きょうがく》し、混乱し、とりとめなく心当りに問い合わせ、さめざめと悲歎する場面も与えられないまま、直次のいない干潟のようになった生活

の日々がこの家にのこされた。　❖宮本百合子（播州平野）

僻目【ひがめ】 見誤り。見間違い。／偏った見方。偏見。

▽「違やしません。貴方にはたゞ左様見える丈です。左様見えたつて仕方がないが、それは僻目だ」　❖夏目漱石（それから）

▽あの二人を並べて見たとき、なんだか夫婦のようだと思ったのが、慥《たし》かに己《おれ》の感情を害した。そう思ったのは、決して僻目ではない。　❖森鷗外（青年）

飛花落葉【ひからくよう】 世の移り変わりの無常であることのたとえ。

▽あの婦人が急にそんな病気になつた事を考へると、実に飛花落葉の感慨で胸が一杯になつて、（中略）只蹌々《そうく》として踉々《ろうく》といふ形ちで吾妻橋へきかゝつたのです。　❖夏目漱石（吾輩は猫である）

比肩【ひけん】 肩を並べること。同等なものとして並ぶこと。

▽十五歳の頃春琴の技大いに進みて儕輩《せいはい》を抽《ぬき》んで、同門の子弟にして実力春琴に比肩する者一人もなかりき。　❖谷崎潤一郎（春琴抄）

非業【ひごう】 現世の思いがけない災難で死ぬことをいう。道理に合わないこと。運にめぐまれないこと。

▽非業の死を遂《と》げた、哀れな亡者じゃ。通りかかられた縁に、一遍の回向《えこう》をして下され。　❖菊池寛（恩讐の彼方に）

▽ケネディ大統領の非業の死は世紀の悲劇と測り知れない人類の損失ではあるけれども、彼の把持した精神は、（中略）アメリカ国民大衆の支持を受け、平和の政策は推し進められるであろう。　❖南原繁（日本の理想）

翡翠【ひすい】 光沢のある翠緑《すいりょく》色の硬玉。

▽側を見ますと、翡翠のやうな色をした蓮の葉の上に、極楽の蜘蛛が一匹、美しい銀色の糸をかけて居ります。　❖芥川龍之介（蜘蛛の糸）

▽よく前を大きな蜻蜓《やんま》が十間程の所を往つたり

来たりした。（中略）翡翠の大きな眼、黒と黄の段だら染め、細くひきしまつた腰から尾への強い線、——みんな美しい。　❖志賀直哉（暗夜行路）

悲壮【ひそう】　悲しさの中にもりりしく勇ましさのあること。

▽その時、ふと彼は槌《つち》の音の間々に囁《ささや》くが如く、うめくが如く、了海が、経文を誦《じゅ》する声を聞いたのである。そのしわがれた悲壮な声が、水を浴びせるように実之助に徹して来た。　❖菊池寛（恩讐の彼方に）

▽昔悪七兵衛景清は頼朝の器量に感じて復讐の念を断じ最早や再び此の人の姿を見まいと誓ひ両眼を抉《えぐ》り取つたと云ふ、それと動機は異なるけれどもその志の悲壮なことは同じである。

❖谷崎潤一郎（春琴抄）

▽大政奉還の悲壮な意志は（中略）おそらく将軍職を拝してから間もなかつた霜夜の御野辺送《おんのべおく》り（註・前将軍家茂の葬儀）を済ました時に、すでにこの人の内に動いたであらう。　❖島崎藤村（夜明け前）

皮相【ひそう】　うわべ。表面。／表面だけを見て、本質を理解しないさま。

▽外国人は何処《どこ》までも外国人で、物の皮相にしか触れることの出来ないやうな物足らなさが（中略）起つて来た。　❖島崎藤村（新生）

▽いったいが日本の武人は古来婦女子の心情を知らないと言われているが、之は皮相の見解で、彼等の案出した道士道という武骨千万な法則は人間の弱点に対する防壁がその最大の意味であった。　❖坂口安吾（堕落論）

▽この推察は極《ご》く皮相に止《とゞま》つてゐるかも知れない。為人《ひとゝなり》の一面を見たに過ぎぬかも知れない。

❖永井荷風（濹東綺譚）

媚態【びたい】　異性にこびる、なまめかしい態度。人にこびへつらう態度。

▽彼は涙ぐみて身をふるはせたり。その見上げたる目《まみ》には、人に否《いな》とはいはせぬ媚態あり。

❖森鷗外（舞姫）

▽年歯《としのころ》は十六七、精好《せいごう》の緋の袴《はかま》ふみしだき、

（中略）舞子白拍子《しらびょうし》の媚態《しな》あるには似で、閑雅《しとやか》に﨟長《ろうた》けて見えにける。　❖高山樗牛（滝口入道）

只管【ひたすら】　ただそればかり。そのことのみに心を集中するさま。一途。

▽彼は上人《しょうにん》の手に依って得度《とくど》して、了海《りょうかい》と法名《ほうみょう》を呼ばれ、只管仏道修業に肝胆《かんたん》を砕いた。　❖菊池寛（恩讐の彼方に）

▽兄さんも自分で其苦しみに堪へ切れないで、水に溺れかゝつた人のやうに、只管藻掻《もが》いてゐるのです。私には心のなかの其争ひが能《よ》く見えます。　❖夏目漱石（行人）

畢竟【ひっきょう】　つまるところ。つまり。結局。所詮。

▽古来如何に大勢の親はかう言ふ言葉を繰り返したであらう。――「わたしは畢竟失敗者だつた。しかしこの子だけは成功させなければならぬ。」　❖芥川龍之介（侏儒の言葉）

▽その時の家茂《いえもち》の言葉に、（中略）畢竟これは不才の致すところで、所詮自分の力で太平を保つことは覚束《おぼつか》ない。いさぎよく位を避けて隠退しよう。　❖島崎藤村（夜明け前）

▽此の農民芸術の所産である人形芝居にしてからが、兎に角此れだけに見られるといふのは畢竟「型」があるためではないか。　❖谷崎潤一郎（蓼喰ふ虫）

必定【ひつじょう】　必ずそうなると決まっていること。確かであること。必至。

▽かかる法悦の真中に往生《おうじょう》致すなれば、極楽浄土に生るること、必定疑いなしじゃ。いざお斬りなされい。　❖菊池寛（恩讐の彼方に）

▽何と申しても、相手は主君じゃ。お身が今、お目通に出たら必定お手打じゃ。　❖菊池寛（忠直卿行状記）

畢生【ひっせい】　命の終わるまでの間。一生涯。終生。

▽彼は、自分が此の一月狂乱にとり紛《まぎ》れて己《おのれ》が畢生の事業たる修史のことを忘れ果ててゐたこと、（中略）に気がついた。　❖中島敦（李陵）

▽篤胤大人《あつたねたいじん》畢生の大著でまだ世に出なかつた

『古史伝』三十一巻の上木《じょうぼく》を思ひ立つ座光寺の北原稲雄のやうな人がある。　❖島崎藤村（夜明け前）

筆誅【ひっちゅう】 罪悪などを書きたてて厳しく責めること。

▽十余年前銀座の表通に頻《しきり》にカフヱーが出来はじめた頃、此《ここ》に酔を買つた事から、新聞と云ふ新聞は挙《こぞ》つてわたくしを筆誅した。　❖永井荷風（濹東綺譚）

▽新聞記者は好んで人の私行を摘発するものではないが、社会に代つてそれらの人物を筆誅するに外ならないのである。　❖島崎藤村（新生）

一入【ひとしお】 ひときわ。一層。一段と。

▽岡の肩は感激の為めに一入震へた。頓《とみ》には返事もし得ないでゐたやうだつたが、やがて臆病さうに、（後略）。　❖有島武郎（或る女）

▽妻は強気でゐるやうなものゝ、そのひたむきな感情の裏には一《ひ》と入脆《しおもろ》い弱気が心の根を喰つてゐて、ほんのちよつとした物のはずみに泣きくづほれてしまひさうに思へる。　❖谷崎潤一郎（蓼喰ふ虫）

裨補【ひほ】 助け補うこと。

▽自分は過去に対する未練と愛着とによつて此書を編んだ。願くは之が同時に、現在並に将来の思想界を幾分なりとも裨補するの書ともならむことを。　❖阿部次郎（三太郎の日記）

誹謗【ひぼう】 そしること。他を悪く言うこと。

▽街巷新聞に出てゐた記事は誹謗でも中傷でもない。寧《むしろ》君江の容姿をほめたゝへた当り触りのない記事であるが、（後略）。　❖永井荷風（つゆのあとさき）

弥縫【びほう】 失敗・欠点などを一時的に取り繕うこと。

▽偽善者は不幸にしてたゞ弱いばかりでなく、その反面に多少の強さを持つてゐる。彼は自分の弱味によつて惹《ひ》き起した醜さ悲惨さを意識し得る強さをも持つてゐるのだ。而《そ》してその弱さを強さによつて弥縫しようとするのだ。　❖有島武郎（惜みなく愛は奪ふ）

▽もしも要《かなめ》にその真似が出来たら美佐子との間にも今のやうな破綻《はたん》を起さず、どうにか弥縫して行けたであらう。　❖谷崎潤一郎（蓼喰ふ虫）

▽陸の上では何んと云つても偽善も弥縫も或る程度までは通用する。（中略）海の上ではそんな事は薬の足しにしたくもない。　❖有島武郎（生れ出づる悩み）

弥漫・瀰漫【びまん】 広がりはびこること。一面にみなぎること。

▽棄てて置いたら賤《いや》しいきたない方言が、弥漫し席巻《せきけん》するであらうと畏《おそ》れるのは理由が無い。

❖柳田国男（国語の将来）

▽最初は誰が唄つてゐるのか分らず、密閉された室内に唄声だけが瀰漫しつゝあつて、何処かで蓄音器を懸けてゐるやうに聞えた。　❖谷崎潤一郎（細雪）

眉目【びもく】 眉と目。容貌。顔かたち。

▽これとは反対に、顔貌《かおかたち》には疵《きず》があつても、才人だと、交際してゐるうちに、その醜さが忘れられる。又年を取るに従つて、才気が眉目をさへ美しくする。　❖森鷗外（安井夫人）

▽彼が眉目秀麗なる一個の青年となつて烈しい慾望に戦《おのの》きつゝ若い獣のやうに色を漁《あさ》つた時彼の的となつた女は悉《ことごと》く手の下に狂喜して身心を献げて奴隷となつた。　❖中勘助（提婆達多）

白毫【びゃくごう】 仏の眉間《みけん》にある白い毛。仏像の眉間にはめた水晶など。

▽安寿《あんじゅ》は守本尊を取り出して、夢で据ゑたと同じやうに、枕元に据ゑた。二人はそれを伏し拝んで、（中略）地蔵尊の額を見た。白毫の右左に、鏨《たがね》で彫つたやうな十文字の疵《きず》があざやかに見えた。　❖森鷗外（山椒大夫）

白蓮【びゃくれん】 白い蓮《はす》の花。

▽地はひとつ大白蓮の花と見ぬ雪のなかより日ののぼる時　❖与謝野晶子（夢之華）

▽御釈迦様はその蜘蛛の糸をそつと御手に御取りになつて、玉のやうな白蓮《しらはす》の間から、遙か下にある地獄の底へ、まつすぐにそれを御下しなさいました。　❖芥川龍之介（蜘蛛の糸）

微恙【びよう】気分が少しすぐれないこと。軽い病気。
▽彼は我が児以上に春琴の身を案じたま〳〵微恙で欠席する等のことがあれば直ちに使を道修町に走らせ或は自ら杖を曳いて見舞つた。❖谷崎潤一郎（春琴抄）
▽微恙にことよせて房《へや》の裡《うち》にのみ籠りて、同行の人々にも物言ふことの少きは、人知らぬ恨に頭《かしら》のみ悩ましたればなり。（中略）嗚呼《ああ》、いかにしてか此恨を銷《しょう》せむ。❖森鷗外（舞姫）

飄逸【ひょういつ】世俗のわずらわしさなどにとらわれず、明るくのんきなさま。
▽見も知らぬ人のまへでこんな工合に気やすくうたひ出して、うたふと直ぐにその謡《うた》つてゐるものゝ世界へ己《おの》れを没入させてしまひ、何の雑念にも煩《わずら》はされないといつた風な飄逸な心境がきいてゐるうちに自然と此方へのりうつるので、（後略）。❖谷崎潤一郎（蘆刈）

剽悍【ひょうかん】動作がすばやくて、荒々しく強いこと。
▽欠点だらけではあつても、子路《しろ》を下愚《かぐ》とは孔子も考へない。孔子は此の剽悍な弟子の無類の美点を誰よりも高く買つてゐる。❖中島敦（弟子）
▽舞台には、椰子《やし》の生えた海辺の背景が置かれ、その前に裸体へ草の腰蓑《こしみの》だけをつけた女が、（中略）黒い剽悍そうな縮毛の頭に花環飾りをのせ、（後略）。❖宮本百合子（伸子）

剽軽【ひょうきん】軽率で、滑稽な感じのすること。気軽でおどけること。
▽瀬戸は純一に小声で云った。「あの先生はあれでなかなか剽軽な先生だよ。漢学はしていても、通人《つうじん》なのだからね。」❖森鷗外（青年）
▽父には人に見られない一種剽軽な所があつた。或者は直《ちょく》な方《かた》だとも云ひ、或者は気の置けない男だとも評した。❖夏目漱石（行人）

剽窃【ひょうせつ】他人の文章・詩歌・論説などを盗用し、自分のものとして発表すること。
▽学校で作る私の綴方《つづりかた》も、ことごとく出鱈目《でたらめ》であつたと言つてよい。私は私自身を神妙ないい

子にして綴るやう努力した。（中略）剽窃さへした。　❖太宰治（思ひ出）

▽一般に剽窃《プラジアリズム》について云々《うんぬん》する場合に忘れてならないのは、感覚と情緒を有する限りすべての人は絶えず他人から補助を受けているという事である。　❖寺田寅彦（浅草紙）

飄然【ひょうぜん】　ふらりとやってくるさま。ふらりと立ち去るさま。／世俗にこだわらないで、のんきでいるさま。

▽夫《それ》から一年程して彼は又飄然として上京した。さうして今度はお兼さんの手を引いて大阪へ下つて行つた。　❖夏目漱石（行人）

▽それで津村は、（中略）親しい者にも真の目的は打ち明けずに、ひとり飄然と旅に赴《おもむ》く体裁《ていさい》で、思ひ切つて国栖村へ出かけた。　❖谷崎潤一郎（吉野葛）

▽私は二枚ばかりの単衣《ひとえ》を風呂敷に包むと、それを帯の上に背負つて、それこそ飄然と、誰にも沈黙《だま》つて下宿を出てしまつた。　❖林芙美子（放浪記）

漂泊【ひょうはく】　流れただようこと。／あちこちと流浪すること。さまようこと。

▽予もいづれの年よりか、片雲《へんうん》の風にさそはれて、漂泊の思ひやまず、（中略）やゝ年も暮《くれ》、春立てる霞《かすみ》の空に白川の関こえんと、そゞろ神の物につきて心をくるはせ、道祖神《どうそじん》のまねきにあひて取《とる》もの手につかず、（後略）。　❖松尾芭蕉（おくのほそ道）

▽漂泊する旅人は幾群か丑松の傍《わき》を通りぬけた。落魄の涙に顔を濡《ぬら》して、餓ゑた犬のやうに歩いて行くものもあつた。　❖島崎藤村（破戒）

▽清三は最後に弟の墓を訪《と》うた。祖父の墓は足利にある。祖母の墓は熊谷にある。かうして、ところどころに墓を残して行く一家族の漂泊的生活をかれは考へて黯然《あんぜん》とした。　❖田山花袋（田舎教師）

飄泊・漂泊【ひょうはく】　故郷を離れて他国にさまようこと。さすらい。流浪。

▽苦難はもとより彼の心に期するところであつた。どんなにでもして彼は耐へがたい無聊と戦

はねば成らなかつた。そして心の飄泊を続けねば成らなかつた。 ❖島崎藤村（新生）

▽『ちゝはゝの／しきりにこひし／雉子《きじ》の声。』岸本の胸に浮ぶは斯《こ》の句であつた。この短い言葉の蔭に隠されてある昔の人の飄泊の思ひもひどく彼の身に浸《し》みた。 ❖島崎藤村（新生）

縹緲・縹渺【ひょうびょう】かすかではっきりしないさま。／かぎりなく広がっているさま。

▽「何だか水滸伝《すいこでん》のやうな趣ぢやありませんか」「其時からしてが既に縹緲たるものさ。今日になつて回顧すると丸で夢の様だ」 ❖夏目漱石（行人）

▽それでも、縹渺と無辺際《むへんさい》に拡がっている海を、未練にももう一度見直さずには、いられなかった。が、群青色《ぐんじょういろ》にはろばろと続いている太洋の上には、信天翁《あほうどり》の一群が、飛び交うている外は、何物も見えない。 ❖菊池寛（俊寛）

標榜【ひょうぼう】主義・主張などを公然と掲げ示すこと。

▽諸国の人の注意は尊攘を標榜する水戸人士の行動と、筑波挙兵以来の出来事とに集まつてゐる当時のことで、（中略）いかに幕府が取りさばくであらうといふことも多くの人の注意を引いた。 ❖島崎藤村（夜明け前）

▽余は独自の思想を有することを標榜してはばからず人生の大道を行く。 ❖阿部次郎（三太郎の日記）

▽板倉と云ふのは、（中略）「板倉写場」と云ふ看板を掲げて、芸術写真を標榜した小さなスタディオを経営してゐる写真館の主人であつた。 ❖谷崎潤一郎（細雪）

渺茫【びょうぼう】広々として果てしないさま。

▽その洲の（中略）川上の方は渺茫としたうすあかりの果てに没して何処までもつゞいてゐるやうに見える。 ❖谷崎潤一郎（蘆刈）

▽……だから僕は江波さんを見ると渺茫とした海を眺めているようでどうすればいいか頭がぼうっとなる。 ❖石坂洋次郎（若い人）

披瀝【ひれき】心中の考えをさらけ出すこと。

▽愈《いよいよ》 彼の人柄に敬服した。その敬服さ加減を

披瀝する為に、この朴直な肥後侍は、無理に話頭を一転すると、忽《たちまち》内蔵助の忠義に対する、盛な歎賞の辞をならべはじめた。　❖芥川龍之介（或日の大石内蔵助）

尋【ひろ】　縄や水深などを計る長さの単位。一尋は一・八メートル。

▽幾尋あるかねと赤シャツが聞くと、六尋《むひろ》位だと云ふ。六尋位ぢや鯛は六づかしいなと、赤シヤツは糸を海へなげ込んだ。　❖夏目漱石（坊つちやん）

▽又山を越えると、踏まへた石が一つ揺らげば、千尋《ちひろ》の谷底に落ちるやうな、あぶない岨道《そわみち》もある。西国へ往くまでには、どれ程の難所があるか知れない。

❖森鷗外（山椒大夫）

天鵞絨【ビロード】　パイル織物の一つ。

▽性慾と悲哀と絶望とが忽ち《たちま》時雄の胸を襲つた。時雄は其の蒲団を敷き、夜着をかけ、冷めたい汚れた天鵞絨の襟《えり》に顔を埋めて泣いた。　❖田山花袋（蒲団）

顰蹙【ひんしゅく】　不快に思って顔をしかめること。眉をひそめること。

▽門弟の胃を病む者あり、口中に臭気あるを悟らず師の前に出でゝ稽古しけるに、春琴（中略）その儘《まま》三味線を置き、顰蹙して一語を発せず、（後略）。

❖谷崎潤一郎（春琴抄）

▽後の見すぼらしい二輪の牛車には、寂しげな孔子の顔が端然と正面を向いてゐる。沿道の民衆の間には流石《さすが》に秘《ひそ》やかな嘆声と顰蹙とが起る。　❖中島敦（弟子）

憫笑【びんしょう】　あわれんで笑うこと。

▽「市を暴君の手から救ふのだ。」とメロスは悪びれずに答へた。「おまへがか？」王は、憫笑した。「仕方の無いやつぢや。おまへなどには、わしの孤独の心がわからぬ。」　❖太宰治（走れメロス）

敏捷【びんしょう】　素早いこと。すばしこいこと。

▽山国の春は遅かつた。林はまだ殆ど裸かだつ

た。しかしもう梢から梢へくぐり抜ける小鳥たちの影には春らしい敏捷さが見られた。暮方になると、近くの林のなかで雉《きじ》がよく啼いた。 ❖堀辰雄（菜穂子）

▽生死の瀬戸際にはまり込んでゐる人々の本能は恐ろしい程敏捷な働きをする。 ❖有島武郎（生れ出づる悩み）

貧すれば鈍する【ひんすればどんする】 貧乏になると頭の働きが鈍くなり、また、品性がさもしくなる。

▽それまでにして育てたお玉を、貧すれば鈍するとやら云ふわけで、飛んだ不実な男の慰物《なぐさみもの》にせられたのが、悔《く》やしくて悔やしくてならないのだ。 ❖森鷗外（雁）

稟性【ひんせい】 天から稟《う》けた性質。天性。稟質。

▽わが国の古い絶対主義と封建制の拘束や、殊に女性には女であるが故に忍ばねばならぬ多くの桎梏《しっこく》がまつわっていた。（中略）それを貫いて、人間としての純粋・素朴・善良・真実は彼ら本然の稟性であり、これによっていかなる桎梏と拘束にも彼らは耐えて来たのである。 ❖南原繁（日本の理想）

▽ただ稟性を異にするすべての個人を通じて変わることなきは、与えられたるものを人生の終局に運び行くべき試練と労苦と実現との一生である。 ❖阿部次郎（三太郎の日記）

擯斥【ひんせき】 退けること。のけものにすること。排斥。

▽若《も》しわれ等の如き文学者にして此《かく》の如き事を口にせば文壇は挙《こぞ》つて気障《きざ》な宗匠《そうしょう》か何ぞのやうに手厳《てひど》く擯斥するにちがひない。 ❖永井荷風（日和下駄）

▽此のところは此の美しく物語られた美しい物語中での唯一の汚点で、レーンが此処を訳したゝめに擯斥されたのは一往当然なことである。 ❖谷崎潤一郎（蓼喰ふ虫）

▽この日記の筆者は、疑いもなく、この擯斥を身に受けるのがいやさに、自分の自然の運命を果たす最初の機会を捉えたのに違いない。彼女

は、年すでに二十九であった。❖小泉八雲（ある女の日記）

憫然・愍然【びんぜん】 哀れむべきさま。かわいそうなさま。憂えるさま。

▽其心根は。思へば憫然なものだ。斯《こ》う銀之助は考へて、何卒《どうか》して友達を助けたい、と其《それ》をお志保にも話さうと思ふのであつた。❖島崎藤村（破戒）

▽無理々々に強ひられたとは云へ、嫁に往つては僕に合はせる顔がないと思つたに違ひない。思へばそれが愍然でならない。❖伊藤左千夫（野菊の墓）

ふ

吹聴【ふいちょう】 広く言いひろめること。言いふらすこと。宣伝。披露。

▽家の者は 糠《ぬか》袋でたたいたせいで脳を悪くしたのだ といって来る人ごとに吹聴した。❖中勘助（銀の匙）

▽心細い気を起させまいと、せい〴〵お国自慢をして、まるで播磨と云ふところは天国か何ぞのやうに吹聴する。❖谷崎潤一郎（乱菊物語）

▽今に学校を卒業すると麹町辺《へん》へ屋敷を買つて役所へ通ふのだ杯《など》と吹聴した事もある。❖夏目漱石（坊つちゃん）

訃音【ふいん】 死亡の知らせ。訃報。

▽二十三になつた時、故郷の兄文治が死んだ。（中略）仲平は訃音を得て、すぐに大阪を立つて帰つた。❖森鷗外（安井夫人）

▽街の角々には黒縁取りたる張紙に、此訃音を書きたるありて、その下には人の山をなしたり。❖森鷗外（うたかたの記）

風雅【ふうが】 高尚で優美な味わい。みやびやかな趣。／詩歌・文芸・書画などの道。

▽人々が皆物静かに、（中略）足音を忍ばせながら花下を徘徊する光景は、それこそほんたう

に風雅な観桜の気分であつた。 ❖谷崎潤一郎（細雪）
▽溝際《どぶぎわ》の生垣に夕顔の咲いたのが、いかにも風雅に思はれてわたくしの歩みを引止《ひきとゞ》めた。 ❖永井荷風（濹東綺譚）
▽谷深き山路に春を訪ね花を探りて歩く時流れを隔つる霞《かすみ》の奥に思ひも寄らず啼き出でたる藪鶯の声の風雅なるに如かず。 ❖谷崎潤一郎（春琴抄）

諷諫【ふうかん】 遠回しにそれとなく忠告すること。遠回しにいさめること。
▽「御兄さんに島田の来た事を話したら驚ろいて居らつしやいましたよ。（中略）健三もあんなものを相手にしなければ好いのにつて」細君の顔には多少諷諫の意が現はれてゐた。 ❖夏目漱石（道草）
▽裔一は置土産《おきみやげ》に僕を諷諫したのである。僕は一寸腹が立つた。何も其位な事を人に聞かなくても好いと思ふ。それも人による。 ❖森鷗外（ヰタ・セクスアリス）

諷する【ふうする】 ほのめかして遠回しに批判する。風刺する。
▽検校《けんぎょう》の意は、蓋《けだ》し此の乳母が或る手段を以て彼女を失明させたことを諷するのである。 ❖谷崎潤一郎（春琴抄）
▽夫には妙子の暗黒面が大体分つてゐたからなのであらう。そして、さすがに遠慮して、婉《えん》曲《きょく》な云ひ方でそのことを諷してゐたのであらうが、（後略）。 ❖谷崎潤一郎（細雪）
▽「（前略）。御前がそれ程尊敬する位な人なら何か遣つてゐさうなものだがね」父は斯う云つて、私を諷した。 ❖夏目漱石（こゝろ）

風説【ふうせつ】 世間に広まっているうわさ。取り沙汰。
▽関東震災の時に東京に居合せた経験があつて、から云ふ場合の風説が如何に針小棒大に伝播するものであるかを知つてゐたので、（中略）半ば絶望的な気分にさへなつてゐる幸子を宥《なだ》めた。 ❖谷崎潤一郎（細雪）

風致【ふうち】 自然の風景がもつ趣《おもむき》。

▽やしろのたてものや境内の風致などはりつぱな神社仏閣に富む此の地方としてはべつにとりたてゝしるすほどでもない。 ❖谷崎潤一郎（蘆刈）

▽水禍から以後は（中略）名だゝる高級住宅地の蘆屋の風致も、今年ばかりは見る影もなかつた。 ❖谷崎潤一郎（細雪）

▽こうした工事が天然の風致を破壊すると云って慨嘆する人もあるようであるが自分などは必ずしもそうとばかりは思わない。 ❖寺田寅彦（雨の上高地）

風体【ふうてい】 その人の素性《すじょう》がうかがわれるような外見上の様子。身なり。

▽憎いほど烏黒《まつくろ》にて艶《つや》ある髪の毛の一ト綜《ふさ》二綜《ふたふさ》後《おく》れ乱れて、浅黒いながら渋気《しぶけ》の抜けたる顔にかかれる趣きは、年増《としま》嫌ひでも褒《ほ》めずには置かれまじき風体、（後略）。 ❖幸田露伴（五重塔）

▽此の、快速力の浦島太郎ともいふべき人物は、三十前後の、漁師のやうな風体の男であつた。 ❖谷崎潤一郎（乱菊物語）

風馬牛【ふうばぎゅう】 互いにまったく関係のないこと。まったく関係ない態度をとること。

▽口では旧式な思想の持ち主のやうなことばかり云ふものゝ、（中略）ほんたうはもつと融通も利くし、近頃の世相や風潮にも風馬牛ではない筈である。 ❖谷崎潤一郎（蓼喰ふ虫）

▽冷然として古今帝王の権威を風馬牛し得るものは自然のみであらう。自然の徳は高く塵界《じんかい》を超越して、絶対の平等観を無辺際《むへんさい》に樹立して居る。 ❖夏目漱石（草枕）

▽夫の苦悶煩悶には全く風馬牛で、子供さへ満足に育てれば好いといふ自分の細君に対すると、何うしても孤独を叫ばざるを得なかつた。 ❖田山花袋（蒲団）

風靡【ふうび】 その時代の大勢の人々をなびき従わせること。

▽十五の時に、袴《はかま》を紐《ひも》で締める代りに尾錠《びじょう》で締める工夫をして、一時女学生界の流行を風靡したのも彼女である。 ❖有島武郎（或る女）

▽紫式部、清少納言、和泉式部などがその絢爛《けんらん》たる才気によって一世を風靡したあの時期だ。 ❖坂口安吾（道鏡）

風諭・諷喩【ふうゆ】 たとえを提示して、それとなく諭すこと。推察させること。

▽手紙の終に風諭の意を寄せたらしく書き添へてある兄の三十一文字を繰返して見た。『世の中の善きも悪しきも知れる身のなど踏み迷ふ人の正みち』 ❖島崎藤村（新生）

不易【ふえき】 いつまでも変わらないこと。不変。

▽倫理学はこの道徳盲を克服して、あらゆる人と時と処とにおいて不易なる道得的真理そのもの、ジットトリヒカイトを見いだすことを任務とする。 ❖倉田百三（学生と教養）

▽彼の生活の基礎を不易なるものの上に築いた者に「完全なる幸福」があることはいうまでもないはずであった。 ❖阿部次郎（三太郎の日記）

敷衍・布衍【ふえん】 意義を広くおし広げて詳しく述べること。／のべ広げること。

▽其意味がすぐ代助の頭には響かなかつた。不可解の眼を挙げて梅子を見た。梅子は始めて自分の本意を布衍しに掛かつた。 ❖夏目漱石（それから）

▽「御前を育てたものは此私だよ」この一句を二時間でも三時間でも布衍して、幼少の時分恩になつた記憶を又新しく復習させられるのかと思ふと、彼は辟易した。 ❖夏目漱石（道草）

俯瞰【ふかん】 高所から見下ろすこと。全体を上から見ること。

▽屋島から俯瞰した美しい瀬戸の海――島々を浮べた絵巻物のようなその情景は、日本の、いな、世界の絶景と称してよいでありましょう。 ❖南原繁（日本の理想）

▽一人勝手に生きて居る夫、象牙の塔で夢みながら、見えもしない人生を俯瞰した積りで生きて居る夫、その夫を妻が頼み少く思ふことは是非ない事である。 ❖佐藤春夫（田園の憂鬱）

不羈【ふき】 束縛されないこと。

▽人の一身も一国も、天の道理に基《もとづき》て不羈自由なるものなれば、若し此一国の自由を妨げんとする者あらば世界万国を敵とするも恐るるに足らず、（後略）。　❖福沢諭吉（学問のすゝめ）

▽雲を劈《つんざ》く光線ど雲より放つ陰翳《いんえい》とが彼方此方《かなたこなた》に交叉して、不羈奔逸の気が何処ともなく空中に微動して居る。　❖国木田独歩（武蔵野）

腹蔵・覆蔵【ふくぞう】心の中に包み隠すこと。

▽蒲に着くと子路《しろ》は先づ土地の有力者、反抗分子等を呼び、之と腹蔵なく語り合つた。（中略）先づ彼等に己《おのれ》の意の在る所を明かしたのである。　❖中島敦（弟子）

▽「（前略）事実は既に諸君の御承知の通であるからして、善後策について腹蔵のない事を参考の為めに御述べ下さい」　❖夏目漱石（坊つちやん）

分限者【ぶげんしゃ】金持ち。財産家。

▽こゝには石浦と云ふ処に大きい邸を構へて、（中略）何から何まで、それ〴〵の職人を使つて造らせる山椒大夫《だいふ》と云ふ分限者がゐて、人なら幾らでも買ふ。　❖森鷗外（山椒大夫）

無骨・武骨【ぶこつ】粗野で洗練されていないこと。無作法なこと。骨ばっていること。

▽見た所から無骨らしい伝右衛門を伴なつて、不相変《あいかわらず》の微笑をたたへながら、得々として帰つて来た。　❖芥川龍之介（或日の大石内蔵助）

▽一人の荷物の中から、片仮名と平仮名の交つた、鉛筆をなめり、なめり書いた手紙が出た。それが無骨な漁夫の手から、手へ渡されて行つた。　❖小林多喜二（蟹工船）

▽時頼この時年二十三、（中略）早く母に別れ、武骨一辺の父の膝下《ひざもと》に養はれしかば、（後略）。

❖高山樗牛（滝口入道）

蕪雑【ぶざつ】秩序が立たず乱れていること。整っていないこと。

▽俺は子供として又人として、無花果《いちじく》の嫩葉《わかば》が延びる様に純一蕪雑に生きて来た。俺の心は一方にスクスクと延びて行く命であつた。一方には又静かに爽かなる鏡であつた。　❖阿部次郎（三太郎の日記）

▽牛肉は大かた竹の皮に残っている。いかにもそれは主婦のいない家庭のさまをむき出しにしていた。（中略）男世帯の蕪雑さはただ量的に豊富なばかりである。やもめ暮しのみじめさのようなものが、部屋一ぱいにみなぎっているようだった。　❖壺井栄（妻の座）

不時【ふじ】予想外のとき。思いがけないとき。
▽仙吉は其処《そこ》で三人前の鮨《すし》を平げた。餓《う》ゑ切つた痩《や》せ犬が不時の食にありついたかのやうに彼はがつ〳〵と忽《たちま》ちの間に平げて了つた。　❖志賀直哉（小僧の神様）

不肖【ふしょう】父または師に似ずに愚かで劣っていること。／とるに足りないこと。
▽「お師匠様とは打って変わって荒々しい御性質で御座います。」「不肖の子とでも申すので御座いましょうか。」　❖倉田百三（出家とその弟子）
▽併し某《それがし》は不肖にして父同様の御奉公が成り難いのを、上《かみ》にも御承知と見えて、知行《ちぎょう》を割《さ》いて弟共に御遣《おつかわし》なされた。　❖森鷗外（阿部一族）

腐心【ふしん】（ある事を成し遂げるため）心をいため悩ますこと。苦心。
▽只管《ひたすら》善根《ぜんこん》を積むことに腐心したが、身に重なれる罪は、空よりも高く、積む善根は土地よりも低きを思うと、彼は今更に、半生の悪業《あくごう》の深きを悲しんだ。　❖菊池寛（恩讐の彼方に）
▽お玉は（中略）一刻も早く岡田に近づいて見たい。唯その方法手段が得られぬので、日々人知れず腐心してゐる。　❖森鷗外（雁）

風情【ふぜい】風雅な趣。風流な味わい。／ありさま。様子。／他を卑しめ、または自らへりくだる意を表す。
▽ところ〴〵に竹藪の多い村落のけしき、農家の家のたてかた、樹木の風情、土の色など、嵯峨あたりの郊外と似通つてゐてまだこゝまでは京都の田舎が延びて来てゐるといふ感じがする。　❖谷崎潤一郎（蘆刈）
▽その眼エえらい妖艶で、何とも云へんなまめかしい風情あつて、「なあ、姉ちゃん」云ひながら甘えるやうにその眼エ使はれたら、なか

く魅力に逆らふ云ふこと出来しません。❖谷崎潤一郎（卍）
▽本というものは女中風情の読むものではないと思っていたのに違いない。❖林芙美子（放浪記）
▽女は忽《たちま》ち眉《まゆ》を曇らして、「そんな立派な御屋敷へ我々風情が到底《とて》も御出入は出来ませんが」と云つた儘《まま》しばらく考へてゐたが、（後略）。❖夏目漱石（行人）

憮然【ぶぜん】 落胆したり失望したりして、呆《ぼう》然とするさま。／むっとするさま。
▽数年前長安に残してきた――そして結局母や祖母と共に殺されて了つた――子供の俤《おもかげ》を不図《ふと》思ひうかべて李陵は我しらず憮然とするのであつた。❖中島敦（李陵）
▽「僕は三四年前に、貴方に左様打ち明けなければならなかつたのです」と云つて、憮然として口を閉ぢた。❖夏目漱石（それから）
▽師よ、佐助は失明致したり、最早《もは》や一生お師匠様のお顔の瑕《きず》を見ずに済む也、寔《まこと》によき時に盲目となり候もの哉《かな》、是れ必ず天意にて侍《はべ》らんと。春琴之を聴きて憮然たること良《やや》ゝ久し矣《かな》。❖谷崎潤一郎（春琴抄）

不遜【ふそん】 謙遜でないこと。思い上がってへりくだらないこと。
▽見物席に左太夫の不遜に対する叱責の声が洩れた。忠直卿は苦笑をした。❖菊池寛（忠直卿行状記）
▽庄原日赤病院の耳鼻科の医長で屈原という召集中尉がお見えになって、極めて不遜な態度で、そして横柄な口のききかたで、主人の耳を手荒く診察して下さいました。❖井伏鱒二（黒い雨）

払暁【ふつぎょう】 明け方。あかつき。黎明。夜明け。
▽阿部一族の立て籠つてゐる山崎の屋敷に討ち入らうとして、竹内数馬の手のものは払暁に表門の前に来た。❖森鷗外（阿部一族）
▽払暁に自ら鐘楼に上つて大鐘を撞《つ》き鳴らすこ

とも、その日〳〵を充たして行かうとする修道の心からであつた。❖島崎藤村（夜明け前）

▽室内に流れる冷たい灰色の払暁の光線を感じた。伸子は反射的につぶやいた。「そう――朝になった」❖宮本百合子（伸子）

仏性【ぶっしょう】情け深い生まれつき。／一切の衆生《しゅじょう》がもっている、仏になりうる性質。

▽仏性の伯母さんの手ひとつに育てられて獣と人間とのあいだになんの差別もつけなかった私は、親の生皮《なまかわ》をはがれたふびんな子狐の話を身につまされてきいた。❖中勘助（銀の匙）

不束【ふつつか】配慮が行き届かないこと。つたないこと。雑なこと。

▽神様は何処にでもいらっしゃる。この家にもいらっしゃる。ただ私が不束だと神様はいらっしても、私の方で気がつかない、（後略）。❖武者小路実篤（幸福者）

▽不束な仮名文字で書いてはあるが、条理が善《よ》く整つてゐて、大人でもこれだけの短文に、これだけの事柄を書くのは、容易であるまいと思はれる程である。❖森鷗外（最後の一句）

▽旅人に足を留めさせまいとして、行き暮れたものを路頭に迷はせるやうな掟《おきて》を、国守《くにのかみ》はなぜ定めたものか。不束な世話の焼きやうである。❖森鷗外（山椒大夫）

払底【ふってい】ものが非常に欠乏すること。すっかりなくなること。

▽其時分は今に比べると、存外《ぞんがい》世の中が寛《くつ》ろいでゐましたから、内職の口は貴方が考へる程払底でもなかつたのです。❖夏目漱石（こゝろ）

▽一宿へ金百両づゝを貸し渡されるやう。（中略）当時米穀も払底で、御伝馬を勤めるものは皆難渋の際であるから、右百両の金子《きんす》で、米、稗《ひえ》、大豆を買入れ、人馬役のものへ割渡したい。❖島崎藤村（夜明け前）

不体裁【ふていさい】体裁の悪いこと。見かけまたは外聞が悪いこと。

▽「三十になつて遊民として、のらくらしてゐるのは、如何にも不体裁だな」（中略）職業の

為に汚されない内容の多い時間を有する、上等人種と自分を考へてゐる丈である。　❖夏目漱石（それから）

▽凡《およ》そ人間に於て何が見苦しいと云つて口を開けて寝る程の不体裁はあるまいと思ふ。猫杯《など》は生涯こんな恥をかいた事がない。　❖夏目漱石（吾輩は猫である）

不得要領【**ふとくようりょう**】　要領を得ないこと。

▽先生の談話は時として不得要領に終つた。其日二人の間に起つた郊外の談話も、此不得要領の一例として私の胸の裏《うち》に残つた。　❖夏目漱石（こゝろ）

▽医者の診断は結局不得要領だつた。医者は襁褓《むつき》に着いて居る粘液から、矢張り一種の消化不良だらうと云つた。　❖志賀直哉（暗夜行路）

不届き【**ふとどき**】　道理や法律にそむく行いをすること。

▽「しかしながら人間どもは不届だ。近頃はわしの祭にも供物《くもつ》一つ持って来ん。（中略）。」土神はまたきりきり歯噛みしました。　❖宮沢賢治（土神ときつね）

不如意【**ふにょい**】　思いどおりにならないこと。／生計の困難なこと。金の工面がつかないこと。

▽この婆やは、肺病で亡くなつた旧い学友の世話で、あの学友が（中略）岸本のところへよく人生の不如意を嘆きに来た頃に、そこの細君に連れられて目見《まみ》えに来たものであつた。　❖島崎藤村（新生）

▽帰り、恭ちやんのところへ寄る。ここも、不如意な暮しむきなり。　❖林芙美子（放浪記）

▽やれ御勝手の不如意だ、御家の大事だと言はれる度に、養父が尾州代官の山村氏に上納した金高だけでも余程の額に上らう。　❖島崎藤村（夜明け前）

▽左大臣の死後は、恐らく昔日の栄華も一朝の夢と化して、万事に不如意を喞《かこ》つ身の上となつたであらう。　❖谷崎潤一郎（少将滋幹の母）

浮薄【**ふはく**】　人情・行動・風俗などがうわつ

いていて、軽々しいこと。
▽その時、陵は友の為にその妻の浮薄をいたく憤つた。　❖中島敦（李陵）

不憫・不愍・不便【ふびん】 あわれむべきこと。かわいそうなこと。／都合が悪いこと。
▽「政夫さん、どうぞ聞き分けて下さい。ねイ民子はあなたにはそむいては居ません。どうぞ不憫と思うてやつて下さい……」　❖伊藤左千夫（野菊の墓）
▽洞仙院は、此の娘の顔立ちを見ると、若い頃の自分の姿を想ひ出して、一《ひ》としほ不憫さが増すのである。　❖谷崎潤一郎（乱菊物語）
▽「好い。そんなら不便《ふびん》ぢやが死んでくれい。」かう云つて五助は犬を抱き寄せて、脇差を抜いて、一刀に刺した。　❖森鷗外（阿部一族）

侮蔑【ぶべつ】 相手を侮《あなど》って蔑《さげす》むこと。見下してないがしろにすること。軽蔑。
▽下人《げにん》は、老婆の答が存外、平凡なのに失望した。さうして失望すると同時に、又前の憎悪が、冷《ひややか》な侮蔑と一しよに、心の中へはいつて来た。　❖芥川龍之介（羅生門）

文殻【ふみがら】 読み終えて不要となった手紙。古手紙。
▽母も恐らくは新町の館で此の文を受け取つた時、矢張自分が今したやうに此れを肌身につけ、押し戴いたであらうことを思へば、「昔の人の袖の香ぞする」その文殻は、彼には二重に床しくも貴い形見であつた。　❖谷崎潤一郎（吉野葛）
▽彼の周囲は書物で一杯になつてゐた。手文庫には文殻とノートがぎつしり詰つてゐた。　❖夏目漱石（道草）

無頼【ぶらい】 正業につかず無法な行いをすること。／たよるべきところのないこと。／やすんずることがないこと。
▽市九郎は、深い悔恨に囚《とら》われて居た。一個の蕩児《とうじ》であり、無頼の若武士ではあったけれども、まだ悪事と名の付くことは、何もして居なかった。　❖菊池寛（恩讐の彼方に）
▽私は又あした遠く去る、／あの無頼の都、混

沌たる愛憎の渦の中へ、／私の恐れる、しかも執着深いあの人間喜劇のただ中へ。　❖高村光太郎（智恵子抄・樹下の二人）

不埒【ふらち】　法に外れていること。道にそむいていること。不届き。

▽邦子が最初の産をして、入院してゐる間に私は其頃ゐた美しい女中と二三度さういふ不埒を働いた。　❖志賀直哉（邦子）

▽この頃の妻の行為がありのまゝに京都の父親にでも知れたら、いかに物分りのいゝ老人でも世間の手まへ娘の不埒を許しては置けないであらう。　❖谷崎潤一郎（蓼喰ふ虫）

腐爛・腐乱【ふらん】　腐りただれること。

▽死体はこの暑さですぐに腐爛する。火葬場は満員で使えない。だから善は急げで、川原《かわら》だろうが山だろうが人家を離れたところで焼くべきだと云う。　❖井伏鱒二（黒い雨）

無聊【ぶりょう】　することがなくて退屈なこと。／心配事があって気が晴れないこと。

▽六月の末に近づくと、空は梅雨らしく曇つて、幾日も菜穂子は散歩に出られない日が続いた。かういふ無聊な日々は、さすがの菜穂子にも殆ど堪へがたかつた。　❖堀辰雄（菜穂子）

▽三千代の退屈といふ意味は、夫が始終外へ出てゐて、単調な留守居の時間を無聊に苦しむと云ふ事であつた。　❖夏目漱石（それから）

▽苦難はもとより彼の心に期するところであつた。どんなにでもして彼は耐へがたい無聊と戦はねば成らなかつた。そして心の飄泊《ひょうはく》を続けねば成らなかつた。　❖島崎藤村（新生）

浮浪【ふろう】　さすらうこと。あちこちさまよい歩くこと。流浪《るろう》。

▽えたいの知れない不吉な塊《かたまり》が私の心を始終圧《おさ》へつけてゐた。（中略）何かが私を居堪《いたたま》らずさせるのだ。それで始終私は街から街を浮浪し続けてゐた。　❖梶井基次郎（檸檬）

▽やゝ落ちこけた其の頬の淋しさと深い目の色には久しくかうした浮浪の生活に、さま〴〵な苦労をしたらしいやつれが現れて居た。　❖永井荷風（ふらんす物語）

文雅【ぶんが】 詩歌をよみ、文をつづる風雅な道。／みやびやかなこと。優美。風流。
▽今日たま〱この処にこのやうな庭園が残つたのを目にすると、そゞろに過ぎ去つた時代の文雅を思起さずには居られない。❖永井荷風（濹東綺譚）
▽極めて文雅な感じのある年老いた人がそこに彼等を待ち受けてゐたといふ。その人が当時肩を比べるものゝない威権の高い老中だつた。❖島崎藤村（夜明け前）

分際【ぶんざい】 身分・地位に応じた程度。身のほど。分限。
▽なまじこのやうな事おもひたたずに、のつそりだけで済《すま》してゐたらばこのやうに残念な苦悩《おもい》もすまいものを、分際忘れた我《おれ》が悪かつた、ああ我が悪い、（後略）。❖幸田露伴（五重塔）
▽狐の如きは実に世の害悪だ。ただ一言もまことはなく卑怯で憶病でそれに非常に妬《ねた》み深いのだ。うぬ、畜生の分際として。❖宮沢賢治（土神ときつね）

紛擾【ふんじょう】 乱れてもめること。もつれること。ごたごた。
▽大隈伯が高等商業の紛擾に関して、大いに騒動しつゝある生徒側の味方をしてゐる。❖夏目漱石（それから）
▽岡君は人に漏らし得ない家庭内の紛擾や周囲から受ける誤解を、岡君らしく過敏に考へ過ぎて弱い体質を益〻弱くしてゐるやうです。❖有島武郎（或る女）

分疏【ぶんそ】 弁解すること。言い訳。弁疏。
▽怪我人の倒れた側に太十の強く踏んだ足跡と其草履《ぞうり》とがあつたので到底逃げる処を打つたといふ事実の分疏は立たぬといふのを聞いて皆悄《しお》れて畢つた。❖長塚節（太十と其犬）
▽自分が悪事をして居る時、（中略）自分がして居ると云う事が、常に不思議な分疏《いいわけ》になって、その浅ましさを感ずることが少なかったが、（後略）。❖菊池寛（恩讐の彼方に）
▽この物語にわれは覚えず面《おもて》をそむけしかば、若者は分疏《いいわけ》らしく詞《ことば》を添へて、されど新教の女

なりき、悪魔の子なりきとつぶやきぬ。 ❖森鷗外（即興詩人）

忿怒・憤怒【ふんぬ】 憤り怒ること。ふんど。

▽彼は悄《しお》れた節子を見て、取返しのつかないような結果に成つたことを聞いて、初めて羞《は》ぢることを知つたその自分の心根を羞ぢた。彼は節子の両親の忿怒《いかり》の前に、自分を持つて行つて考へて見た。 ❖島崎藤村（新生）

▽僧犬は半狂乱で駈けつけた。凄《すさま》しい形相をしてゐる。肉交の相手を失はうとする時の醜悪《しゅうあく》な忿怒だ。 ❖中勘助（犬）

▽彼等は一人として葉子に対して怨恨《えんこん》を抱いたり、憤怒を漏したりするものはなかつた。 ❖有島武郎（或る女）

忿懣・憤懣【ふんまん】 我慢できずに、心中にわだかまる怒り。憤りもだえること。

▽司馬遷は最後に憤懣の持つて行き所を自分に求めようとする。実際、何ものかに対して腹を立てなければならぬとすれば、それは自分自身に対しての外は無かつたのである。 ❖中島敦（李陵）

▽彼女は咄嗟《とっさ》に夫の言葉尻を捉へた。と同時に、彼女は夫に対する日頃の憤懣が思ひがけずよみ返つて来るのを覚えた。 ❖堀辰雄（菜穂子）

▽雪子が、（中略）餘りにもケロリとした様子をしてゐるので、つい又忿懣が萌《きざ》して来た。彼女はそれを怺《こら》へようとして真つ紅に顔を上気させながら、「雪子ちゃん」と、呼んだ。 ❖谷崎潤一郎（細雪）

分明【ぶんめい】 他との区別がはっきりつくこと。明らかなこと。ぶんみょう。ふんみょう。

▽代助は、百合の花を眺めながら、部屋を掩《おお》ふ強い香の中に、残りなく自己を放擲《ほうてき》した。彼は此嗅覚の刺激のうちに、三千代の過去を分明《ふんみょう》に認めた。 ❖夏目漱石（それから）

▽其墓所は或は注してあり、或は注してない。分明《ぶんみょう》に嶺松寺に葬る、又は嶺寺に葬ると注してあるのは初代瑞仙、其妻佐井氏、（中略）の五人に過ぎない。 ❖森鷗外（渋江抽斎）

へ

睥睨【へいげい】 あたりをにらみつけて威圧すること。

▽「天《あめ》が下に独《ひと》り我のみ存す」といふ意識が私ををのゝかした。（中略）自己は今や唯一の而してまたすべてのものとなつた。宇宙の中心に座を占めて四辺を睥睨した。 ❖倉田百三（愛と認識との出発）

▽二人は東京と東京の人を畏《おそ》れました。それでゐて六畳の間の中では、天下を睥睨するやうな事を云つてゐたのです。 ❖夏目漱石（こゝろ）

閉口【へいこう】 手の打ちようもなく困ること。うんざりすること。

▽彼は大山《だいせん》の生活には大体満足してゐたが、ただ寺の食事には閉口した。 ❖志賀直哉（暗夜行路）

▽我々は靖国神社の下を電車が曲るたびに頭を下げさせられる馬鹿らしさには閉口したが、（中略）同じような馬鹿げたことを自分自身でやっている。 ❖坂口安吾（堕落論）

▽野島も何もかも忘れて讃美したい気持で見ていた。しかし時々皆がお世辞の競争をするには閉口した。 ❖武者小路実篤（友情）

平生【へいぜい】 ふだん。常日頃。／生きているとき。生前。

▽鰐口《わにぐち》の性質は平生知つてゐる。彼は権威に屈服しない。人と苟《いやしく》も合ふといふ事がない。 ❖森鷗外（ヰタ・セクスアリス）

▽安寿の前と変つたのは只これだけで、言ふ事が間違つてもをらず、為《す》る事も平生の通である。 ❖森鷗外（山椒大夫）

▽平生恩顧を受けてゐた家臣の中で、これと前後して思ひ〳〵に殉死の願をして許されたものが、長十郎を加へて十八人あつた。 ❖森鷗外（阿部一族）

平調【へいちょう】 おだやかな調子。普通の調子。

▽三千代が又訪ねて来ると云ふ目前の予期が、既に気分の平調を冒《おか》してゐるので、思索も読書も殆《ほと》んど手に着かなかつた。 ❖夏目漱石（それから）

平癒【へいゆ】 病気やけがが治ること。

▽己《おれ》は娘の病気の平癒を祈るために、ゆうべこゝに参籠《さんろう》した。すると夢にお告《つ》げがあつた。 ❖森鷗外（山椒大夫）

辟易【へきえき】 驚き恐れて立ち退《の》くこと。閉口すること。勢いに押されてたじろぐこと。

▽漸《よう》く権現《ごんげん》の下へ来た時、細い急な石段を仰ぎ見た自分は、其高いのに辟易する丈で、容易に登る勇気は出し得なかつた。 ❖夏目漱石（行人）

▽茶と聞いて少し辟易した。世間に茶人程勿体振つた風流人はない。（中略）必要もないのに鞠躬如《きっきゅうじょ》として、あぶくを飲んで結構がるものは所謂《いわゆる》茶人である。 ❖夏目漱石（草枕）

▽妻は一生懸命だつた。日頃少しも強く光らない眼が光り、彼の眼を真正面《まとも》に見凝《みつ》めた。彼にはその視線に辟易《たじろ》ぐ気持があつた。 ❖志賀直哉（山科の記憶）

僻遠【へきえん】 中心地から遠く離れていること。

▽延岡は僻遠の地で、当地に比べたら物質上の不便はあるだらう。が、聞く所によれば風俗の頗《すこぶ》る淳朴な所で、職員生徒悉《ことごと》く上代《じょうだい》樸直の気風を帯びて居るさうである。 ❖夏目漱石（坊つちやん）

僻見【へきけん】 偏った見解。偏見。

▽それは葉子の僻見であるかも知れない、然し若し愛子が倉地の注意を牽《ひ》いてゐるとすれば、自分の留守の間に倉地が彼女に近づくのは唯一歩の事だ。 ❖有島武郎（或る女）

▽愛するのは自分のためではなく、他人のためだと主張する人は、先づこの辺の心持を僻見なく省察して見る必要があると思ふ。 ❖有島武郎（惜みなく愛は奪ふ）

劈頭【へきとう】 真っ先。物事のはじめ。
▽「安井では仲平におよめを取ることになりました」劈頭に御新造《ごしんぞう》は主題を道破《どうは》した。❖森鷗外（安井夫人）
▽忘れ得ぬ人は必ずしも忘れて叶《かな》ふまじき人にあらず、見玉へ僕の此原稿の劈頭第一に書いてあるのは此句である。❖国木田独歩（忘れえぬ人々）

碧落【へきらく】 青い空。碧空《へきくう》。
▽それから己《お》れは草の上に仰向けにねころんで快い疲労感にウツトリと見上げる碧落の潔さ、高さ、広さ。❖中島敦（李陵）

別盃・別杯【べっぱい】 別れを惜しみくみかわす酒の杯。
▽それとなく別盃を酌《く》むために行きたい気はしたが、新聞記者と文学者とに見られて又もや筆《ひっ》誅《ちゅう》せられる事を恐れもする。❖永井荷風（濹東綺譚）

弁口【べんこう】 口のききかた。ものの言いぶり。口が達者なこと。
▽何一つ学問をした事もないに係らず小才《こさい》と弁口とで立身出世の賽《さい》をばまづ区役所の書記から振出し（後略）。❖永井荷風（おかめ笹）
▽どうせ、こんな手合を弁口で屈伏させる手際《てぎわ》はなし、させた所でいつ迄御交際を願ふのは、此方《こっち》で御免だ。❖夏目漱石（坊つちやん）

編輯・編集【へんしゅう】 一定の目的・方針のもとに資料を集めて調整し、新聞・書物などをつくること。
▽自分は自分の過去のために、小さい墓を建ててやるやうな心持で此書を編輯した。❖阿部次郎（三太郎の日記）

弁証【べんしょう】 弁論によって証明すること。弁別して証明すること。
▽詳しく之に伴なふ作法や約束を比べて見たら、さうでないことはやがて判るのだけれども、それには又大分の弁証を費さなければならぬ。❖柳田国男（魂の行くへ）

弁疏【べんそ】 言い訳をすること。弁解。分疏。
▽これはいづれ生麦償金授与の事情を朝廷に弁

疏するためであらうといふ。　❖島崎藤村（夜明け前）

▽二人は兎《と》に角一応警察署まで引致《いんち》といふ事になつた。鵜崎が半分泣声での弁疏も最《も》う駄目である。二人は麴町警察署の留置場に投《ほう》り込まれた。　❖永井荷風（おかめ笹）

▽何を書いても、誰が誰に向つて書いても同じやうな弁疏《いいわけ》めいた事しか書けさうもなかつた。　❖堀辰雄（ほととぎす）

鞭撻【べんたつ】 処罰してこらしめること。戒め励ますこと。

▽修業のためには甘んじて苛辣《からつ》な鞭撻を受けよう怒罵《どば》も打擲《ちょうちゃく》も辞する所にあらずといふ覚悟の上で来たのであつた。　❖谷崎潤一郎（春琴抄）

▽兄の言葉は、代助の耳を掠《かす》めて外へ零《こぼ》れた。彼はたゞ全身に苦痛を感じた。けれども兄の前に良心の鞭撻を蒙《こうむ》る程動揺してはゐなかつた。　❖夏目漱石（それから）

▽体は発熱のため焼けるように熱い。（中略）すっと奈落へ落ちて行くような心地になる。頭が朦朧《もうろう》となって来る。駅に停《と》まるごとに汽車が大きくがたんと揺れて、しっかりしろと鞭撻してくれる。　❖井伏鱒二（黒い雨）

偏頗【へんぱ】 偏っていて不公平なこと。えこひいき。

▽拙者は貴所《あなた》の希望の成就を欲する如く細川の熱望の達することを願ふ、これに就き少しも偏頗な情《こころ》を持て居ない。　❖国木田独歩（富岡先生）

▽一番末の妹に附いてゐた乳母が両親の愛情の偏頗なのを憤つて密かに琴女を憎んでゐたといふ。　❖谷崎潤一郎（春琴抄）

▽葉子の愛子と貞世とに対する偏頗な愛憎と、愛子の上に加へられる御殿女中風な圧迫とを歎いたに違ひない。　❖有島武郎（或る女）

▽あの偏頗で頑固で意地張りな内田の心の奥の奥に小さく潜んでゐる澄み透つた魂が始めて見えるやうな心持ちがした。　❖有島武郎（或る女）

弁駁【べんばく】 他人の説の誤りを攻撃して言い破ること。反駁。べんぱく。

▽僕は別に思慮もなく、弁駁らしい事を言つた。「そりやあ政治家になると、どんなにしてゐたつて、難癖を附けられるさ。」❖森鷗外（雁）

遍歴【へんれき】 広く各地をめぐり歩くこと。／さまざまな経験を重ねること。

▽実之助は、馴れぬ旅路に、多くの艱難を苦しみながら、諸国を遍歴して、只管《ひたすら》敵《かたき》市九郎の所在《ありか》を求めた。❖菊池寛（恩讐の彼方に）

▽一つのささやかな遍歴の試みが、私をますます勇気づけてくれる。何でも捨身になって働くにかぎる。❖林芙美子（放浪記）

ほ

法悦【ほうえつ】 仏法を聴き、または味わって起こる無上の喜び。法喜。／恍惚とするような歓喜の状態。エクスタシー。

▽時に燃えるような法悦三昧《ざんまい》に入る事もあるが、その高潮はやがて灰のように散り易くてな。私は始終苦しんでいます。❖倉田百三（出家とその弟子）

▽いざ、実之助殿、約束の日じゃ。お斬《き》りなされい。かかる法悦の真中に往生《おうじょう》致すなれば、極楽浄土に生るること、必定《ひつじょう》疑いなしじゃ。❖菊池寛（恩讐の彼方に）

茅屋【ぼうおく】 かやぶきの屋根の家。あばらや。自宅の謙称。

▽茅屋の民にも美はしき品性の人あり。無学の人にも高尚の品性宿るあり。品性は半ば遺伝なれども、また之を養ふべし。❖国木田独歩（欺かざるの記）

▽何しろロケーションが素敵である。舞台には渓流あり、断崖あり、宮殿あり、茅屋あり、春の桜、秋の紅葉、それらを取り〴〵に生かして使へる。❖谷崎潤一郎（吉野葛）

▽その翌日、下落合の茅屋を庭の落葉を踏んで、

彼は飄然《ひょうぜん》私を訪ねて来た。　❖南原繁（日本の理想）

萌芽【ほうが】 芽の萌え出ること。／新たに物事が起こりはじめること。

▽自分の母を恋ふる気持は唯漠然たる「未知の女性」に対する憧憬《しょうけい》、――つまり少年期の恋愛の萌芽と関係がありはしないか。　❖谷崎潤一郎（吉野葛）

▽そして一種の物足らぬような情と、萌芽のような反抗心とが、己《おれ》の意識の底に起った。己が奥さんを「敵」として視《み》る最初は、この瞬間であったかと思う。　❖森鷗外（青年）

▽彼は、自分自身からさえも、逃れたかった。まして自分の凡《すべ》ての罪悪の、萌芽であった女から、極力逃れたかった。　❖菊池寛（恩讐の彼方に）

法外【ほうがい】 程度を越えること。常識の範囲を越えていること。

▽代助は時々尋常な外界から法外に痛烈な刺激を受ける。それが劇《はげ》しくなると、晴天から来る日光の反射にさへ堪へ難くなることがあつた。
❖夏目漱石（それから）

彷徨【ほうこう】 さまようこと。あてもなくうろつくこと。

▽誰も彼女の高慢の鼻を折る者がなかつた、然るに天は痛烈な試練を降《おろ》して生死の巌頭《がんとう》に彷徨せしめ増上慢《ぞうじょうまん》を打ち砕いた。　❖谷崎潤一郎（春琴抄）

▽あの林檎畠が花ざかりの頃は、其枝の低く垂下つたところを彷徨《さまよ》つて、互ひに無邪気な初恋の私語《ささやき》を取交したことを忘れずに居る。　❖島崎藤村（破戒）

放恣・放肆【ほうし】 勝手気ままで、しまりのないこと。

▽馬に策《むち》が、弓に檠《けい》が必要な様に、人にも、其の放恣な性情を矯《た》める教学が、どうして必要でなかろうぞ。匡《ただ》し理《おさ》め磨《みが》いて、始めてものは有用の材となるのだ。　❖中島敦（弟子）

▽お玉の想像もこんな時には随分放恣になつて来ることがある。さう云ふ時には目に一種の光

が生じて、酒に酔つたやうに瞼《まぶた》から頰に掛けて紅《くれない》が漲《みなぎ》るのである。 ❖森鷗外（雁）

▽彼は西洋の小説を読むたびに、そのうちに出て来る男女《なんにょ》の情話が、あまりに露骨で、あまりに放肆で、且《か》つあまりに直線的に濃厚なのを平生から怪んでゐた。 ❖夏目漱石（それから）

放縦【ほうじゅう】 節度なく気ままであること。わがまま。ほうしょう。

▽全盛と見えた大正の末頃には、生活の上にも営業の上にも放縦であつた父の遣り方が漸く祟《たた》つて来て、既に破綻《はたん》が続出しかけてゐたのであつた。 ❖谷崎潤一郎（細雪）

▽純一はここまで考えて、空想の次第に放縦になって来るのに心附いた。そして自分を腑甲斐なく思った。 ❖森鷗外（青年）

▽そのような席にお前を呼んだのか。純な、幼ないお前を。放縦《ほうしょう》な人は小さいものを躓《つまず》かすことを虞《おそ》れないのだ。 ❖倉田百三（出家とその弟子）

豊熟【ほうじゅく】 穀物がよく熟し実ること。豊作。

▽秋は豊熟の期にして謝恩の節なり。盛夏酷熱の鍛錬と苦悶とを終へて万物ひとしく平静安息につくの時なり。 ❖内村鑑三（一日一生）

芳醇【ほうじゅん】 酒などの香りが高く、味のよいこと。

▽このごろ彼の胸にはっきり映りだした母の澄みとおった愛と、ひさびさでよみがえった乳母《うば》の芳醇な愛とが、彼の夢の中で激しく溶《と》けあっていた。 ❖下村湖人（次郎物語）

▽たとえばナオミと云うものは非常に強い酒であって、（中略）毎日々々、その芳醇な香気を嗅《か》がされ、なみなみと盛った杯を見せられては、矢張私は飲まずにはいられない。 ❖谷崎潤一郎（痴人の愛）

▽何か芳醇な酒のしみと葉巻煙草《シガー》との匂ひが、この男固有の膚《はだ》の匂ひででもあるやうに強く葉子の鼻をかすめた。 ❖有島武郎（或る女）

豊饒【ほうじょう】 豊かに多いこと。土地が肥沃で作物のよく実ること。ほうにょう。ぶにょう。

▽薔薇は、彼の深くも愛したものの一つであった。（中略）その豊饒な、杯《さかづき》から溢れ出すほどの過剰的な美は、殊にその紅色の花にあつて彼の心をひきつけた。その眩暈《めくるめ》くばかりの重い香は、彼には最初の接吻の甘美を思ひ起させるものであつた。 ❖佐藤春夫（田園の憂鬱）

▽過ぐる長雨から起き直つた畠のものは、半蔵等の行く先に待つてゐて、美濃の盆地の豊饒を語らないものはない。今をさかりの芋の葉だ。茄子の花だ。胡瓜の蔓だ。 ❖島崎藤村（夜明け前）

▽内地の貧農を煽動して、移民を奨励して置きながら、（中略）粘土ばかりの土地に放り出される。豊饒な土地には、もう立札が立つてゐる。雪の中に埋《うず》められて、馬鈴薯も食へずに、一家は次の春には餓死することがあつた。 ❖小林多喜二（蟹工船）

▽大陸的な豊饒な男の性質に打たれて、何処にいても自由にふるまえる民族性に、ゆき子は富岡にはなかった明るいものを感じた。 ❖林芙美子（浮雲）

紡錘形【ぼうすいけい】 円柱状で中央が太く、両端が次第に細くなっていく形。

▽一体私はあの檸檬《レモン》が好きだ。レモンヱロウの絵具をチューブから搾《しぼ》り出して固めたやうなあの単純な色も、それからあの丈《たけ》の詰つた紡錘形の恰好も。——結局私はそれを一つだけ買ふことにした。 ❖梶井基次郎（檸檬）

▽ふと一かたまりの火焔が吹きまくられて中ほどから脹《は》れあがり、紡錘形から球形の火焔になって空に舞い上った。 ❖井伏鱒二（黒い雨）

茫然・呆然【ぼうぜん】 気が抜けてぼんやりとしたさま。あっけにとられるさま。

▽義雄兄からの返事が届いた。思はず岸本の胸は震《ふる》へた。（中略）お前が香港から出した手紙を読んで茫然自失するの他はなかつたと書いてよこした。 ❖島崎藤村（新生）

▽茫然とした虚脱の状態で坐つてゐたかと思ふと、突然飛上り、傷いた獣の如くうめきながら暗く暖かい室の中を歩き廻る。 ❖中島敦（李

陵）

▽「人違いじゃないでしょうか」「お宅の矢須子さんからです」寝耳に水で呆然《ぼうぜん》とする。❖井伏鱒二（黒い雨）

▽「驚ろいた、驚ろいた、驚ろいたでせう」女はすらりと立ち上る。三歩にして尽くる部屋の入口を出るとき、顧《かえり》みてにこりと笑つた。茫然たる事多時《たじ》。❖夏目漱石（草枕）

放胆【ほうたん】 きわめて大胆に事をすること。

▽その丘はどこか女の脇腹の感じに似て居た。（中略）さうして、あの緑色の額縁のなかへきちんと収まつて、譬《たと》へば、最も放胆に開展しながらも、発端と大団円《だいだんえん》とがしつくりと照応できる物語のやうに、その景色は美しくも、少しの無理も無く、その上にせせつこましく無しに纏《まとま》つて居た。❖佐藤春夫（田園の憂鬱）

▽或る時は葉子は慎しみ深い深窓《しんそう》の婦人らしく上品に、或る時は素養の深い若いデイレツタントのやうに高尚に、又或る時は習俗から解放されたadventuressとも思はれる放胆を示した。❖有島武郎（或る女）

放逐【ほうちく】 追いやること。追い払うこと。追放。

▽恐らく瀬川君は学校に居られなくなるでせうよ。学校に居られないばかりぢや無い、あるひは社会から放逐されて、二度と世に立つことが出来なくなるかも知れません。❖島崎藤村（破戒）

▽私たちの若い時には、この様な所業《しょぎょう》をしたものは寺の汚れとして直《す》ぐに放逐されたものです。❖倉田百三（出家とその弟子）

▽あのおえらがたとか、お歴々とか称せられてゐる人たちも、僕のお行儀の悪さに呆《あき》れてすぐさま放逐するでせう。❖太宰治（斜陽）

放擲【ほうてき】 放り出すこと。投げ捨てること。打ち捨てること。放っておく。

▽恋人に死なれたことから急に妙子の人生観が一変し、金溜め主義を放擲してぱつ〳〵と使ふ気になつたのであらう。❖谷崎潤一郎（細雪）

▽その長い間放擲してゐた私の仕事を再び取り上げるために、（中略）こんな季節はづれの六月の月を選んで、この高原へわざわざ私はやつて来たのであつた。　❖堀辰雄（美しい村）
▽耐へがたい疲労が今度は本当に岸本の身に襲ひかゝつて来た。もう一切を放擲させる程の力で。　❖島崎藤村（新生）

放蕩【ほうとう】　酒や女遊びにふけり品行が修まらないこと。放埒《ほうらつ》。
▽遇《あ》いたいのだ。放蕩こそすれ私はあの子の純な性格も認めて愛しているのだ。　❖倉田百三（出家とその弟子）
▽謙作が自分から放蕩を始めたのはそれから間もなくであつた。或る曇つた薄ら寒い日の午前の事だ。（中略）深川のさう云ふ場所に一人で出かけて行つた。　❖志賀直哉（暗夜行路）
▽放蕩のあはくかなしくこころよきその味《あじわい》を忘れかねつも　❖吉井勇（酒ほがひ）

冒瀆・冒涜【ぼうとく】　神聖・清純なものを犯しけがすこと。
▽仏の力にすがることによつて、はじめてこの国の神も救はれると説くぢやありませんか。あれは実に神の冒瀆といふものです。　❖島崎藤村（夜明け前）
▽彼女の弱点につけ込んで、自分はどんな冒瀆的なことでもできるのだなどと、私は果しもない悩ましい妄念《もうねん》にあやつられるのであつた。　❖室生犀星（性に眼覚める頃）

朋輩・傍輩【ほうばい】　同じ主人や師などに仕える仲間・同僚。同輩。
▽翌年の夏やうやく粗末な稽古三味線を買ひ求めると（中略）夜なよな朋輩の寝静まるのを待つて独り稽古をしたのである。　❖谷崎潤一郎（春琴抄）
▽朋輩が二人。お初ちやんと言ふ女は、名のやうに初々《ういうい》しくて、銀杏返《いちょうがえし》のよく似合ふほんとに可愛い娘だつた。　❖林芙美子（放浪記）
▽某《それがし》は故殿様にも御当主にも亡き父にも一族の者共にも傍輩にも面目が無い。　❖森鷗外（阿部一族）

茫漠【ぼうばく】 ぼんやりして、はっきりしないさま。／広くて、とりとめのないさま。
▽それから私達はしばらく無言のまま、再び同じ風景に見入つてゐた。が、そのうちに私は不意になんだか、（中略）変に茫漠とした、取りとめのない、そしてそれが何んとなく苦しいやうな感じさへして来た。 ❖堀辰雄（風立ちぬ）
▽従来、自分は比較的に論理的客観的思考の力に富んだ者と、世間から許されてゐるやうな気がしてゐた。さうして自分も亦深い反省なしに、茫漠として批評価を受納れてゐた。 ❖阿部次郎（三太郎の日記）

蓬髪【ほうはつ】 生い茂った蓬《よもぎ》のように乱れた髪。
▽蓬髪は昔のままだけれども哀れに赤茶けて薄くなつてをり、顔は黄色くむくんで、（中略）一匹の老猿《おいざる》が背中を丸くして部屋の片隅に坐つてゐる感じであつた。 ❖太宰治（斜陽）
▽夕闇が迫つて来た。城内の廊下も薄暗い。その時、蓬髪で急ぎ足に向うから廊下を踏んで来るものがある。その人こそ軍艦奉行、兼外務取扱として、江戸から駈けつけて来た彼の友人だ。 ❖島崎藤村（夜明け前）

抱腹・捧腹【ほうふく】 腹を抱えて笑うこと。大いに笑うこと。＊捧腹絶倒
▽田舎の人にも都会の人にも感興《かんきょう》を起こさしむるやうな物語、小さな物語、而《しか》も哀れの深い物語、或は抱腹するやうな物語が二つ三つ其処らの軒先に隠れて居さうに思はれるからであらう。 ❖国木田独歩（武蔵野）

髣髴・彷彿【ほうふつ】 よく似たものが、ありありと眼前に立ち現れること。ありありと思い浮かぶさま。
▽お雪は倦《う》みつかれたわたくしの心に、偶然過去の世のなつかしい幻影を彷彿たらしめたミューズである。 ❖永井荷風（濹東綺譚）
▽二十年前の船場《せんば》の家の記憶が鮮かに甦《よみがえ》つて来、なつかしい父母の面影が髣髴として来るのであつた。 ❖谷崎潤一郎（細雪）

▽それから突然、何処かの村で明《あきら》もさうやつて片側だけ雪をあびながら有頂天になつて歩いてゐる姿が彷彿して来た。 ❖堀辰雄（菜穂子）

褒貶【ほうへん】 ほめることとけなすこと。
▽人間の世は過去も将来もなく唯その日その日の苦楽が存するばかりで、毀誉《きよ》も褒貶も共に深く意とするには及ばないやうな気がしてくる。 ❖永井荷風（つゆのあとさき）

放免【ほうめん】 拘束を解いて自由にすること。放ちゆるすこと。
▽私は、おくれて行くだらう。王は、ひとり合《が》点《てん》して私を笑ひ、さうして事もなく私を放免するだらう。さうなつたら、私は、死ぬよりつらい。私は、永遠に裏切者だ。 ❖太宰治（走れメロス）
▽追つて処分する迄は、今迄通り学校へ出ろ。早く顔を洗つて、朝飯を食はないと時間に間に合はないから、早くしろと云つて寄宿生をみんな放免した。 ❖夏目漱石（坊つちやん）

朋友【ほうゆう】 友だち。友人。
▽僕は其時程朋友を難有いと思つた事はない。嬉しくつて其晩は少しも寝られなかつた。月のある晩だつたので、月の消える迄起きてゐた。 ❖夏目漱石（それから）
▽彼《か》の女に真の朋友ありや。絶無なり。真の教師ありや。絶無なり。真の慰藉ありや。絶無なり。 ❖国木田独歩（欺かざるの記）

茫洋・芒洋【ぼうよう】 果てしなく、広々としているさま。広くて見当のつかないさま。
▽あの茫洋たる青海原に突進み、殊に一点の目標も無い水平線を越えて行かうとするには、（中略）長期の経験と準備と、又失敗とを重ねずばならなかつた。 ❖柳田国男（海上の道）
▽開巻《かいかん》第一の頁《ページ》から、ただ茫洋として、艫舵《ろだ》なき船の大洋に乗出《のりいだ》せしが如く、何処《どこ》から手の付けようもなく、あきれにあきれて居る外はなかつた。 ❖菊池寛（蘭学事始）

放埒【ほうらつ】 酒色に耽り、品行がおさまらないこと。／気ままに振る舞うこと。
▽彼は此結果の一部分を三千代の病気に帰した。

（中略）最後に、残りの一部分を、平岡の放埒から生じた経済事状に帰した。凡《すべ》てを概括した上で、平岡は貰ふべからざる人を貰ひ、三千代は嫁《と》ぐ可《べ》からざる人に嫁いだのだと解決した。　❖夏目漱石（それから）

▽このひとの放埒には苦悩が無い。むしろ、馬鹿遊びを自慢にしてゐる。ほんものの阿呆の快楽児。　❖太宰治（斜陽）

▽美くしきかなしき痛き放埒の薄らあかりに堪へぬこころか　❖北原白秋（桐の花）

▽紅燈《こうとう》のひとつふたつにさそはれて放埒の子となりにけるかな　❖吉井勇（昨日まで）

芳烈【ほうれつ】 香気の強いこと。

▽重たい風が飄々《ひょうひょう》と吹く度に、興奮した私の鼻穴に、すがすがしい秋の果実店からあんなに芳烈な匂ひがしてくる。　❖林芙美子（放浪記）

火影【ほかげ】 灯火の光。火の光。

▽日が暮れると直《す》ぐ寝て仕了《しま》う家があるかと思ふと夜の二時ごろまで店の障子に火影を映して居る家がある。　❖国木田独歩（武蔵野）

▽それらしい格子戸の家は分かつてゐる。つひあそこまで往つて見たい。火影が外へ差してゐるか。話声が微《かす》かにでも聞えてゐるか。それ丈でも見て来たい。　❖森鷗外（雁）

▽町や村の家毎に戸外で焚くさゝやかな火影が池や溝渠の水を彩どり、何処ともなく線香の匂の漂ひわたるのに、一月おくれの盂蘭盆《うらぼん》の来たことに心づいた。　❖永井荷風（問はずがたり）

樸直・朴直【ぼくちょく】 質朴で正直なこと。飾り気がなくて素直なこと。実直。

▽聞く所によれば風俗の頗《すこぶ》る淳朴な所で、職員生徒悉《ことごと》く上代《じょうだい》樸直の気風を帯びて居るさうである。　❖夏目漱石（坊つちゃん）

▽粗野で魯鈍《ろどん》ではあるが、併し朴直な兼吉の眼からは、百姓らしい涙がほろりとその膝の上に落ちた。　❖島崎藤村（夜明け前）

朴訥・木訥【ぼくとつ】 質朴で口数が少ないこと。無骨で飾り気のないこと。＊剛毅木訥

▽それから、ハガキで朴訥な、にじりつけたや

うな墨筆《ぼくひつ》で「北国の荒い海浜《かいひん》にそだつた詩人に熱情あれ。」といふやうな、何処か酒場にでもゐて書いたもののやうなハガキも来た。 ❖室生犀星（性に眼覚める頃）

▽憂ふるなかれ、汝、朴訥の青年よ、汝は常に俊才怜悧の人に愚者として疎《うと》んぜられ、汝の世事に長ぜざるを以て不用人物としてみなさるる事あり。 ❖内村鑑三（一日一生）

反古・反故【ほご】 書き損じた不用の紙。／役に立たない物事。無用のもの。

▽生きているうちに、大著述にでも纏《まと》められれば結構だが、あれで死んでしまっちゃあ、反古が積《たま》るばかりだ。 ❖夏目漱石（三四郎）

▽憚《はばか》りながら男だ。受け合つた事を裏へ廻つて反古にする様なさもしい了見《りょうけん》は持つてるもんか。 ❖夏目漱石（坊つちゃん）

▽「何とする、かげろふ？ おのれ、約束を反古にする気か？」「ほゝゝゝ」突き刺すやうな高笑ひと一緒に品のいゝ顔に忽《たちま》ち邪智の相が現じた。 ❖谷崎潤一郎（乱菊物語）

祠【ほこら】 神をまつる小さなやしろ。

▽そのまん中の小さな島のようになった所に丸太で拵《こしら》えた高さ一間ばかりの土神の祠があったのです。 ❖宮沢賢治（土神ときつね）

▽小僧は其処《そこ》へ行つて見た。所が、其番地には人の住ひがなくて、小さい稲荷《いなり》の祠があつた。小僧は吃驚《びっくり》した。 ❖志賀直哉（小僧の神様）

菩提【ぼだい】 死後の冥福。

▽女達は涙を流して、かうなり果てて死ぬるからは、世の中に誰一人菩提を弔《とむろ》うてくれるものもあるまい、どうぞ思ひ出したら、一遍の回向《えこう》をして貰ひたいと頼んだ。 ❖森鷗外（阿部一族）

▽「（前略）昔から苦しみばかりの多い身でございましたが、この頃はほんたうにもう生きてゐる空もない程でございます。どうぞ思ひ切つて死なせて、菩提をかなへさせて下さいませ」 ❖堀辰雄（かげろふの日記）

勃然【ぼつぜん】 突然なさま。／にわかに起こり立つさま。／むっとして怒り出すさま。ぼつねん。もつねん。

▽黙然《もくねん》と聞く武男は断《き》れよとばかり下唇を噛みつ。たちまち勃然《ぼつねん》と立ち上って、（中略）「おっかさん、あなたは、浪を殺し、またそのうえにこの武男をお殺しなすッた。もうお目にかかりません」 ❖徳冨蘆花（不如帰）

▽勃然として焼くやうな嫉妬が葉子の胸の中に堅く凝《こゞ》りついて来た。葉子はすり寄つておどくしてゐる岡の手を力強く握りしめた。 ❖有島武郎（或る女）

▽「うむ、たえした挨拶だな、（中略）」 おつたは少し勃然《むっ》とした容子《ようす》を見せた。 ❖長塚節（土）

匍匐【ほふく】 腹這うこと。這うこと。

▽次ノ間へ行ケバ剃刀《カミソリ》ガアルコトハ分ツテ居ルソノ剃刀サヘアレバ咽喉《ノド》ヲ掻ク位ハワケハナイガ悲シイコトニハ今ハ匍匐《ハラバ》フコトモ出来ヌ （後略） ❖正岡子規（仰臥漫録）

▽私は時々私自身に対して神のやうに寛大になる。それは時々私の姿が、母を失つた嬰《えい》児の如く私の眼に映るからだ。嬰児は何処をあてどもなく匍匐する。 ❖有島武郎（惜みなく愛は奪ふ）

凡骨【ぼんこつ】 平凡な才能・素質の人。

▽して見ると詩人は常の人よりも苦労性で、凡骨の倍以上に神経が鋭敏なのかも知れん。超俗の喜びもあらうが、無量の悲も多からう。そんならば詩人になるのも考へ物だ。 ❖夏目漱石（草枕）

▽から騒ぎ騒ぐ耶次馬、安価なる信仰家、単純なる心の尊敬すべき凡骨、神経の鋭敏と官能のデリカシイとに鼻蠢《うごめ》かす歯の浮くやうな文芸家は居るが、（中略）真剣に人生の愛着者たらんと欲する人は無い。 ❖倉田百三（愛と認識との出発）

翻然【ほんぜん】 急に心をひるがえすさま。／旗などがひるがえるさま。

▽然るにその抽斎が晩年に至つて、洋学の必要を感じて、子に蘭語を教へることを遺言したのは、安積艮斎《あさかごんさい》に其著述の写本を借りて読んだ時、

翻然として悟つたからださうである。 ❖森鷗外（渋江抽斎）

本然【ほんぜん】生まれつき。もともとその通りであること。自然のままであること。ほんねん。

▽素直にというのは自分の魂の本然の願いに従う事です。人間の魂は善を慕うのが自然です。 ❖倉田百三（出家とその弟子）

▽先師は異国の借物をかなぐり捨てゝ本然《ほんねん》の日本に帰れと教へる人ではあつても、無暗《むやみ》にそれを排斥せよとは教へてない。 ❖島崎藤村（夜明け前）

▽女の本然の羞恥《しゅうち》から起る貞操の防衛に駆られて、熱し切つたやうな冷え切つたやうな血を一時に体内に感じながら、（中略）倉地の顔を斜めに見返した。 ❖有島武郎（或る女）

奔湍【ほんたん】水勢の激しい流れ。急流。

▽それは峨々《がが》たる峭壁《しょうへき》があつたり岩を噛む奔湍があつたりするいはゆる奇勝とか絶景とかの称にあたひする山水ではない。 ❖谷崎潤一郎（蘆刈）

▽石山、松山、雑木山と数うる遑《いとま》を行客《こうかく》に許さざる疾《はや》き流れは、船を駆《か》って又奔湍に躍り込む。 ❖夏目漱石（虞美人草）

煩悩【ぼんのう】衆生《しゅじょう》の心身を悩まし、煩《わずら》わせ、苦しめる一切の妄念。

▽病気の時は死を怖れ、煩悩には絶えず催され、時々は淋しくて堪らなくなる事もあります。 ❖倉田百三（出家とその弟子）

▽此の吾を神と人とに捧げん。されど夢さめず。われは世の児なり。故に煩悩に苦められ、神を見る能《あた》はざる也。 ❖国木田独歩（欺かざるの記）

▽人間は煩悩具足をそなえておりますから、私は、どうしても、何かを信じなくては生きては参れません。 ❖林芙美子（浮雲）

本復【ほんぷく】病気がすっかり治ること。

▽此后《きさき》は久しい間病気でゐられたのに、厨子王の守本尊を借りて拝むと、すぐに拭《ぬぐ》ふやうに本復せられた。 ❖森鷗外（山椒大夫）

凡庸【ぼんよう】平凡で、すぐれたところがないこと。並々。

▽質素で、真面目で、あんまり曲《きょく》がなさ過ぎるほど凡庸で、何の不平も不満もなく日々の仕事を勤めている、――当時の私は大方そんな風だったでしょう。❖谷崎潤一郎（痴人の愛）

▽彼慶喜がこの国にあつては、もとより凡庸の人でないことは自分も知つてゐる。彼が自分等外国人に対しても毎《つね》に親友の情を失はないのは不思議もない。❖島崎藤村（夜明け前）

▽兄さんは私のやうな凡庸な者の前に、頭を下げて涙を流す程の正しい人です。それを敢《あ》えてする程の勇気を有つた人です。❖夏目漱石（行人）

凡慮【ぼんりょ】 凡人の考え。平凡な考え。

▽指摘し得べき前後の矛盾さへ多かつたのだが、それは記憶の誤りだらう隠すのだらう、或は何か凡慮に及ばぬ仔細があるのだらうと、悉《ことごと》く善意に解しようとした跡がある。❖柳田国男（山の人生）

▽堀川の御邸の御規模を拝見致しましても、壮大と申しませうか、豪放と申しませうか、到底私どもの凡慮には及ばない、思ひ切つた所があるやうでございます。❖芥川龍之介（地獄変）

翻弄【ほんろう】 思うままにもてあそぶこと。手玉にとること。

▽五十名の寄宿生が新来の教師某氏を軽侮《けいぶ》して之を翻弄し様とした所為《しょい》とより外には認められんのであります。❖夏目漱石（坊つちやん）

▽杉子は彼とは話にならない程上手だった。しかし杉子は彼を翻弄しなかった。むしろ彼をいたわった。彼へは打ちいい球きり返って来なかった。❖武者小路実篤（友情）

▽ここまで考えると、純一の心の中《うち》には、例の女性に対する敵意が萌《きざ》して来た。そしてあいつは己《おれ》を不言《ふげん》の間に翻弄していると感じた。❖森鷗外（青年）

ま

末梢【まっしょう】 こずえ。／もののはし。末端。／取るに足らないこと。
▽波の音も星の瞬《またゝ》きも、夢の中の出来事のやうに、君の知覚の遠い〱末梢に、感ぜられるともなく感ぜられるばかりだつた。❖有島武郎（生れ出づる悩み）
▽葉子はそれがまた快かつた。そのびり〱と神経の末梢に答へて来る感覚の為めに体中に一種の陶酔を感ずるやうにさへ思つた。❖有島武郎（或る女）

円か【まどか】 満ち足りて安らかなさま。穏やかなさま。／まんまるなさま。
▽私はお前のために祈る。お前の恋のまどかなれかしと。これ以上のことは人間の領分を越えるのだ。お前もただ祈れ。縁あらば二人を結び給えとな。❖倉田百三（出家とその弟子）
▽まどかなる月はいでつつ空ひくく近江《あふみ》のうみに光うつろふ ❖斎藤茂吉（白桃）

眼間・目交【まなかい】 目と目の間。眼の前。目の当たり。
▽幼少の折、奥の一《ひ》と間で品のよい婦人と検《けん》校《ぎょう》とが「狐噲《こんかい》」を弾いてゐたあの場面が、一瞬間彼の眼交を掠《かす》めた。❖谷崎潤一郎（吉野葛）
▽小さな窓枠の中に、藍青色に晴れ切つた空と、それからいくつもの真つ白い鶏冠《とさか》のやうな山巓《さんてん》が、そこにまるで大気からひよつくり生れでもしたやうな思ひがけなさで、殆《ほと》んど目《ま》ながひに見られた。❖堀辰雄（風立ちぬ）

満腔【まんこう】 満身。／身体中に満ちていること。まんくう。
▽其社会の為に涙を流して、満腔の熱情を注いだ著述をしたり、演説をしたりして、筆は折れ舌は爛《たゞ》れる迄も思ひ焦《こが》れて居るなんて――（後略）。❖島崎藤村（破戒）

▽わが国に最も長い歴史をもつ婦人のための本誌が、過去において国と同胞とに尽した大いなる功績に対して満腔の敬意を表すると同時に、（中略）進んで世界人類の平和に向って、撓《たわ》みなき努力をささげられんことを心より祈るものである。　❖南原繁（日本の理想）

万劫【まんごう】　きわめて長い時間。永劫《えいごう》。億劫《おっこう》。

▽法蔵比丘《ほうぞうびく》（註・唐代の僧）の水の中、火の中での幾万劫の御苦労はあまねく、衆生《しゅじょう》の一人、一人への愛のためだったのだ。聖なる恋は他人を愛することによって深くなるようなものでなくてはならない。　❖倉田百三（出家とその弟子）

▽その罪は億劫《おっこう》の昔阿弥陀《あみだ》様が先きに償うて下された……赦されているのじゃ、赦されているのじゃ。　❖倉田百三（出家とその弟子）

▽恐るべき永劫が私の周囲にはある。（中略）私は永劫に対して私自身を点に等しいと思ふ。永劫の前に立つ私は何ものでもないだらう。それでも点が存在する如く私も亦永劫の中に存在する。　❖有島武郎（惜みなく愛は奪ふ）

瞞着【まんちゃく】　欺くこと。ごまかすこと。だますこと。

▽この求心的な容赦なき愛の作用こそは、凡ての生物を互に結び付けさせた因子ではないか。（中略）たゞ人間は nicety の仮面の下に自分自らを瞞着しようとしてゐるのだ。而《しか》して人間はたしかにこの偽瞞の天罰を被つてゐる。　❖有島武郎（惜みなく愛は奪ふ）

▽私が一時を瞞着して、芳《よし》を他《よそ》に嫁《かたづ》けるとか言ふのやなら、それは不満足ぢやらう。けれど私は神に誓つて言ふ、（中略）三年は芳を私から進んで嫁にやるやうなことはせんぢや。　❖田山花袋（蒲団）

漫罵【まんば】　みだりにののしること。

▽それも平生吾輩が彼の背中へ乗る時に少しは好い顔でもするなら此漫罵も甘んじて受けるが、（中略）小便に立つたのを馬鹿野郎とは酷《ひど》い。

❖夏目漱石（吾輩は猫である）

▽群集は又思ひ出したやうに漫罵を放つて笑ひ

どよめいた。　❖有島武郎（或る女）

満目【まんもく】　目の届く限り。見渡す限り。

▽茄子《なす》や豆畠の畦《あぜ》には野生の孔雀草《くじやくそう》が金ぽうげと共に金色の花をさかせ、（中略）満目の風物はいつとなく秋の近くなつて来たことを知らせはじめた。　❖永井荷風（問はずがたり）

▽天晴れ風清く露冷やかに、満目、黄葉紅楓《こうふう》青樹なり。小鳥梢《こずえ》に囀《てん》じ一路人影なくたゞわれ独り黙思しつゝ歩みぬ。　❖国木田独歩（欺かざるの記）

▽雨は満目の樹梢《じゅしょう》を揺《うご》かして四方より孤客に逼《せま》る。非人情がちと強過ぎた様だ。　❖夏目漱石（草枕）

漫遊【まんゆう】　目的なしに気の向くままに各地をめぐって遊ぶこと。

▽強ひて目的と云へば、（中略）と云ふやうなことを、ぼんやり考へてをつたのですけれど、結局どちらの目的も達しないで、全くの漫遊で終つてしまつたのです。　❖谷崎潤一郎（細雪）

み

右する【みぎする】　右の方へ行く。右の道をとる。

▽武蔵野の美はたゞ其縦横に通ずる数千条の路を当もなく歩くことに由《よっ》て始めて獲られる。（中略）たゞ此路をぶら〳〵歩て思ひつき次第に右し左すれば随処に吾等を満足さするものがある。　❖国木田独歩（武蔵野）

▽その時になつても、まだ半蔵は右すべきか左すべきかの別れ路に迷つてゐた。彼は自分で自分に尋ねて見た。（中略）この期《ご》に臨んで何を自分は躊躇するのか、と。　❖島崎藤村（夜明け前）

微塵【みじん】　ごくわずかなこと。

▽かういふ二人の間のやさしい愛情を私は詩のやうに美しい心になつて考へてゐた。決して妬《ねた》

ましいといふ心など微塵も起らなかつた。❖室生犀星（性に眼覚める頃）

▽詩人に憂《うれい》はつきものかも知れないが、あの雲雀《ひばり》を聞く心持になれば微塵の苦もない。菜の花を見ても、只うれしくて胸が躍る許《ばか》りだ。❖夏目漱石（草枕）

未曾有【**みぞう**】いまだ曾《かつ》て起こったことがないこと。みぞうう。

▽焼け死ぬる思ひ。苦しくとも、苦しと一言《いちごん》、半句《はんく》、叫び得ぬ、古来、未曾有、人の世はじまつて以来、前例も無き、底知れぬ地獄の気配を、ごまかしなさんな。❖太宰治（斜陽）

▽それにはどうしても伊那地方の村民を動かして、多数な人馬を用意し、この未曾有の大通行に備へなければならない。❖島崎藤村（夜明け前）

▽異国人のために建春門《けんしゅんもん》を開き、万国公法をもつて御交際があらうといふのだから、日本紀元二千五百余年来、未曾有の珍事であるには相違なかつた。❖島崎藤村（夜明け前）

密事【**みつじ**】秘密のこと。／密通。／秘儀。みそかごと。

▽彼は自分のみそかごとを美佐子がうすく気づいてゐるとゐないとに拘《かか》はらず、（中略）たとひ名ばかりの夫婦にもせよ、妻への礼儀に缺《か》けてゐると思つてゐた。❖谷崎潤一郎（蓼喰ふ虫）

冥加【**みょうが**】気づかないうちに授かる神仏の保護。冥利。／きわめてありがたいこと。好運であること。

▽さあ、見るのは今のうち……（中略）今見ておいたら末世末代の語り草、生きての冥加、死んでの果報、福徳円満疑ひなしぢや。❖谷崎潤一郎（乱菊物語）

▽そんなにまで美しいと云はれる人はどんな目鼻立ちか、男と生れた冥加にはせめて一《ひ》と眼見て置いて、一生の思ひ出にしたいものではある。❖谷崎潤一郎（乱菊物語）

冥加に余る【**みょうがにあまる**】過分の冥加を得て有難い。身に過ぎたもてなしを受ける。

▽何と佐助どんは奇特なものではござりませぬか、あれを折角こいさんが仕込んでおやりなされましたらどうでござります、定めし本人も冥加に余り喜ぶことでござりませう。❖谷崎潤一郎（春琴抄）

▽上総介はさう云つてくれるのだけれど、今の胡蝶の身に取つては、此の構へでさへ冥加にあまるくらゐである。❖谷崎潤一郎（乱菊物語）

妙趣【みょうしゅ】 大層すぐれた趣。何とも言いようのない風情。妙味。

▽老樹欝蒼《うっそう》として生茂《おいしげ》る山王の勝地《しょうち》は、其の翠《すい》緑《りょく》を反映せしむべき麓の溜池あつて初めて完全なる山水の妙趣を示すのである。❖永井荷風（日和下駄）

命終【みょうじゅう】 死ぬこと。生命が尽きること。いのちじまい。めいしゅう。

▽修行の年も漸《ようや》く積もりぬ、身もまた初老に近づきぬ。（中略）待つは機の熟して果《このみ》の落つる我が命終の時のみなり。あら快《こゝろよ》の今の身よ、（後略）。❖幸田露伴（二日物語）

▽戒律を守りし尼の命終にあらはれたりしまぼろしあはれ ❖斎藤茂吉（白き山）

名跡【みょうせき】 代々受け継ぐ家名。

▽初代惣右衛門はこの村に生れて、十八歳の時から親の名跡を継ぎ、岩石の間をも厭《いと》はず百姓の仕事を励んだ。❖島崎藤村（夜明け前）

▽浅井どのゝみやうせきをおつがせなされ、おんをおきせになりました方がかへつて天下せいひつのもとゐ、仁あり義あるなされかたかとぞんじますと、さま〲におとりなしあそばされましたが、（後略）。❖谷崎潤一郎（盲目物語）

名代【みょうだい】 人の代わりを務めること。

▽元来人民と政府との間柄はもと同一体にて其職分を区別し、政府は人民の名代と為りて法を施し、人民は必ず此法を守る可《べ》しと、固く約束したるものなり。❖福沢諭吉（学問のすゝめ）

▽慈鎮和尚《じちんおしょう》様の御名代で宮中に参内《さんだい》して天皇の御前で和歌を詠《よ》ませられた。その時の題が恋というのだよ。 ❖倉田百三（出家とその弟子）

▽「お民、俺はお父さんの名代に、福島まで行つて来る。」と妻に言つて、彼は役所に出頭する時の袴《はかま》の用意なぞをさせた。 ❖島崎藤村（夜明け前）

妙諦【みょうてい】 すぐれた真理。

▽自分には、あざむき合つてゐながら、清く明るく朗らかに生きてゐる、或ひは生き得る自信を持つてゐるみたいな人間が難解なのです。人間は、つひに自分にその妙諦を教へてはくれませんでした。 ❖太宰治（人間失格）

名聞【めいぶん】 世間での評判。名誉。名声。／体裁をつくろうこと。みょうもん。

▽武士は名聞が大切だから、犬死はしない。（中略）お許の無いに殉死《じゅんし》しては、これも犬死である。 ❖森鷗外（阿部一族）

▽良沢が、蘭学に志を立て申したは、真の道理を究めよう為で、名聞利益《りやく》の為では、御座らぬゆえ、この学問の成就するよう冥護《みょうご》を垂れたまえと、斯様《かよう》に祈り申したのじゃ。 ❖菊池寛（蘭学事始）

▽昆布の家は当時窮迫こそしてゐたものゝ、相当に名聞《めいぶん》を重んずる旧家で、そんな所へ娘を勤めに出したことを成るべく隠してゐたのであらう。 ❖谷崎潤一郎（吉野葛）

冥利【みょうり】 神仏が知らず知らずのうちに与える恩恵。冥加の利益。／ある立場・境遇にあることにより受ける恩恵や幸福。

▽自分が此儘《このまま》で終ると云ふ事は、此世界に与へらるべき運命を持つたものが永遠に葬られる事だ。自分はこんな生活をしてゐるべきではない。男の冥利に尽きる話だ。 ❖志賀直哉（邦子）

名利【みょうり】 名声と利得。名聞と利益。

▽僕は其時ほど心の平穏を感ずることはない、其時ほど自由を感ずることはない、其時ほど名利競争の俗念消えて総《すべ》ての物に対する同情の念の深い時はない。 ❖国木田独歩（忘れえぬ人々）

▽今や吾が心には名状し難き一団の苦悩あり。(中略)浮世の名利に焦《こ》がるゝ苦悩にもあらず。否、それもあり。されど是等は其の苦しき湖水のなぎさに漂ふ雲影に過ぎず。 ❖国木田独歩(欺かざるの記)

妙齢【みょうれい】 女性のうら若い年頃。
▽自分は師、かの女は門弟、自分は妻あり子ある身、かの女は妙齢の美しい花、そこに互に意識の加はるのを如何《いかん》ともすることは出来まい。 ❖田山花袋(蒲団)
▽盲人が物を食ふ時はさもしさうに見え気の毒な感じを催すものである、まして妙齢の美女の盲人に於てをや、春琴はそれを知つてか知らずか佐助以外の者に飲食の態を見られるのを嫌つた。 ❖谷崎潤一郎(春琴抄)
▽人通りのない暗い夜路などを行く時、たまく美しい妙齢の女の一人歩きをしてゐるのに出遇ふと、男の人に出遇つたよりも却つて無気味な恐怖に襲はれる。 ❖谷崎潤一郎(少将滋幹の母)

む

無為【むい】 何もしないでぶらぶらしていること。/自然のままで作為のないこと。
▽四月は何時の間にか過ぎた。(中略)自分は一年のうちで人の最も嬉しがる此花の時節を無為に送つた。 ❖夏目漱石(行人)
▽死にたくもなし、生きたくもなしの無為徒然の気持ちで、今日もノートに風琴と魚の町のつづきを書く。 ❖林芙美子(放浪記)
▽九時頃風呂に入って眠りにつく時、伸子は日頃忘れていたゆったりした無為の歓喜が、さし上る月のように我身を照すのを感じた。 ❖宮本百合子(伸子)

無窮【むきゅう】 時間・空間などに、極限のないこと。無限。
▽我れと他《ひと》と何の相違があるか、皆な是れ此生《せい》

を天の一方地の一角に享《う》けて悠々たる行路を辿り、相携へて無窮の天に帰る者ではないか、(後略)。 ❖国木田独歩（忘れえぬ人々）

▽今後御身如何にするとも余に帰らずんば、余には無窮の苦悩あれど、余が御身に注ぐ愛は益〻深かるべし。余は一生、御身を愛すべし。 ❖国木田独歩（欺かざるの記）

無垢【むく】 心身の汚れていないこと。うぶなこと。／煩悩を離れて、清浄なこと。

▽何処にこんなに無垢な美しい清い、思いやりのある、愛らしい女がいるか。神は自分にこの女を与えようとしているのだ。さもなければあまりに惨酷だ。 ❖武者小路実篤（友情）

▽その妻は、その所有してゐる稀な美質に依つて犯されたのです。しかも、その美質は、夫のかねてあこがれの、無垢の信頼心といふたまらなく可憐なものなのでした。 ❖太宰治（人間失格）

▽利休はやがて茶会の服を脱ぎ、畳の上にそれを大事にたたんでおく。するとその時まで隠れていた清浄無垢な純白の死装束が現われる。 ❖岡倉天心（茶の本）

無下に【むげに】 冷淡に。そっけなく。／一概に。通りいっぺんに。

▽かげろふはこの突飛《とっぴ》な申し出《い》でを始めは笑つて聞いてゐたが、客が再三押し返して頼むと、無下に断りはしなかつた代りに、一つのむづかしい条件をだした。 ❖谷崎潤一郎（乱菊物語）

▽真槍《しんそう》で立ち向うならば、彼等も無下に負けはしまい、秘術を尽くして立ち向うに違いない、さすれば自分の真の力量も判る。 ❖菊池寛（忠直卿行状記）

無雑【むざつ】 まじりけなく、純粋なさま。

▽彼は雨の中に、百合の中に、再現の昔のなかに、純一無雑に平和な生命を見出した。其生命の裏にも表にも、慾得はなかつた、利害はなかつた、自己を圧迫する道徳はなかつた。 ❖夏目漱石（それから）

▽此の認識の絶対境に於ては、物と我との差別

なく、善と悪との対立なく、唯天地唯一の光景あるのみである。何等斧鑿《ふさく》の痕《あと》を止めざる純一無雑なる自然あるのみである。❖倉田百三(愛と認識との出発)

▽この一見矛盾した二つの心的傾向の共存は、私をいらだたせかつ不幸にする。なぜならば、私の個性はいかなる場合にも純一無雑な一路へとのみ志してゐるからである。❖有島武郎(惜みなく愛は奪ふ)

無常迅速【むじょうじんそく】 歳月は人を待たず、人の死の早く来ること。

▽四季のうつりかわりの速いこと。年を老《と》るとそれが殊《こと》に早く感じられるものだ。この世は無常迅速というてある。この無常の感じは若くても解るが、迅速の感じは老年にならぬと解らぬらしい。(中略)人生には老年にならぬと解らない淋《さび》しい気持があるものだ。❖倉田百三(出家とその弟子)

▽亡きあとにおもかげをのみ遺《のこ》し置きて我が朋《とも》友《どち》はいづち行きけむ無常迅速の為体《ていたらく》は、水漂草《すいひょうそう》の譬喩《たとえ》に異ならず、(後略)。❖幸田露伴(二日物語)

無双【むそう】 比べるもののないこと。二つとないこと。無比。無二。

▽無双の難所故《ゆえ》に、風雨《あめかぜ》に桟《かけはし》が朽ちても、修繕も思うに委《まか》せぬのじゃ。❖菊池寛(恩讐の彼方に)

無頓着【むとんちゃく】 物事を気にかけないこと。こだわらないこと。むとんじゃく。

▽君江は極めてじだらくで、(中略)着物もそれほど着たがらない事は清岡も不断から心づいてはゐたものゝ、かくまで無頓着だとは思つてゐなかつた。❖永井荷風(つゆのあとさき)

▽この世は美しいものが多すぎる。多すぎる為に我我は無頓着になる傾きがある。❖武者小路実篤(幸福者)

▽そのとき自分の家に私ひとりきりであつたのが却つて私にはその発作に対して無頓着でゐさせたのだ。❖堀辰雄(楡の家)

無二【むに】 二つとないこと。かけがえのないこと。無類。無双。

▽そんなに私を信じられないならば、よろしい、この市にセリヌンティウスといふ石工がゐます。私の無二の友人だ。あれを、人質としてここに置いて行かう。❖太宰治（走れメロス）

無二無三【むにむさん】 わき目もふらず、ひたすらなさま。一心に。しゃにむに。

▽もしその時でも油断してゐたらば、一突きに脾腹《ひばら》を突かれたでせう。いや、それは身を躱《かわ》した所が、無二無三に斬り立てられる内には、どんな怪我も仕兼ねなかつたのです。❖芥川龍之介（藪の中）

▽車は無二無三に走る。野には緑りを衝《つ》き、山には雲を衝き、星ある程の夜には星を衝いて走る。（中略）車の走る毎《ごと》に夢と現実の間は近づいてくる。❖夏目漱石（虞美人草）

無辺【むへん】 広大で果てのないこと。

▽光を失つたヘラクレス星群も無辺の天をさまよふ内に、都合の好い機会を得さへすれば、一団の星雲と変化するであらう。さうすれば又新しい星は続々と其処に生まれるのである。❖芥川龍之介（侏儒の言葉）

▽凡人には天才の知らざる拘泥と悲哀と曇りとがある。（中略）無辺の世界の中に小さく生きるはかなさのこころとがある。❖阿部次郎（三太郎の日記）

無辺際【むへんさい】 広大で果てしのないこと。限りのないこと。

▽それでも、縹渺《ひょうびょう》と無辺際に拡がっている海を、未練にももう一度見直さずには、いられなかった。❖菊池寛（俊寛）

▽冷然として古今帝王の権威を風馬牛《ふうばぎゅう》し得るものは自然のみであらう。自然の徳は高く塵界《じんかい》を超越して、絶対の平等観を無辺際に樹立して居る。❖夏目漱石（草枕）

▽蒼白《あおじろ》く面高《おもだか》に削り成せる彼の顔と、無辺際に浮き出す薄き雲の翛然《ゆうぜん》と消えて入《い》る大いなる天上界の間には、一塵《いちじん》の眼を遮ぎるものもない。❖夏目漱石（虞美人草）

無闇【むやみ】 理非や結果を考えないこと。／

度を越していること。

▽親譲りの無《む》鉄砲《てっぽう》で小供の時から損ばかりしている。（中略）なぜそんな無闇をしたと聞く人があるかも知れぬ。別段深い理由でもない。

❖夏目漱石（坊つちやん）

▽仙吉には「あの客」が益々忘れられないものになつて行つた。それが人間か超自然のものか、今は殆ど問題にならなかつた。只無闇とありがたかつた。　❖志賀直哉（小僧の神様）

無量【むりょう】　量のはかり知れないほど多いこと。

▽哀願している眼だ。富岡は、その死者の眼から、無量な抗議を聞いているような気がした。

❖林芙美子（浮雲）

▽詩人は常の人よりも苦労性で、凡骨の倍以上に神経が鋭敏なのかも知れん。超俗の喜びもあらうが、無量の悲《かなしみ》も多からう。　❖夏目漱石（草枕）

▽これがつひの栖家《すみか》か、と考へて、あたりを見廻す度に、彼は無量の感慨に打たれずにはゐられなかつた。　❖島崎藤村（夜明け前）

▽大隅諸島のはずれの、黒子《ほくろ》のような、こんもりした孤島を眺めた時、富岡は、ここが、自分の行き着く棲家《すみか》だったのかと、無量な気持ちであった。　❖林芙美子（浮雲）

め

名状【めいじょう】　物事の有様をことばで表現すること。

▽併し次の瞬間には、此女が芸者の持つてゐる何物かを持つてゐないのに気が附いた。その何物かはお常には名状することは出来ない。　❖森鷗外（雁）

▽正香も行つてしまつた。（中略）正香の立つて行つた後には名状しがたい空虚が残つた。

❖島崎藤村（夜明け前）

▽今や吾が心には名状し難き一団の苦悩あり。

此の苦悩は今日まで経験なきの苦悩なり。（中略）されど是等は其の苦しき湖水のなぎさに漂ふ雲影に過ぎず。　❖国木田独歩（欺かざるの記）

明媚【めいび】自然の景色が清らかで美しいこと。＊風光明媚

▽旅行好きの人は一ノ宮、高松、吉備津《きびつ》など丶いふ町や村の散在してゐる松の多い丘陵の風景の、いかに明媚であるかを知つてゐるだらう。

❖永井荷風（問はずがたり）

▽男体山麓《なんたいさんろく》の噴火口は明媚幽邃《ゆうすい》の中禅寺湖と変つてゐるが此大噴火口はいつしか五穀実る数千町歩の田園とかわつて（後略）。　❖国木田独歩（忘れえぬ人々）

名望【めいぼう】名声が高く人望のあること。

▽この内海へ乗り入れる一切の船舶は一応七郎左衛門のところへ断りに来るといふほど土地の名望を集めてゐる人である。　❖島崎藤村（夜明け前）

命脈【めいみゃく】生命。いのち。生命の続くこと。

▽私は不健全な江戸の音曲《おんぎょく》といふものが、今日の世にその命脈を保つてゐる事を訝《いぶか》しく思ふのみならず、今もつて其の哀調がどうしてかくも私の心を刺戟するかを不思議に感じなければならなかつた。　❖永井荷風（日和下駄）

▽珈琲《コーヒー》の久須《きゅうす》、コニヤクの盃、（中略）凡て身のまはりの懐しいものは画室の暖炉に同じく皆命脈の断れた死骸になつた。その生返る日はいつになつてからであらう。　❖永井荷風（問はずがたり）

瞑目【めいもく】目を閉じること。／死ぬこと。

▽お佐代さんは必ずや未来に何物をか望んでゐただらう。そして瞑目するまで、美しい目の視線は遠い、遠い所に注がれてゐて、或は自分の死を不幸だと感ずる余裕をも有せなかつたのではあるまいか。　❖森鷗外（安井夫人）

▽果して其の言の如くなつたことを知つた時、老聖人は佇立《ちょりつ》瞑目すること暫し、やがて潸然《さんぜん》として涙下つた。　❖中島敦（弟子）

▽私に救い得る力があるなら、私は他の一切の感情に瞑目してもあの子に遇《あ》って説教するだろう。だが私にはあの子を摂取する力はない。助けるも助けぬも仏様の聖旨《みむね》に在る事だ。❖倉田百三（出家とその弟子）

目路・眼路【めじ】 目で見通せる範囲。

▽仁右衛門は眼路の限りに見える小作小屋の何軒かを眺めやつて、糞《くそ》でも喰らへと思つた。❖有島武郎（カインの末裔）

▽風景も、湯本までの自動車から眺めたより、この辺はずっと雄大であった。紆曲《うねり》のゆるやかな笹山が、目路を遮《さえぎ》る何ものもなく、波うちつづく。❖宮本百合子（伸子）

面詰【めんきつ】 面と向かって相手をとがめなじること。面責。

▽だからあいつを一番へこます為には、彼奴《あいつ》が芸者をつれて、あすこへ這入り込む所を見届けて置いて面詰するんだね。❖夏目漱石（坊っちゃん）

▽面責した上、女の口から事実を白状させてあやまらせねば、どうも気がすまない。❖永井荷風（つゆのあとさき）

面罵【めんば】 面と向かって相手を罵《ののし》ること。

▽嘗《かつ》て長安都下の悪少年だつた男だが、前夜斥《せっ》候《こう》上の手抜かりに就いて（中略）衆人の前で面罵され、笞《むち》打たれた。❖中島敦（李陵）

▽いつも優柔で意気地なしの私が、（中略）あの恐ろしい女神に向って、どうしてあれほどの面罵を浴びせ、手を振り上げることが出来たか。自分のどこからそんな無鉄砲な勇気が出たか。❖谷崎潤一郎（痴人の愛）

も

亡者【もうじゃ】 死者。死後も成仏できず冥途に迷っている死者の魂魄《こんぱく》。

▽「之《これ》は、よい所へ来られた。非業の死を遂げた、哀れな亡者じゃ。通りかかられた縁に、一

遍の回向《えこう》をして下され。」と、云った。❖菊池寛（恩讐の彼方に）

▽僕は亡者を導く力はないが、せめて供養《くよう》の気持で読経回向《えこう》しようと思った。❖井伏鱒二（黒い雨）

妄念【もうねん】 迷いの心。迷妄《めいもう》の執念。

▽彼女の弱点につけ込んで、自分はどんな冒瀆《ぼうとく》的なことでもできるのだなどと、私は果しもない悩ましい妄念にあやつられるのであつた。❖室生犀星（性に眼覚める頃）

▽彼等と人間とはちがう。彼等はどんな殺し方によって殺されても、あとに妄念はのこさない。❖武者小路実篤（幸福者）

▽悲しい一日が太十の番小屋に暮れた。其夜彼は眠れなかつた。妄念が止まず湧いて彼を悩した。うと〳〵として居ると赤が吠えながら駈け出したやうに思はれてはつと眼が醒めたり、（中略）してならなかつた。❖長塚節（太十と其犬）

萌黄・萌葱【もえぎ】 黄色がかった緑色。

▽襖《ふすま》が明いて、五六冊の和本を抱へた人の、人形ならぬほのじろい顔が萌黄の闇の彼方に据《す》わつた。❖谷崎潤一郎（蓼喰ふ虫）

黙殺【もくさつ】 無言のままで取り合わない。問題にせず無視すること。

▽そんなものに、縋《すが》ったって頼もしくはないし、そんなものに黙殺せられたって、悪く言われたって阻喪《そそう》するには及ばない。❖森鷗外（青年）

黙然【もくぜん】 静かに黙ってものを言わないさま。もくねん。

▽老い衰へても安楽に隠れ栖《す》むつもりのない彼は、寂しく、悲しく、血の湧く思ひで、たゞ〳〵黙然とおのれら一族の運命に対してゐた。❖島崎藤村（夜明け前）

▽黙然《もくねん》と聞く武男は断《き》れよとばかり下唇を噛みつ。たちまち勃然《ぼつねん》と立ち上って、病妻に齎《もた》らし帰りし貯林檎《かこいりんご》の籠《かご》を微塵《みじん》に踏み砕き、（後略）。❖徳冨蘆花（不如帰）

▽「それから。」——「其娘さんは」「死んだ。病

院へ入つて」自分は黙然《もくねん》とした。❖夏目漱石（行人）

目論見【**もくろみ**】もくろむこと。心の中の計画。

▽自分の感謝し信頼する時子が、自分の兄の妻になつてくれればいいといふ考へは、一つの目論見であり、希望である。❖佐藤春夫（更生記）

▽私の想像は後から〳〵と引き続いて湧いて来る。（中略）君は私がかうして筆取るその目論見に悪意のない事だけは信じてくれるだらう。❖有島武郎（生れ出づる悩み）

▽葉子は、「船室まで参りますの」と答へない訳には行かなかつた。その声は葉子の目論見に反して恐ろしくしとやかな響を立ててゐた。❖有島武郎（或る女）

模糊【**もこ**】はっきりしないさま。ぼんやりしているさま。＊曖昧模糊

▽余は模糊たる功名の念と、検束《けんそく》に慣れたる勉強力とを持ちて、忽《たちま》ちこの欧羅巴《ヨウロッパ》の新大都の中央に立てり。❖森鷗外（舞姫）

▽もう池は闇に鎖《とざ》されて、弁天の朱塗の祠《ほこら》が模糊として靄《もや》の中に見える頃であつた。❖森鷗外（雁）

▽いかなる深刻な事実も、一旦睡《ねむり》に陥《おちい》るや否や、其の印象は睡眠中に見た夢と同じやうに影薄く模糊としてしまふのである。❖永井荷風（つゆのあとさき）

門地【**もんち**】家柄。家格《かかく》。

▽矢張家柄とか門地とか云ふ観念はあるので、板倉のやうな者を相手にする自分の立ち場の滑稽なことも考へられ、自制の念も働かないではなかつたけれども、（後略）。❖谷崎潤一郎（細雪）

▽京女でもそんな上等なのになると、大概公卿《くぎょう》の生れであるから格式や門地を貴び、側室は愚か正室に迎へようといつてもなか〳〵田舎の大名風情《ふぜい》においそれと靡《なび》いてくれない。❖谷崎潤一郎（乱菊物語）

文盲【**もんもう**】文字の読み書きができないこ

と。

▽凡《およ》そ世の中に無知文盲の民ほど憐むべく亦悪《にく》むべきものはあらず。智恵なきの極《きわみ》は恥を知らざるに至り、（後略）。❖福沢諭吉（学問のすゝめ）

▽鼻もちもならぬほど、貧民を軽蔑し、無学文盲をあなどりたいために、いろんな規則ががんじがらめに製造される。❖林芙美子（放浪記）

や

薬餌【やくじ】 薬と食べ物。薬。

▽わづか五粒か六粒ほどづつ紙につつんで、清い水で嚥《の》むと、ふしぎに憑《つ》きものや、硬《こわ》ばつた死人が自由に柔らかくなるといふ薬餌であつた。❖室生犀星（性に眼覚める頃）

▽俺には借金があつても貯金はない。労働をやめると共に俺は食料に窮する。のみならず病弱の母は薬餌の料に窮し、知識の渇望に輝く弟は学費に窮する。❖阿部次郎（三太郎の日記）

厄難【やくなん】 わざわい。災難。

▽厄難に逢つてからこのかた、いつも同じやうな悔恨と悲痛との外に、何物をも心に受け入れることの出来なくなつた。❖森鷗外（最後の一句）

野合【やごう】 正式の結婚手続きをとらないで夫婦になること。男女がひそかに関係を結ぶこと。

▽どのような男女の関係が一番本当なのか解らなくなるのです。或は野合のようなものが実は一番真実なのではないかと思われることもあります。❖倉田百三（出家とその弟子）

▽彼等は遂に自分の村落に野合の夫婦が幾組あるかといふことをさへ数へ出した。（中略）勿論畢《しまい》には配偶の欠けたものまで僂《る》指《し》された。❖長塚節（土）

野鄙・野卑【やひ】 下品で、いやしいこと。いやしく、田舎びていること。

▽私は田舎の客が嫌だつた。（中略）然し私は父や母の手前、あんな野鄙な人を集めて騒ぐのは止せとも云ひかねた。❖夏目漱石（こゝろ）

▽あゝ野卑なる人の心！　何故に霊魂の示す所に従ふ能《あた》はざるか。❖国木田独歩（欺かざるの記）

▽八幡様の馬鹿《ばか》囃子《ばやし》へはちっとも行こうとしなかった。（中略）目のとんちんかんなひょっとこの顔、またあんまりひつっこい野鄙の道化が胸をわるくさせたからである。❖中勘助（銀の匙）

山山【やまやま】 心から切望するさま。

▽いづれも忠利の深く信頼してゐた侍共である。だから忠利の心では、此人々を子息光尚《みつひさ》の保護のために残して置きたいことは山々であつた。又此人々を自分と一しよに死なせるのが残刻《ざんこく》だとは十分感じてゐた。❖森鷗外（阿部一族）

揶揄【やゆ】 からかうこと。

▽菜穂子はそれを聞くと、急に一種のにが笑ひに近いものを浮べた。（中略）いつも相手の明なんぞのうちに少年特有な夢みるやうな態度や言葉が現はれると、彼女はさう云ふ相手を好んでそれで揶揄したものだつた。❖堀辰雄（菜穂子）

▽ちよつとの間、私達が二人きりになつた時、私は彼女に近づいて、揶揄《からか》ふやうに耳打ちした。「お前は今日はなんだか見知らない薔薇色の少女みたいだよ。」❖堀辰雄（風立ちぬ）

已んぬる哉【やんぬるかな】 もうおしまいだ。今となってはどうにもしかたがない。

▽ああ、何もかも、ばかばかしい。私は、醜い裏切り者だ。どうとも、勝手にするがよい。やんぬる哉。――四肢を投げ出して、うとうと、まどろんでしまつた。❖太宰治（走れメロス）

ゆ

由緒【ゆいしょ】 立派な来歴。伝えてきた事由。
▽その引き出しは家《うち》が神田からこの山の手へ越してくるときにこわれてあかなくなったままになり、由緒のある銀の匙もいつか母にさえ忘られてたのである。❖中勘助（銀の匙）
▽何処かの名門の家からでも由緒ある家宝を乞ひ得て来たのか、骨董屋の蔵から捜し出したのか、それとも天女の羽衣を仙人から授かつたのか。❖谷崎潤一郎（乱菊物語）
▽田舎では由緒のある家を、相続人があるのに壊したり売つたりするのは大事件です。❖夏目漱石（こゝろ）

有為【ゆうい】 才能があること。世の中の役に立つこと。
▽僕が最後に其後を追うて仏蘭西《フランス》へ行くと間もなく、最初に行つた田嶋が有為の才を抱きながら異郷の土となつた。生来胸に病があつた故である。❖永井荷風（問はずがたり）
▽彼の知る名古屋藩士で田中寅三郎、丹羽淳太郎なぞの少壮有為な人達の名はその人の口から出ることもある。❖島崎藤村（夜明け前）

誘因【ゆういん】 ある作用を引き起こす原因。
▽その、誰にも訴へない、自分の孤独の匂ひが、多くの女性に、本能に依つて嗅《か》ぎ当てられ、後年さまざま、自分がつけ込まれる誘因の一つになつたやうな気もするのです。❖太宰治（人間失格）

遊宴【ゆうえん】 酒宴をして遊ぶこと。
▽かまくらの初期ごろにこゝで当年の大宮人たちが四季をりくの遊宴をもよほしたあとかとおもふと一木一石にもそゞろにこゝろがうごかされる。❖谷崎潤一郎（蘆刈）

優艶【ゆうえん】 やさしくしとやかで、人の心を魅了し美しいさま。
▽四歳の頃より舞を習ひけるに挙措進退の法自

ら備はりてさす手ひく手の優艶なること舞妓《まいこ》も及ばぬ程なりければ、師もしば〳〵舌を巻きて、（後略）。❖谷崎潤一郎（春琴抄）

幽遠【ゆうえん】 はかり知れないほど奥深いこと。深遠。

▽私は毎年この季節になると、ことにこの霰《あられ》を見ると幽遠な気がした。冬の一時《いちじ》のしらせが重重しく叫ばれるやうな、慌《あわただ》しく非常に寂しい気をおこさせるのであつた。❖室生犀星（性に眼覚める頃）

▽それ等のもの音は、（中略）快活な朗らかな、或は幽遠な、それぞれの快感を伴うて居た。（中略）就中《なかんずく》、オルガンの音が最もよかつた。❖佐藤春夫（田園の憂鬱）

友誼【ゆうぎ】 友だちのよしみ・情愛。友情。

▽本集の北原氏の序文と萩原氏の跋文《ばつぶん》とは、本詩集にとつて特になければならないものであり、又、その殆《ほとん》ど海山にも比すべき友誼を記念し得たことは、自分の感謝し措《お》かないところである。❖室生犀星（愛の詩集）

▽利休と太閤秀吉との友誼は久しいものであり、この偉大な武人が茶の宗匠に対する評価も高いものがあった。しかし暴君との友情は常に危険な名誉である。❖岡倉天心（茶の本）

悠久【ゆうきゅう】 果てしなく長く続くこと。永久。

▽此の悠久な山間の村里は、大方母が生れた頃も、今眼の前にあるやうな平和な景色をひろげてゐたゞらう。（中略）ほんの一瞬間眼をつぶつて再び見開けば、何処かその辺の籬《まがき》の内に、母が少女の群れに交つて遊んでゐるかも知れなかつた。❖谷崎潤一郎（吉野葛）

▽彼女は実に悠久な悲哀に心を打たれた。けれども、その悲哀は（中略）かえって、心に底力を与え、雄々しさを添えるものであることを彼女は感じた。❖宮本百合子（地は饒なり）

夕餉【ゆうげ】 夕暮の食事。夕食。

▽あはれ／秋風よ／情《こころ》あらば伝へてよ／——男ありて／今日の夕餉に　ひとり／さんまを食《くら》ひて／思ひにふける　と。❖佐藤春夫（我が一

九二二年・秋刀魚の歌）

雄渾【ゆうこん】雄大で勢いのよいこと。／力強く、よどみのないさま。

▽玄白は、良沢の志を聴いて、心から恥じずにはいられなかった。その雄渾な志を聴いて、心から恥じずにはいられなかった。　❖菊池寛（蘭学事始）

▽偉大な茶人達の臨終はその生涯と同様に風流の極致であつた。（中略）利休の「最後の茶の湯」は、悲劇的雄渾さの極致として永遠にその光を失わないであろう。　❖岡倉天心（茶の本）

遊子【ゆうし】家を離れて他郷にある人。旅人。

▽今度はにやご〳〵とやつて見た。其泣き声は吾ながら悲壮の音《おん》を帯びて天涯《てんがい》の遊子をして断腸の思あらしむるに足ると信ずる。　❖夏目漱石（吾輩は猫である）

▽小諸なる古城のほとり／雲白く遊子悲しむ／緑なすはこべは萌《も》えず／若草も籍《し》くによしなし／しろがねの衾《ふすま》の岡辺《おかべ》／日に溶けて淡雪流る　❖島崎藤村（落梅集・千曲川旅情の歌）

憂愁【ゆうしゅう】憂鬱と哀愁。心配して心が沈むこと。

▽薄暮外出。若王子《にゃくおうじ》より南禅寺を散歩せり。好景に動かさるゝ事多し。されど昨夜より今朝にかけて憂愁に堪へず。心たゞ空しくもだえ苦しむなり。　❖国木田独歩（欺かざるの記）

▽私は、そんな淋しい場合には、本屋へ行くことにしてゐた。（中略）そこに並べられたかずかずの刊行物の背を見ただけでも、私の憂愁は不思議に消えるのだ。　❖太宰治（思ひ出）

幽愁【ゆうしゅう】心の奥深くいだく憂い。

▽遠くの方から飴売の朝鮮笛が響き出した。笛の音《ね》は思ひがけない処で、妙な節をつけて音調を低めるのが、言葉に云へない幽愁を催させる。　❖永井荷風（すみだ川）

▽また御身の多感多情なる、必ず又無限の悲痛絶えず胸間を往来して常に幽愁の日を送り給ふに至らん。これ明白なる事実なりとす。　❖国木田独歩（欺かざるの記）

▽されば始めて逢ふ他郷の暮春《ぼしゅん》と初夏との風景は、病後の少年に幽愁の詩趣《ししゅ》なるものを教へずには居なかつたわけである。 ❖永井荷風（十六七のころ）

宥恕【ゆうじょ】 寛大な心で罪をゆるすこと。

▽我は人の罪を赦《ゆる》す能《あた》はず。されどもキリストにありて容易にこのことをなすを得るなり。七度を七十倍する宥恕はこれ我のなし得るところにあらず、われキリストにありてなし得るところなり。 ❖内村鑑三（一日一生）

▽斯《こ》うして女一人だけが、意味も無しに生き残つてしまつた。死ぬ考も無い子を殺したから謀《ぼう》殺《さつ》で、それでも十二年までの宥恕があつたのである。 ❖柳田国男（山の人生）

幽邃【ゆうすい】 もの静かで奥深いこと。幽深。幽寂。

▽私は実際今日の東京市中にかくも幽邃なる森林が残されてゐやうとは夢にも思ひ及ばなかつた。 ❖永井荷風（日和下駄）

▽天鼓（註・春琴の愛玩の鶯）の如き名鳥の囀《さえず》るを聞けば、居ながらにして幽邃閑寂なる山峡の風趣を偲び、渓流の響の潺湲《せんかん》たるも尾の上の桜の靉靆《あいたい》たるも悉く心眼心耳に浮び来り、（後略）。 ❖谷崎潤一郎（春琴抄）

▽男体山麓《なんたいさんろく》の噴火口は明媚《めいび》幽邃の中禅寺湖と変つてゐるが此大噴火口はいつしか五穀実る数千町歩の田園とかわつて村落幾個の樹林や麦畑が今しも斜陽静かに輝やいてゐる。 ❖国木田独歩（忘れえぬ人々）

悠長【ゆうちょう】 ゆったりとしていて気の長いこと。のんびりとしていて急がないこと。

▽いろ〳〵の雑音が舞台で演ぜられてゐる狂言の、間伸びのした悠長な囃《はや》しと一つに融《と》けて聞えて来る中で、ついとろとろと好い心持に眠りこけては、又はつとして眼をさます。 ❖谷崎潤一郎（蓼喰ふ虫）

▽（前略）その頃の悠長な心持で、自分の研究と直接関係のない本などを読んでゐる暇は、薬にしたくつても出て来まい。 ❖夏目漱石（道草）

夕月夜【ゆうづきよ】 月の出ている夕暮れ。

▽なにとなく君に待たるるここちして出でし花野の夕月夜かな ❖与謝野晶子（みだれ髪）

▽しのびつつ素足の少女《おとめ》木立より覗《のぞ》くが如き夕《ゆう》月夜《づくよ》かな ❖与謝野鉄幹（相聞）

▽遠州（註・小堀遠州。江戸初期の茶人、造園家）は露地の着想は次の句の中に見られると述べている。夕月夜海すこしある木の間かな〔茶《ちゃ》話指月集《わしげつしゅう》〕 ❖岡倉天心（茶の本）

尤物【ゆうぶつ】 すぐれたもの。／美女。

▽「ほゝう！では尤物を見付けられたか？」「なあに、尤物といふ程のものでもありやしません」「いや、さう云はれる程怪しいて。——一体何処のお姫様かな？」 ❖谷崎潤一郎（乱菊物語）

幽閉【ゆうへい】 人をある場所に閉じこめる。おしこめる。監禁する。

▽半蔵がそのさびしい境涯の中で、古歌なぞを紙の上に書きつけ、忍ぶにあまる昔の人の述懐を忍んで僅《わず》かに幽閉中の慰めとするやうになつたのも、その時からであつた。 ❖島崎藤村（夜明け前）

▽どうやら真《まこと》の進路のいとぐちが彼女の上に開けかゝつて来たことを想像し、幽閉も同様な今の境涯から動いて出て行かれるといふのも確かに彼女の心からであると想像して見た。 ❖島崎藤村（新生）

▽いかなる瘋癲《ふうてん》病者も、自分の幽閉されている部屋から解放してもらいたいと絶えず願っているではないか。 ❖井伏鱒二（山椒魚）

幽妙【ゆうみょう】 奥深く言いようもなくすぐれているさま。

▽あなたは不思議な仙丹《せんたん》（註・不老不死の霊薬）を魂の壺にくゆらせて、／ああ、何といふ幽妙な愛の海ぞこに人を誘ふことか、／ふたり一緒に歩いた十年の季節の展望は、／ただあなたの中に女人の無限を見せるばかり。 ❖高村光太郎（智恵子抄・樹下の二人）

▽あの幽妙な香を嗅ぎ、あの辛辣《しんらつ》な酒を味はひ、あの濃厚な肉を啖《くろ》うた人は、凡界の者の夢みぬ、

強く、激しく、美しき荒唐な世界に生きて、此の世の憂と悶《もだえ》とを逃れることが出来る。❖谷崎潤一郎（麒麟）

幽冥【ゆうめい】死後の世界。あの世。
▽俺の今生きてゐるところは、ここはもう生の世界のうちでは無く、さうかと言つて死の世界でもなく、その二つの間にある或る幽冥の世界ではないか。俺は生きたままで死の世界に彷徨してゐるのであらうか……（後略）。❖佐藤春夫（田園の憂欝）

幽明【ゆうめい】冥土と現世。
▽民子は僕の写真と僕の手紙とを胸を離さずに持つて居よう。幽明遙けく隔《へだ》つとも僕の心は一日も民子の上を去らぬ。❖伊藤左千夫（野菊の墓）

悠揚【ゆうよう】ゆったりとして、落ち着いているさま。
▽三四郎は忌々《いまいま》しくなった。そういう時は広田さんに限る。卅分《さんじゅっぷん》ほど先生と相対していると心持が悠揚になる。女の一人や二人どうなっても構わないと思う。❖夏目漱石（三四郎）
▽国土開発の悠揚たる足取りに比べると、人の生涯の如きはあまりにもはしたである。一代の長さに完成し得ないからとて、何の寂寞《せきばく》なことがあらう。❖柳田国男（美しき村）

愉悦【ゆえつ】心からよろこび満足すること。
▽しかし、僕は本当はそんなに悲しくはないんですよ。だつて僕は、あなた方さへ知らないやうな生の愉悦を、こんな山の中で人知れず味つてゐるんですもの。❖堀辰雄（美しい村）
▽私を裸体にしてさまぐ〵な姿態に置きかへることに限りない愉悦を覚えてゐた夫の所作をも、悉《ことごと》く見て知つてゐたであらうことも想像出来る。❖谷崎潤一郎（鍵）

由縁【ゆえん】関係。ゆかり。／事の由来。
▽私共の兄弟五人はドウシテも中津人と一緒に混和《こんか》することが出来ない、その出来ないというのは深い由縁も何もないが、従兄弟《いとこ》が沢山ある、父方の従兄弟もあれば母方の従兄弟もある。❖福沢諭吉（福翁自伝）

▽百姓・町人は由縁《ゆかり》もなき士族へ平身低頭し、外にありては路を避け、内にありて席を譲り、(後略)。 ❖福沢諭吉(学問のすゝめ)

▽菜摘《なつみ》の地が静《しずか》(註・静御前)に由縁《ゆかり》のあることは、伝説としても相当に根拠があるらしく、まんざら出鱈目《でたらめ》ではないかも知れない。 ❖谷崎潤一郎(吉野葛)

▽ただ一人、縋《すが》り付く由縁《よすが》とした母を離れて何処へ行くところがあろう。そう思うと、美奈子の頭には、死んだ父母の面影が、アリアリと浮んで来た。 ❖菊池寛(真珠夫人)

所以【ゆえん】 理由。わけ。いわれ。

▽矛盾を正視すること、矛盾の上を軽易に滑ることを戒めることは、凡ての人を第一歩に於て正路に就かしめる所以である。 ❖阿部次郎(三太郎の日記)

▽あやふやな柔術使《つかい》は、一度往来で人を抛《な》げて見ないうちはどうも柔術家たる所以を自分に証明する道がない。弱い議論と弱い柔術は似たものである。 ❖夏目漱石(虞美人草)

由来【ゆらい】 物事のよって来るところ。物事がたどってきた筋道。来歴。

▽由緒のある銀の匙もいつか母にさえ忘れられてたのである。母は針をはこびながらその由来を語ってくれた。 ❖中勘助(銀の匙)

▽遂《つい》には燕《つばめ》の尾にかたどつた畸形《きけい》迄出現したが、退《しりぞ》いて其由来を案ずると、何も無理矢理に、出《で》鱈目《たらめ》に、偶然に、漫然に持ち上がつた事実では決してない。 ❖夏目漱石(吾輩は猫である)

よ

揺曳【ようえい】 ゆらゆらとたなびくこと。／あとあとまで長く尾を引いて残ること。

▽彼女が誰よりも、母の性質と姿の中にあつたよいものを伝へてゐるに違ひなく、母の身の周りに揺曳してゐた薫りのやうなものが、仄《ほの》かながら彼女にも感じられるのであつた。 ❖谷崎

潤一郎（細雪）

▽美しい月光の揺曳のうちにも、光輝燦然《さんぜん》たる太陽のうち、または木や草や、一本の苔《こけ》にまでも宿っている彼女の守霊は、あらゆる時と場所との規則を超脱して、泣いて行く彼女を愛撫し、激昂《げっこう》に震える彼女を静かに、なだめるのである。　❖宮本百合子（地は饒なり）

▽北の山奥から時々姿を現わして奇妙な物を売りありく老人がいた。（中略）とにかく、この山男の身辺には何となく一種神秘の雰囲気が揺曳しているように思われて、当時の悪太郎どもも容易には接近し得なかったようである。　❖寺田寅彦（物売りの声）

妖艶・妖婉【ようえん】 あやしいほどに、なまめかしく美しいこと。妖麗。

▽その眼エえらい妖艶で、何とも云へんなまめかしい風情あつて、「なあ、姉ちゃん」云ひながら甘えるやうにその眼エ使はれたら、なか〳〵魅力に逆らふ云ふこと出来しません。　❖谷崎潤一郎（卍）

▽小さな汽船の中の社会は、（中略）何か淋しい過去を持つらしい、妖艶な、若い葉子の一挙一動を、絶えず興味深くぢつと見守るやうに見えた。　❖有島武郎（或る女）

▽此女の嫣然《えんぜん》たる姿態や、妖艶な媚《こび》は皆上部《うわべ》ばかりの技巧なのだ。　❖菊池寛（忠直卿行状記）

容喙【ようかい】 横合いから口を差しはさむこと。容嘴《ようし》。

▽困りますね、外の事と違つて、かう云ふ事には他人が妄《みだ》りに容喙するべき筈の者ではありませんからな。　❖夏目漱石（吾輩は猫である）

▽頗《すこぶ》る才走つた女で、政治向の事に迄容喙するが、霊公は此の夫人の言葉なら頷《うなず》かぬことはない。　❖中島敦（弟子）

▽吾娘はわれに於いて処分するの覚悟を有す。敢《あえ》て足下《そっか》の容喙を許さず。こゝに涙を振つて足下を義絶す。　❖島崎藤村（新生）

要害【ようがい】 地勢が険しく、敵を防ぎ味方を守るのに好都合なこと。その地。

▽なるほど、王朝の或る時代に山崎に関所が設けられてゐたことも、西から京へ攻め入るのに此のあたりが要害の地であつたことも、かういふ山河の形勢を見るとおのづから合点《がてん》されるのである。 ❖谷崎潤一郎（蘆刈）

▽鉄砲を改め女を改めるほど旅行者の取締りを厳重にした時代に、これほど好い要害の地勢もないからである。 ❖島崎藤村（夜明け前）

容赦【ようしゃ】相手の過ちなどを許すこと。／大目にみること。控えめにする。

▽叱るやうに芳一は男達に向つて云つた——「この高貴の方方の前で、そんな風に私の邪魔をするとは容赦はならんぞ」 ❖小泉八雲（怪談）

▽皆、大宮のうまいのに驚いた。しかしその容赦のないのになお驚いた。（中略）大宮のは獅《し》子《し》が兎を殺すにも全力をつかうと云う風だった。 ❖武者小路実篤（友情）

▽愛は優しい心に宿り易くはある。然し愛そのものは優しいものではない。それは烈しい容赦のない力だ。（中略）思へ、ただ仮初《かりそ》めの恋にも愛人の頬はこけるではないか。 ❖有島武郎（惜みなく愛は奪ふ）

養生【ようじょう】病気・病後の手当てをすること。／健康に注意すること。

▽武男は涙を揮《ふ》りはらいつつ、浪子の黒髪《かみ》をかい撫《な》で「（中略）早く養生して、よくなッて、ねエ浪さん、二人で長生きして、金婚式をしようじゃないか」 ❖徳冨蘆花（不如帰）

▽あの時も私は医師の忠告を無視して不養生の限りを尽したのであつた。 ❖谷崎潤一郎（鍵）

▽山の手線の電車に跳飛《はねと》ばされて怪我をした、その後養生《あとようじょう》に、一人で但馬の城崎《きのさき》温泉へ出掛けた。 ❖志賀直哉（城の崎にて）

▽そして母の出養生《でようじょう》が始まつてからは、父の遊び方が一層傍若無人に、「豪遊」と云ふ形式にまで発展して行つたのであつたが、（後略）。 ❖谷崎潤一郎（細雪）

瓔珞【ようらく】宝石・貴金属などを糸で連ねた装身具。頭・首・胸にかける。

▽立派な瓔珞をかけ黄金の円光《えんこう》を冠《かむ》りかすかに笑ってみんなのうしろに立っていました。そこに見えるどの人よりも立派でした。❖宮沢賢治（ひかりの素足）

妖麗【ようれい】 なまめかしく、不気味なまでに美しいこと。妖艶。

▽かう云ふ無人の境にあつて静かに咲き満ちてゐる此の夕桜には、何か魔物めいた妖麗さが附き纏《まと》つてゐるやうに思へて、彼は（中略）遠くから眺め渡してゐた。❖谷崎潤一郎（少将滋幹の母）

要路【ようろ】 重要な地位。／重要な道路。

▽吉岡は（中略）早くも営業係長の要路に用ひられ社長や重役から珍らしい才物だと云はれてゐるだけ、同僚や下のものにはあまり受《うけ》のよい方とは云はれない。❖永井荷風（腕くらべ）

▽兎にも角にも京都と江戸の間をつなぐ木曾街道中央の位置に住んで、山の中ながらに東西交通の要路に立つてゐた。❖島崎藤村（夜明け前）

予覚【よかく】 事前にさとること。予感。

▽それまでに何かその殿の一言で決せられた運命から撫子《なでしこ》をまぬがれしめるやうな事が、なぜか知ら起りさうな予覚が私にしないこともないからであつた。❖堀辰雄（ほととぎす）

▽今朝の病人のあの顔つきを見てからは、何か、骨肉《こつにく》の者だけにしか分らないやうな予覚が感じられてならないのであつた。❖谷崎潤一郎（細雪）

余儀無い【よぎない】 それ以外にとるべき方法がない。やむをえない。

▽民子は余儀なき結婚をして遂に世を去り、僕は余儀なき結婚をして長らへてゐる。❖伊藤左千夫（野菊の墓）

▽何うか暫く此の儘にして東京に置いて呉れとの頼み。時雄は此の余儀なき頼みを菅《すげ》なく却《しりぞ》けることは出来なかつた。❖田山花袋（蒲団）

▽母親は余儀ない事をするやうな心持で舟に乗

つた。子供等は凪《な》いだ海の、青い氈《かも》を敷いたやうな面を見て、物珍しさに胸を跳《おど》らせて乗つた。　❖森鷗外（山椒大夫）

沃野【よくや】 地味のよく肥えた平野。

▽北方の空を限る長い連山の麓から南の方面一帯、瀬戸内の海岸までひろがつてゐる中国筋の沃野は、今しも麦の収穫を終つて稲の植付けに忙しい最中であつた。　❖永井荷風（問はずがたり）

夜寒【よさむ】 夜の肌寒さ。晩秋に夜の寒さをしみじみ感ずること。

▽夜更けぬ。梢をわたる風の音遠く聞ゆ、あゝこれ武蔵野の林より林をわたる冬の夜寒の凩《こがらし》なるかな。　❖国木田独歩（武蔵野）

▽私はそれを袂《たもと》へ入れて、人通りの少ない夜寒の小路《こうぢ》を曲折して賑やかな町の方へ急いだ。

❖夏目漱石（こゝろ）

▽病雁《びょうがん》の夜さむに落《おち》て旅ねかな　❖松尾芭蕉（猿蓑）

世過ぎ【よすぎ】 世渡りをしていくこと。生活していくこと。渡世。

▽もうそれからと申すものは所の衆のなさけにすがり、人のあしこしを揉《も》むすべをおぼえて、かつ〳〵世過ぎをいたしてをりました。　❖谷崎潤一郎（盲目物語）

夜伽【よとぎ】 警護や看護のため、夜寝ずに付き添うこと。／夜の共寝をすること。

▽夜伽に疲れた私は、病人の微睡《まどろ》んでゐる傍で、そんな考へをとつおいつしながら、この頃ともすれば私達の幸福が何物かに脅《おびや》かされがちなのを、不安さうに感じてゐた。　❖堀辰雄（風立ちぬ）

▽当人も亦忠利の夜伽に出る順番が来る度に、殉死したいと云つて願つた。併しどうしても忠利は許さない。　❖森鷗外（阿部一族）

▽私は殆《ほと》んど病人の枕元に附きつきりでゐた。夜伽も一人で引き受けてゐた。　❖堀辰雄（風立ちぬ）

夜目【よめ】 夜、暗い中で見ること。

▽夜目にも白く染物とかいてあるハツピの字を

眺めて、吻《ほっ》と安心すると、私はもう元気になつて、自然に笑ひ出したくなつてゐる。　❖林芙美子（放浪記）

▽敵の追撃をふり切つて夜目にもぼつと白い平《へい》沙《さ》の上を、（中略）李陵は又峡谷の入口の修羅場にとつて返した。身には数創を帯び、自らの血と返り血とで戎衣《じゅうい》は重く濡れてゐた。　❖中島敦（李陵）

拠無い【よんどころない】 やむをえない。仕方ない。そうする以外にない。拠《よ》ん所ない。

▽船は拠なささうに、右に左に揺らぎながら、船首を高く擡《もた》げて波頭を切り開き〳〵、狂ひ暴れる波打際から離れて行く。　❖有島武郎（生れ出づる悩み）

▽肝腎な費用を出してくれる人がなかつたので駒代は猿廻《さるまわ》しを出す芸者の相手にと、師匠から勧められて拠処《よんどころ》なくお染《そめ》をつとめたのであつた。　❖永井荷風（腕くらべ）

ら

雷同【らいどう】 自分に定見がなくて、みだりに他人の説や行動に同調すること。＊不和雷同

▽そうして見れば、作品そのものが社会の排斥を招くのではなくて、クリク同士の攻撃的批評に、社会は雷同するのである。　❖森鷗外（青年）

▽「法師！」と、（中略）さくらの男が、見物の中から呼んだ。「そんなら金の函《はこ》はどうした？うそでなければその函をだせ！」「さうだ、さうだ、二寸二分四方の金の函だ！」と、群集が一斉に雷同した。　❖谷崎潤一郎（乱菊物語）

▽わけもなしに附和雷同する人達の声は啓蒙の時にはまぬがれがたいことかも知れないが、それが郷里の山林事件にまで響いて来るので、半蔵なぞはハラ〳〵した。　❖島崎藤村（夜明け

前）

磊落【らいらく】 快活で度量が広く、小事にこだわらないさま。

▽僕はこの軍医の善良そうな顔つきからして、些細なことは問題にしない大まかな人らしいという印象を受けた。磊落な人らしいという印象も受けた。 ❖井伏鱒二（黒い雨）

▽「あゝ、瀬川君と仰《おつしや》るんですか。」と弁護士は愛嬌のある微笑《ほゝえみ》を満面に湛へ乍ら、快活な、磊落な調子で言つた。 ❖島崎藤村（破戒）

落魄【らくはく】 落ちぶれること。零落。

▽此の連中の大部分は公卿《くぎょう》の邸《やしき》に奉公をした女房上りで、（中略）落魄した揚句の果てに良からぬ事を考へ出したのが彼方此方《あちらこちら》から寄り集まつて、あの山荘に根拠を構へ、今迄にも同じ手段で多くの人を欺したのであつた。 ❖谷崎潤一郎（乱菊物語）

▽漂泊する旅人は幾群か丑松の傍《わき》を通りぬけた。落魄の涙に顔を濡して、餓ゑた犬のやうに歩いて行くものもあつた。 ❖島崎藤村（破戒）

▽十年も彼のところへは消息の絶えて居た鈴木の兄が、（中略）人目を憚《はばか》るやうな落魄した姿をして、薄暗い庭先の八ツ手の側に立つて居た。 ❖島崎藤村（新生）

▽後進の半蔵等を前に置いて、多感で正直なこの先輩は色の褪《あ》せた着物の襟《えり》をかき合せた。あだかも、つく〴〵身の落魄を感ずるといふ風に。 ❖島崎藤村（夜明け前）

落莫【らくばく】 ものさびしいさま。寂寞《せきばく》。

▽呆然《ぼうぜん》として梯子《はしご》段の上の汚れた地図を見てゐると、夕暮れの日射しのなかに、地図の上は落莫とした秋であつた。 ❖林芙美子（放浪記）

▽こうした意識が嵩《こう》ずるに連れ、彼の奥殿に於ける生活は、砂を嚙むように落莫たるものになつて来た。 ❖菊池寛（忠直卿行状記）

埒が明く【らちがあく】 物事に決まりがつく。はかどる。かたがつく。

▽大勢の土工が幾日も〳〵土砂を掘り返してゐたが、蟻が砂糖の山を崩すやうでなか〳〵埒が明かず、あたら堤防の松を砂煙で汚してゐた。

❖谷崎潤一郎（細雪）
▽そこには「昆布」の姓が非常に多いので、目的の家を捜し出すのに中々埒が明かなかつた。
❖谷崎潤一郎（吉野葛）

落花狼藉【らっかろうぜき】 ものが乱雑にとり散らかっているさま。
▽一人の敵をあしらひかねて、宴《うたげ》の場《にわ》に血を流し、落花狼藉を仕《し》出《い》だすとは何事でござる。
❖谷崎潤一郎（乱菊物語）
▽ゆかは煖炉《だんろ》の温《ぬく》まりにて解けたる、靴の雪にぬれたれば、（中略）落花狼藉、なごりなく泥《でい》土《ど》に委《ゆだ》ねたり。❖森鷗外（うたかたの記）

濫觴【らんしょう】 物事の起こり。起源。
▽伝説によると、延喜《えんぎ》の御代《みよ》にいづこともなく天女のやうな一人の美女が流れて来て、名を「花漆《はなうるし》」と呼んで、この津に住んでゐた。それが初代の室君《むろぎみ》であつて、本邦における遊女の濫觴をなしたといはれる。❖谷崎潤一郎（乱菊物語）
▽女性はみづからがある以上に自分を肉欲的にする必要を感じた。（中略）男性は女性からのこの提供物を受け取つたことによつて、また自分みづからを罰せなければならなかつた。彼はまづ自分の家のなかに暴虐性《ぼうぎゃくせい》を植えつけた。専制政治の濫觴をこゝに造り上げた。❖有島武郎（惜みなく愛は奪ふ）

懶惰・嬾惰・乱堕【らんだ】 怠けること。おこたること。懶怠。らいだ。
▽虚栄と利慾の心に乏しく、唯懶惰淫恣《いんし》な生活のみを欲してゐる女ほど始末にわるいものはない。❖永井荷風（つゆのあとさき）
▽激情に富んだ岡は思はしい製作も出来ずに心の戦ひのみを続けて居る苦《にが》い懶惰を切なく思ふといふ風で、（後略）。❖島崎藤村（新生）

襤褸【らんる】 ぼろきれ。破れた衣服。
▽襤《ぼ》褸《ろ》をまとうた蘇武の目の中に、時として浮かぶ微《かす》かな憐愍《れんびん》の色を、豪奢な貂裘《ちょうきゅう》（註・貂《てん》のかわごろも）をまとうた右校王李陵は何よりも恐れた。❖中島敦（李陵）
▽蓆《むしろ》には刈り取つた粟《あわ》の穂が干してある。その

真ん中に、襤褸《ぼろ》を着た女がすわつて、手に長い竿《さお》を持つて、雀の来て啄《ついば》むのを逐《お》つてゐる。（中略）女は何やら歌のやうな調子でつぶやく。

安寿恋しや、ほうやれほ。／厨子王恋しや、ほうやれほ。　❖森鷗外（山椒大夫）

り

俚諺【りげん】 民間で言いならわされてきたことわざ。
▽病気が病人を迷わせると云う俚諺《ことわざ》は嘘ではない。（中略）本当に藁《わら》へもすがりたい思い。
❖井伏鱒二（黒い雨）
▽親に似ぬ子は鬼子といふ俚諺は、今以て行はれて居て、時々は又之を裏書するやうな事件が、発生したとさへ伝へられる。　❖柳田国男（山の人生）

理財【りざい】 金銭や財産を有利・有効に運用すること。経済。
▽葉子の父は日本橋では一かどの門戸《もんこ》を張つた医師で、収入も相当にはあつたけれども、理財の道に全く暗いのと、（中略）その死後には借金こそ残れ、遺産と云つては憐れな程しかなかつた。　❖有島武郎（或る女）

律義・律儀【りちぎ】 義理がたいこと。実直なこと。
▽メロスには父も、母も無い。女房も無い。十六の、内気な妹と二人暮しだ。この妹は、村の或る律気な一牧人を、近々、花婿として迎へる事になつてゐた。　❖太宰治（走れメロス）
▽それから当分の間三四郎は毎日学校へ通って、律義に講義を聞いた。必修課目以外のものへも時々出席して見た。それでも、まだ物足りない。　❖夏目漱石（三四郎）
▽遠く田舎の隅にでも行つて、律儀な昔風の物言ひを聴くとなつかしくなる位に、普通の会話はお粗末になつて居る。　❖柳田国男（国語の将来）

▽書院の墨絵の山水《さんすい》が殊によく思はれた。如何にも律気な絵だつた。 ❖志賀直哉（暗夜行路）

慄然【りつぜん】 恐ろしさにおののきふるえるさま。ぞっとすること。

▽「私は此間から、――此間から私は、若《も》しもの事があれば、死ぬ積で覚悟を極《き》めてゐるんですもの」 代助は慄然として戦《おのの》いた。 ❖夏目漱石（それから）

▽だから要《かなめ》は親子三人で散策に出ると、（中略）三人が三人ながらバラバラな気持を隠しつゝ心にもない笑顔を作つてゐる状態に、我から慄然とすることがあつた。 ❖谷崎潤一郎（蓼喰ふ虫）

▽「お勢さん貴嬢《あなた》もあんまりだ　余《あんま》り……残酷だ　私《わたくし》がこれ……これほどまでに……　トいいさして　文三は顔に手を宛《あ》てて黙ツてしまう。意《こころ》を注《とど》めて能《よ》く見れば壁に写ッた影法師が慄然《ぶるぶる》とばかり震えている　❖二葉亭四迷（浮雲）

▽所が其晩に、Kは自殺して死んで仕舞つたのです。私は今でも其光景を思ひ出すと慄然《ぞっ》とします。 ❖夏目漱石（こゝろ）

理非【りひ】 道理にかなっていることと外れていること。道理と非理。

▽私はいったん泣きだしたとなれば（中略）図なしにぐすりぐすり泣いてる癖で、そのあいだに理非曲直をぼつぼつと考えて自分が悪いとわかればじきに泣きやむ。 ❖中勘助（銀の匙）

▽彼はたゞそれを嫌つた。道徳も理非も持たない彼に、自然はたゞそれを嫌ふやうに教へたのである。 ❖夏目漱石（道草）

理不尽【りふじん】 道理にあわないこと。

▽葉子はそれが理不尽極まる事だとは知つてゐながら、さう偏頗《へんぱ》に傾いて来る自分の心持ちを如何《どう》する事も出来なかつた。 ❖有島武郎（或る女）

▽自分がただ小さくて弱いために理不尽におさえつけられるのがくやしくて　今に見ろ　と思いながらしゃくりあげしゃくりあげ泣くのであった。 ❖中勘助（銀の匙）

流言【りゅうげん】 根拠のない風説。流説。
▽初めのうち重松は、いったい誰がそんな流言を放ったのだろうと、その元兇《げんきょう》を探り出してやろうと思っていた。 ❖井伏鱒二（黒い雨）
▽戦争中には軍の言論統制令で流言蜚語《ひご》が禁じられ、回覧板組織その他で人の話の種も統制されている観があった。 ❖井伏鱒二（黒い雨）

流離【りゅうり】 郷里をはなれて他郷にさまよい歩くこと。流浪。
▽名も知らぬ遠き島より／流れ寄る椰子《やし》の実一つ／故郷《ふるさと》の岸を離れて／汝《なれ》はそも波に幾月／旧《もと》の樹は生ひや茂れる／枝はなほ影をやなせる／われもまた渚《なぎさ》を枕／孤身《ひとりみ》の浮寝《うきね》の旅ぞ／実をとりて胸にあつれば／新《あら》たなり流離の憂／海の日の沈むを見れば／激《たぎ》り落つ異郷の涙／思ひやる八重の汐々《しおじお》／いづれの日にか国に帰らむ ❖島崎藤村（落梅集・椰子の実）
▽遠くへ去つた男が思ひ出されたけれども、あゝ七月の空に流離の雲が流れてゐる。あれは私の姿だ。 ❖林芙美子（放浪記）

凌駕・陵駕【りょうが】 他のものをしのいでその上に出ること。
▽早くより読み書きの道を学ぶに上達頗《すこぶ》る速《すみや》かにして二人の兄をさへ凌駕したりき。 ❖谷崎潤一郎（春琴抄）
▽一時北海道の西海岸で、小樽をすら凌駕して賑《にぎ》やかになりさうな気勢を見せた岩内《いわない》港は、（中略）段々さびれて行くばかりだつた。 ❖有島武郎（生れ出づる悩み）

料簡・了簡・了見・量見【りょうけん】 考えはかること。思案。／とりはからい。
▽その間にそつと自分だけが手柄を立てる魂胆《こんたん》だらう。……よし、よし、先がその気なら此方にも料簡があるぞ。 ❖谷崎潤一郎（乱菊物語）
▽父と兄の近来の多忙は何事だらうと推《すい》して見た。結婚は愚図々々《ぐづぐ》にして置かうと了簡を極めた。さうして眠に入つた。 ❖夏目漱石（それから）
▽憚《はゞか》りながら男だ。受け合つた事を裏へ廻つて

反古《ほご》にする様なさもしい了見は持つてるもんか。　❖夏目漱石（坊つちゃん）

▽いよ〳〵俺も隠居する日が来たら、何事もお前の量見一つで行《や》つて呉れ――俺は一切、口を出すまいから。　❖島崎藤村（夜明け前）

料紙【りょうし】物を書くための紙。用紙。

▽見れば、御料紙なんぞもかういふ折のにかなつたものではなかつたし、大層御立派だとお聞きしてゐた御手跡《しゅせき》もこれはあの方のではないのではあるまいかと思はれる程のものだつたし、（後略）。　❖堀辰雄（かげろふの日記）

▽稍ゝ《やや》暫くしてから葉子は決心するやうに、手近にあつた硯箱《すゞりばこ》と料紙とを引き寄せた。而《そ》して震へる手先きを強ひて繰りながら簡単な手紙を乳母にあてて書いた。　❖有島武郎（或る女）

良夜【りょうや】月の明るい夜。中秋名月の夜。良い夜。

▽此夜は月冴えて風清く、野も林も白紗《はくさ》につゝまれしやうにて、何とも言ひ難き良夜であつた。　❖国木田独歩（武蔵野）

▽さすがに春の燈火《ともしび》は格別である。天真爛漫ながら無《ぶ》風流極まる此光景の裏《うち》に良夜を惜《おし》めと許り床《ゆか》しげに輝やいて見える。（中略）――夜は大分更《ふ》けた様だ。　❖夏目漱石（吾輩は猫である）

領略【りょうりゃく】意味をさとること。理解すること。領会《りょうかい》。

▽利他的個人主義はそうではない。我《われ》という城《じょう》廓《かく》を堅く守って、一歩も仮借しないでいて、人生のあらゆる事物を領略する。（中略）日常の生活一切も、我の領略して行く人生の価値である。　❖森鷗外（青年）

▽なる程生というものは苦艱《くげん》を離れない。しかしそれを避けて逃げるのは卑怯だ。苦艱籠《ご》めに生を領略する工夫があるというのだ。（中略）どうにかしてこの生を有《あり》のままに領略しなくてはならない。　❖森鷗外（青年）

▽日の夕《ゆうべ》となりて、模糊《もこ》として力なき月光の全都を被《おお》ひ、随処に際立ちたる陰翳《いんえい》を生ぜしとき、われはいよ〳〵ヱネチアの真味《しんみ》を領略すること

を得たり。死せる都府の陰森《いんしん》の気は、光明に宜《よろ》しからずして幽暗《ゆうあん》に宜しければなり。❖森鷗外（即興詩人）

緑陰・緑蔭【りょくいん】青葉の茂った木陰。

▽桜の散る時分には、夕暮の風に吹かれて、（中略）長い堤《どて》を縫ふ様に歩いた。が其桜はとくに散て仕舞つて、今は緑蔭の時節になつた。❖夏目漱石（それから）

▽緑陰の重《かさな》つた夕闇に蛍の飛ぶのを、雪子やしげ子と追ひ廻したこともあれば、寒い冬の月夜を（中略）からころと跫音《あしおと》高く帰つて来たこともあつた。❖田山花袋（田舎教師）

霖雨【りんう】幾日も降りつづく雨。長雨。

▽長い霖雨の間に果物の樹は孕《はら》み女のやうに重くしなだれ、ものゝ卵はねばねばと瀦水《たまりみづ》のむじな藻にからみつき、蛇は木にのぼり、真菰《まこも》は繁りに繁る。❖北原白秋（思ひ出）

▽九月になつて、その学生たちが引き上げてしまふと、例年のやうに霖雨が来て、こんどはもう出ようにも出られなかつた。❖堀辰雄（楡の家）

▽霖雨のじめ〳〵しい六月が来た。その万物を糜爛《びらん》せしめるやうな陰欝な雨は今日も〳〵と降りつゞいた。湿めつぽい欝陶しい底温いやうな気候が私にいらだたせるやうな不安を圧迫した。❖倉田百三（愛と認識との出発）

吝嗇【りんしょく】過度にもの惜しみをすること。けち。

▽春琴も道修町の町家の生れであるどうして其の辺にぬかりがあらうや、極端に奢侈《しゃし》を好む一面極端に吝嗇で慾張りであつた。❖谷崎潤一郎（春琴抄）

▽島田は吝嗇な男であつた。妻の御常は島田よりも猶吝嗇であつた。「爪《つめ》に火を点《とも》すつてえのは、あの事だね」彼が実家に帰つてから後、斯んな評が時々彼の耳に入つた。❖夏目漱石（道草）

凜然【りんぜん】勇ましいさま。りりしいさま。凜乎《りんこ》。凜凜。

▽「仔細あって、その老僧を敵《かたき》と狙い、端《はし》なく

も今日廻り合うて、本懐を達するものじゃ、妨げ致すと余人なりとも容赦は致さぬぞ。」と、実之助は凜然と云った。❖菊池寛（恩讐の彼方に）
▽「止め立て一切無用じゃ。」と、忠直卿は凜然と云い放った。其処《そこ》には秋霜《しゅうそう》の如く犯し難き威厳が伴った。❖菊池寛（忠直卿行状記）

輪廻【りんね】 死後、迷妄の世界である三界六《さんがいろく》道《どう》の間で生死を繰り返すこと。流転。
▽油蟬の声がつく〱法師の声に変る如くに、私を取り巻く人の運命が、大きな輪廻のうちに、そろ〱動いてゐるやうに思はれた。❖夏目漱石（こゝろ）
▽棄てられた女は、さんざん苦しんだあげく、だんだん霊の不滅、輪廻転生《てんせい》の教えを美しいものと信じるようになり、霊交術にまで熱中しだす。❖宮本百合子（文芸時評）

凜冽【りんれつ】 寒気の厳しいさま。
▽児玉氏ガ帰ツタノガ今暁ノ二時頃。氏ヲ送ツテ出ルキ《とき》外ヲ見タラ美シイ星空デアツタガ寒気ハ凜冽デアツタ。❖谷崎潤一郎（鍵）

る

流転【るてん】 流れ移ること。移り変わってとどまることがないこと。／輪廻《りんね》。
▽人はそこに、常なく定めなき流転の力に対抗する偉大な山岳の相貌《そうぼう》を仰ぎ見ることが出来る。❖島崎藤村（夜明け前）
▽恐るべき永劫《えいごう》が私の周囲にはある。永劫は恐ろしい。（中略）又或る時は眼もくらむばかりかゞやかしい、瞬間も動揺流転をやめぬ或るものとして私にせまる。私はそのものの隅か、中央かに落された点に過ぎない。❖有島武郎（惜みなく愛は奪ふ）
▽平家の落人《おちうど》として流転《るてん》の女の群に投じ、建永年中法然《ほうねん》上人の教化《きょうげ》を受けて尼になつたという友君、（中略）などゝいふ名高い遊女があるけ

れども、（後略）。 ❖谷崎潤一郎（乱菊物語）

瑠璃【るり】 青色の宝石。瑠璃色。

▽やまとぢの瑠璃のみそらにたつくもはいづれのてらのうへにかもあらむ ❖曾津八一（南京新唱）

▽飛火《とぶひ》野《の》は春きはまりて山藤の花こぼれ来《く》も瑠璃の空より ❖吉野秀雄（晴陰集）

流浪【るろう】 さすらうこと。あてもなくさまようこと。

▽あゝ生きる事がこんなにむづかしいものならば、いつそ乞食にでもなつて、いろんな土地土地を流浪して歩いたら面白いだらうと思ふ。 ❖林芙美子（放浪記）

▽国を出てからの長い流浪、東京での教部省奉職の日から数へると、足掛け六年振りで彼も妻子のところへ帰つて来ることが出来た。 ❖島崎藤村（夜明け前）

れ

霊魂【れいこん】 肉体に宿ってその生命・精神を支配すると考えられているもの。魂。／肉体の他に別の精神的実体として存在し、肉体が滅んでもなお存在すると考えられているもの。魂魄。

▽ホラホラ、これが僕の骨——／見てゐるのは僕？ 可笑しなことだ。／霊魂はあとに残つて、／また骨の処にやつて来て、／見てゐるのかしら？ ❖中原中也（在りし日の歌・骨）

▽お前たちの清い心に残酷な死の姿を見せて、（中略）お前たちの伸び〳〵て行かなければならぬ霊魂に少しでも大きな傷を残す事を恐れたのだ。 ❖有島武郎（小さき者へ）

▽声——あの父の呼ぶ声は、斯の星夜の寒空を伝つて、丑松の耳の底に響いて来るかのやう。子の霊魂《たましい》を捜すやうな親の声は確かに聞えた。

❖島崎藤村（破戒）

令色【れいしょく】人の機嫌をとるように顔色をよくし飾ること。人に媚びへつらう顔つき。＊巧言令色

▽人間と蜜蜂とはちがうが、最も人間として優《まさ》った男を彼女が選んでくれればいいが、甘言や令色でだまされてはたまらないと思うね。❖武者小路実篤（友情）

冷然【れいぜん】冷淡で、思いやりのないさま。平然としているさま。

▽「わたし仲平さんはえらい方だと思つてゐますが、御亭主にするのは厭でございます。」冷然として言ひ放つた。❖森鷗外（安井夫人）

▽見渡した処凡《すべ》ての物が静かである。物憂《ものう》げに見える、眠つて居る、皆過去の感じである。さうして其中に冷然と二十世紀を軽蔑する様に立つて居るのが倫敦塔である。❖夏目漱石（倫敦塔）

冷徹【れいてつ】冷静に物事の本質を見通していること。

▽冷徹無比の結晶母体、鋭い輪廓、その中に鏤《ちりば》められた変化無限の花模様、それらが全くの透明でなんらの濁りの色を含んでいないだけに、ちょっとその特殊の美しさは比喩を見出すことが困難である。❖中谷宇吉郎（雪を作る話）

冷罵【れいば】蔑《さげす》み、ののしること。

▽何うせ強情な三沢の事だから、聞けば屹度《きっと》馬鹿だとか下らないとか云つて自分を冷罵するに違ないとは思つたが、それも気にはならなかつた。❖夏目漱石（行人）

▽「ざまア見ろ。淫売め。」と冷罵した運転手の声も驟雨《しゅうう》の音に打消され、車は忽ち行衛《ゆくえ》をくらましてしまつた。❖永井荷風（つゆのあとさき）

霊妙【れいみょう】神秘的に奥深いこと。人知でははかり知れないほどすぐれていること。

▽けれども斯ういふ霊妙な手腕を有つてゐる彼女であればこそ、あの兄に対して始終あゝ高を

括つてゐられるのだと思つた。❖夏目漱石（行人）
▽二代目の天鼓（註・春琴の愛玩の鶯）も亦その声霊妙にして（中略）、日夕籠を座右に置きて鍾愛《しょうあい》すること大方ならず、（後略）。❖谷崎潤一郎（春琴抄）
▽ああ、これが「ナオミの顔」と云う一つの霊妙な物質なのか、この物質が己の煩悩の種となるのか。❖谷崎潤一郎（痴人の愛）
▽言葉といふものが彼には言ひ知れない不思議なものに思へた。（中略）さうして或る一つの心持を、仲間の他の者にはつきりと伝へたいといふ人間の不可思議な、霊妙な慾望と作用とに就ても、おぼろに考へ及ぶのであつた。❖佐藤春夫（田園の憂欝）

黎明【れいめい】 明け方。夜明。
▽夜の闇は暗く濃く沖の方に追ひつめられて、東の空には黎明の新らしい光が雲を破り始める。物すさまじい朝焼けだ。❖有島武郎（生れ出づる悩み）
▽翌朝、黎明に、伸子は硝子戸《ガラスど》から庭をすかして見た。薔薇は露に濡れ、うなだれながら、色鮮かに、昨日と変らず咲いている。その無心な鮮かさ、浄らかさが、異様に伸子の心を傷ませた。❖宮本百合子（伸子）

礼容【れいよう】 礼儀正しい態度。うやうやしい様子。
▽あゝ。わしはあの優雅な都の言葉がも一度聞きたい。あの殿上人《てんじょうびと》の礼容たゞしい衣冠と、そして美しい上臈《じょうろう》の品のよい装ひがも一度見たい。❖倉田百三（俊寛）

零落【れいらく】 落ちぶれること。さびれること。／草木が枯れ落ちること。
▽ある家は眼に立つて零落してゐた。嵐に吹きちぎられた屋根板が、いつまでもそのまゝで雨の漏れるに任せた所も尠《すく》なくない。（中略）そろそろと地の中に引きこまれて行くやうな薄気味の悪い零落の兆候が町全体に何処となく漂つてゐるのだ。❖有島武郎（生れ出づる悩み）
▽此頃は母を思ふの情が一層切になつて、（中

略）稚児《ちご》を背に負つた親子三人連の零落した姿などを見ては涙をこぼした。　❖田山花袋（田舎教師）

▽多年の骨折《ほねおり》から漸《ようや》く得意の時代に入らうとして居る民助の前に、岸本は弟らしく対《むか》ひ合つた。つく〴〵彼は自分の精神《こゝろ》の零落を感じた。　❖島崎藤村（新生）

怜悧・伶俐・伶利【れいり】　頭のはたらきが鋭いこと。賢いこと。利発。

▽憂《うれ》ふるなかれ、汝、朴訥《ぼくとつ》の青年よ、汝は常に俊才怜悧の人に愚者として疎《うと》んぜられ、汝の世《せ》事《じ》に長ぜざるを以て不用人物としてみなさるる事あり。　❖内村鑑三（一日一生）

▽此関係を知つた時、末造は最初は驚いたが、怜悧な頭で色々に考へて見た。これはする事の気に食はぬ己《おれ》の顔を見てゐる間、此頃の病気を出すのだ。　❖森鷗外（雁）

麗麗【れいれい】　ことさらに目立つさま。

▽何気なく裏町を通りかゝつて小娘の弾《ひ》く三味線に感動する（中略）。この江戸の音曲《おんぎょく》をばれいれいしく電気燈の下で演奏せしめる世俗一般の風潮にも伴つて行く事は出来まい。　❖永井荷風（日和下駄）

▽人の女房とこんなもん取り交しといて、その女房の亭主の前いれいれいしいに見せつけながら、それに対する一言《いちごん》の云ひ訳もせんと、（後略）。　❖谷崎潤一郎（卍）

玲瓏【れいろう】　玉のように光り輝くさま。うるわしく照りかがやくさま。

▽一《ひ》と見識ある彼の特長として、自分にはそれが天真爛漫《てんしんらんまん》の子供らしく見えたり、又は玉のやうに玲瓏な詩人らしく見えたりした。　❖夏目漱石（行人）

▽南の丘の、草葉の上に足を投げて、明るい反射を視つめてゐると、ひとりでに眼がしらが眩《まば》ゆくなつて、涙が玲瓏と玉を結ぶ。　❖谷崎潤一郎（乱菊物語）

▽庭の面《も》には、夜露がしっとりと降りて居る。微《かす》かな月光が城下の街を、玲瓏と澄み渡る夜の大気の裡《うち》に、墨絵の如く浮ばせて居る。　❖菊

池寛（忠直卿行状記）

▽不尽《ふじ》の山れいろうとしてひさかたの天《てん》の一方におはしけるかも　❖北原白秋（雲母集）

歴然【れきぜん】　ありありとしたさま。明白なさま。

▽伊勢源と云ふ（中略）静岡第一の呉服屋だ。今度行つたら見て来給へ。今でも歴然と残つて居る。立派なうちだ。　❖夏目漱石（吾輩は猫である）

▽是でも歴然《れつき》とした姓もあり名もあるんだ。系図が見たけりや、多田満仲《ただのまんちゅう》以来の先祖を一人残らず拝ましてやらあ。　❖夏目漱石（坊つちやん）

憐憫・憐愍【れんびん】　あわれむこと。情けをかけること。

▽メロスは、ざんぶと流れに飛び込み、（中略）満身の力を腕にこめて、押し寄せ渦巻き引きずる流れを、なんのこれしきと掻《か》きわけ掻きわけ、めくらめつぽふ獅子奮迅の人の子の姿には、神も哀れと思つたか、つひに憐愍を垂れてくれた。　❖太宰治（走れメロス）

▽後日佐助は自分の春琴に対する愛が同情や憐愍から生じたといふ風に云はれることを何よりも厭ひ、そんな観察をする者があると心外千万であるとした。　❖谷崎潤一郎（春琴抄）

▽わたくし、同情や憐憫の押売りにはもう懲々《こりごり》してゐるのですわ。生涯を過《あやま》つたわたしを、死なせてくれてこそ本当の同情といふものでせう。　❖佐藤春夫（更生記）

ろ

籠居【ろうきょ】　謹慎などして、家の中に閉じこもっていること。閉居。蟄居《ちっきょ》。

▽世間は花咲き鳥歌ふ春であるのに、不幸にして神仏にも人間にも見放されて、かく籠居してゐる我々である。　❖森鷗外（阿部一族）

▽それより以後春琴は我が面上の些細なる傷を

恥づること甚しく、常に縮緬《ちりめん》の頭巾を以て顔を覆《おお》ひ、終日一室に籠居して嘗《かつ》て人前に出でざりしかば、（後略）。　❖谷崎潤一郎（春琴抄）

陋巷【ろうこう】　狭く汚いちまた。むさくるしい町なか。

▽雨のしとしとと降る晩など、（中略）いかにも場末の裏町らしい侘《わび》しさが感じられて来る。それも昭和現代の陋巷ではなくして、鶴屋南北の狂言などから感じられる過去の世の裏淋しい情味である。　❖永井荷風（濹東綺譚）

▽諏訪町の陋巷も大方取払はれ、諏訪明神の祠《やしろ》と華表《とりい》だけが引倒された人家の間にしよんぼりと取残されてゐる。　❖永井荷風（問はずがたり）

老少不定【ろうしょうふじょう】　人の寿命は定まりないもので、老人は先に死に、若者は長く生きるというものではない。

▽「然しもしおれの方が先へ行くとするね。さうしたら御前何《ど》うする」「何うするつて……」奥さんは其所で口籠《くちごも》つた。（中略）「何うするつて、仕方がないわ、ねえあなた。老少不定つていふ位だから」　❖夏目漱石（こゝろ）

老成【ろうせい】　経験を積んで、熟達すること。／大人びていること。

▽二十三四歳の青年とは思はれないやうな老成な筆蹟で。

大丈夫《だいじょうぶ》当《まさに》雄飛《ゆうひすべし》安《いずくんぞ》雌伏《しふくせんや》　藤田　信

❖島崎藤村（夜明け前）

▽川端康成は老成の筆ぶりで「わが犬の記」を書き、綿々たる霊の讃歌「叙情歌」を書き、決して直木三十五《なおきさんじゅうご》のように商売半分のファッション風なたんかなどを切ってはいない。　❖宮本百合子（文芸時評）

▽昔から早熟で、老成した、用心深い一面を持つ妙子のことであるから、結婚するのにも先の先まで考へて準備して置くと云ふことは分るが、それにしても何となく腑に落ちかねる点がある。　❖谷崎潤一郎（細雪）

▽謙作とは殆《ほとん》ど同年輩の人だつたが、話しぶりにも老成した所があり、朝鮮統治などにも一《ひ》ト

かどの意見を持つてゐた。 ❖志賀直哉（暗夜行路）

狼藉【ろうぜき】 ものが乱雑に散らかっているさま。／乱暴な振る舞い。無法。不埒。＊落花狼藉

▽濡《ぬ》れた木の葉と枯枝とに狼藉としてゐる庭のさまを生き残つた法師蟬と蟋蟀《こおろぎ》とが雨の霽《は》れま〱に嘆き弔《とむら》ふばかり。 ❖永井荷風（濹東綺譚）

▽まったく淋しそうでした。杯《さかずき》やお膳や三味線などの狼藉としたなかに坐《すわ》って、酔いのさめかけた善鸞《ぜんらん》様は実に不幸そうに見えました。 ❖倉田百三（出家とその弟子）

▽武士ばかりならいゝが土民の一揆《いっき》だの、あぶれ者の団体だのが一緒になつて、放火、掠奪《りゃくだつ》、強盗、……そんな狼藉を毎日のやうに働くから、（後略）。 ❖谷崎潤一郎（乱菊物語）

臈たける【ろうたける】 洗練されて上品になる。

▽年歯《としのころ》は十六七、（中略）舞子白拍子《しらびょうし》の媚態《しな》あるには似で、閑雅《しとやか》に臈長けて見えにける。 ❖高山樗牛（滝口入道）

▽まあ一と口にいへばおぼろ月夜の花を見るやうな蘭《ろう》たけた美女といふものは、いくら都でもさう〱町のまん中にころがつてゐるはずはない。 ❖谷崎潤一郎（乱菊物語）

狼狽【ろうばい】 あわてふためくこと。うろたえ騒ぐこと。＊周章狼狽

▽女は角へ来た。曲がろうとする途端に振り返った。三四郎は赤面するばかりに狼狽した。 ❖夏目漱石（三四郎）

▽「サワン、出てこい！」わたしは狼狽しました。廊下の下にも屋根の上にも、どこにもいないのです。（中略）わたしは急いで沼池へ捜しに行きました。 ❖井伏鱒二（屋根の上のサワン）

▽「や、や、や、何としたこと？」庄右衛門は周章狼狽、さういつたきり、二の句が次げない。 ❖谷崎潤一郎（乱菊物語）

籠絡【ろうらく】 巧みに言いくるめて人を思いどおりに操ること。丸めこむこと。

▽大家《たいけ》の我儘なお坊さんで智恵がない度量がな

い。その時に旨く私を籠絡して生捕ってしまえば譜代《ふだい》の家来同様に使えるのに、却《かえ》ってヤッカミ出したとは馬鹿らしい。　❖福沢諭吉（福翁自伝）

▽ケンペルはさう考へて、自分に接近する人達に薬剤の事や星学などを教授し、且つ洋酒を与へ、漸くのことで日本人の心を籠絡して、（後略）。　❖島崎藤村（夜明け前）

陋劣【ろうれつ】　いやしくて下劣であること。卑劣。

▽一度は金田家の動静を余所《よそ》ながら窺つた事はあるが、それは只の一遍で、其後は決して猫の良心に恥づる様な陋劣な振舞を致した事はない。　❖夏目漱石（吾輩は猫である）

▽崇高と見えるまでに極端な潔癖屋だつた彼であつたのに、思ひもかけぬ貪婪《どんらん》な陋劣な情慾の持主で、而《し》かもその欲求を貧弱な体質で表はさうとする（後略）。

❖有島武郎（或る女）

路頭【ろとう】　道のほとり。路傍。＊路頭に迷う

▽貧しさに居る夫婦二人のものは、自分の子供等を路頭に立たせまいとの願ひから、夜一夜ろく〳〵安気《あんき》に眠つたこともなかつたほど働いた。　❖島崎藤村（夜明け前）

▽人買が立ち廻るなら、其人買の詮議をしたら好ささうなものである。旅人に足を留《と》めさせまいとして、行く暮れたものを路頭に迷はせるような掟《おきて》を、国守《くにのかみ》はなぜ定めたものか。　❖森鷗外（山椒大夫）

魯鈍【ろどん】　愚かで鈍いこと。愚鈍。

▽私の周囲のものは私を一個の小心な、魯鈍な、仕事の出来ない、憐れむべき男と見る外を知らなかつた。　❖有島武郎（小さき者へ）

▽粗野で魯鈍ではあるが、併し朴直《ぼくちょく》な兼吉の眼からは、百姓らしい涙がほろりとその膝の上に落ちた。　❖島崎藤村（夜明け前）

▽三日ばかりも、根よく続けて試みている中《うち》に、魯鈍で、一番不幸な鰻が、俊寛の手にかかる。

❖菊池寛（俊寛）

路用【ろよう】 旅行の費用。旅費。路銀。
▽が、信州から木曾の藪原の宿迄来た時には、二人の路用の金は、百も残って居なかった。
❖菊池寛（恩讐の彼方に）
▽一年ばかりも流浪《るろう》を続けた揚句、彼の旅する道はその海岸の波打際へ行つて尽きてしまつた。その時の彼は一日食はず飲まずであつた。一銭の路用も有《も》たなかつた。❖島崎藤村（新生）
▽それも愜《かな》はで東《ひんがし》に還り玉はんとならば、親と共に往かんは易けれど、か程に多き路用を何処《いづく》よりか得ん。❖森鷗外（舞姫）

わ

歪曲【わいきょく】 ゆがめ曲げること。
▽火事場の騒ぎは、（中略）人と人との間の疑心、悪罵《あくば》、奔走《ほんそう》、駈引きは、そののち永く、ごたついて尾を引き、人の心を、生涯とりかえしつかぬ程に歪曲させてしまうものであります。
❖太宰治（女の決闘）
▽写真ハ全裸体ノ正面ト背面、各部分ノ詳細図、イロイロナ形状ニ四肢ヲ歪曲サセ（中略）最モ蠱惑《こわく》的ナル角度カラ撮ツタ。❖谷崎潤一郎（鍵）

矮小【わいしょう】 いかにも規模の小さいこと。／丈が低くて小さいこと。
▽双眸《そうぼう》の奥から射る如き光を吾輩の矮小なる額の上にあつめて、御めえは一体何だと云つた。
❖夏目漱石（吾輩は猫である）
▽つい此の間まで玩具のやうな矮小な家に住んでゐた亡命露西亜《ロシア》人の娘が、（中略）お城のやうな邸宅で人も羨む栄華な暮しをするやうになつた。❖谷崎潤一郎（細雪）

嫩葉・若葉【わかば】 生え出てまだ間のない葉。どんよう。わくらば。
▽俺は子供として又人として、無花果《イチジク》の嫩葉が延びる様に純一無雑《じゅんいつぶざつ》に生きて来た。俺の心は一方にスクスクと延びて行く命であつた。一方に

は又静かに爽かなる鏡であつた。　❖阿部次郎（三太郎の日記）

▽籾種《もみたね》がぽつちりと水を突き上げて萌え出すと漸《ようや》く強くなつた日光に緑深くなつた嫩葉がぐつたりとする。　❖長塚節（土）

惑溺【わくでき】あることに心を奪われて判断力を失うこと。迷って本心を失うこと。

▽彼女の愛に惑溺して眼が眩《くら》んでいた私には、そんな見易い道理さえが全く分らなかったのです。　❖谷崎潤一郎（痴人の愛）

▽人間は理想が無くつては駄目です。宗教の方でもこの理想を非常に重く見て居る。同化する、惑溺するといふことは理想がないからです。

❖田山花袋（田舎教師）

▽恋の力は遂に二人を深い惑溺の淵《ふち》に沈めたのである。（中略）二人はまさに受くべき恋の報酬を受けた。　❖田山花袋（蒲団）

惑乱【わくらん】判断力を失うほど心が迷い乱れること。

▽次郎はだしぬけにお浜の膝《ひざ》にしがみついて、顔をおしあてた。惑乱と寂寥《せきりょう》とが、同時に彼の心をとらえていた。　❖下村湖人（次郎物語）

▽「わしも此れ……」と彼は微《かす》かにいったのみで沈黙を続けた。彼は内儀さんの前にどうしても述べなければならないことに其心が惑乱した。　❖長塚節（土）

轍【わだち】車が通ったあとに残る車輪の跡。／通過する車輪。

▽大八車が二台三台と続て通る、其空車《からぐるま》の轍の響が喧《やかま》しく起りては絶え、絶えては起りして居る。　❖国木田独歩（武蔵野）

話頭【わとう】話の糸口。／話の内容。話題。

▽自分は此居苦《いぐる》しく又立苦《たちぐる》しくなつた様に見える若い細君を、何うともして救はなければならなかつた。夫《それ》には是非共話頭を転ずる必要があつた。　❖夏目漱石（行人）

▽（前略）と何気なく言消して、丑松は故意《わざ》と話頭《はなし》を変へて了《しま》つた。下宿の出来事は烈しく胸の中を騒がせる。　❖島崎藤村（破戒）

話柄【わへい】話す事柄。話の種。

▽活動写真は老弱《ろうにゃく》の別《わかち》なく、今の人の喜んでこれを見て、日常の話柄にしてゐるものであるから、（中略）活動小屋の前を通りかゝる時には看板の画と名題《なだい》とには勉《つと》めて目をむけるやうに心がけてゐる。 ❖永井荷風（濹東綺譚）

▽種々の商談の末、二人の会話が次第に個人的な話柄の上に落ちて行つた時だつた。 ❖堀辰雄（菜穂子）

割前【わりまえ】 各人に割り当てられた金額や分量。

▽割前を出せば夫丈《それだけ》の事で済む所を、心のうちで難有《ありがた》いと恩に着るのは銭金《ぜにかね》で買へる返礼ぢやない。（中略）独立した人間が頭を下げるのは百万両より尊《たっ》とい御礼と思はなければならない。 ❖夏目漱石（坊つちゃん）

▽自分が今日《こんにち》までの生活は現実世界に毫《ごう》も接触していない事になる。洞《ほら》が峠で昼寐《ひるね》をしたと同然である。それでは今日限り昼寐をやめて、活動の割前が払えるかというと、それは困難である。 ❖夏目漱石（三四郎）

▽蕎麦屋や牛肉屋へ上つても友達からおごられるのが嫌ひ、又友達をおごるのも嫌ひ、勘定は厘毛まできちんと割前にするといふやり方、（後略）。 ❖永井荷風（腕くらべ）

▽生糸取引きに関係のあつたものが割前で出し合ひまして、二百両耳を揃へてそこへ持つて来ましたよ。 ❖島崎藤村（夜明け前）

◉作品一覧◉

本書に引用した文章は、下記の著作者の著書から選抄しました。

會津八一《あいづやいち》『南京新唱《ナンキンしんしょう》』

芥川龍之介《あくたがわりゅうのすけ》『或日の大石内蔵助《おおいしくらのすけ》』『芋粥』『おぎん』『蜘蛛《くも》の糸』『地獄変』『侏儒《しゅじゅ》の言葉』『杜子春《とししゅん》』『トロッコ』『歯車』『鼻』『藪《やぶ》の中』『山鴫《やましぎ》』『羅生門』

阿部次郎《あべじろう》『三太郎の日記』

有島武郎《ありしまたけお》『或る女』『生れ出づる悩み』『惜みなく愛は奪ふ』『カインの末裔』『小さき者へ』『一房の葡萄』『私の父と母』

石坂洋次郎《いしざかようじろう》『若い人』

泉鏡花《いずみきょうか》『高野聖《こうやひじり》』

伊藤左千夫《いとうさちお》『左千夫歌集』『野菊の墓』

井伏鱒二《いぶせますじ》『黒い雨』『山椒魚』『屋根の上のサワン』

内田魯庵《うちだろあん》『社会百面相』『二十五年間の文人の社会的地位の進歩』『四十年前』

内村鑑三《うちむらかんぞう》『一日一生』『後世への最大遺物』

太田水穂《おおたみずほ》『山上』

岡倉天心《おかくらてんしん》『茶の本』

小川未明《おがわみめい》『赤いろうそくと人魚』『しんぱくの話』

尾崎紅葉《おざきこうよう》『金色夜叉《こんじきやしゃ》』

織田作之助《おださくのすけ》『夫婦善哉《めおとぜんざい》』
折口信夫《おりくちしのぶ》『古代文学啓蒙』
カアル・ブッセ（上田敏訳）『海潮音』
梶井基次郎《かじいもとじろう》『檸檬』
菊池寛《きくちかん》『恩讐の彼方に』『俊寛《しゅんかん》』『真珠夫人』『忠直卿行状記《ただなおきょうぎょうじょうき》』『藤十郎の恋』『蘭学事始《ことはじめ》』
北原白秋《きたはらはくしゅう》『思ひ出』『雲母《きらら》集』『桐の花』『邪宗門』『真珠抄』
窪田空穂《くぼたうつぼ》『青朽葉《あおくちば》』『土を眺めて』『まひる野』
国木田独歩《くにきだどっぽ》『欺かざるの記』『牛肉と馬鈴薯』『酒中日記』『抒情詩』（共著）『富岡先生』『武蔵野』『忘れえぬ人々』
倉田百三《くらたひゃくぞう》『愛と認識との出発』『学生と教養』『出家とその弟子』『俊寛』
古泉千樫《こいずみちかし》『川のほとり』
小泉八雲《こいずみやくも》『ある女の日記』『怪談』
幸田露伴《こうだろはん》『五重塔』『露団々《つゆだんだん》』『二日物語』
小林多喜二《こばやしたきじ》『蟹工船』
斎藤茂吉《さいとうもきち》『白き山』『白桃』
坂口安吾《さかぐちあんご》『桜の森の満開の下』『堕落論』『道鏡《どうきょう》』『白痴』『夜《よ》長姫《ながひめ》と耳男《みみお》』
佐佐木信綱《ささきのぶつな》『思草《おもいぐさ》』『椎の木』
佐藤佐太郎《さとうさたろう》『黄月《こうげつ》』

佐《さ》藤春夫《とうはるお》『お絹とその兄弟』『更生記』『田園の憂欝』『我が一九二二年』
志《し》賀《が》直哉《なおや》『暗夜行路』『城《き》の崎《さき》にて』『邦子《くにこ》』『小僧の神様』『淋しき生涯』『灰色の月』『山科《やましな》の記憶』『和解』
島崎藤村《しまざきとうそん》『新生』『破戒』『夜明け前』『落梅集』
下村湖《しもむらこ》人《じん》『次郎物語』
釈 迢空《しゃくちょうくう》『倭をぐな』
高村光太《たかむらこうた》郎《ろう》『智恵子抄』『道程』
高山樗牛《たかやまちょぎゅう》『滝口入道《たきぐちにゅうどう》』
太宰治《だざいおさむ》『ヴィヨンの妻』『桜桃』『思ひ出』『女の決闘』『困惑の弁』『斜陽』『人間失格』『走れメロス』『富嶽百景』
立原道造《たちはらみちぞう》『萱草《わすれぐさ》に寄《よ》す』
谷崎潤一郎《たにざきじゅんいちろう》『蘆刈《あしかり》』『鍵』『麒《き》麟《りん》』『細雪《ささめゆき》』『春琴抄《しゅんきんしょう》』『少将滋幹《しげもと》の母』『蓼《たで》喰ふ虫』『痴人の愛』『幇間《ほうかん》』『卍』『盲目物語』『吉野《よしの》葛《くず》』『乱菊物語』
種田《たねだ》山頭火《さんとうか》『草木塔《そうもくとう》』
田山花《たやまか》袋《たい》『田舎教師』『蒲団』
壺井栄《つぼいさかえ》『大根の葉』『妻の座』『二十四の瞳』
寺田《てらだ》寅彦《とらひこ》『浅草紙《あさくさがみ》』『雨の上高地』『自由画稿』『青衣《せいい》童女像《どうじょぞう》』『日本人の自然観』『俳諧の本質的概論』『物売りの声』

徳冨蘆花《とくとみろか》『不如帰』
中勘助《なかかんすけ》『犬』『銀の匙』『提婆達多《でーばだった》』
永井荷風《ながいかふう》『あめりか物語』『腕くらべ』『おかめ笹』『里の今昔』『十六七のころ』『西瓜』『すみだ川』『つゆのあとさき』『問はずがたり』『日和下駄』『ふらんす物語』『濹東綺譚』『雪解』
中島敦《なかじまあつし》『盈虚《えいきょ》』『山月記』『弟子』『李陵』
長塚節《ながつかたかし》『太十《たいじゅう》と其犬《そのいぬ》』『土』
中原中也《なかはらちゅうや》『在りし日の歌』
中谷宇吉郎《なかやうきちろう》『雪を作る話』
夏目漱石《なつめそうせき》『草枕』『虞美人草《ぐびじんそう》』『行人《こうじん》』『こゝろ』『三四郎』『それから』『坊つちゃん』『道草』『明暗』『倫《ロン》敦《ドン》塔』『吾輩は猫である』
南原繁《なんばらしげる》『日本の理想』
林芙美子《はやしふみこ》『浮雲』『放浪記』
樋口一葉《ひぐちいちよう》『たけくらべ』
福沢諭吉《ふくざわゆきち》『学問のすゝめ』『福翁自伝』
二葉亭四迷《ふたばていしめい》『浮雲』
堀辰雄《ほりたつお》『曠野《あらの》』『美しい村』『かげろふの日記』『風立ちぬ』『菜穂子』『楡の家』『ほととぎす』『窓』
前田夕暮《まえだゆうぐれ》『原生林』『収穫』
正岡子規《まさおかしき》『仰臥漫録《ぎょうがまんろく》』『病牀《びょうしょう》 六尺』

松尾《まつお》芭蕉《ばしょう》『おくのほそ道』『猿蓑』＊監修
三《み》木清《きよし》『人生論ノート』『親鸞《しんらん》』
宮沢賢治《みやざわけんじ》『雨ニモマケズ』『銀河鉄道の夜』『土神ときつね』『春と修羅』『ひかりの素足』『北守《ほくしゅ》将軍と三
人兄弟の医者』
宮柊二《みやしゅうじ》『晩夏』
宮本百合子《みやもとゆりこ》『あられ笹』『木の芽だち』『白藤《しらふじ》』『地は饒《ゆたか》なり』『伸子《のぶこ》』『播州平野《ばんしゅうへいや》』『文芸時評』『三つの
「女大学」』
武者小路《むしゃのこうじ》実篤《さねあつ》『愛と死』『お目出たき人』『幸福者』『真理先生』『友情』
室生《むろう》犀星《さいせい》『愛の詩集』『寂しき都会』『抒情小曲集』『性に眼覚める頃』
森鷗外《もりおうがい》『阿部一族』『うたかたの記』『灰燼《かいじん》』『雁《がん》』『最後の一句』『山椒大夫』『渋江抽斎《しぶえちゅうさい》』『青年』『即興
詩人』『高瀬舟』『舞姫』『安井夫人』『ヰタ・セクスアリス』
柳田国男《やなぎだくにお》『美しき村』『海上の道』『国語の将来』『魂の行くへ』『武蔵野の昔』『山の人生』『雪国の春』
湯原王《ゆはらのおおきみ》『万葉集・巻四』
与謝野《よさの》晶子《あきこ》『春泥集』『みだれ髪』『夢之華』
与謝野《よさの》鉄幹《てっかん》『相聞』
吉井勇《よしいいさむ》『昨日まで』『酒ほがひ』
吉野《よしの》秀雄《ひでお》『寒蟬《かんせん》集』『晴陰集』

監修者略歴

1963年、長崎県に生まれる。大東文化大学文学部教授。博士（中国学）。フランス国立社会科学高等研究院大学院に学ぶ。ケンブリッジ大学東洋学部共同研究員などを経て、現職。

テレビやラジオの出演多数。

著書にはベストセラー『語彙力がないまま社会人になってしまった人へ』（ワニブックス）をはじめ、『文豪の凄い語彙力』『一字違いの語彙力』『頭のいい子に育つ0歳からの親子で音読』『いい子が生まれる 胎教音読』（以上、さくら舎）などがある。

編者略歴

1939年、福岡県門司市（現・北九州市）に生まれる。中央大学法学部法律学科を卒業し、外務公務員試験浪人ののち、明治生命保険相互会社に入社、その後、東京海上保険株式会社に勤務する。宅地建物取引主任者。不動産コンサルティング技能者の資格を取得し、千葉市に宅地建物取引主任者試験の受験指導の教室を開設する。県内外の受験者約2000人を指導する。

中学生のころから文学作品に深く傾倒し、外務公務員試験の教養科目の受験対策として広く読書、気に入った成句をメモし、60歳を過ぎてから、拍車をかけ、本書に結実した。


mr.sword@catv296.ne.jp

文豪《ぶんごう》の名句《めいく》名言《めいげん》事典《じてん》
——身《み》につけたい教養《きょうよう》の極《きわ》み

二〇二一年一月八日　第一刷発行
二〇二一年二月五日　第二刷発行

監修　山口謠司《やまぐちようじ》
編者　平山健《ひらやまたけし》
発行者　古屋信吾
発行所　株式会社さくら舎　http://www.sakurasha.com
東京都千代田区富士見一-二-一一　〒一〇二-〇〇七一
電話　営業　〇三-五二一一-六五三三　FAX　〇三-五二一一-六四八一
編集　〇三-五二一一-六四八〇　振替　〇〇一九〇-八-四〇二〇六〇

装丁　村橋雅之
印刷・製本　中央精版印刷株式会社

ISBN978-4-86581-280-0

さくら舎の好評既刊

山口謠司

一字違いの語彙力

肝に命じる?胆に銘じる? 弱冠?若冠?

「汚名挽回」「興味深々」「頭をかしげる」「一抹の望み」…身近な間違え語、勘違い語、トラップ語が一杯！　教養が楽しくアップする本！

1500円(+税)

定価は変更することがあります。